平江不肖生 撰

新版足本

江湖奇俠傳 伍

世界書局

目錄／伍

本冊主要人物系譜

第一二四回　揣劍鋒草鞋著異蹟　燒頭髮鐵匣建奇勳……一
第一二五回　老和尚演說正文　哭道人振興邪教……一七
第一二六回　老道甘心做護法　半仙受命覓童男……三三
第一二七回　慷慨以赴繼志稱能　綑縛而來半仙受窘……四四
第一二八回　遭危難半仙呼師父　顯神通妖道救黨徒……五五
第一二九回　噴烈火惡道逞凶　突重圍神鷹救主……六五
第一三〇回　墮綺障大道難成　進花言詭謀暗弄……八〇
第一三一回　春光暗洩大匠愴懷　毒手險遭乞兒中箭……九五
第一三二回　救愛子牆頭遇女俠　探賊巢橋上斬鱷魚……一一一
第一三三回　阻水力地室困雙雌　驚斧聲石巖來一馬……一二七

第一三四回　現絕技火窟救災民　發仁心當街援老叟……一三九
第一三五回　憂嗣續心病牽身病　樂天倫假兒共真兒……一五一
第一三六回　指迷途鄭重授錦囊　步花徑低徊思往事……一六三
第一三七回　避篡奪剴切一封書　憐孤單淒清兩行淚……一七五
第一三八回　飛烈火仇邊行毒計　剖真心難裏結良緣……一八七
第一三九回　生面別開山前比法　異軍突起岡上揚聲……一九八
第一四〇回　祭典行時排場種種　霧幕起處障蔽重重……二一〇
第一四一回　媚邪鬼雨小做犧牲　來救星雙雛全性命……二二一
第一四二回　一棍當前小現身手　雙劍齊下大展威風……二三三
第一四三回　黑幕高張遁去妖道　病魔活躍累煞群雄……二四四
第一四四回　發孝心暗入落魂陣　憑勇氣偷窺六角亭……二五六
第一四五回　抗暴無術氣塞胸懷　倒戈有人變生肘腋……二六八
第一四六回　各馳舌辯鏡遜於金　互鬥神通水不如火……二七九
第一四七回　病榻旁刀揮如急雨　擂台上鏢打若連珠……二九一
第一四八回　見奇觀滿天皆是劍　馳快論無語不呈鋒……三〇三

第一四九回　小而更小數頭白蝨　玄之又玄一隻烏龜……三一五
第一五〇回　挫強敵玄機仗靈物　助師兄神技有飛刀……三二七
第一五一回　遭暗算家破又人亡　困窮途形單更影隻……三三八
第一五二回　荒島上數言結同志　喜筵前一卮奉新人……三五〇
第一五三回　巧計小施奸徒入網　妖風大肆賢父受迷……三六二
第一五四回　彼婦何妖奇香入骨　此姝洵美嬌態殢人……三七四
第一五五回　客商遭劫一包銀子　俠少壓驚兩個人頭……三八六
第一五六回　致密意殷勤招嘉賓　慕盛名虔誠拜虎寨……四〇一
第一五七回　壁上留詩藏頭露尾　筵前較技鬥角勾心……四一二
第一五八回　燈火下合力衛奇珍　洞黑中單身獻絕藝……四二五
第一五九回　論前知羅漢受揶揄　著先鞭祖師遭戲弄……四三六
第一六〇回　悲劫運幻影凜晶球　斥黨爭讜言嚴斧鉞……四四八
附錄：平江不肖生簡譜與著作……四六一

本册主要人物系譜

【峨嵋】

開諦長老——方紹德
- 藍辛石
- 周季容

【崆峒】

紅雲老祖
- 楊贊化
  - 董祿堂
  - 陳達
- 楊贊廷
  - 甘瘤子、蔡花香——常德慶
- 劉鴻采
- 方振藻
- 歐陽后成

【崑崙】

金羅漢——柳遲

無住和尚——余八叔

清虛道人——楊天池

智明和尚

紅姑——陳繼志、鳳姑

桂武、甘聯珠（夫婦）

【長春】

銅鼎眞人——鏡清道人——李成化——趙五

【邛來】

哭道人——賽半仙、馬天池

圖例

……最先師承

——師徒關係

- - -血親關係

︸夫婦關係

第一二四回　擋劍鋒草鞋著異蹟　燒頭髮鐵匣建奇勳

話說：趙五聽見賽半仙一句話就把他的心事道破，知道是要去報十年深仇的，心下不免著實有些吃驚。暗想：這倒怪了！難道連這些事情，都在相上可以瞧得出來麼？忙向賽半仙問道：「怎麼連一個人要去報仇不報仇，也都上了相麼？而且報仇即說報仇便了，怎麼連十年的深仇，又都瞧得出來呢？」

賽半仙笑道：「這一半果然是在相上可以瞧得出，一半也是由我推測而得的。閣下目有怒睛，筋有紫紋，這在相上，明明已露出是急切的要和人家去拚一個你死我活的；一個人要急切的去和人家拚個你死我活，這除了要報宿仇，還有甚麼事情呢？

「至於一口就說定你所要去報的，是十年的深仇，驟聽之下，似乎有些奇怪，其實也是很容易解釋的。大凡兩下結了深仇之後，口頭上所常說到的，不是三年後再見面、五年後再見面，定是十年後再見面；至於約到二十年、三十年以後，那是決無而僅有的了！因爲人壽幾何，十年內的事尚不能知，如今竟欲預計到十年以外，不是成了傻瓜麼？

「然觀閣下急於要報仇的心，雖是完全顯露在外面，一點不能遏抑，一方面卻依舊很有忍耐心。這衹要瞧你剛才對待那班地棍的神氣，就可知道了。於此可知你所要報的仇，決不是三年的，或是五年的，而定是十年的。現在十年之期已屆，欲得仇人而甘心，所以在眉宇間，不知不覺的有一股殺氣透露出來呢？」

趙五道：「尊論妙極！這不但是論相，簡直是有一雙神祕的眼睛，直瞧到我心的深處，把我祕密的心事完全都瞧了一個透呢！但是你說我此去性命不保，又是何所據而云然？難道印堂暗滯，眞與人的一生有關麼？」

賽半仙道：「怎麼沒有關係！像你這樣的印堂暗滯，主眼前就要遭受絕大的災殃；而你此行是去報仇的，是去和人家拚一個你死我活的，這那裏還有性命可保呢！」

趙五道：「但還有一說，就算我此去性命要保不牢，然而倘能把仇人殺死，我也就十分甘心情願了。請你再替我相一相，我此去究竟也能把仇人殺死麼？」

賽半仙連連把頭搖著道：「大難，大難！照尊相看來，萬事都無希望，那裏還能把仇人殺死呢！這一定是仇人的本領強過於你，所以你的性命要喪失在他的手中了！」

趙五道：「如此說來，我此仇是不能去報了！可是我為了此事，已費下十年的苦工夫；怎能為了你這句話，就此甘心不去呢？」

言下頗露著十分躊躇的樣子。旋又毅然的說道：「我志已決，無論如何，此仇我一定是要去報的！就是眞的把性命喪卻，也是命中注定如此，一點沒有甚麼懊悔呢！」

賽半仙瞧見他這種慷慨激昂的神氣，倒又把拇指一豎，肅然起敬的說道：「你眞不愧是個好男兒！而且你是有大恩於我的，我如今如果不替你想個解救的方法，坐視你趨近絕地，這在心上如何說得過去呢！也罷，我現在也顧不得我師父的教訓，衹好多管一下閒事了！」說著，即從身上取出一隻很小的鐵匣子，拿來遞給趙五，並很鄭重的說道：「恩公，你且把這鐵匣子佩在身邊，片刻不要相離；將來自有妙用，定可逢凶化吉！」

趙五見他說得這般鄭重，倒也有些驚奇。但是細向這鐵匣一瞧時，也衹是頑鐵製成很尋常的一隻匣子，並瞧不出甚麼奇異的地方來；衹匣蓋密密闔上，宛如天衣無縫，找不出一些隙處，與別的匣子微有不同罷了！便又笑著問道：「這匣子究是做甚麼用的？怎麼佩帶了他，竟會逢凶化吉呢？」

賽半仙道：「天機不可洩露！恩公也不必多問，衹要緊記著我的話，把他佩在身上，片刻不要相離，到了危難之時，自能得他之助！好在這匣子是很小很小的，帶在身上一點不累贅；這於恩公，大概總是有益無損的罷？」趙五聽了這話，也就向他謝上一聲，把這鐵匣佩在身上；隨即辭別了賽半仙，自向湖南進發。

曉行夜宿，不止一日，早已到了長沙城內。他的第一樁要事，當然就是如何前去報仇，便又自己和自己商量道：「我當時約他十年後再見，在我果然時時刻刻不忘記這句話，在他想來也不會忘記的；如今十年已屆，他如果還沒有死，一定是在那裏盼望著我去踐約了。我倘然很正式的前去會見他，恐怕要有不利，說不定他已約好了許多好手，做他的幫手呢！那麼，還不如在黑夜之中，冷不防的走了去，用飛劍取了他的性命罷！祇要他一死，我的大仇也就算報成了！」

繼而又把頭連搖幾搖，暗道：「不行，不行！這算不得是大丈夫的行爲！我如果祇要暗取他的性命，那在這十年之中，那一天不能幹成這樁事，又何必枉費這十年的苦工夫呢？現在我已決定了：他從前既是當著衆人把我打敗的，我如今也要當著衆人把他打敗，才算報了此仇！」主意既定，當下向人家打聽清楚了余八叔所住的地方，即直奔那邊而來。

到了余宅門前，並不就走進去，卻先把余宅的左鄰右舍，和住在附近一帶的人，一齊都邀了來。趙五便居中一立，朗聲說道：「我就是十年前替湘陰人掉舞龍珠的趙五，不幸被這裏的余八叔，赤手空拳剪斷了我的龍珠，使我栽了一個大筋斗；我當時曾說過十年後再見的一句話，諸位中年紀長一些的，大概都還記得這件事罷？

「現在十年之期已屆，我是特地遵守這句約言，前來找他的。此刻請諸位來，並不爲別的事，衹煩諸位做一個證人，使諸位知道我趙五也是一個慷爽的男子，對於自己的約言很能遵守的。此番能把余八叔打敗，果然是我的大幸；就是不幸而再打敗在他手中，或者甚至於性命不保，我也是死而無怨的啊！」

這番話一說，大家不禁紛紛議論起來，無非又回憶到、談論到十年前，長沙人同湘陰人比賽龍燈的那件事。當下對於趙五此來，也有稱他是好漢的舉動的，也有罵他是無賴的行為的，毀譽頗不一致。

良久良久，又有一位六七十歲的老者，好像在這一方算是齒德最尊的，忽的在衆中走了出來，和趙五打了一個招呼，顫巍巍的說道：「閣下此舉，可算得是一種英雄好漢的舉動，我們十分敬佩，決不敢說你是不正當的，不過兄弟還有一句話要對閣下說。閣下此次前來報仇，想來是要和余八叔個對個見個雌雄的；然而不幸之至，照現在的形勢瞧起來，余八叔已不能和你個對個較手的了！這在閣下新從遠方到來，大概還沒有知道這番情形罷！」

趙五聽了這話，倒好似遊子遠方，乍聽到父母仙遊噩耗這般的難過，眼睛中幾乎要掛下眼淚來，便很驚訝的問道：「怎麼，余八叔難道已經死了麼？難道他已不在人世了麼？如果眞是如此，我這個仇可報不成了！」

那老者道：「他死雖沒有死，但也與死了的無異。他在三年之前，忽然得了癱瘓之症，終日坐床不起。這不是已不能個對個和你較手了麼？」

趙五沉吟道：「果眞有這等事麼？」跟著又眼光一閃，很堅決的說道：「不要說他還沒有死，祇是癱瘓在床上；就是眞的死了，我也要親奠棺前，和他的遺體較量一下的！而且他癱瘓在床上，也祇是從你們的口中說來，我並沒有親眼瞧見，說不定是他怕我前來報仇，故意裝出這種樣子來的。我倒不願上他的當呢！如今我總得親自去瞧他一瞧，至於較手不較手，留待臨時再定，也無不可。」

他正說到這裏，便另外又有幾個人出來，向他說道：「余八叔的癱瘓在床，倒是千眞萬眞，並不是假造出來的；現有我們幾個人願作保證，大概你總可相信得過。不過他旣癱瘓在床了，你就是進去瞧他，也沒有甚麼益處。你是好好的一個人，難道好意思和一個癱在床上的人較手麼？勝敗且不必去說他，這種事情傳說出去，於你的聲名上很有些不好聽呢！所以依我們之勸，你只當余八叔已死便是，也不必再報此仇了！至於你遠道而來，或者缺少盤費；那我們瞧在你的俠義分上，倒也情願量力餽送的呢！」

趙五聽他們如此說，倒又把兩目一睜，動起怒來道：「這是甚麼話！我是報仇來的，並不是打秋風來的，要你們餽送甚麼盤費呢！如今實對你們說罷，不管余八叔是眞的癱瘓在床，或是假的癱瘓在床，我總要親自前去瞧上一眼。如果祇憑著你們幾句話，就輕輕易易打消了報仇的意思，那是無論如何辦不到的！」

正在難於解決的當兒，余家的人也早被他驚動了；即有余八叔十三四歲的一個姪兒子，走來問道：「你這位客人，就是那年爲了掉龍燈的事，和我叔父有上十年後再會的約那一位麼？如今來得大好，我的叔父這一陣子正天天的盼望你到來呢！祇是他老人家患著瘋癱，不克起床，不能親自出來迎接；特地叫我做上一個代表，請你到他的臥室中會上一會。你大概總可原諒他罷？」

衆人聽了這一番伶俐的口齒，暗中都是十分稱讚；而對於余八叔並不知道自己是個癱子，居然還念著這個舊約，又居然邀趙五到他臥室中去相會，一點不肯示弱，更是十分稱奇，正不知他葫蘆裏賣的是甚麼藥。倒又不等趙五開口，不約而同的，先向這孩子問道：「這些話果眞是你叔父叫你來說的麼？你並沒有弄錯一點麼？」

那孩子笑道：「這是很重大的一件事，我那裏會得弄錯！」隨又回首向趙五說道：「客人，你就隨我進去，好麼？」

趙五連連點頭道：「好極，好極！原來他有這般的膽量，我還疑心他是裝著瘋癱，故意不肯見我呢！」當下即跟著那個孩子，坦然走入余家。那班鄰舍鄉里，有幾個是很好事的，爲好奇心所鼓動，也就鬨然跟隨在後面。

余家的屋子，祇是鄉間的款式，並不十分深廣；不一會，大家已都走入余八叔的那間臥室中。祇見余八叔欹坐在床上，面色很是憔悴，一望而知他是有病在身的。不過手上還執著一隻草鞋，正在那裏織著，似乎藉此消磨病中的光陰呢。

一見衆人走入室來，立刻停了手中的工作，把身子略略一欠，算是向衆人致意；隨又向趙五望了一眼，含笑說道：「你眞是一個信人！說是十年後再會，果然到了十年，竟會不遠千里，前來踐約了！所可惜的，我在三年之前，患上了這個不生不死的癱瘓症，至今未能起床，已不是一個健全的人，萬萬不能和你個對個周旋的了。這可如何是好呢？」

趙五聽了這話，祇冷笑上一聲道：「照你說來，爲了你癱瘓在床上，我祇好把前約取消了麼？未免把事情瞧得太輕易了！那我在這十年之中，爲了立志報仇而所吃到的種種苦處，又向何人取償呢？咳！老實說罷，這種喪氣的話，這種沒種的話，祇有你們湖南人說得出口，我們山東人是無論到了如何地步，也沒有臉說這種話的！如今還是請你收了回去，免得不但坍你自己的台，還要坍全體湖南人的台呢！」

這話一說，余八叔兩個黯淡無神的眼珠，也不知不覺的微微閃動了一下，卻依舊忍著一口氣說道：「哦！你們山東人決計不會說這種沒種的話麼？要我把他收回麼？那我倒要請教你們山東人一聲：如果你們易處了我的地位，究竟又應該怎樣呢？」

趙五一點不遲疑的回答道：「這還用問！如果是我，不但是我，凡是我們山東人，倘然有人尋上門來，要報深仇宿怨，祇要有一絲氣在，不論是斷了膀臂，或是折了足脛，一定要掙扎著和那人決戰一場的；那裏會像你這們的退縮不前呢！」

余八叔被他這們一激動，實在忍耐不住了，又把兩眼一閃動，毅然的說道：「不錯！我還有一口氣在，並不曾死了去，決計不能退縮不前的；如今你要如何的比武，我就如何的比武，一切聽你吩咐就是了！」

這時和余八叔同個地方居住，前來瞧看熱鬧的人，倒又有些不服氣起來，忙向趙五說道：「你這話看去好像說得很對，但是他癱瘓在床上不能行動，已有三年之久，這是誰都知道的；如今你逼他和你比武，他雖無可奈何已是允許了，但在實際上，請問如何能辦得到？這還不如教他閉目仰臥在床上，索性靜等你結果他的性命，倒來得直截了當一些，用得著說甚麼比武不比武的話呢？剛才你罵我們湖南人太沒種，我們湖南人雖然不敢承認；現在我們湖南人倒也要還敬一聲，說你們山東人太殘忍一點了！」

趙五一聽這話，氣得兩眼圓睜，怒聲說道：「這是我和姓余的兩個人的事，我提出要比武，他也已慨然允許了；這於大體上已沒有甚麼問題，用不著你們旁人出來干涉的！如今我所要煩勞你們諸位的，祇不過要請你們在場做個證人，此番不論誰生誰死，十年後再見的這句話，我們總算已經履行了。」

他正說到這裏，忽又像想到了一件甚麼事，怒意立時全消，微微笑了一笑，便又接續著說道：「而且我雖說要和他比武，卻並不要強迫他起立；他既癱瘓在床上不能行動，就讓他癱瘓在床上也是不妨的。因爲我所決定的一種比武方法，很是變通，又很簡單，祇要我把兩柄飛劍向他飛去，他能將這兩柄飛劍完全擋住，就算完了事了；至於輪到他來出手，任他出甚麼新鮮主意，我是一點不敢推卻的！這不是於他的能行動不能行動上，毫無一點關係麼？現在請你們想想，我們山東人的生性，到底還是殘忍，還是不殘忍呢？」他把這番話一說，衆人倒祇好面面相覷，再也不能出來干涉了。

余八叔卻早已有些忍耐不住，便大聲說道：「你既遠道而來，當然總要有個交代，不能一無所爲而去，又何必多說這些閒話呢！現在你所提出的這個辦法，的確很是變通，又很能替我顧到，我那有反對之理？現在就請你把飛劍請出來罷，不要說祇是兩柄飛劍了，就是十柄百柄飛劍，我姓余的也是甘願受的！不過閒人在這室中，恐怕要受驚嚇，未免有些不便，還是請他們趕快出去罷。」

這一個條件，趙五倒是聽了十分滿意的。因爲照他的意思想來，在這些閒人中，難保不有幾個有本領的人在內；他們當然是偏於余八叔一方的，倘遇危急的時候，說不定要出來幫助余八叔，那無論如何，於他自己總有幾分不利了。現在把他們一齊攆了出去，他儘可安心行事，那余八叔的性命，差不多已有一大半落在他的手中呢！忙把頭點上幾點，表示贊成的意思道：「這話不錯！這間房子並不大，我們比武的時候，再放些閒人在內，的確很是不便的，還不如先請他們出去罷。」說完這話，即把兩眼望著衆人，似乎向他們下著逐客之令。

衆人都懷著好奇的眼光而來，如今兩人快要比武，好似鑼鼓已響，好戲快要開場了，原捨不得離開這戲場而去的；不過這個條件，並不是趙五提出，卻是余八叔提出的，他究竟是屋主人，他們違拗不得。祇好怏怏然退出室中，但依舊捨不得不偷看一下，便相率轉至廊下，就那疏疏的窗隙中偷窺著。

趙五卻不知已在甚麼時候，在他身邊的一隻小匣中，把那一對飛劍，一齊請出來了。衆人祇見他把口略略一動，似乎對余八叔說道：「你準備著罷！」即有一件東西，倏的從他口內衝出，化成一道白光，箭也似的一般快，直向余八叔的帳內射去。

衆人並不認識這是甚麼東西，不過忖度起來，大概就是他所說的飛劍了，倒著實有些替余八叔擔心。暗道：「像這樣夭矯無倫的東西，簡直和游龍沒有兩樣，很帶上一點妖氣，那裏是甚麼飛劍！余八叔雖有絕大的本領，也祇是一個凡人，又是癱瘓在床的，那裏抵禦得來，怕不立刻就要喪在他的手中麼！」

可是衆人雖這般的替余八叔擔著心，余八叔自己卻是十分鎭定，昂著頭望著那道白光，祇是微微的笑。那種從容不迫的神氣，如果被不知他正在和人家比武的人瞧見，還疑心他是在那裏瞧看把戲呢。

一剎那間，那道白光卻早已益行益近，和他的身體相距祇有數寸了，他方把手中沒有纖完的那隻草鞋，略略向上一舉。祇輕輕的一撥間，那道白光好像受了重大的創痛，再也不能支持了；立刻撥轉身子，依著空中原來的路線，飛快的逃了回去。接著就鏗的一聲，墮在地上，而且奇怪得很，恰恰不偏不倚，正落在趙五的足邊咧！這時在窗外偷看的人，再也忍耐不住了，便一片聲的叫起好來。

這一來，可眞把趙五羞得萬分，急得萬分，恨不得立刻把余八叔和那些窗外偷看的人，一齊剁成了肉醬！於是又把牙齒緊緊的一咬，低低的說道：「算你有能耐，這第一劍居然被你躲過了！但是這第二劍，我更當加上一些功勁，看你還能抵禦得住，抵禦不住！」

他一壁低低的說，一壁又把鼻子向內吸了幾吸，兩頰鼓了幾鼓，好像正在練氣似的；一會兒，把嘴盡量的一張，便又有一道白光，從他口內直衝而出，那夭矯的姿勢，飛行的速率，比前更要增加了。再瞧那余八叔時，似乎也知道這一劍不比尋常，略略有上一種嚴重的態度，不比以前這般的從容不迫了。

眾人不免又替余八叔擔著心事，暗道：「不妙，不妙！看來這劍來勢非輕，說不定余八叔的性命，就要葬送在這一劍之中了！否則，他何以也陡然變了樣子呢？」

說時遲，那時快，那道白光卻早已到了余八叔的跟前。余八叔忙又舉起草鞋去撥時，這白光卻果然和以前飛來的那一道大不相同了，好似在空中生了根一般，一點也撥移不動；而且不但撥移不動，就是這種相持不下的形勢，看去也祇是暫時的，不久就要失了抵禦的能力，被這白光攻打過來。祇要這白光在他的頸上一繞，他立刻便身首異處了！

這時不但是余八叔暗暗叫苦，連窗下偷看的人，也都驚叫起來。這一叫，倒又使余八叔忘了自己是癱瘓在床的，也不懂得甚麼叫作痛苦，馬上再把全身的氣運上一運。

說也奇怪，禁不得他這們一運氣，那隻草鞋上立刻就像加增了幾千萬斤的氣力，同時便不由自主的，又把這草鞋輕輕向前移上幾移。這一移動不打緊，這白光可又受了創痛，再也不能在原處停留了；便和先前一樣，又飛也似的逃了回去。

可是作怪得緊，這一次打的倒車，形勢似乎比前更是緊張，等得退到了趙五的跟前，並不墮落下來，餘勢還是很猛，似乎要直取他的腦部咧！趙五這一驚，真非同小可，不禁喊上一聲哎呀，一壁忙又把身子躲了開去。總算運氣還好，居然被他躲過了這道白光；祇聽得鏗的一聲，這白光又化成一柄短劍，墮在地上了。

誰知正在這驚喘甫定的當兒，又有一件東西，來勢很是凶猛的，向他劈面打了來；定睛一看，不是余八叔手中的那隻草鞋，又是甚麼呢？他起初對於余八叔的那隻草鞋，原祇看作無足輕重的一件東西，現在卻已兩次被挫，領教過他的本領了。暗想：我剛才仗著兩柄夭矯無比的飛劍，還是弄他不過，被他打敗下來；如今飛劍已打落在地了，祇賸著赤手空拳，那裏抵敵得來呢！罷，罷，罷！光棍不吃眼前虧，不如趕快逃走了罷；至於報仇的事，不妨隨後再談呢！

他一壁這們的想，一壁早已搭轉身子，向外便跑。這一跑，倒又使旁觀的人譁笑起來，並不約而同的說道：「山東人好不丟臉，怎麼就跑了呢？還敢說我們湖南人沒種麼？」

趙五這時逃命要緊，對於這種冷嘲熱罵，也不暇去管得。祇是這隻草鞋好像有眼似的，依舊緊緊的跟隨在後，不肯放鬆一點，眼見得就要趕上他了。而且還有一件奇怪的事，偶向肩後一看，余八叔不知在何時立了起來，已不癱坐在床上了，也像要立刻趕了來。

在這情急萬分的當兒，陡的一個念頭，倒又衝上了他的腦際，暗道：「這賽半仙眞和神仙差不多，預知我此行定要失敗的！現在不是已到了萬分危急的時候麼？不管他究竟靈驗不靈驗，不如取出他給我的那隻鐵匣來擋一擋，終比束手待斃好一點呢！」

他想到這裏，早把那隻小小的鐵匣，從身邊取出；也不暇回過身來了，就將那鐵匣在肩後晃動了幾下。說也奇怪，他祇晃了這幾晃，立刻即聽得轟的一聲，好像甚麼東西炸裂似的；跟著便有一道青光，在火星飛濺中直穿而出，逕向那草鞋打去。

這時那草鞋便立刻現著屈服的樣子了，忙向後面退縮，青光卻緊緊追隨不釋。不一會，早已追到了余八叔所立的地方；草鞋像已無地可避，要找一個地洞鑽下去的，即聽得搭的一聲，掉在地上。那青光驟然失了目的物，便向余八叔頭上直撲；一時間，頭髮著火，竟蓬蓬然燒起來了！

這一下，可把旁觀的人一齊駭個半死，又不由自主的驚叫起來；但在這驚叫聲中，可又變了一個局面了。祇見一柄大扇子，陡的又從外面飛了進來，不消在上面扇得三扇，早已煙消火滅，不但是余八叔的頭髮上停止了燃燒，連這青光都不知去向了！

衆人正在驚詫之間，忽聽得外面又起了一片笑聲。忙爭著走去瞧看時，卻不知從那裏走來了一位老和尚，臉上滿籠著慈祥之氣，一見就知是極有道行的；正望著那呆若木雞的趙五，笑迷迷的說道：「趙居士，你立志定要報仇，十年有如一日，這是很可使人起敬的；不過遇見了一個癱在床上的人，還不生上一點矜憐的心思，改變一下自己的宗旨，這未免太殘忍一些了！至於那隻鐵匣，並不關你的事，我也不來怪你。祇是我如果遲來一步，我的徒弟可就要送在你的手中了！」趙五聽了，依舊木木然立著，沒有甚麼回答。

老和尚便又笑著說道：「但有一件事，倒也要感謝你的。我的徒弟被你這們一逼，在運氣的時候，無意中把他從前所運岔的一口氣復了過來，三年未癒的癱瘓病，竟從此霍然了！這不是很可喜的一件事情麼？」

趙五至是，才瞪著兩眼，問上一句道：「如此說來，你莫非是無住和尚麼？」

欲知老和尚如何回答？且待第一二五回再說。

第一二五回　老和尚演說正文　哭道人振興邪教

話說：趙五聽老和尚說了那一番話後，方瞪著兩眼，問上一句道：「你莫非就是無住和尚麼？」

老和尚笑著回答道：「不錯！我正是無住和尚。我這們的突如其來，大概是居士所不及料的罷？」

趙五聽了，又是一怔；半晌，方才回答道：「的確是我所不及料的。這大概也是天意罷！我們再會了！」說完這話，好像突然發了瘋似的，飛步向門外奔去。那班瞧熱鬧的人，知道這齣戲文已完，沒有甚麼可瞧看了；而且他們師徒相逢，定有一番體己話要說，閒人留在這裏，究竟是不便的，也就一哄而散。

這時余八叔早已迎出房來，走到無住和尚面前，即雙膝撲的跪下，向師父拜謝援救之恩。無住和尚忙一把將他拉起，邊同著他走進房去，邊向那地上打落的飛劍及鐵匣望著，笑吟吟的說道：「這廝此行不但報不得仇，還把兩件法寶都打落在這裏，眞是賠了夫人又折兵了！」

余八叔請無住和尚坐下後，方又問道：「弟子今日有難，大概已被師父算得，所以特來相救麼？」

無住和尚道：「這個何消說得！但也是你命不該絕，否則我也無能爲力呢！不過如今我要問你一句話：你的癱瘓在床上，完全是爲了你自不小心，偶然運岔了一口氣，你以前自己也知道麼？」

余八叔現著疑惑的樣子道：「這個不是剛才聽得師父對趙五說起那句話，我竟一點也不知道；總以爲我得到這種癱瘓之症，定是受了地上溼氣的侵襲，於練氣上是絕對無關的。而且不瞞師父說，就是現在聽了師父這句話，我依舊還有些兒疑惑呢！」

無住和尚道：「你這句話的意思，我倒是懂得的；你不是說你自己對於練氣上，是很有上幾年工夫的，怎麼會偶不小心，就把一口氣運岔了呢？不錯！這也是你應有的一種理想。而且你的練氣工夫，我也知道你的確是不壞的；把渾身筋骨練得軟綿綿的，好似綿花團一般，無論怎樣粗大的拳頭，打在你的身上，絲毫也不覺得，不都是你練氣的好成績麼？

「不過你須知道，練氣這門工夫，是無窮止之境的；加之練習起來，更須逐漸而進，萬萬躐等不得的！譬如說：你所運的這口氣，平常祇有五百斤的分量；如今驟然間要增至一千斤，或八百斤，不是太嫌躐等麼？不是要出毛病麼？你的把這口氣運岔，也就壞在這個上頭！大概是因爲知道有人前來報仇，急於要求得進步的緣故罷？」

余八叔這才恍然大悟道：「師父這話說得一點也不差！那是僅僅得上一個癱瘓之症，還是十分有幸的；萬一再弄得不好一些，不是連性命都要送在這個上頭麼？不過，還有一樁不解的事情，剛才怎麼如此湊巧，我突然把氣一運，又把岔著的那口氣復了過來呢？」

無住和尚道：「這並不是湊巧，照理是應該如此的。因爲你在這三年之間，仍不住的在那裏練氣練到現在，已是大有進步，要比從前增加分量了；禁不住你奮然把氣一運，當然全身可以通行無阻，從前岔著的那口氣，那裏還會復不過來呢？」

這話一說，余八叔歡喜得幾乎要發狂道：「這眞是至理名言，弟子豁然如開茅塞了！但是還有一樁事，我要請教師父。」

無住和尚道：「甚麼事？」

余八叔便向他師父手中拿著的那把扇子一指道：「就是這把扇子。剛才那鐵匣中的那派邪火，正自十分猖獗，把我的頭髮幾乎要燒個乾淨；祇消這扇子飛了來，向他扇了幾扇，立刻煙消火滅，莫非這是一種仙人的法寶麼？師父是從那裏得來的呢？」

無住和尚聽了這話，忍不住笑了起來道：「那裏是甚麼仙人的法寶！這也與那趙五的飛劍，和你的那隻芇鞋，沒有甚麼兩樣；不過所練的工夫，各有高下的不同罷了！對你說罷，一個人練的工夫，祇要把功勁注放在上面，不必定是飛劍，才可把他練得能大能小，飛行自如，千里取人首級；就是別的東西，也同樣可以練得指揮如意，得到他的一個用場的。「否則，你這一隻小小的草鞋，還是未完工的，究竟具何神力，能把這淬厲無比的飛劍擋住？也祇是你多年來朝也織草鞋，晚也織草鞋，不知不覺的，把全身的功勁，都注在這織草鞋的手上罷了！你祇要如此的一想，就可知道我這扇子也平常得很，並不是甚麼仙人的法寶了！」

這一說，倒又說得余八叔爽然如有所失。一會兒，方問道：「那麼，那鐵匣呢？難道也和這扇子，是具著一樣的道理麼？」

無住和尚道：「這倒又不是的，這確是帶上一點妖氣的。然而也祇算得一個起端，以後像這們妖氣森森的東西，比他更要厲害到十倍或百倍的，我們恐怕還有得瞧見呢！唉！我索性爽爽快快的，對你講上一講罷。我本意原想在破刹中閒居著，不願再出來了；不料妖氛滿目，使我瞧了觸目驚心，再也不忍袖手旁觀下去。加之一班道友，大家會議了一下，又都推我出來，我沒有法子可想，只得又到塵世中來走上一遭呢！」當下就源源本本的，把一番事實說出來。

原來，在這時候，四川省榮經縣西面的邛來山上，忽然出現了一個妖道，自號哭道人。他以前的事跡，沒有人能夠知道得；不過他把哭字取作道號，卻也不是毫無根由的。據說：他所最擅長的本領，就是哭；遇著與人交手，到了十分緊要的當兒，他就出人不意的，把看家本領拿出來，放聲哭上三聲。這一哭不打緊，不但是對方的神經受了刺激，變得昏惘失措，完全失了抵抗之力；就是天地日月，也立刻變了色彩，祇覺得黯黯無光呢！

此外更有一樁奇事：別人家哭的時候，眼淚是緣了面頰，直淌而下的；他卻不然。他的兩個眼眶，好似兩道強有力的瀑布，祇要哭聲一起，眼淚就圓得如珠子一般，十分有勁的，從眼眶中飛濺而出；一射到對方的臉上，祇覺又熱又痛，萬分難受，同時臉上又起了無數熱泡，不期然而然的，祇好屈服在他的手中了。

他住在山上的萬妙觀中，收了不少的門徒；然而他如果祇閒居在山上，規規矩矩的收上幾個門徒，沒有和外人爭競的意思，也就完了。誰知他偏偏不肯安分，常常要很誇口的，對他的那班門徒說道：「你們大概都已知道，如今外面大家所盛稱的，祇有兩派，一派是崆峒派，一派是崑崙派。他們兩派積不相能，各自水火。凡是一般知道的人，都把來當作談助，不是說崑崙的人才比崆峒來得多，便是說崆峒的人物比崑崙來得俊，雖是各阿所好，然而也見得他們的聲勢了！其實照我瞧來，這兩派都是不足道的，把他們的西洋鏡拆一個穿，無非一派的虛張聲勢；倘然我高興和他們玩一玩，不問他是崆峒還是崑崙，定要被我一網打盡呢！」

那班門徒都是少年好事的，對於崆峒、崑崙兩派的聲勢，素來是十分心折；如今聽師父把這兩派說得如此不堪，可知師父的本領確是不凡的了！不覺聽得他們一齊眉飛色舞，忙又向他問道：「那麼，師父也要和他們玩上一玩麼？老實說，這兩派人平日也太跋扈一點，太嫌目中無人了；如果能把他們打敗，替我們另立出一個邛來派的名目，那眞是一件十分有趣的事情呢！」

哭道人道：「我旣然向你們如此說得，自然不是一句玩笑話，不久就要和他們玩上一玩的。不過我在出馬之先，先要找上那個笑道人交一交手；瞧他的笑，究竟能敵得過我的哭不能？如果是不能的，我簡直要逼他立刻把這笑道人的名號取消呢！」

這一席話，他雖是祇當著一班門徒說的；然而不知怎樣，不久即已傳到了金羅漢呂宣良的耳中。笑道人卻已雲遊到別處去了。

呂宣良道力高深，雖是十分有上涵養工夫的；可是一聽到這派野話，也不覺勃然大怒起來。而且聽他說起，第一個要找到的，就是他的師姪笑道人；更覺與自己身上有關，萬萬不能把他放過，非馬上懲治他一下不可！正在這個時候，卻又有一件事情發生了。一天早上，呂宣良剛自起身，忽見有一封信，端端正正的放在他的室中一張桌子上，也不知是何時送來的，更不知是何人送來的。懷著驚疑的心理，忙把那封信拆開一瞧時，卻正是哭道人向他挑戰的一封信。

信中大致說：我是邛來山上的哭道人，就是立意要和你們崑崙、崆峒兩派的人作對的，你大概是聞名已久了罷？我現在報告你一聲，我第一個要找到的，就是你的師姪笑道人；這也是我瞧得起他，所以不去找著別人，卻把他首先找來作祭旗之用。不過如今他究竟在甚麼地方，我竟訪探不得確耗，你想來總該有點知道的？就請你寄個信給他，教他趕快回來，準備著和我較量一下罷！

呂宣良讀完這信，這一氣眞非同小可，一邊又暗想道：「這廝的本領倒也很是不錯，像我居住的這種地方，雖說不到銅牆鐵壁的這般堅固，但也不是尋常人所能到得的；他竟能神不知，鬼不覺的走了進來，而且還膽敢把這封信放在我的桌上呢！」所以依著他的意思，很想親自出馬，把那妖道撲滅去，免得蔓延起來，將來反而不可收拾。

然而在他還未實行之前，早已被一衆道友知道了，忙都前來勸他道：「那妖道算得甚麼，何勞你老親自出馬！這明明是那妖道的一種詭計，故意把你激惱起來，使你親去和他對陣；那他的身分也就抬高起來，無論是成是敗，他都可立刻成名了。你如今果然一惱怒，不是反中了他的計麼？」

正在這時，無住老和尙恰恰前來探望他；聽了衆道友這番話，也很以爲然，並慨然的當著衆人說道：「我看這廝的本領，也不見得眞有怎樣的了不得，衹是一味的狂吹罷了！所以不但是呂道兄不必親自出馬，便是衆位道兄也都不必出馬得。好在我正要到湖南長沙，望我的徒弟余八叔去，聽說呂道兄的高足柳遲也在那邊；我衹要約了余、柳二人出來，大概也足對付那厮了。衆道兄正不妨作爲後盾，靜聽我的消息呢！」

衆人把他的這番話細細一想，覺得很有道理，便都把頭點點，同聲說道：「有你老禪師肯出馬，那妖道眞不足平了！我們正愁沒有這們一個道力高深的人，可以制服他呢！」於是無住和尚辭了呂宣良和衆道友，逕向湖南而來。

在路上的時候，又聽見大家沸沸揚揚的傳說，哭道人自從說了那句大話以後，也知得罪的人太多了，自已勢力太孤，恐怕不是崑崙、崆峒兩派人的敵手；所以很想把這兩派以外的能人聯絡起來，集合成一個大團體，和這兩派對抗一下。因此特地派了他的許多門徒，扮做醫卜星相及江湖賣藝之流，雲遊各處，以便暗中可以物色人才呢。這一來，無住和尚倒又對於走江湖的醫卜星相人等，暗暗注意起來了。

恰恰在這時候，在路上遇見了那個賽半仙，憑著老和尚的法眼瞧去，知道他不是一個尋常賣相的人，定是哭道人派出來的門徒，便暗暗尾隨著他。所以後來趙五仗義相助的一回事，無住和尚倒是親眼目睹的。

等到賽半仙收了攤子，領著趙五向旅館中走去，無住和尚心中更是十分明白，知道那賽半仙已看中了趙五的人才，要想把趙五收羅去咧。也就暗暗跟著他們，同到了旅館之中，幸喜沒有被他們覺察。恰恰靠著賽半仙住宿的那間房的旁邊一間，又正空著在那裏，無住和尚便賃居下來。因此賽半仙和趙五問答的一席話，更都被他聽了去；祇不知趙五的仇人，究竟是誰罷了。

等到趙五走後，無住和尚忽然起了一個念頭，想把賽半仙困住了，盤問他關於哭道人的一番實在情形；即闖然的走入了賽半仙的房間中，屹然立在他的面前，好似一尊石像。賽半仙倒被他駭了一大跳，從椅中直跳起來，瞪著兩個眼睛，向他問道：「好個撒野的和尚！無緣無故的，闖入人家的房間中來做甚麼？」

無住和尚並不回答，祇把兩道強有力的目光，凝注在賽半仙的臉上，瞬都不向旁瞬。說也奇怪，這賽半仙看去好像是一個有道力的人，照理應該有上一點本領的。誰知，不濟得很，禁不起無住和尚向他注視上一會兒，早已失了自主之力，完全好似被攝住了。

無住和尚便又望著他，向他問道：「你可是哭道人的門徒麼？你這次喬裝賣相，不是出自你師父之命，教你物色人才麼？」

賽半仙連連回答道：「是，是！這次出來，的確是受了師父之命，教我暗地物色人才的。」

無住和尚又問道：「物色人才祇是一句話，究竟也擬有具體的辦法麼？」

賽半仙道：「怎麼沒有！不過派了人到各地去，暗地物色人才，祇是第一步辦法，他還有第二步辦法呢！」

無住和尚的兩個眼睛，更凝注著他比前厲害一些，朗聲問道：「還有第二步辦法麼？那第二步辦法是甚麼，快些說出來！」

賽半仙道：「第二步辦法，就是在邛來山下，擺設下一個擂台，任人前去打擂，打贏的可得千金重賞；如此一來，天下的一般英雄好漢，凡是自命爲有上一點本領的，定都要前去一顯好身手。如果遇見眞是人才出衆，武藝超群的，他就不恤卑詞厚幣的去招羅，不怕不入他的彀中呢！」

無住和尚道：「但是私設擂台，是有干法禁的，他難道不知道麼？還是已得到在地官府的允許呢？而且要辦這樁事，費用也是很大，並不是輕而易舉的，他難道擔負得起這筆費用麼？」

賽半仙道：「他要設得擂台，自然要得到官府的准許，萬萬兒戲不得；所以他在事前，早把這件事辦得十分妥貼了！因爲他是善治各種疑難雜症的。新近四川總督的一個愛女，害了一種奇疾，請了許多名醫去，都醫治不好；弄得總督沒有法子可想，祇好懸掛黃榜，徵求名醫。他便走去把榜揭了，祇一帖藥，就把總督的愛女醫好。

「總督歡喜得了不得，把重金酬謝他，他卻堅謝不受。總督便問他道：『你莫非有甚麼事要求我，所以辭金不受麼？那你不妨替我說來，衹要是我的權力所能及，沒有不可答允你的！』這句話問得正中他的下懷，便把要在邛來山下擺設擂台，請求總督允准他的一番意思說出。

「這時總督酬恩要緊，其他一切都不暇顧及的了，所以把這件事瞧得輕描淡寫之至；聽了，衹哈哈一笑道：『你所要請求我的，衹是這們一樁事情麼？那有甚麼不可以之理？你儘管前去擺設擂台，我衹要下一道飭屬保護的文書就是了！不過你要擺設擂台，究竟是甚麼意思？難道於你本身有甚麼好處麼？』

「於是他便向總督撒下一個大謊道：『衹因貧道有下一個仇人，本領非常高強，遠非貧道所能敵，不久就要來加害了。貧道急得沒法可想，衹好在這擂台上，物色高人，或者可助得貧道一臂之力呢！』

「總督道：『原來如此！那我確應當幫助你的。你快去籌備起來罷！』他有了總督的千金一諾，自然很高興的進行起來了。」

賽半仙說到這裏，即戛然而止，不說下去；衹瞪起了一雙眼睛望著他，似乎等待他的命令一般。無住和尚便又朗聲向他說道：「你剛才說的一番話，我都完全聽得了。不過我曾問你，擺設擂台，所需的費用是很大的，他難道擔負得起麼，你為甚麼不回答我？如今快些替我說來罷。」

賽半仙忙又很聽話似的說道：「這個我們也曾問過他，他說他是會點石成金的方法的，無論要多少黃金，他都可在頃刻間弄了來；所以關於費用的一樁事情，一點不成問題呢！」

無住和尚聽了這話，知道便是賽半仙，也都上了他師父的當了；這件事決不會如此的簡單，內中定還有一種祕幕，點石成金衹是一句託詞罷了！但是賽半仙既不知道，盤問也是徒然，不妨留待將來再行查究。

因又擱下這個問題，再向下問道：「既然擺設得擂台，照例要請一個十分有本領的人做台主，難道就由他自己擔任麼？還是另請別人呢？」

這話一發，賽半仙的兩個眼睛，雖仍瞪著不動，但臉上立刻現出一種十分有興趣的樣子，回答道：「不！並不由他自己擔任。照他的意思，很想請長春教主鏡清道人出來做個台主；如果鏡清道人不肯時，便請鏡清道人的徒弟李成化出來。他們二人都是很有本領的，無論那一個肯出來，總於他十分有益呢！」

無住和尚道：「如此說來，他與鏡清道人及李成化都是很有交情的麼？」

賽半仙出其不意的回答道：「不！一點交情也沒有！」

無住和尚道：「那麼，他怎能決得定，他們二人肯出來幫助他呢？」這一次奇怪得很，好似已失了鎮攝的效用，賽半仙竟不就回答這句話。無住和尚忙定一定神，又把目光深深的注視著他，幾乎要直透他的目睫而入，然後朗聲問道：「快說，快說！他爲甚麼能決得定，他們二人肯出來幫助他呢？」

這才見賽半仙回答道：「這是有道理的。他以前雖和二人沒有甚麼交情，但是他可以想出法子來，使得他們非和他講交情不可。我這一次的出來，一半果然是在暗地物色人才，一半的使命，卻就爲著這樁事情啊！」

這一說，倒說得無住和尙恍然大悟似的，說道：「如此說來，剛才你引了到這裏來的那個人，莫非就是鏡清道人或是李成化的甚麼人麼？」

賽半仙道：「不錯！那人名喚趙五，是李成化的徒弟。在十年前，和人家結下大仇，我們是知道的，預計他在這個時候，恰恰要去復仇去了；這裏是他必由之路，所以教我預先候在這裏，找個機會和他去結交。見面之後，先一口道破他是去復仇的；再說他此仇定報不成，然後再給他一隻鐵匣，作爲護身之符。如此的市恩於他，將來不管他此仇是報得成或報不成，不怕他不再來找我；祇要一來找我，就不怕不入我的彀中了！想不到用不著我去結交他，卻因著在地惡棍的騷擾，他竟挺身出來，替我打抱不平，於是我的妙計的第一步，就此很輕易的告成咧。現在祇須待第二步的發展就是了。」

無住和尚一聽他說完了這番話，倒不覺又暗暗好笑起來。原來剛才走的那廝，就是李成化的徒弟趙五，也就是與自己的徒弟余八叔有上十載的深仇的；自己竟把他失之交臂，未免太懵懂了！現在趙五既下了決心要去報仇，又帶了這隻帶有妖氣的鐵匣子去，那余八叔的生命，不是很有點危險麼？好在自己本要到余八叔那邊去，如果趕快從後趕去，或者還不嫌遲。憑著他的這點道力，或不難打敗趙五那廝；就是這隻鐵匣，恐怕也邪不敵正，要打翻在他的手中罷！無住和尚邊這們的想著，邊又問道：「你和趙五素不相識，怎麼一見就會認識他？難道不怕錯認麼？」

賽半仙道：「那是不知我師父從那裏弄來了一個趙五的小影，畫得和他本人很是相像；所以一見便識，決不會有錯認他人的事情呢！」

無住和尚問到這裏，似乎已可告一段落，不必再盤問下去了，便把凝注在賽半仙臉上的兩道如電的眼光，收了回來，變成一副笑容可掬的樣子，一壁又向著賽半仙連聲喝道：「醒來，醒來！」

這一喝，真有不可思議的力量，於是賽半仙的兩個眼珠，又能轉動起來，不像先前這們呆呆的瞪著了；跟著又打了一個呵欠，好似剛從夢中醒了過來一般。然後又舉起眼來，向四周望上幾望；比及望見兀然立在他面前的無住和尚，恍又記起了剛才無住和尚闖入房來的那番情形，便厲聲向無住和尚說道：「好個撒野的和尚！還不與我快走，兀自立在這裏怎甚！難道你是一個聾子，沒有聽得我的話麼？」

這時無住和尚好像要故意戲弄他似的，祇笑嘻嘻的回答道：「我並不是一個聾子，不但是你攆我快走的那句話，便是你剛才所說的一席話，我一句句都聽在耳中，記在心上呢！」

這一說，倒又說得賽半仙呆了起來，立刻現著十分疑詫的樣子，說道：「和尚！你不要胡說了！我除叱你快走之外，何嘗說過甚麼話來！」

無住和尚忙把笑容一斂，正色說道：「騃子！你剛才正在夢中，怎麼會知道呢？唉！實對你說了罷，是我略略用了一點小術，把你鎮攝住了，使你入了睡眠的狀態中，然後用話問你；不怕你不依著我的問句，一句句的回答我，自然把關於你師父種種的事情，都和盤托了出來！如今甚麼你師父要在邛來山下擺設擂台咧，甚麼要請鏡清道人或是李成化去做台主咧，甚麼和他們二人並沒有交情，設法要得到他們的好感咧，我都知道得很詳細，一點沒有遺漏，難道不是你告訴我的麼？」

賽半仙至是，倒也不能不有些相信起來；不知不覺的，又露出一種深思的樣子，似乎要於無可追想之中，想出一些影蹤來。

無住和尚卻又接著說下去道：「但是明人不做暗事！無論如何，我總要向你說個明白才走的；而且還要託你帶個口信給你的師父，勸他還是在邛來山中，安安分分的修道罷，不要這般的狂妄了！倘然眞要和崑崙、崆峒兩派爲難，另立一個新派，那別人的意態如何，且不去說他，我無住和尚第一個就不能答允；等他擺設擂台之日，我就要去找著他，教他栽下台來呢！如今話已說完，我們再會罷！」說完，向著房門外就走。

這時賽半仙的意識，倒又完全清醒過來，恨不得揪住無住和尚，切切實實的打上一頓，方消了心頭之恨！但是等他走起身來，趕出門去瞧時，無住和尚早已走得不知去向了！

這很長的一番話，在無住和尚口中講出以後，余八叔便很殷切的問道：「那麼，如今的第一步，我們該怎樣進行呢？」

欲知無住和尚如何回答？且待第一二六回再說。

第一二六回　老道甘心做護法　半仙受命覓童男

話說：無住和尚聽了余八叔問上將來怎樣進行的一句話，便把自己定下的計畫向他說上一說，又命余八叔去把柳遲邀了來。如今且按下慢表，再把那趙五提一提。

單說：那趙五好像發瘋也似的，奔出了余八叔的屋中，腦中昏亂到了極頂，祇知胡亂向前奔去。等到神智稍清，佇了足四下一望時，卻已到了十數里外的荒野之中了。方把剛才的事，一節節的想了起來，倒又徬徨四顧，露出何所適從的樣子。暗自說道：「罷了，罷了！十載的深仇，既沒有報得成，不但是這十年來的苦苦練習，完全是歸於無用；而且還有甚麼面目，回到玄帝觀中去見師父一輩人呢！不如一死乾淨！」一想到這裏，便想圖個自盡的方法。

可是還沒有實行得，忽又轉念一想道：「不可，不可！我和那余八叔本有上十載深仇的，如今仗著那鐵匣之力，眼見就可把他燒死，不料從中又鑽出他的師父無住和尚來；不但使得我功虧一簣，還把我的兩件法寶都打落在他的手中，這不更是仇上加仇麼？無論如何，我就是自己沒有這力量報得此仇，也定要走遍天涯，訪尋能人，代我去找著他們師徒兩人，了卻這一重公案，方雪了心頭之恨！如何如此的懦弱，竟要一死了事呢！」

正在這個當兒，忽覺有人在他肩上拍了一下，並笑著說道：「如今報仇要緊，立在這裏呆想，又有甚麼用處呢！」這一來，倒把趙五駭了一跳。忙回身瞧看時，卻見在背後說這話的，就是說他臉帶晦氣，報仇不成，並贈他鐵匣的那個賽半仙。

趙五和賽半仙祇有一面之交，原無甚麼深切的感情的，但在此時，他正酷念著要報此深仇，而且想覓到一個能人代他報仇，而賽半仙恰恰不先不後的到來；加之賽半仙的神術，又是他所心折的，那代他報仇一件事，他雖不完全屬望在賽半仙身上，卻至少總有一半是屬望著賽半仙的！所以他見了賽半仙，好似他鄉遇故知一般，露著十分親熱的樣子，很欣喜的說道：「相士，我正弄得走投無路，不知如何是好；如今有你到來，我有了生路了！」

賽半仙微微一笑，還沒有回答甚麼，趙五又接著說道：「相士，你眞不愧是個神相！我果然被你料著，沒有報仇得成，反鎩羽而歸了！幸虧有你給我的那隻鐵匣保護著，總算保全了性命。所可恨的，後來又鑽出來了一個無住和尚，竟把你的那隻鐵匣也打倒在地上了！」說著，又把去報仇時的一番情形，約略說上一說。

說完以後，又加上一句道：「相士，你看現在我該有怎樣的一種辦法，請你明白的教導我；我是方寸大亂，一點主意都沒有了！」

賽半仙道：「你所遭到的種種事情，就是你不向我說，我亦已有所知；所以在你未向我請教以前，我倒已替你想定了一個辦法了。祇不知你贊成不贊成？」

趙五忙道：「甚麼辦法？快些講給我聽聽；祇要能報得仇，我沒有不贊成的！」

賽半仙道：「不要忙，讓我細細對你說。不過這裏不是談話的所在，我們且到那邊樹林中，坐下來談一回罷。」

趙五把頭點點，即跟著賽半仙同到了樹林中，席地坐了下來，又兩眼望著賽半仙問道：「究竟是怎樣的辦法？如今你該可以說了。」

賽半仙道：「我先問你，這無住和尚究竟是個何等樣的人物，你也知道麼？」

趙五搖頭道：「不知道。」

賽半仙笑道：「我對你說了罷，他不過是崑崙派中的一個附屬品；他那徒弟余八叔，更是附屬品中的附屬品，尤其不足道了！如今我們要想個法子把這崑崙派滅了去，不但是把崑崙派滅了去，並連這崆峒派，也要使他們同歸於盡；如果眞能辦到此事，兩派中人再也不能有一個倖得漏網的了，那無住和尚師徒倆，難道還能單獨活命不成？那時你的仇，不是也就暗暗報了麼？」

趙五道：「你這番話果然說得很是爽快，但照我想來，憑著我們二人的力量，要把他們師徒倆對付著，已不是一件容易的事情；如今竟要把這兩派一齊掃滅，這如何辦得到？你難道沒有細細想上一番麼？」

賽半仙又笑道：「我不是歡喜說空話的人，既然向你說得這番話，當然曾經細細思量過一番，而且定要見之實行的。我且問你，李成化不就是你的師父麼？鏡清道人不又是你的師祖麼？他們二位都是有上了不得的本領的；而我的師父哭道人，本領雖及不上他們二位，然決不在崑崙、崆峒兩派人之下，這是我所信得過的。倘然他們三人，肯戮力同心，合在一起幹著，剛才這件快心的事情，不是就可幹得成了麼？」

趙五聽他說到這裏，不覺也露著十分興奮的樣子，忙問道：「此話怎講？」賽半仙方把哭道人立意要和崑崙、崆峒兩派作對，定期擺設擂台，招羅天下英雄，並要請鏡清道人或是李成化前去充當台主的一番事情，一齊說了出來。

趙五沉吟著道：「好是好。祇是敝師祖近來不大愛問世事，敝老師也和從前變了樣子，不甚愛管閒帳，而且和崑崙、崆峒兩派中人，還多有些往來。如今令師要請他們前去充當台主，恐怕不見得肯答允呢！」

賽半仙道：「這倒不然！崑崙、崆峒兩派中人，令師祖和著令師，雖和他們多有些往來，但祇是表面上的一種虛僞交情，其實心中也不以這兩派人的驕橫爲然，這是我所深知的；但因沒有人發難，也就隱忍著罷了。現在旣有敝老師肯做這個戇大，諒來他們沒有不樂從的；而且充當台主，又是另外一件事，不見得就表示是和崑崙、崆峒兩派人作對呢！」

趙五覺得此話很是說得不錯，一壁暗想：也罷，我就打這條路進行罷！萬一僥天之倖，師祖或是師父，對於哭道人這個要求，竟是答允下來，那崑崙、崆峒兩派人的滅亡之期，諒來也就不遠了！我的仇，不是就在暗中報了麼？否則，單獨的爲了我的事情，要請師父替我前去報仇，不但說出來不大順口，而且在事實上，也有些難於辦到呢！

當下便欣然的說道：「好，好！讓我先去對我師父說知。倘然你能和我同去，那是更好的了！」於是二人一同啓程，向著山東濰縣進發。

不一日，到了玄帝觀中。趙五即領了賽半仙，前去參見李成化。略敘客套，賽半仙即把來意說明。

李成化聽了，倒是十分贊成，祇見他很高興的說道：「這倒也是一件大快人心的事情！本來這兩派的人，太驕橫得不成樣子，以爲除了他們兩派之外，天下沒有甚麼能人咧！祇恨我的本領太淺薄一些，在旁邊搖旗吶喊，是可以的；若要我充當台主，那就要給人家笑話了！不如讓我上一趟冷泉島，去把我師父鏡清道人請了出來；倘能得到他老人家的允許，這件事情辦起來，那就可有十分的把握了！」

賽半仙見他肯出於自動，要去把鏡清道人請出來，暗中當然喜不自勝，當下又向他說了無數好話。李成化隨即囑咐趙五並一衆徒弟，好生把賽半仙款待著，自己立刻上冷泉島去了。

數日之後，已見他回到玄帝觀中，見了賽半仙，劈頭劈腦的就說上一句道：「這倒是我所不及料的！」賽半仙倒被他駭下一大跳，以為事情已是失望了。

趙五自然也是很關心這樁事的，聽了也非常的不得勁，忙搶著問道：「怎麼，莫非祖師爺不肯允承充當台主麼？」

李成化道：「不！那裏會有這種話！我所以十分稱奇的，因為他老人家不但接受了我們的請求，而且據他自己說，還和他們是有夙怨的呢！」

二人一聽這話，早把心上一塊重石放下，便又同聲問道：「原來是有夙怨的，到底是怎麼一回事呢？」

李成化道：「他老人家最初住居到冷泉島，創設出長春教，舉行收女門徒的典禮的時候，不是曾請三山五嶽的道友前去觀禮的麼？那金羅漢呂宣良倒也不遠千里而來，也是列席觀禮者之一。當場並沒有甚麼話說，不料他觀禮已畢，在離開冷泉島，回向自己洞府的時候，卻笑著對一個道友說道：『這次的典禮雖是十分隆重，然而照我瞧來，處處不脫一個邪字，離著正道甚遠。所以這長春教主饒他有多大的本領，至多祇能算是一個外道的魁首。所可怪的，這班女門徒既具有這一種堅毅不拔的志向，當然也是很有夙根的；爲何不尋求正道，卻去跟他學習邪道？將來正不知伊於何底呢！』

「說到這裏，歎息上一陣，又顧著跟隨他的那兩頭鷹，微笑的說道：『你們雖是扁毛的禽類，卻比他們來得聰明多了；不願接近邪教，祇願一輩子跟著我呢！』這番話不久就傳到了他老人家的耳中，當然十分惱怒；不過懶得多事，也就隱忍下來。如今既出上這們一回事，正是他修報夙怨的好機會，怎麼還會不高興擔任呢？可是他老人家素來是十分緘默的，以前從沒有對我說過這件事，所以我聽了之後，倒覺得十分詫異呢！」

賽半仙道：「如此好極了！不過這擂台開台之期，大概總在來年三四月間；從冷泉島到邛來山，倒也有上一點路程，所以今年年底就得動身了。他老人家總已知道了罷？」

李成化笑道：「這倒不相干的！他老人家是會御風術的，你難道不知道麼？邛來山雖是相距甚遠，然在他老人家看來，好似就在鄰近一般，不當得怎麼一回事！不過他老人家又有說話吩咐下來了，他說：這一次擺設擂台的地點，雖是僻在四川的邛來山；然而一旦傳說開去，一定三山五嶽，皆會知道得這件事。加之我是素來不輕易出冷泉島的，忽又擔任下了這台主，那更是值得令人注意的了。說不定崑崙、崆峒兩派中的能人，都要前來出手一下；萬一弄得不好，恐連崑崙派中的呂宣良、崆峒派中的甘瘤子，他們依為台柱子的，都要親自出馬呢！」

賽半仙聽到這裏，忙儳言道：「這話倒是不錯的。那無住和尚並已親口對我說過，到了擂台開打之日，他定要趕到邛來山下，和我們拚上一拚的！不過呂宣良同著甘瘤子這一班人，究竟會來不會來？現在卻還不能預先知道呢！」

李成化笑道：「你不要性急，且聽我再說下去。他老人家因此又說，憑他自己的這點本領，就算他們全來了，或者在擂台上，也不難把他們一齊打倒，不過還不是萬全之策。他卻又有一個更巧的算計兒呢！」說到這裏，略停一停。

賽半仙雖不好意思再向他打岔，心中卻一刻也不能忍耐得，似乎向他催著道：「快說，快說！究竟是怎樣一個巧的算計兒呢？」

隨聽李成化接著說道：「他老人家的主張是這樣的：最好想個方法，使這兩派中的重要人物，在我們擺設擂台的時候，一個個都病了倒來；雖有要來打擂台的這條心，卻在實際上萬萬辦不到。這不是很有趣味的一樁事情呢？然而在平常人，這種方法是想得出、做不到的，他老人家卻竟有這們一點法力。他是會擺設『落魂陣』的，你大概已聽人家說過了罷？現在祇要他老人家出來擺上一個『落魂陣』，不怕他們不一個個病了倒來；而且不但是病了倒來，法力如果再厲害一些，簡直要使他們一個個魂消魄散，一命歸陰呢！」

賽半仙這時再也忍耐不住了，忙又攙問一句道：「這個法子好是好，可是擺設這個『落魂陣』起來，究竟也容易不容易呢？」

李成化道：「容易之至！祇是有一樁事，你們須得趕快去辦：就是須把這兩派中重要人物的年庚八字，打聽得明明白白。他老人家根據著，好替他們製成一個個的草人，把八字放在草人的腹中，然後念著符咒，向這些草人禮拜起來。包管不到七天，他們一個個都要顯著落魂失魄的樣子呢！」

賽半仙道：「這是容易得很的！祇是要打聽那幾個人的年庚八字呢？須得明明白白的吩咐我一聲，讓我好去打聽。」

李成化便從懷中取出了一張名單來，說道：「這是他老人家已在這張單上開得清清楚楚，你祇要照著這張名單上所列的，一個個去打聽就是了。」

賽半仙便很鄭重的取了過來，放在懷中，又問道：「還有甚麼事情，要吩咐我去做麼？」

李成化被他這一問，好似又突然的記起了一件事，便說道：「眞的！幾乎有一件要緊事忘記告訴你了！在這『落魂陣』中，照例是要供設一位凶神的；當擺設這『落魂陣』的時候，須先要把這位凶神很虔誠的祭祀一番。但是別的祭品還是尋常，有一種特殊的祭品，卻是萬萬不可少的，少了就不靈驗，倒很要費上一些手腳呢！」

賽半仙忙問道：「究竟是一種甚麼東西？你老說得如此鄭重。」

李成化道：「並不是別的東西，實是需要著一對童男女。」

賽半仙聽了，倒禁不住笑了出來道：「我道是甚麼東西，原來衹是一對童男女！這有甚麼難辦，隨意抓來兩個就是了！」

李成化也笑道：「你不要瞧得這般容易，還得聽我說下去。他老人家所需要的，並不是尋常的童男女，卻指名著要一個辰年辰月辰日辰時生的童男，和一個酉年酉月酉日酉時生的童女；你瞧，這不是有些難辦麼？」

賽半仙沉吟道：「有了這麼一個指定，事情的確有些難辦！不過我是業星相術的，衹要再掛上一個算命的招子，到四處去走動起來，或者不難把這一對童男女覓到呢！」

李成化道：「如此好極了！你就趕快出發罷。我在這裏靜聽好消息呢！」當下賽半仙即寫了一封信，把已和鏡清道人師徒倆接洽好，及鏡清道人主張擺設「落魂陣」的一番情形，一齊寫在上面；並請哭道人趕快把擺設擂台的事，一樁樁籌備起來，免得臨時手忙腳亂。即託李成化用「飛劍傳遞」的方法，把這信送到四川邛來山上哭道人那邊去。一面又邀了趙五一路同行，做個幫手，即作別李成化走了。

他沿路行去，隨處設攤，倒也有不少人來請他相面，請他算命，但是辰年辰月辰日辰時生的童男，和著酉年酉月酉日酉時生的童女，卻一個也打聽不到，不覺有些悶悶不樂。

這一天，行到一個熱鬧的市鎮，便在鎮上設了攤。正在談相批命，忙得一個不亦樂乎的時候，忽有一個英武的少年，同著一個清秀的童子，也走近了攤邊，即站在攤前的人叢中閒觀著；衹聽得那少年向著那童子笑問道：「老弟，你也要請教他算上一命麼？像你的八字這們的特別，是不大有得聽見的，說不定是一個貴人之造，將來有上遠大的前程呢！」

童子道：「表哥，我的八字有甚麼特別，我自己倒並不知道。」

少年笑道：「你的八字中，有上四個辰字，這是難得遇見的，還能說是不特別麼？」

童子搖頭道：「不！我不要請教他！這種算命先生，全是一派江湖氣，任他說得天花亂墜，我總是一個不相信呢！」

每當賽半仙擺設攤子的時候，趙五也裝著瞧熱鬧的人，總在旁邊伺察著，暗暗做著賽半仙的耳目；這時這番話早已傳入他的耳中去了，不禁暗自歡喜道：「好了！果然有個辰年辰月生的人來了！這是一個送上門來的主顧，我得好好的注意著他，萬萬不可讓他在我們手中溜了去呢！」

欲知這童子是何人，究請賽半仙算命與否？且待第一二七回再說。

第一二七回　慷慨以赴繼志稱能　綑縛而來半仙受窘

話說：趙五暗自歡喜，果然有個辰年辰月生的人到來了，一面再向賽半仙瞧時，雖正和一個老者算著命，看去卻也已聽得了這番說話，連連向他使著眼色；似乎教他對於這個童子，特別注意一些，不要放他溜了！

一會兒，又聽那童子說道：「這也祇是一派老生常談，沒有甚麼可聽。表哥，時候已是不早，我們不如回去罷，母親恐怕已在盼望我呢！」那少年把頭點點，便帶了童子向前走去。趙五那肯失去機會，也就悄悄尾隨在後。好在他們二人沿路閒瞧著，並談得十分高興，所以雖有人在後尾隨著，他們卻絲毫也沒有覺得。

漸行漸遠，已離了鬧市，走入田野之間。頃刻間，又到了一個三岔路口，童子忽然立停了足，對那少年說道：「表哥，我們就在這裏分手了罷！你可打那邊走，我也要沿著這條路回去了。」

少年道：「你一個人回去，不要緊麼？不要我再送你一程麼？」

童子笑道：「表哥，你又在說笑話了！像我這們一個人，還怕拐子把我拐了去麼？如果眞有拐子要想把我拐去，那他的膽子也可算大極了！」

趙五在後聽得了這幾句話，不覺小小吃上一驚，暗道：「這童子好大的口氣，莫非眞是有甚麼來歷的不成？還是他已覺察了我在後尾隨著，故意說這幾句話，把我駭上一駭呢？」想著，忙將身子向一個樹林中一躲，免被他們瞧見。這時那少年和童子，點了一點頭，卻早已分道各行了。

趙五倒又膽壯起來，暗想：這少年雖不知是何等樣人，然而身體很是魁梧，氣概很是英武，瞧去倒是不大好打發的。如今他已管自走了，祇賸下這童子一個人，正是天造地設，一個絕好的機會；無論這童子有多大的本領，終究是個童子，自己難道對付不下，還怕他溜了走麼？於是，他決定注意，要在這四顧無人的田野中，把這童子打翻了，然後再上了迷藥，把這童子帶了走呢！

不料，事情很是出人意外，這童子剛才和那少年且談且行，行步非常遲滯；現在賸下了他一個人，竟健步如風，跑得飛一般的快。趙五別說要上前，去打翻他了，便連跟了他走，都覺有些勉強，不免暗暗叫苦道：「罷了，罷了！我趙五白白地練了這多少年的工夫，誰知走起路來，竟連一個小孩子都跟隨不上呢！」

並且這童子好像是知道他尾隨在後面，故意要和他開玩笑似的，等到走得太快，兩下相距得太遠了，倒又向後一望，立停了足；趙五見了，暗暗歡喜，慌忙趕上前去，不料還沒有走得近，童子又飛也似的拔足向前走了。如是的跟隨了好一程，早已走入一個小村之中。

一個道姑裝的婦女，穿了一件紅色的道服，正佇立在一家門前閒望著；一見那童子走來，即迎了過來，並歡然的問道：「好孩子，你回來了麼？表哥呢？」

童子道：「他本要送我回來的，我阻止了他，他才回家去了。」說到這裏，忽然俯下身去，在地上拾了一枚石子起來，便又突然的回了身，將這石子用力擲了出去，一壁笑著說道：「那邊樹上有頭鳥，叫得很是煩聒，母親也聽得麼？我要把他打了下來呢！」

他口中雖說是打鳥，其實這石子一直向著趙五這邊打來；嚇得趙五祇好撒腿便跑，不敢再向村中行去。回到鎮上，找著了賽半仙，合在一處一商量，大家都不肯失去這個好機會，決定夜間就去把他劫了來。料想他們那邊祇有一個婦人，一個童子，不見得有甚麼能爲，可以向他抵抗呢！

當晚二更敲過，鎮上已是萬籟無聲，趙五便換上一身夜行人的衣服，悄悄離了下宿的地方。好在日間一去一來的時間，已把這途徑記得很熟，所以一點沒有迷路之患。不一刻，早又到了那小村之中。一瞥眼間，就找得了童子所住的那間屋子；再向四周仔細瞧瞧，確定沒有錯誤發生，便又在地上，拾起了一枚小石子，向牆中擲了進去。

祇聽得這石子到得牆內，便撲的一聲落在地上，半晌並沒有別的聲息，知道屋中人已是睡熟的了。便大著膽子，走到牆邊，祇把身子輕輕一縱，早已到了牆上；再向下輕輕一躍，已到了那屋子的院中了。

正立住了足，借著月光四下觀察，覓取進內之路；忽在二十步之外，發現了一團黑影，似乎有人蹲在那裏大解一般，倒把他駭了一跳！想要躲避時，那黑影的主人翁，似乎已瞧見了他，同時並立了起來了；就這身度大小瞧去，不是別人，正是他所欲得而甘心的那個童子！不禁又驚又喜，暗想：這真是巧得很！不必我去尋找得他，他已自己送上來了！當此夜深人靜，門戶又關得緊緊的，還怕他逃到那裏去呢？

但是他還沒有動得手，那童子卻又走了過來，悄悄的向他說道：「朋友，剛才日間我覺察了你在後尾隨著我，已知道你或者要光顧我家一次，所以就沒有睡；後來聽得了你投石問訊的信號，更覺得定是你來了，連忙趕了出來，果然就遇見你了。你到底爲了甚麼事要找著我，不妨明明白白的說出來呢！」

這幾句十分尖峭的話，早把趙五著惱了；他也不暇思索甚麼，伸出一隻手來，就想去抓著那童子。但是童子的身手矯健得很，那裏會被他抓住？沒有等得他的手伸到，早把身子一扭，跳到牆上去了；卻伸出一隻小手，向他招著道：「朋友，原來你是要來和我比武的！那麼，現在我在這裏，你何不也跳上牆來呢？」

這時趙五被那童子激怒得不可言狀，也就一言不發，氣忿得跳上牆去。可是他的腳剛剛踏到牆上，童子倏的將身子一扭，已跳到對面屋上，又把小手向他招著咧。這一來，眞把個趙五氣極了，自然也向屋上趕去。然而那童子的身手輕靈得很，儘在屋上跳來跳去；累得趙五跟著他跳動，出了一身臭汗，依舊沒有把他抓得，手腳卻都有些發乏起來。一不小心，竟把屋上的一疊瓦踏碎，立時發出一種聲響來。

童子忙向他搖手道：「朋友，腳步放輕一些，不要這般魯莽！在這明月之下，我們兩個人在屋上玩一下子，原是一點不要緊的；倘然再發出了甚麼聲音，驚動了我的母親出來瞧視，那可不是當耍呢！」但是這話剛剛說完，便已聽得一陣腳步聲響。跟著便有一個道姑，穿著一身紅色的道服，走到院中立定；這就是那童子的母親了。

童子便向趙五埋怨道：「如何？果然把他老人家驚動了！」

趙五還沒有答話，又聽得道姑在下面喊道：「好孩子！在這深更半夜，你同著甚麼人在屋上談話呀？」

童子笑嘻嘻的回答道：「來了一個很好玩的朋友，所以我睡覺都不想了。母親也要瞧瞧他麼？」

這時道姑似也已一眼瞧見了趙五，便向他招手道：「好的，那麼你就下來罷。」趙五心中雖是很不願意下來，但是不知怎樣，經道姑將手一招，竟不由自主的跳下屋來。那童子也就跟著跳下，又向他的母親說道：「這個人的確很是好玩，母親不妨問問他的來意呢！」

道姑道：「這個當然要問的。不過承他惠然肯來，庭中立談，終不是所以款待嘉賓之道，不如到裏邊去坐罷。」說著，便又向趙五一招手。趙五這時已同甕中之鼈，萬萬逃走不來，也就乖乖的，跟著道姑和那童子走了進去。

裏邊乃是一間客室，地方雖不甚寬廣，布置得卻是十分整潔。道姑請趙五在客座中坐下後，方含笑問道：「請問壯士黃夜來到此間，究是甚麼用意？我們自問，既無財產，足動暴客之覬覦，又無甚麼仇人，可以招致刺客前來行刺，所以我們覺得很是疑惑呢！」

趙五經他這們一逼問，倒有些侷促不安起來，暗想：眞話是萬萬說不得的，還不如承認是覬覦財產的暴客罷！便回答道：「祇因路過此間，偶然缺少銀錢使用，所以想到尊府來告借一些盤川，不料事情沒有得手，卻被你們識破行藏了。自知罪該萬死，不過請念我是初犯，就把我釋放了罷。下次無論怎樣貧困，再也不敢幹這營生了！」

那道姑聽了這番話，還沒有回答甚麼，那童子卻早已哈哈大笑道：「你不要向我們撒這瞞天大謊了！你以爲我們不知道你的行藏麼？你日間巴巴的尾隨著我來到這裏，晚間又偷偷的跳到屋中來，難道還能說是偶然麼？還能說是祇爲覬覦財產而來，並不爲別的事麼？你還是趕快把眞情說出，哼，哼！否則我可要對不住你了！」說著，舉起兩個小拳頭，向他揚了揚。趙五雖然有些懼怕，卻還是不肯直說。

那童子又冷笑一聲道：「哼！你道我們是甚麼人？你竟敢在我們面前作刁麼？實對你說，我的母親，就是外面大家稱爲紅姑的；你小爺就是陳繼志。你從前大概也已早有所聞罷？」

這童子管自說得高興，那道姑卻在一旁叱道：「我們也不要和他攀親配眷，你在這些無名小輩面前，又何必通名道姓似的，把我們的眞姓名說出呢！」

可是趙五一聽說這道姑就是紅姑，這童子就是陳繼志，更加覺得有些著急了！暗道：「怪不得他們有這般的本領，我怎是他們的對手？我的在他們手中栽筋斗，自也是意中之事呢！祇怪我自己太粗心一些，事前沒有細細打聽，現在可弄成個來得去不得的局面了！」

這時卻又聽陳繼志說道：「你既不肯把來意說出，我也不要你再說了。那個掛著賽半仙招牌的算命先生，不也是你的同黨麼？別人雖瞧不穿你們詭祕的行蹤，我卻祇在攤前站立上一些些的時候，已把你們的關係瞧了出來了。如今祇要把這賽半仙捉了來，再把他搜上一搜，不怕不盡得眞相呢！」

這話一說，更把趙五急得跳了起來道：「這使不得！我和他雖然有些相識，卻是一點關係也沒有，千萬不能連累他呢！」說著，就要向外奔去，似乎欲圖逃走的樣子。

陳繼志見了，衹伸出他的一隻小手，用食指向他虛點一點，趙五立刻又身不由主的坐了下來，好似被定住在那裏了。陳繼志便又笑道：「這裏是甚麼地方，豈容你輕易走動的！還是靜靜兒坐在那裏罷。至於賽半仙和你，究竟有關係無關係，你徒然白著急也無用；而且你越是著急，越是把這句話證實了。不如等我的表哥桂武到來，去把賽半仙捉了來，自然可以得到一個水落石出了！」

不一會，天已大亮，陳繼志便去把他的表哥桂武叫了來，卻就是日間同著他在一起的那個少年。衹見他們低低的商議了一回，便一同走了出去；不到多時，果然把那賽半仙捉了來了。二人相見之下，雖不曾說上甚麼，卻都露著一種嗒喪之色。

便又見陳繼志將小手一拍，向著趙五說道：「如今你可再不能狡賴了！我們已在這賽半仙身上，搜出了一本小册子，上面載著許多人的年庚八字；我的姓名雖沒有寫在上面，卻在另一行中，大書特書的寫著辰年辰月辰日辰時生之童子一名等字，這不明明指的是我麼？照此看來，你們定是妖人無疑，衹不知有無指使之人。如果確非出自你們本意，有人指使你們來的，還是從實招來爲妙；免得責打起來，反使皮肉受苦呢！」

二人聽了這話，又很迅速的互相看了一眼，似乎彼此在關照著說：我們祇承認是妖人便了，若問甚麼人指使我們到這裏來，萬萬不可說出！至於擺設「落魂陣」攝取生魂等事，更是無論如何，不可向人洩露的啊！因此二人都把頭搖搖，表示並沒有受著甚麼人的指使。

這一來，可把桂武著惱了，隨手取了一根棍子來，向二人夾頭夾腦的打去。趙五雖還是咬緊牙關，用足功勁忍受著，不肯吐露一個字；然久而久之，功勁也有些懈怠下來，漸漸露著受不起痛苦的樣子，竟不住聲的嚷起痛來。祇有那賽半仙，卻依舊夷然自若，行所無事；這棍子雖密如雨點一般的打到他的身上去，他並不東閃西躲，好像一下也沒有挨受得，祇是哼哼的冷笑。

桂武看在眼中，不免有些詫異道：「照此看來，你這廝確是一個妖人，的確有些妖法，竟能挨受得這一頓棍子！但是你投在他人的手中也就罷了，偏偏又遇著我，乃是最最不怕妖法的。無論你是怎樣的厲害，我總要想個法子，破了你的妖法呢！」

邊說著，邊又喚著陳繼志道：「你快到後院中去，捉著一隻雞把來殺了，將那雞血盛在碗中拿了來，讓我澆在他的身上；再去取一根篾條來，插在他的轂道中。這都是破妖法的好過節，不怕他不要喊痛起來呢！」

賽半仙一聽這話，果然暗暗有些吃驚，私忖：我所最最懼怕的，確就是這兩門，如果眞的如此做來，我的法力，不免立刻就要完全失去，這一下下的棍子，也就很著實的挨在身上；說不定我的這條性命，都要交託在這棍子之上咧！

同時忽又想起：當他的師父哭道人遣他出來訪尋能人的時候，快要拜別了師父上路了，忽又露著躊躇之色，師父便問他：「爲何如此？」

他道：「我是向來伏處在師父的帡幪之下的，沒有離開過師父一天；如今忽然隻身出門，遠走天涯，說不定要遇到甚麼敵人。自問本領很是淺薄，萬萬對付不過人家，而急切間又得不到師父的保護和救援，一旦想到這裏，不覺有些膽怯起來呢！」

師父笑道：「你眞是膽小極了！但是你儘管放心，你此次出門遠去，雖是驟然和我分離了，其實仍是和我在著一起一樣的；你如果遇了甚麼災難，我自然會前來援救你、保護你呢！」

他聽了這話，依舊露著疑惑的樣子，似乎以爲這祇是師父壯他膽的一種說話罷了，事實上決計不能眞是這樣的。

可是師父早已瞧出了他的心思，便又笑著說道：「你不相信我的說話麼？那不妨將來再說！你此後祇要記著，如眞的遇著十分危急的時候，可大呼三聲：師父快來救我！我就在千萬里之外，自然也會立刻前來救你的，決不使敵人輕損你一毫一髮呢！」

他疑心參半的拜受師言。可是出外以來，並未遇著甚麼危險，所以尙沒有試驗過一次呢。現在，可眞是大難當頭了；不管師父這番說話可信不可信，呼喚起來靈驗不靈驗，不如試驗上一下罷！倘得呼喚之後，師父果然立刻到來，不是就可轉危爲安，有了生機麼？他一想到這裏，膽又壯了起來，便不待他們前來處治他，即大聲喚了起來道：「弟子有難，師父快來救我！」

欲知賽半仙如此的一呼喚，他師父是否到來相救？且待第一二八回再說。

第一二八回　遭危難半仙呼師父　顯神通妖道救黨徒

話說：賽半仙這一聲剛出口，倒引得陳繼志笑了起來道：「你這個人眞是膿包！怎麼高聲喚起師父來了？你師父又不在你的身旁，那裏會聽得到你的呼救之聲呢？老實說，我雖是一個小孩子，還不願玩這一手；我勸你還是住了聲，不要惹人笑話罷！」

這時趙五也覺得陳繼志的這番話說得不錯，暗怪賽半仙也太沒用了；又不是小孩子，爲甚麼吃了人家的虧，就要高聲喚起師父來！這不明明是示弱於人麼？可是賽半仙一心要脫此大難，依舊信任著師父這句說話，希望他立刻即顯靈驗；所以儘管陳繼志在旁取笑著他，他一點不以爲意，又連喚上二聲師父快來救我。

說也奇怪，當他未喚這三聲以前，天空中淨無纖雲，現著一派晴朗的氣象；比及這三聲喊了出來，外邊立刻起了一陣大風，天也跟著黑了下來。而就在這晦冥之中，隱約瞧見一隻大手，從屋外伸了進來；祇很迅速的一攫手間，早已把賽半仙攝到上面去了。

卻又聽賽半仙帶著驚惶的聲音，說道：「師父，師父！我還有一個同伴在這裏，也請你老人家一併把他救了出去罷！」

這時趙五忙也高聲說道：「我在這裏，我在這裏！不過我已被他們用定身法定住了！」即聽得一個蒼老的聲音，似乎帶著笑在說道：「定身法算得甚麼！我也把你救出去就是了！」隨見那隻大手，又是向下一攫，這個定住在坐位上的趙五，便又被他攝到外面去了。接著，風也歇了，天也開朗了，又回復了以前的樣子。

紅姑、桂武等人，驟然遇見此等奇事，不免略略呆上一呆。等到心神稍定，隨即出至庭中一瞧，祇見屋脊之上，立著了三個人；除了被攝出去的兩個人之外，還多上一個老道，這大概就是那賽半仙的師父了。

這老道一見他們走至庭中，便向他們說道：「你們膽量好大，竟把我的徒弟欺侮起來了！如今我已到來，怎能寬饒你們？定要和你們好好的算一下帳呢！」

說著，又把紅姑凝視了一下，指著說道：「你不就是紅姑麼？我早就打算找著你了，你現在倒又平白地把我的徒弟欺侮起來，我那裏還能放過你！你還是知趣一些，趕快跳上屋來，和我見個高下罷；否則我也就要請出飛劍來，取你的首級了！」

這話一說，把這爐火純青的紅姑，也惹怒得直跳起來；立刻掣出佩劍，要和這老道較量一下。卻被桂武出來把他攔住道：「量這妖道有多大的本領，何必要姑母出去和他較量！姪兒雖是不才，自問已足夠和他周旋一下；請看我不上十個回合，就把這妖道的首級取了來咧！」

陳繼志也在一旁嚷著說道：「其實母親和表哥都不必出得馬，祇讓我一人前去便了。瞧這妖道鬚髮雖已蒼白，好像已是有上一點年紀了；然而不教他在我小孩子的手中，大大的栽上一個筋斗，我也不姓這個陳！」

說完這話，也不待二人許可，略把身子一縱，早已上了屋脊；即揚起兩個小拳頭，向著老道說道：「來，來，來！我們先走上一百個回合罷！」

老道卻露著夷然不屑的樣子道：「你這個小孩子，莫非存心要來送死罷？誰耐煩和你走這趟子，還是趕快換上你們的大人來！」

這時桂武也已跟著跳上屋來，即嚷著說道：「你別要小覷他，他比你要強得多了！不過你既不願在他的手中栽筋斗，就和我來走上一兩個趟子也使得，橫豎是一樣的！」

正在這個當兒，不知怎樣一來，倒又把冷在一旁的賽半仙提醒了，登時叫了起來道：「師父，你不必和這漢子多費手腳，祇把這個小孩子挾在身邊，趕快的一走就完了！我們所以來到這裏，就是爲著這個孩子，他是辰年辰月辰日辰時生的啊！」

老道一聽這話，連忙答應一聲：「知道了！」一邊躲過了桂武揮過來的拳腳，一邊就向陳繼志衝了來。

好一個陳繼志，人小膽氣粗；見那老道向他衝了來，不但不露驚惶之色，反而覺得十分高興，也揚起兩個小拳頭，向他迎了過來。廝鬥上好幾個回合，竟然不分勝負。

老道見單憑著眞實本領，竟不能戰勝他，不覺有些著慌；又見紅姑全身紅服，結束停當，似乎也要跳上屋來助戰的樣子，更覺事情不妙。如果等到三人一齊出手，用著車輪戰的法子和他廝纏起來，那就難於對付了！他一想到這裏，立時起了惡念，即把鼻子向上一掀，兩眼向下一擠。說也奇怪，在這一掀一擠之間，即有股黑霧一般的東西，從他的眼鼻間飄浮出來，充塞於天空之中，黑漫漫不見天日；同時更有冷如冰、堅如雹兩道的淚泉，從他的兩個眼眶中激射而出，直向陳繼志的面部及全身打去。

陳繼志儘他本領怎樣高強，究竟祇是一個小孩子，那裏見過這種妖法；而且這些冰雹也似的東西，來勢非常凶猛，擋都擋他不住！比及射在面部，面部立時發腫；射在身上，身上也立時生痛，覺得全個身兒都有些不自在，因此手腳不免略略遲緩下來。可是，在這手腳略緩之間，就給了那老道一個可乘之機了；他立刻踏上一步，又伸出生鐵也似的一隻臂兒，祇輕輕的向陳繼志的腰間一挾，即把陳繼志挾了起來，飛也似的向前走去了。

這時紅姑也已跳上屋來，在那將要散盡的黑霧中望出去，早已失了那妖道和陳繼志的所在；祇有個桂武，呆如木雞的立在一旁，連先前的那兩個歹人，也走得不知去向了！紅姑不覺跺足道：「這是怎麼一回事！志兒竟被這妖道挾了去了！桂武，你也瞧見這妖道是向那方走的呢？」

桂武經這一問，方才如夢始覺，即伸出手來，向著遠遠的雲端中一指，說道：「這妖道端的好本領，竟會騰雲駕霧的！姑母，你瞧！這雲端中遠遠的現著一個黑點，不就是他把表弟挾在身邊，飛速的向前逃走麼？」

紅姑聽了這話，向雲端中一瞧時，桂武的說話果是不錯。自己剛才因著繼志驟然失去，心中十分著急，連耳目都失去固有之聰明，一時竟沒有瞧得到，眞是三十年老娘倒綳孩兒了！可是他也是會騰雲術的，當下也不答話，即兩手一揮，身軀向上一踴，也立刻駕起一片雲來，向著那黑點直趕而去。

紅姑的騰雲本領，畢竟不輸於那妖道；趕不上多少時候，這黑點越顯越大，彼此竟相距得很近了。紅姑即揚聲向他警告道：「妖道！你不要逃走，如今可被我追趕著了！快些把這孩子還我，萬事全休！哼，哼！否則我可要請出飛劍來，取你的首級了！」

那老道依舊不肯停止前進，祇冷笑了一聲，也揚聲回答道：「你有飛劍，難道我沒有飛劍，就會怕了你麼？而且你的飛劍，就算十分厲害；但是現有你的兒子，被我挾在身邊，你如果傷了我，不免就要連帶的傷了他。你懷了投鼠忌器的心思，恐怕也不敢輕於施展罷！」

紅姑聽他這番說話，雖然跡近要挾，但是事實上確有如此的情形；這飛劍是不生眼睛的，繼志已被他挾在身畔了，既然能傷得他，不免也要傷及繼志。而且他如果遇著十分危急的當兒，說不定要陡起惡念，先把繼志殺害了再講呢！

這樣一想，不免拋去了武力解決的主張，便又聲口很和平的，向那老道問道：「我自問與人無怨，與世無仇；而與你這位道友，素來似風馬牛之不相及，更談不到怨仇二字。你如今平白無故的，爲甚麼要把我這孩子劫了去呢？請你快些說出理由來！」

老道笑道：「我和你果然似風馬牛之不相及，也無仇怨可言；不過你不是紅姑麼？你不又是崑崙派中鼎鼎大名的人物麼？有了這點關係，那我前來找著你，並把你的兒子攜去，似乎就算不得怎樣突兀了！」

紅姑一聽這話，更露著十分疑惑的樣子道：「你這句話是怎樣講，我倒有些不懂！」

老道便又哈哈一笑，方很明白的講了出來道：「實對你說了罷，現在崑崙崆、峒兩派的人，實在太嫌跋扈一點了！派外的人對他們側目，當然不必說起；而我更是最最反對這兩派的一個人，決計不問成敗利鈍，要和他們周旋一下的！如今恰恰遇著你正是崑崙派中的重要人物，我那裏還能把你輕輕放過呢！」

紅姑道：「瞧你這個妖道不出，倒有這般大的口氣！不過，你反對崑崙、崆峒兩派也可，反對崑崙派中的我也可，你如果要找著我鬥一下法力，我是決不躲避的！至於這個孩子，與你年歲相差得太遠，你就是眞的勝了他，也算不得怎樣榮耀的事，你又何必定要把他劫了去呢？」

老道乾笑道：「關於這個孩子的事，卻又屬於另一問題了。如今免得你的疑惑，索性一齊對你說了罷！我在明年五月五日端午節，在四川邛來山下擺設擂台之外，還要設下一個『落魂陣』，你大概還不知道罷？卻預定下在擺設此陣之先，須覓得辰年辰月辰日辰時生之童男一名，和酉年酉月酉日酉時生之童女一口，備作祭旗之用。

「如今你的兒子八字中有上四個辰字，恰恰合上這種資格，正是覓都覓不到的，我那裏還肯捨去他呢！而且我的擺設『落魂陣』，正是爲懲治崑崙、崆峒兩派人起見；現在祭起旗來，竟選著一個崑崙派中的童男，眞是再湊巧也沒有！如能再在崆峒派中，覓得一個酉年酉月酉日酉時生的童女，珠聯璧合，那就更好了！」

紅姑聽說他要把繼志當作童男，拿去祭旗，不覺又大怒起來；也就顧不得許多，邊向前飛速趕去，邊把唇吻張動，似乎立刻就要動手，把飛劍飛了出去。那老道卻一點不在意，反把繼志故意擎得高高的，幾乎要和他的這顆頭相並，笑著說道：「你儘管把飛劍賜下來罷，這是我很好的一面籐牌呢！」瞧瞧那繼志時，卻聽他高高的擎著，手足一動也不動，似乎已死去了！

這一來，倒又觸動了這慈母的悲懷，不但已失了向人動手的勇力，反又很惶恐的向那老道問道：「好一個妖道！你怎麼竟把我這孩子扼死了！我與你勢不兩立啊！」

老道忙向他安慰似的說道：「請你放心罷！這是很難覓得的一宗寶物，我在未祭旗以前，把他看護起來，一定要比你對於他還來得加倍注意，決計不肯無緣無故把他扼死的；這不過恐他脾氣不好，要在我手中掙扎個不休，所以替他上了一些蒙藥，使他得安然睡去，實在是一點不妨事的啊！」

紅姑經他這們一解釋，心神方才略定，還沒有說得甚麼話，卻又聽那老道十分得意的說下去道：「我從前聽說你紅姑是一個了不得的人物，又是一心修道的，總以為你對於一切塵緣，一定瞧得很是穿透的了；不料照現在這番愛戀兒子的情形瞧來，完全與世俗的女子沒有甚麼兩樣，還說甚麼能勘破塵緣？還能稱得甚麼修道之士呢？咳！你們崑崙派中所謂的能人，所謂有道之士，大概都是如此的罷！」

紅姑起初聽到這番嘲笑的說話，很露著爽然若失的樣子；覺得老道這番說話，不可以人廢言，倒也說得不錯，自己對於塵緣，確乎太重了一些了！可是轉念一想，頓又醒悟過來。關於倫常的事情是人道，一般人所欲修持的是天道，人道與天道，原可合而為一的。母子骨肉至親，母慈子孝，才算是倫常之正軌；怎可因了修道，便可把母子一倫廢了呢？如果說是修道之士，定須把倫常一概忘卻，骨肉視同路人，其說乃似是而實非，適自暴露其為邪道外教罷了。

當下也就不作一聲，依舊向前追趕。

那老道卻又說道：「也罷！我瞧了你這番愛戀兒子的情形，倒也把我這顆心軟下來了！如今我並非一定要把你兒子拿去祭旗，祇要你在明年五月五日之前，能替我找得一個與你兒子同一庚造的童男，代替你的兒子，那這孩子就有生還之望了。你看怎樣？」

紅姑這時憤怒已極，再也不耐和他多談下去，即把口一張，即有一道白光，飛越而出，直取老道首部。老道卻也機靈得很，知道紅姑已把飛劍斫來了，也就不慌不忙的，騰出一隻手來，從腰間輕輕掣出一柄拂塵，向空中這麼一揮。祇這一揮之間，便也有一股黑光飛出，恰恰把這白光擋住了。於是邊儘這黑白二光在空中激戰著，邊仍一個逃，一個追，彼此借著雲力，飛也似的追趕下來。

不一會，隱隱見前面露著一個大黑點，似乎有一座高山矗立在下邊。即見老道重重一拂拂塵，將那白光略略挫退了幾寸；然後突然的回過身來，再把拂塵一拂，又把這重行衝射過來的那一道白光擋住了，方向紅姑朗聲說道：「我便是哭道人，就住在下面這邛來山中。如今要少陪了！你以後如果要來找著我時，儘可來到這山中，向我的洞府中找尋便了！」說完這話，又把拂塵重重一拂，即一個筋斗雲，翻到下面去了。

紅姑救子心切，那裏肯把他捨去？也是一個筋斗雲追了下來。可是到得平地時，哭道人身手好快，早已走入一座石室之中，兩扇石門砰的闔上，竟如天衣無縫，連一些裂隙都瞧不出來了。

紅姑在石室外徘徊了好半晌，竟找不得一條入路，不覺萬分懊喪道：「我眞是三十年老娘，倒繃孩兒了！我自問有下絕大的本領，無邊的法力，任何人都不是我的對手；不料今日遇見了這個小小的妖道，竟會這般的手足無所措起來，這是從那裏說起啊！」想要去到別個道友處，搬來救兵，援救他的兒子時，又覺自己在道中是頗有聲名的，今日竟會見挫於一個小小的妖道，弄得無法可想，反要求救於人，實是莫大之羞辱，那裏開得出這張口？

正在進退維谷之際，突然在他的身旁，轟的起了一聲巨響，頓把思潮打斷；原來有一大塊頑石，恰恰落在距離他的立處不到一尺的地方，險些兒把他的頭都打破呢！不禁罵道：「好一個險狠的妖道！竟要暗箭傷人麼？」

但當他抬起頭來瞧看時，並不見妖道的蹤跡；祇有兩隻巨鷹在空中磨旋著，跟著又叫了兩聲，似乎向他打著招呼一般。於是紅姑立時認得這就是金羅漢所調養的兩隻神鷹，不免又帶笑帶罵的說道：「好膽大的兩個頑皮東西！竟把你們老姊姊也戲弄起來麼？」

正在這個當兒，又見白髮飄蕭的金羅漢呂宣良也從空而降，含笑呼著他道：「紅姑，這兩個頑皮的東西眞可惡！你也受了驚麼？」

欲知金羅漢到來何事？且待第一二九回再說。

第一二九回　噴烈火惡道逞凶　突重圍神鷹救主

話說：紅姑正追到哭道人的洞府之前，徘徊觀望之際，忽有一塊頑石，打落在他的腳前，不免小小吃了一驚；忙抬頭觀看時，卻認識出是金羅漢所調養的兩隻神鷹，向他惡作劇。

同時，白髮飄蕭的金羅漢呂宣良也從空而降，含笑呼著他道：「紅姑，這兩個頑皮的東西眞可惡！你也受了驚麼？」紅姑邊回答沒有受驚，邊向金羅漢行了禮。

金羅漢便又把手向他一招道：「你也不必呆立在這裏了，快隨我到那邊樹林中去，我有話要和你說呢！」紅姑當然點頭答允，隨即跟了金羅漢，走到一所濃陰密佈的樹林前。

在剛要走入林中去的時候，金羅漢忽又立住了足，從身邊取出一塊佩玉，掛在樹林之上，方同紅姑一齊走入林中。紅姑瞧見這種舉動，心中很覺疑詫，但又不便詢問。

金羅漢卻早已瞧出了他的意思，即哈哈一笑，說道：「你以爲我的舉動可異嗎？但是屬垣有耳，我們不得不加意防範一下呢！你不知道，這廝的本領的確很是不小，居然有上千里眼、順風耳種種的神通；不要說在這裏他的轄境之內了，就是遠在數千里之外，祇要他把心靈一動，精神一注，無論甚麼事情，也沒有不被他瞧了去、聽了去的！

「不過他的神通雖大，我的這塊佩玉，卻有抵制他的功用；衹要把這塊佩玉掛在外邊，就能阻隔一切，他的甚麼千里眼，甚麼順風耳，一點都施展不出了。現在我們儘管在這樹林中安心談話，就是聲音放高一些，也不怕他聽了去呢！」一邊說著，一邊即席地坐下。

紅姑也坐了下來。因爲救子之心甚切，沒有等金羅漢開得口，即先向金羅漢請求道：「繼志那孩子一時受著挫敗，不幸落在那妖道的手中，現在已被他攝進石洞中去了！幸喜你老人家恰恰到來，這是那孩子命不該絕；請你老人家趕快施展一點法力，就把他救了出來罷！否則我也顧不得甚麼，要單身獨人前往，和這妖道拚上一拚了！」

金羅漢聽了，衹微微一笑道：「紅姑，你爲何如此著急？難道忘了『小不忍，則亂大謀』那句古訓麼？繼志這孩子被妖道劫了去，我們當然不能置之度外，要去把他救了出來的。但是這座石洞，你倒不要小覷他，恐比金城湯池還要險固到十倍；就仗著我們這點能耐，急切間不見得能把他打得開。而且聽說洞內各處，還滿佈著機關消息；如果不把他的內容打聽清楚，貿貿然就走了進去，那些機關和消息不會和人打招呼的，十有八九要碰落在上面。一掉落在這陷阱中，任你是銅筋鐵骨，一等一的好漢，也要筋斷骨折，稱能不來，萬無生還之望了！

「所以我勸你還是暫時忍耐一些，不久我們就有法子的。好在妖道把繼志劫了去，是要把他作祭旗之用的；在來年五月五日之前，他不但不肯加害他，還要加意的照顧他。我們就是暫時不去救他，也沒有多大的關礙呢！再換一句話說，大概也是這孩子命中，應有上這一場災劫，不如讓他去歷劫一番罷！」

紅姑覺得金羅漢這話說得很是有理，想起自己拚一拚的那種主張來，未免近於魯莽割裂了；但仍很不耐煩似的，問道：「但是依你老人家看起來，我們應該等到甚麼時候，方可去救這孩子呢？」

金羅漢道：「不遠了，不遠了！唉！免得你心中焦急，我再把詳細的情形向你說上一遍罷。那妖道自從得到李成化飛劍傳來的書信之後，知道鏡清道人不但允充台主，還肯替他擺設『落魂陣』，心中歡喜得了不得；因此一面籌備擺設擂台的事情，一面他自己也在物色祭旗用的童男女。

「不料離此山二百多里外的一個張家村中，恰恰有一個小姑娘，正是酉年酉月酉日酉時生的；不知怎樣一來，竟被他打聽到了。總算還好，他並不用強劫取，祇用甘言去騙那小姑娘的父母。說是因瞧見這小姑娘生得十分可愛，意欲收爲義女，常常放在自己身邊；倘然他們肯答允這件事，他就是重重的出上一筆錢，也是情願的。這小姑娘的父母，究竟是愚夫愚婦，沒有多大見識；聽得有錢到手，心花都怒放了，那裏還顧到小姑娘的將來問題，並這妖道欲把小姑娘收爲義女，究竟含有惡意沒有，即輕輕易易的答允下來。」

紅姑聽到這裏，忍不住傀言道：「如此說來，這妖道所要物色的童男女，已完全被他物色到了。但是你老人家講述這件事，又有甚麼用意？難道這小姑娘的父母又後悔了，也想把這小姑娘救了出來麼？」

金羅漢道：「非也！唉！紅姑，你不要這般的性急，且靜靜的聽我說下去。妖道把這件事講妥之後，便取著急進的步驟，立刻拿出錢來，就要帶著這小姑娘同走。這時他的父母，倒又有些割捨不下了；竟三人相持著大哭起來，不肯就讓那妖道把他領去。後來大家說好說歹，總算說明暫准這小姑娘留在家中一月，讓他們略敘骨肉之情；等到一月之後，再由這妖道前來把他領去。

「在這中間，我恰恰經過這張家村，知道了這件事情之後，忙去和那小姑娘的父母會面，把這妖道的歷史和詭謀，一齊告訴了他們，勸他們不要上當，他們倒又大大的後悔起來。但是懼怕妖道的妖法，竟鬧了個面面相覷，無法可想呢。我因又好好的安慰了他們一番，並答允屆時自會去援助他們，決不使那妖道得手而去的，他們方覺得略略安心了。

「現在一月之期快到了，諒這妖道萬萬不肯不去的。那我們到了那日，不妨暗暗埋伏在那裏，祇要那妖道到來，就不難把他一鼓成擒。這是一種以逸待勞的方法，不是比著現在拚性捨命，打入他的石洞中去，要強得多了麼？」

紅姑聽完這番說話，臉上略露喜色，不禁連連點頭道：「這個方法很好，我們準照此辦罷！」

不料正在這個當兒，忽聽得很慘厲的幾聲鷹叫。金羅漢立時露出一種凝神傾聽的樣子，瞿然的說道：「啊呀！我要緊和你說話，竟忘記把這兩個頑皮的東西也招了進來。如今他們這般的慘叫，不是在外面闖出了甚麼亂子？定是被那妖道瞧見了，要對他們有甚麼不利的舉動呢！」說著，用手向紅姑一招，同時自己也立了起來，意思是要走到樹林外面去瞧瞧，究竟是怎麼一回事。

誰知還沒有走得幾步路，紅姑忽又不由自主的，喊出了一聲啊呀來。原來，這樹林雖是森密，也有一絲絲的陽光從林隙透入，所以林中也可辨見一切，並不覺得怎樣黑暗。這時祇覺眼前突然的閃上一閃，立時所有的陽光一齊收去，四圍祇是黑漫漫的一片，伸手不辨五指了！

金羅漢在紅姑未喊出一聲啊呀之前，已早發現了這種情形，但他藝高人膽大，卻一點不以爲意，祇向紅姑安慰著道：「這也沒有甚麼可以驚詫的！可笑這妖道淺陋之至，也太把我們看輕了；這種不值一笑的妖法，竟敢在我們的面前施展出來，難道說我們不能破他的法麼？老實說，就算暫時不去破他的法，也不見得能難倒我們。我們決不至於爲了這黑漫漫的一片，就困在這樹林中走不出去咧！何況大地重明，是隨時做得到的事，衹須一舉手之勞就得了！」

他正說到這裏，忽又聽得那妖道含著嘲笑的聲音，在樹林外面說道：「金羅漢，你好大膽，竟敢走到我禁地中來！如今可被我圍困住了！而且你不但是膽大，也太嫌招搖一點了！你和那個紅姑，悄悄躲在樹林中，也就完了；你卻惟恐我不知道，還把帶來的兩個畜生，放在樹林外面，表示出你在裏邊。這一來，無論我的性情是怎樣和平，也不能寬恕你了！如今你能不能逃出這個樹林中，完全要瞧你的能耐和命運如何，可不能怪我啊！」說到這裏，略停一停，隨又聽他疾聲喝上一個「火」字，即見眼前頓時一亮，全個樹林子都燒了起來。

頃刻之間，火光四射，熱氣薰蒸，幾乎變成了一座火山！饒那紅姑是一個膽大包天，極有能耐的女子，這時也驚駭得面無人色了！惟有這仙風道骨的金羅漢呂宣良，依舊談笑自若，不把他當作一回事。邊從身畔取出一柄小小的拂塵，隨手遞給紅姑，自己也仗劍在手，邊說道：「這派邪火，果然非同小可，但也衹能嚇嚇幾個道力淺薄的人；像我們這一輩人，雖還沒有修成金剛不壞之體，但也總算有上一些根基了。連三昧眞火還燒不死我們，難道反怕了這一派邪火麼？」說著，把手中的劍略略揮動一下，紅姑也跟著把拂塵拂動起來。

果然很著神效，任那火勢怎樣的厲害，看去好像就要把人的肢體灼成焦炭一般；但是衹要那劍鋒和拂塵觸到的地方，那派邪火立刻就退避三舍，不要說沒有一些些的火星落下來，一些些的熱氣薰過來，竟是煙消火滅了。

這樣的且揮、且拂、且行，居然讓出一條大路，早已到了樹林的入口。金羅漢不慌不忙的，又把樹林上掛的那塊佩玉取了下來，方同著紅姑打算走到外邊去。不料剛向外面瞧得一眼，竟使這個老成練達，一點不怕甚麼的金羅漢，也不由自主的，立時驚得呆了起來了！原來，在這樹林之外，不知甚麼時候，已沿著四周打起了一道圍牆來，竟把他們二人圍困在裏邊，不能自由出入了！

金羅漢驚呆上一會之後，忽又笑道：「好個妖道！竟把我們囚禁在裏邊了！但是這依舊算不得甚麼，憑他這牆垣來得怎樣的堅厚，難道我的寶劍竟是鏽廢無用的，不能把他斫得七穿八洞麼？」說著，就要運用他的寶劍起來。可是，一個轉念之間，卻又拋棄了這個主張了。

祇見他舉起兩個眼睛，向著上面一望，立時笑容四溢，說道：「割雞焉用牛刀？這上面不是很現成的留著一條道路，給我們走出去，我又何必小題大作呢？」隨即和紅姑駕起雲來，向著上面直衝而上；不料到得上面時，又教他們齊叫上一聲苦。

原來，上面雖沒有屋頂遮蔽著，卻也有一層極細的鐵絲網高高張著，阻隔他們的出入。四面圍著牆垣，上面張著鐵網，這不是要把他們活活的囚禁起來麼？而且又從鐵絲網眼內，噴出一派邪火來，把這樹林燒成了一座火山，勢非把他們一齊燒死不可！這妖道的存心，眞是狠毒之至了！金羅漢想到這裏，也不禁勃然大怒起來，恨不得立刻衝到外面，把這妖道一口咬死，隨即舉劍在手，想把這鐵絲網斫了去。

正在這個當兒，忽又聽到幾聲很響亮的鷹叫，看去離開他的頭上正不遠，不覺又暗暗想道：「這一定是他們兩個瞧見火勢這般厲害，我們竟不見一點動靜，疑心凶多吉少，心中很是不安，所以飛到這裏來下警告，教我們趕快出去呢！好一雙忠義的小東西！人都及不上他們來咧！但是如果被那妖道瞧見了，恐怕要有甚麼殘忍的行動，加到他們的身上去罷！」

正在想時，又接連聽得很銳利的幾下響聲，好似把甚麼東西折斷了似的；隨見折斷的一根根的細鐵絲，紛紛從上面墮落，那上面張著的鐵絲網，也頓時露見一個很大的缺口。這可不言而喩，一定是這一雙神鷹救主情切，顧不得這猛烈的火勢，飛近到這鐵絲網邊來，仗著他們這鋒利如刀的利啄，把那網上的鐵絲，啄得七折八斷，紛紛墮落下來，形成一個小洞呢！

這時金羅漢與紅姑，也不暇再顧及甚麼，即魚貫似的，從這小洞內衝了出去；那雙神鷹早已待在洞外，一見他們二人安然出來，又不約而同的各唳叫了一聲，像似表示出他們是十分歡欣，隨即簇擁著金羅漢與紅姑，升在雲端之上。

金羅漢俯著雙目，向下一瞧時，衹見哭道人跣著一雙足，立在一個高崗之上，手中還執著一柄拂塵，剛才作法燒林的時候，似乎就仰仗著這宗法寶的。現在經他將拂塵拂上幾拂，這座火燒的樹林，不但已是煙消火滅，還他本來面目；就是圍在四周的那道牆垣，罩在上面的那些鐵絲網，也已杳無所見了！

及見金羅漢向他望著，也把一雙包藏怒火的眼光注射過來，並冷笑一聲，說道：「你以爲脫離我的掌握，完全是倚仗著這一雙畜生麼？咳！你不要在那裏作夢了！老實說，我是以慈悲爲懷，並念你修練到這個地步，也不是容易的事；所以祇想小小的懲治你一下，並不眞要你的性命，才聽你隨隨便便的逃了出來的！否則，哼，哼！你既陷入此中，就像一條魚、一隻蝦，抛入了一隻沸熱的鍋子中，怕不要燒得一個爛熟如泥，那裏還有活命之理呢！

「以後我勸你，還是在洞府中逍遙著，不必再干預我的事罷！倘然還不悔悟，更要和我來糾纏時，我可不能再輕饒你了！還有那個道姑紅姑，也勸他死了心罷！我把他的兒子陳繼志，當作祭神的犧牲，已是無可挽回的一回事，決不能讓人再把他劫救出去呢！」

金羅漢和紅姑聽了這一番無禮的說話，還沒有發作得，卻惱了旁邊已通靈性的兩頭神鷹，突然的向妖道那邊飛了去。一頭鷹猛在他頭上啄了一下，一頭鷹即乘其不備，把他手中那柄拂塵奪了去，又一齊飛了回來。祇害得那妖道光著兩個眼睛，望著他們，似乎十分憤恨呢！這一來，倒又使金羅漢和紅姑一齊消了怒氣，反而笑了起來。即帶了這兩頭神鷹，離開了邛來山。

又過了一天，他們又預備到邛來山去，窺探一番，正在前行的時候，忽又從雲端裏，閃出了一個道人來；未曾開言之前，即聞得一陣哈哈大笑，然後又聽他接著說道：「巧得很，巧得很！恰恰在這裏遇見了！你們二位，究竟打算到那裏去呀？」二人一聽這陣笑聲，知道是笑道人來了，忙在雲端停住了。

大家施禮既畢，金羅漢方回答他剛才的那句說話道：「我們前幾天曾和一個妖道鬥了法，現在再想找他去。你這樣行色匆匆，又打算到那裏去呀？」

笑道人道：「你老人家所說的那個妖道，莫不就是自稱哭道人的那一個敗類麼？我正要找他去！他這個也不找，那個也不找，偏偏找到我頭上來，宣言要和我決一下雌雄；我怎能示弱於人，把他輕輕放過呢！不過請你們二位瞧著罷，到了最後的結果，我笑道人依舊是終日嘻天哈地，不失我本來面目；他自稱爲哭道人的，恐怕要求終日哭泣，都不能夠呢！」邊說著，邊又哈哈大笑起來。

紅姑道：「他如今不但要找著你，並連崑崙、崆峒兩派中人，全當作他的仇敵，要把來一掃而空之，志向眞是不小呢！繼志那個孩子，已被他刦了去，你也知道麼？」

笑道人聽了這話，更是憤恨到十分，忙道：「原來有這等事！那我一刻也不能放鬆他了！我們何不直搗他的巢穴，趕快去把繼志救了出來呢？」說著，露出一種迫不及待的樣子。

金羅漢道：「你也太毛豹了！這種事情那裏是性急得來的！我們想要操得勝算，須要通盤籌算一下，弄得妥妥貼貼，萬萬不可魯莽從事呢！」當下把妖道那邊一番情形，和自己預定的一種計畫，約略對笑道人說了。

笑道人方把頭點點道：「如此甚好！那我們如今也不必再去窺探甚麼了。現在打這裏下去，有一所雲棲禪寺，住持智明，是一位有道的高僧，和我很是說得來。我們何不就到那邊去住上幾天，以便就近行事。」金羅漢當即點頭贊成。

祇有紅姑是個女子，住在禪寺之中，似乎覺得有些不方便，不免略露躊躇之色。不過他終究不是尋常的女流，平素又是不拘小節的；一轉念間，早又釋然於心，無可無不可的答允了。等到把雲降下，到了平地，早見那所宏麗崇偉的雲棲禪寺，矗立在眼前了。

剛要向寺中走了進去，忽見寺前一塊很大的荒場上，圍成了一個人圈子，喧笑之聲雜作，像在那裏瞧看甚麼熱鬧似的。金羅漢一時高興，便也同了笑道人和紅姑，擠進這人圈子中一看。祇見站在那裏瞧看熱鬧的，僧俗參半，那些僧人，大概就是在這雲棲禪寺中的；那些在俗的，都是村中農夫，和著一班小孩子，一般的科著頭，跣著足。這時百多雙眼睛，一瞬不瞬的，都注射在立在荒場之中，一個瘦長個子，三十多歲的男子身上。

那男子卻正對著觀衆，笑容可掬的說道：「如今讓我再來玩一套，報答報答諸位的盛情。不過好的玩意兒眞也不多，現在姑且來一套『騰雲駕霧』，你們諸位道好不好？」

這話一說，一班觀衆更是覺得高興了，不住口的，好好好的叫了起來，並有一個和尚小語道：「騰雲駕霧，這名目果然很好，但是你的雲在那裏？你的霧又在那裏呢？」

誰知這賣藝的男子的耳朵，倒也來得尖利，這幾句話，雖說得不甚高，卻早已被他聽了去，即接著笑說道：「好和尚！你不用替我躭憂！我既然來獻得這套玩意兒，當然已都完全預備好了！」

邊說著，邊從地上拿起一方長約三尺，寬約二尺的蘆席來，笑道：「這不是很好的一片青雲麼？他們仙家駕的祥雲，我們肉眼凡夫，雖然沒有瞧見過，就是有時居然瞧見了，又因高在雲端，一時也瞧不清楚。但是照我想來，恐怕也是和這蘆席差不多的東西罷？」他一說到這裏，即把這方蘆席，向上一抛。說也奇怪，這蘆席經他一抛之後，居然在空中浮著，再也不落下來了。

於是那賣藝男子又將身向上一躍，立刻站在這方蘆席之上，冉冉向上而升；一壁俯下眼來，望著下面那班觀衆道：「雲不是已駕了起來麼？」

先前那個快嘴和尚，卻早又高聲喊起來道：「雲果然駕起來了，但是霧又在那裏呢？爲甚麼我們瞧不見呢？」

那賣藝男子一聽這和尚又來挑眼，倒忍不住笑將起來道：「好和尚！眞有你的！不是你提醒我一句，我倒險些忘記了呢！好！這是容易辦到的，你們瞧罷，霧來了，霧來了！」隨即將口一張，噴了些唾沫出來。

可是眞也奇怪，初看雖祇是些唾沫，一轉眼間，早變成了濛濛然一片，包圍在他的四周，與眞霧一般無二了！觀衆瞧到這裏，眞是佩服到五體投地，早又轟雷一般的，齊聲叫起好來。

那賣藝男子卻又在上面打諢道：「叫不得，叫不得！我這個仙人，究竟是假的，沒有騰雲駕霧得慣，倘然不受甚麼驚擾，或者還可在上面多站立些時候；如今被你們在下面這們一鬧，萬一鬧昏了我的腦子，一個失足跌下來，送掉了我的性命，這可不是當耍的啊！」

他說了這幾句話，又從身邊取出一張白紙，隨手一撕，撕成了兩半張；再用手搓團著，然後向著空中一拋。這兩團白紙，頓時變作了鳥也似的兩頭東西，在他的前面飛翔著。這時那個快嘴和尙，又有些忍耐不住，便喊了起來道：「漢子！這又是甚麼東西呀？」

那賣藝男子道：「這是兩頭鷹。其實這並不像兩頭鷹，但是我不說他們是別的東西，卻說他們是兩頭鷹，暗中是切合著一樁故事的。這是一樁甚麼故事呢？原來有一次一位極有道力的人，被困在仇人的地方，幸虧有他所調養的兩頭神鷹，前來救他出險，於是他駕了雲，逃出了仇人的掌握之中。我現在所演的這個樣子，就是說他脫險以後，安然駕著祥雲歸去，神態很是瀟閒啊。不過當時還有一位女道友，也駕著祥雲跟隨在後面；我卻祇有一個人，分不過身來，祇好口頭說明一下了。」

金羅漢起初見了這賣藝男子種種的表演，還以爲是尋常江湖賣藝之流；或者是用的一種遮眼法，沒有甚麼希奇的。後來見他一路說下去，竟是暗暗說的自己，倒不覺有些吃驚起來，而且猜不透他是何等人物；更所不解的，這人爲甚麼要在自己面前做出這種樣子來，難道是有意要把自己奚落一下麼？

正在想時，他的那兩個最得力的衛士，似已揣知了他的用意；也不待他的吩咐，立刻一邊一個，很迅速的向那賣藝男子空中停留的地方飛了去。祇各把利啄一張，早把那兩頭假鷹吞落在肚子中。

這時不但是觀衆一齊譁叫起來，連那賣藝的男子，也帶著尖銳的聲音，驚呼道：「不得了！我祇玩上兩頭假鷹，不料竟引出兩頭眞鷹來了！我可再也不能在這空中停留了！」他剛說完這話，即連人帶著那方蘆席，一個吃屎筋斗，從半空中跌了下來。觀衆見他這一跌非同小可，以爲定要跌出人命來了，禁不住又一齊尖聲駭叫。

誰知那賣藝男子在這駭叫聲中，早已筆挺的立在地上；非但一根毫毛、一根頭髮沒有受到損傷，而且神色很是從容自若，好似沒有經過這們一回事的！邊向觀衆行著禮，邊含著笑說道：「諸位受驚了！我如今特在這裏陪上一個罪，這祇是我弄的小小的一個狡獪。因爲我玩這個玩意兒，在勢不能在空中站上一輩子，必得故意的這們一來，方可得到一個很美滿的結果啊！」當下他又取了一個盤子，向觀衆要了一回錢。觀衆隨即紛紛作鳥獸散，這個場子也就收了。

這時金羅漢方踅向他的面前，含笑向他說道：「朋友，辛苦了！你是住在那裏的？不知也肯同我到這雲棲禪寺中去說上幾句話麼？」

那賣藝男子道：「那是好極了！不瞞你老人家說，我在這裏，正是等候你老人家到來，也有一番話要向你老人家訴說的。祇因一時高興，便在這裏先弄上幾套戲法玩玩了。」

金羅漢聽他竟是這般說，更是弄得莫名其妙，當下也不及細問，便一行四人，向這雲棲禪寺中走了進去。這時老和尚正在打坐，不及出來招待賓客，大家便先在方丈內坐了下來。

金羅漢便又向那賣藝男子問道：「你說要有話和我說，究竟是些甚麼話呢？」

那男子不就回答這句話，反向金羅漢問上一句道：「你們不是想直搗那妖道哭道人的巢穴麼？」

金羅漢道：「這話怎講？」

那男子道：「如果是的，那我就有一番話對你講。因爲能知道他那巢穴中種種機關和消息的內容的，除了我外，可說找不到第二個人呢！」

要知他究竟把這番話說了沒有？且待第一三〇回再說。

第一三〇回　墮綺障大道難成　進花言詭謀暗弄

話說：金羅漢呂宣良一行四人，進得雲棲禪寺，在方丈內坐下以後，金羅漢便詢問那男子，你究竟有甚麼話要對我說；那男子不就回答這句話，反向金羅漢問道：「你們不是想直搗那妖道哭道人的巢穴麼？」金羅漢對於這句話，覺得很是詫異，因又問他語意所在。

那男子方長歎一聲，說道：「唉！實對你們說了罷，這妖道的巢穴中，佈設了許多機關和消息，外人輕易不能入內的，祇有我深知他的內容呢！」

這話一說，金羅漢、笑道人、紅姑等三人，都更加為之動容了。笑道人即急不暇待的，問道：「你是他的甚麼人？怎麼祇有你能深知他巢穴中的內容？難道他建築這巢穴的時候，你是替他在旁監工的麼？」

那男子聽了，祇露著苦笑回答道：「不但是我替他監造的，所有圖樣，還是由我一手起的稿子呢！」接著，他便把自己的歷史，和怎麼遇見那哭道人，怎麼替那妖道起建這巢穴的一番詳細情形，源源本本的都說了出來。

原來，這男子姓齊，名六亭，乃是湖北嘉魚縣人氏。祖宗傳下來的良田，倒也有二三百畝，不失爲中產之家，不料連遭飢饉，粒米無收，家道因之敗落下來，他自己也幾乎要淪爲乞丐了。他爲外出覓食關係，不知不覺間，已來到四川省內。

這一天他正在街上躑躅著，忽有一個白髮飄蕭的老道，打他面前經過；已經走過了有好幾步了，忽又回身走到他的面前，向他凝視了一陣，方態度慈祥的，向他說道：「唉！爲何一寒至此？但是我瞧你狀貌清癯，骨格非俗，很有一些夙根，決不會長此淪落的！倘能從我入山學道，說不定還有成仙化佛的一日呢！不知你自己也願意不願意？」

齊六亭這時正愁沒有飯吃，如今老道忽然要招他去學道，不管這個道學得成學不成，自己究竟眞有夙根不眞有夙根，但是無論如何，一碗現成飯總有得吃的了，不比這們飄流著強得多了麼？當下即一個頭磕了下去，連稱：「師父在上，弟子在這裏行拜師的大禮了。他日倘有寸進，都是出自師父之賜，弟子決不忘師父的大恩大惠的！」

道人道：「好說，好說！不過我有一句話，你須牢牢的記著：吃飯與學道，這兩件事完全是決不相干的。爲了要去學道，就是把肚子餓了也不要緊；能夠有上這種的毅力的，才有成功的希望。倘然爲了要吃飯而學道，那就失了學道的本旨了！」

齊六亭唯唯答應，即隨了那個道人，到了一座深山之中。在他最初的意想中，以爲他的師父一定住在一所崇閎無比的道觀中；誰知到得山上一瞧，不要說崇閎的道觀了，竟連三間茅屋都沒有，他們師徒二人，祇是住在一堆亂石中。

齊六亭當然要露著不高興的樣子，老道卻早已瞧了出來，便笑著向他說道：「你莫非討厭這堆亂石麼？但是我和這堆亂石，卻是始終不能相離的；須知我的道號，就是這亂石二字啊！如果你眞不願意時，那你現在就下山去，還不爲遲，我也不來勉強你！」

齊六亭方知他的師父喚作亂石道人。不過，要他在這堆亂石中居住，雖覺得不大起勁；但要別了師父下山，依舊過著那飄流的生活，也有些不甚願意，於是向師父謝了罪，又在山上居留下去。

可是住不上幾天，又使他覺得十分奇怪起來。原來，這在表面上瞧去，雖祇是一堆亂石，不料在實際上，卻比蓋造成的房屋，還要來得邃密。不但風吹不進，雨打不到，日曬不著，而且裏面溫暖異常，這時雖已是九月深秋，卻還和已涼天氣未寒時差不多。

此外更足使他稱奇的，一到晚上，猿啼虎嘯、豹叫狼嗥之聲，雖是觸耳皆是；然從未見有一隻野獸走到裏面來過，好像無形中有上一種屏蔽，擋著了不使他們走進來的。至於裏面的道路，更是千迴萬繞，門戶重重；越走進去，越覺得深邃無比，別有洞天，再也找不到來時的原路。照外表瞧了去，就是走上七天七晚，恐怕也不能把這亂石堆遊歷個周遍呢！

這時齊六亭倒又覺得有些興趣起來，常常拿著含有疑問的眼光，向老道凝望著，老道也逐漸的有些懂得他的意思了。一天，便笑容可掬的，向他說道：「你不是要我把這堆亂石，替你解釋一個明白麼？哈哈！你倒不要小覷了這堆亂石，這是我上考天文，下察地理，旁參陰陽五行，以及洛書、河圖、文王八卦等等，方始堆了下來的。

「奉節縣西南面，雖也有諸葛武侯遺留下來的八陣圖，但如果和這個亂石堆比起來，恐怕還是小巫見大巫！因爲他這個八陣圖，祇是我所包含的許多東西中的一小部分罷了！不過這中間的道理太奧妙了，變化也太繁多了；我要和你細講，一時也講不了這許多。不如由你自己一件件的去領會，等到日子一久，你自會觸類旁通，不必再由我講解得；那時你去成道之期，也就不遠了！」

齊六亭聽了師父這番說話，自然很是歡喜，便細心的考察起來。果然這些一塊塊的亂石，都按著極玄奧的機理排列著，並不是胡亂堆成的；而且有幾個平時禁止走去的地方，也由老道一處處帶領去瞻仰過，卻更是可怕得異常。甚麼左行幾步，右行幾步，何處向左轉，何處向右旋，都有一定的規矩，一定的步驟，亂行一步都不可以的；如果亂行了一步，就有大亂子鬧了出來咧！

至於是甚麼大亂子，據老道說，不是有一隻撓鉤突然的伸了出來，把人鉤住了；就是踏動了一塊翻板，跌入陷阱中去，憑你是銅筋鐵骨，也要跌得糜爛如泥呢！

齊六亭這樣的住在這亂石堆中，足足的又過了一年。忽然有一天，見他師父亂石道人從外面領了一個女孩子回來，年紀祇有十六七歲，倒是桃腮杏靨，生得十分動人。

亂石道人即笑嘻嘻的，指著那女孩子，向齊六亭說道：「我又在路上，收得一個女弟子了。你看，長得好不好？」

一壁又向那女孩子說道：「雪因，這是你的師兄。你就招呼他一聲罷！」那雪因見師命不可違，果然十分靦覥的，喚了一聲師兄。齊六亭也回喚一聲師妹，卻覺得有些心旌搖搖了。

亂石道人忽又正色說道：「我們修道的人，最不可把男女有別這個見解放在心中；一有了這種見解，就會不因不由的發生種種非非之想，一個不小心時，就要墮入綺障了，那裏還能修成大道呢！你們二人從今天起，便須天天聚在一起了，更須將此種觀念打破。祇須你把他當作兄，他把你當作妹，彼此像嫡親兄妹這般的相親相愛著，自然就不會有甚麼不正當的意念發生了！」二人聽了，唯唯受教。

亂石道人又道：「現在雪因年紀究竟太輕一些，學道尚非其時；免得寂寞起見，不妨由我教授你幾套戲法玩玩。古人所說的，甚麼逡巡酒頃刻花種種新鮮的玩意兒，我倒是全會的呢！」

說到這裏，又顧著齊六亭說道：「橫豎你也沒有到潛修大道之期，不妨也跟在旁邊學習學習。而且我的收授徒弟，本來是與衆不同的，人家收得一個徒弟，總是希望他修成正果，克傳自己的衣鉢，我卻不是這樣的想。倘然遇著堅毅卓絕的人，能夠把我的大道傳了去，果然是很好的事；萬一不幸，中道發生了蹉跎，我也不便怎樣的勉強他。

「不過道既沒學成，連隨身技藝也沒有一點，使他離此之後，無以在外面餬口，豈不也坍了我做師父的台麼？像我現在所教授的這種戲法，實是一種最好的隨身技藝；倘然學會了，遇著你不再願意修道，要到紅塵中去混混，也不怕沒有飯吃呢！」他說完這話，覺得與從前的主張又略略有些不同，倒又不自禁的笑了起來。

亂石道人變戲法的本領，果然高明之至，與尋常那班走江湖的眩人術士不同；其實也不能稱爲戲法了，簡直可目爲神仙的遊戲神通。二人跟著他學習，自然覺得很有趣味。不知不覺間，又過了四個年頭。

這一天，亂石道人又出外雲遊去了，祇把他們二人，留在這亂石堆中。二人在一起住得也久了，眞同兄妹一般的相親相愛，不起一點狎念。師父雖然出外雲遊，依然感不到甚麼異樣之處，到得晚上，也就各自就寢。

誰知睡到半夜，齊六亭忽被一種響聲，從好夢中驚醒過來；側耳一聆，卻是雪因在那裏嘶聲呼喚。暗想：這倒怪了！從前師父在這裏的時候，他一夜也沒有這般呼喚過的；如今師父剛剛出去了第一夜，他就這般嘶聲呼喚起來，到底是甚麼緣故？莫非是在夢魘罷？想到這裏，便想走去瞧瞧他。

可是剛走得二三步，忽又把個頭搖得甚麼似的，連說：「不對，不對！師父雖曾吩咐我們，不可把男女有別這種念頭橫梗在心中，這不過教我們不要想到男女的關係上去，並不是男女眞的沒有分別。如今已是午夜了，我究是一個孤身男子，忽然走去瞧他一個孤身女子，終覺有些不便罷？」

正在這個當兒，雪因的呼喚之聲，更加厲害起來了，倒又使他疑猜到：莫非因爲師父不在這裏，竟有破天荒的事情發現，甚麼野獸走了進來麼？他於是不能再顧一切，毅然的奔了去，一壁又默念道：「我這個人也眞獃極了！他並不是甚麼外人，平日和我眞同嫡親的兄妹一般，我現在走去瞧瞧他，又有甚麼要緊！而且我已學了五年的道，他也來了有四年之久了，大家道念日堅，塵心漸淡；那裏會把握不定，居然要避甚麼嫌疑呢！」

邊想邊已到了雪因睡臥的地方，卻祇有一輪明月，從外面射進來，映照得如同白晝；一切都和平常一樣，瞧不出有甚麼變動發生，倒又暗暗稱奇起來。不久便斷定雪因剛才的呼喚，完全是由於夢魘的了，正想退了出去，誰知在這間不容髮之際，忽然由月光中，把雪因的嬌豔，全個兒呈露在他的眼底。

祇見雪因仰天平直的睡著，因為石室裏面很暖，他竟把上下衣服一齊脫去，赤裸裸一絲不掛。在白潤如玉的酥胸之上，聳著白雪也似的兩堆東西；映著他那張紅潤潤的睡臉，真有說不出的嬌豔！再由香臍瞧下去，瞧到了那兩股並著的地方，尤足令人消魂！女子身上竟這樣的不可思議，女子竟這樣的可愛，這是齊六亭從來所沒有夢想到的！

這時他的一顆心，不禁突突的跳了起來，並不由自主的，走近雪因睡的地方去。一壁卻好似替自己在辯護，又好似替自己在解嘲，喃喃的說道：「這妮子怎麼睡得這般的不老成？不怕著了涼麼？我應當替他把衣服蓋上呢！」

一會兒，走到了雪因的跟前，剛剛俯下身去，忽又有一個念頭，電一般的射入他的腦海之中，頓時使他怔住了！原來，在這昏惘的時候，他竟會忽然想到：現在的這種舉動，實在是不大應該的；而他是修道的人，尤不應該發生這種妄念。倘然被師父知道了，不但要加以呵斥，恐怕還要立刻把他驅逐下山呢！

於是他竟十分惶恐起來，便想舉起步子，離開這可怕的境域，然而已是嫌遲了！當他的步子還未舉起，雪因竟突然的坐了起來，也不知已是醒了，還是仍在睡夢之中，口中連喊著：「我的好哥哥，我的好哥哥！」緊緊的把齊六亭摟住了。

在這一摟之間，兩人的肌肉便互相接觸著，自有一種神妙而不可思議的感覺發出來，使他們立刻知道男女戀愛的可貴。而放著這種現成有趣的事情不去研究，反呆木木的，要去尋求這種眼睛瞧不見、耳朵聽不見所謂的大道，未免是天下第一等大獃子了！齊六亭到了這時，意志就模模糊糊起來，不知自己做了些甚麼事，並不知對方又做了些甚麼事。

正在這個當兒，忽聞含著嚴厲的意味的一聲「咄」，他那威嚴無比的師父亂石道人，已不知在甚麼時候，好似飛將軍從天而降，突然的出現在他們的面前。這一來，可把他們二人從綺夢中驚醒，一齊露著驚惶無措的樣子！

亂石道人卻長歎一聲，向著他們說道：「綺障未除，怎能勤修大道？我早知道有今日的這種結果呢！」二人依舊赬顏相對，沒有一句話可回答。

亂石道人便又接續著說道：「正因我疑惑著你們沒有修道的毅力，沒有修道的誠意，所以要把你們試探一下；不料一試之下，竟使你們把本相露出來了！實對你們說了罷，雪因剛才作的那個幻夢，幻夢中所見到的種種事情，以及後來的嘶聲叫喚，雖祇是我施展小小法力的一種結果，但也是由他的心境所造成；心境中如果潔潔淨淨的，一點不起雜念，斷不會無因無由的有上這個幻夢。這在雪因自己，一定很是明白，覺得我這句話並沒有說錯呢！」

雪因一聽這話，雙頰更是漲得緋紅，露著侷促不安的樣子。亂石道人好似沒有瞧見一般，又向下說道：「而在六亭一方，他的墮入綺障，雖是完全出於被動，實是被那種不可解脫的愛欲所牽纏，而造成這種無可奈何的境地的，但究竟也是自己道念不堅的緣故。倘然道念眞是堅的，不論綺障怎樣的陷人，情魔怎樣的可怕，一定可以把來解除掉、驅逐去；怎麼反會一步步的走入綺障中，和這情魔親近起來呢！」這一說，又說得齊六亭也更加臉紅起來了。

亂石道人又說道：「如今旣已出了這種事，也不必再去說他，總之是大家沒有緣法罷了！不過你們綺戒旣破，就是勉強留在這裏學道，也得不到甚麼好處的；還不如下山而去，各奔前程罷。好得我已把幻術教授了你們，在六亭還多上一種關於機關消息一類的學問；拿了這點本領，走到人世中去，大概不至愁沒有飯吃罷？」

這幾句話，分明是一道逐客令，立刻要把他們二人攆下山去了。二人至是，倒也有些後悔起來，當時不該意志如此薄弱，糊塗到這般地步，竟使數年之功，毀於一旦，把光陰和精神都白白犧牲掉了！將來再要找這們一個學道的好機會時，恐怕是萬萬找不到了罷！不過大錯業已鑄成，也就沒有挽回的希望，祇好由他去了；當下即萬分戀戀不捨的，拜別了師父下山。亂石道人把個頭別了開去，不忍去看他們，似乎也有些淒然了！

二人下山以後，行了好一程路，方始把惜別之情略略忘去。齊六亭忽又突然想得了甚麼似的，含笑向雪因問道：「眞的，我還忘記了問你一件事，那時你在幻夢中究竟瞧見了些甚麼？又爲甚麼叫喊起來呢？」雪因聽了這個問句，頰上頓時泛起了兩道紅霞，似乎忸怩不勝的樣子；把頭一低，不聽見有甚麼回答。

齊六亭卻依舊向他催問道：「現在祇有我們兩個人在這裏，並無外人在旁，這有甚麼不可以說呢！而且這個可怕的幻夢，簡直可名之爲妖夢，完全是把我們二人寶貴的前程送了去的；如果祇有你一個人知道，不使我也知道一點兒情形，心中實在有些不甘呢！」他說這番話的時候，很露著一種憤懣不平的樣子。

雪因被他這們一逼，冉也不能不把夢中的眞情實相說出來了，祇得含羞說道：「這眞是十分奇怪的一件事情。我自問平日和你相處在一起，雖然十分親密，祇是一種兄妹的情分，並沒有絲毫戀愛的念頭雜著在裏邊；不料一到了那個可怕的妖夢中，便立刻兩樣起來了！那時我似乎一個人住在一間室中，並沒有別人伴著我，又好似正期待著甚麼人似的；一會兒，忽望見你遠遠的走了來，我頓時喜得不知所云，彷彿我所期待著的就是你。而你和我的關係，似乎比現在還要親密到數倍呢！」

齊六亭聽他說到這裏，不知還是眞的懂不得這句話，還是故意在逗他，忽又睨著他問道：「這句話怎麼講？我倒有些不懂起來了！」

雪因臉上又是瑟的一紅，嬌嗔道：「你也不要假惺惺作態了！老實對你說罷，我當時以爲與你已有上夫婦的名分了；一見你老遠的走了來，就笑吟吟的向你招著手，滿含著一片愛意。

你也露著十分高興的樣子，一步三跳似的，恨不得馬上就走到我的跟前來：等得既走近在一起，你便把我擁抱起來，臉對臉的偎著，輕輕的接著吻。我也以為是很應該的一樁事，並沒有向你抵抗得。

「不料偎傍得還不到一刻兒工夫，我的心地又突然明白過來，驚醒似的暗自說道：『不對，不對！我和齊六亭祇是師兄妹的一種關係，並沒有夫婦的名分，怎麼可以親密到這個地步、放蕩到這個地步呢？倘被師父瞧見或是知道了，那還當了得麼？』於是掙脫了你的手，離去你的擁抱，同時又不知不覺的大聲叫喊起來。但是你不明白我的意思，依舊要來擁抱我，因此我更叫喊得厲害了。」

齊六亭聽了，笑道：「原來你在夢中叫喊，是因為我要來擁抱你，可是我那裏會知道？我當時還以為有甚麼野獸走了進來，或者要來侵害你，你才這麼的叫喊著，所以不顧一切的趕了去。早知如此，我就不該再走去了，不是甚麼事都沒有了麼？不過，我倒又有一個疑問了：你既然已在夢中明白了過來，拒絕我的擁抱；為甚麼等得我本人眞的走到你的跟前，你又似醒非醒的突然把我擁抱著，並十分親熱的叫起我的好哥哥來？這不是又自相矛盾了麼？」

於是兩道可愛的紅霞，又在雪因的玉頰間暈起來了，十分嬌羞的說道：「這就是妖夢的害人，妖夢的可惡了！當時我祇明白上一刻兒工夫，忽又聽你笑著向我問道：『雪因，你為甚麼這個樣子？莫非我身上有刺，刺得你在我懷中坐不住，所以這們的大跳大嚷起來麼？』

「我依舊正色說道：『不是的。我和你祇是一種師兄妹的關係，你難道忘記了麼？如今做出這種樣子來，還成甚麼事體！倘被師父知道了，豈不是大家都覺得無顏麼？』

「誰知你聽了我這番話，竟是一陣大笑，笑後方又說道：『雪因，你怎麼這般糊塗，莫非在作夢麼？我以前雖和你是師兄妹，後來由師父作主，大家配成夫婦，你怎麼把來忘卻，說出這種話來了？老實說罷，閨房之樂，有甚於畫眉者；這區區的一擁抱、一接吻，實在算不了甚麼一回事！就是師父走來瞧見，也祇能佯若不見，萬不能向我們責備呢！』

「我於是頓時又糊塗起來，彷彿你所說的都是實話，的確有上這們一回事，我們已配成夫婦了。當下在自咎糊塗之外，還覺得很有些對不住你，便又張開兩手來擁抱你，一壁還喊著我的好哥哥，用來向你謝罪。卻不道是作了一場夢！唉！你說這個惝怳迷離、變幻莫測的妖夢，把我們害得苦也不苦呀！」

齊六亭笑道：「原來是這們曲折的一個夢，如今我方始明白了！不過話須從兩面說：在學道一方面講起來，這個妖夢果然害得我們很苦，我們從此不但沒有修成大道的希望，並在山上存身不住，被師父攆了出來了；但從另一方面講，夢中一切經過，未始不是一個預兆，我們從此不是眞的可以結成夫婦了麼？」齊六亭說到這裏，祇是笑迷迷的望著雪因，似乎等待他的答語似的。雪因嬌羞無語，祇噗哧的一笑，把個頭別開去了。

從此二人果然結成夫婦，靠著學來的這一點幻術，在江湖上流浪著，暫時倒也可以餬口。不久，來到滎經縣。誰知賣藝不到兩天，齊六亭忽然病了下來；而且病勢十分沉重，已入了昏惘的狀態中。一連便是十餘天，把所有帶在身邊的幾個錢都用去了，依舊一點不見起色。雪因想要單身出去賣藝，賺幾個錢回來，以供醫藥之費；又覺得把一個病人冷清清的撇卻在棧房中，著實有些放心不下！加之向來出去賣藝，總是二人做的雙檔，弄得十分熟練；如今一個人單身出去，不免處處顯著生疏了，恐怕要賣不出錢來，倒又躊躇起來。

正在一籌莫展的時候，忽有一個老道，飄然走入他們住宿的那間房中，和顏悅色的，向雪因說道：「小娘子不要憂慮，我是特地來救治你丈夫的。」說完這話，也不待雪因的回答，逕自走到齊六亭睡臥的那張床前。

先把齊六亭的臉色細細望了一望，然後傴下身去，伸著手在他的額上、身上，摸上幾摸，微微的歎息道：「可憐，可憐！病已入了膏肓了，無怪那一班祇會醫治傷風咳嗽的無用時醫，要為之束手咧！不過他今日既遇了我，可就有了生機了，這也是一種緣法啊！」邊說邊把身子仰起，重又離開床邊。

這時雪因早把這幾句話聽在耳中了，知道這個老道一定有點來歷，決不是說的大話。如要丈夫早日痊癒，非懇求這老道醫治不可了；當下即裝出一種笑容，向那老道說道：「我雖不知道爺的道號是甚麼兩個字，然能決得定是一位大有來歷的人物。今在垂危之中，居然能夠遇見，眞是大有緣法！就請道爺大發慈悲，趕快一施起死回生之術；我們今世縱然不能有甚麼報答，來世一定結草啣環，以報大德呢！」

老道笑道：「小娘子太言重了！小娘子不用憂慮，貧道既已來到這裏，當然要把你丈夫的病醫治好的，那裏還會袖手旁觀呢！」一邊說邊從袖中取出紅丸六粒，授予雪因道：「這是紅丸六粒，可在今日辰戌二時，給你丈夫分二次灌下；到了夜中，自有大汗發出，大小便也可一齊通利，這病就可霍然了。我明日再來瞧視他罷。」說完，即飄然而去。

雪因幾乎疑心是作了一場夢，瞧瞧六粒紅丸，卻宛然還在手中，便依言替他丈夫灌下。到了晚上，果然出了一身大汗，大小便也一齊通利，病竟霍然了。夫婦二人當然喜不自勝。到了明天，那老道果然如約而至。雪因便指著向齊六亭說道：「這位道爺，就是救你性命的大恩人，你應得向他叩謝大德呢！」

齊六亭聽了，忙立起身來，正要跪下去向他磕頭，那老道忙一把將他扶住道：「不要如此多禮！我雖然救了你的性命，但不是無因無由的；我也正有一件事，要求助於你呢！」

不知那老道有甚麼事要求助於齊六亭？且待第一三一回再說。

第一三一回　春光暗洩大匠愴懷　毒手險遭乞兒中箭

話說：齊六亭正要跪下去，向那老道叩謝救命之恩，老道忙一把將他扶住道：「不要如此多禮！我雖然救了你的性命，但也不是無因無由的，正有一件事，要求助於你呢！」

齊六亭忙問道：「甚麼事？祇要是我效勞得來的，雖粉身碎骨，也所勿辭！恩公儘管吩咐出來就是了。」

老道方說出：自己就是邛來山的哭道人，因為立意要另創一派，專和崑崙、崆峒二派為難，便結下了不少的冤家，現在恐怕兩派中人前來襲取他的洞府，因打算在洞府中廣設機關，密佈陷阱，所以前來請教你了。

齊六亭一聽這話，暗想：這是自己的拿手戲，沒有甚麼效勞不來的，當下即一口答允下。但又問道：「我的這項本領，自問也淺薄得很，恩公怎會知道，有我這們一個人呢？」

哭道人微笑說道：「我原是要請令師亂石道人擔任的。奈他因欲勤修道業，不肯出山，轉把你薦給了我，說你已能傳授他的衣鉢，由你擔任和由他擔任，沒有甚麼兩樣，所以我特來懇求你呢！」

齊六亭聽說師父竟肯公然向人家宣布，說他可傳衣鉢，自是十分高興。一方面又想起：師父既然肯把這件事情轉介紹給他，想來這件事總可放膽的去做，沒有多大的危險；因此更覺得無拒絕的必要了。當下，即挈同他的妻子雪因，隨著哭道人，一同來到邛來山洞府中。

齊六亭爲著感恩圖報起見，對於何處應安設機關，何處應埋藏陷阱，規劃得很是詳細，布置得很是周密，差不多把他所有的經驗和心得，一齊都拿了出來。哭道人見了歡喜，不必說起，自然一切照辦。當時又撥了二十個弟子給他，一律聽他指揮，擔任各項工程上事。於是齊六亭拋去一切閒心思，把這件事進行起來。

不到多久時候，經營得已是楚楚就緒，祇有洞府西面的一部分工作尚未開始。然而齊六亭已是急得甚麼似的，祇是催著擔任工作的哭道人的那班弟子，趕快進行，並說道：「你們師父是很盼望這項工作趕快告成的，倘在這工程尚未告成之前，有甚麼歹人溜了進來，弄出些兒事故，那是大家臉子上都沒有甚麼光彩呢！」大衆聽了，都沒有甚麼話說。

祇有一個姓馬的，卻只是望著他，嘻嘻的笑。他見了，雖然有些著惱，但當下倒也不便怎樣。到了散工的時候，便把那姓馬的，一拉拉到了無人之處，悄悄的向他問道：「剛才我催你們上勁工作的時候，你爲何祇對著我嘻嘻的笑？老實說，我不是念你和我平日很是說得來，我當時就有一場發作，要使你臉上過不去！因爲你們師父曾經囑咐過，是一律要聽我的指揮的；你就是受了我的委屈，一時也沒有甚麼法子可想呢！」

那姓馬的聽了，並不回答甚麼，先在他們所立的地方，四周畫上了四個十字，然後笑著說道：「如今好似放下了一道重幕，完全和外面隔絕，任我們在這裏說甚麼祕密的話，也不怕被人家聽去的了！唉！你這個人眞太忠厚了一些，祇知忠於所事，要討我師父的歡心，卻把其他的事都忽略過去，竟是視若無睹，聽若無聞的了！」

齊六亭倒詫異起來道：「我究竟把甚麼事忽略了呢？」

姓馬的長歎一聲道：「別人都知道了的事，你卻一些兒也不知道，好似睡在鼓裏一般；這不是忽略，又是甚麼呢？」

這一說，更說得齊六亭瞠目相對道：「那我眞是忽略了！別人大家都知道的，又是些甚麼事，我竟一點也想不出；如今請你不要再打悶葫蘆，趕快和我說個明白罷！」

姓馬的道：「要把這事說個明白，倒也不難，不過照我看來，就不向你說明也使得。祇是有二句緊要的說話，你須記取在心，便是：這工程沒有告成的一天，你還可得相安無事一天；祇要這工程一日完全告成，你便要遭殺身之禍了！」

齊六亭聽到這裏，驚駭得頓時變了臉色，忙道：「你竟越說越怕人了！究竟怎麼一回事，請你趕快向我說來，我眞有些耐不住了！」

姓馬的依舊不肯把這件事明白說出，祇道：「你擔任了這件工程之後，不是和你尊夫人好久沒有親熱過了麼？如今不妨到你尊夫人那邊去走上一遭，或者可以得到一些端倪，也未可知。這強似我把空話說給你聽了！」

這一派隱隱約約的說話，立時使齊六亭在驚惶之外，又有一片疑雲滃上心頭來，暗道：「不好，不好！照這說話聽去，莫非雪因已做出甚麼歹事來了麼？這倒是出我意料之外的！」當下，氣紅了一張臉，拔起腳來就跑。

姓馬的卻又連忙把他喚住道：「跑不得，跑不得！你這一跑，倘然弄出些甚麼事情來，不是善意變成了惡意，反而是我害了你麼？」說著，從身上取出一道黃紙硃字的符來，即向齊六亭的衣襟上一貼。方又說道：「這樣可無礙了！如今你儘管走去，就是你要去竊聽人家的說話，也不會被人家發現呢！」這時齊六亭倒又站立著不就走，臉上顯然露出一種不相信的樣子。

姓馬的見了，正色說道：「這是甚麼事，我怎忍欺騙你，使你陷入絕地！你不要懷疑罷！這是我師父的六道神符之一，最是靈驗不過的；我不知費了多少工夫、多少手腳，方始盜取到手。他倒至今還像睡在鼓裏一般，一點沒有知道呢！」

齊六亭方始釋了疑懷，即向姓馬的謝過一聲，自向他妻子住的那邊踅去。一壁又在想道：

「這水性楊花的賤婦，不知又搭上了甚麼人？看來事情總有些兒不妙罷！然而我那恩公，難道不知道這種事情麼？就是不便管得，怎麼也不透個風聲給我呢？」一會兒，已到了雪因住的那間臥室的前面，卻不就走進去，暗在門邊一立，側著耳朵聽去。

果然有一陣男女嘻笑之聲傳了來，這可把那姓馬的說話證實了！齊六亭一想到雪因竟是這般的淫蕩，這般的無恥，不覺一股憤氣，直向上衝，幾乎要暈跌在地。但齊六亭究竟是很有本領的人，忙又暫抑憤怒之情，並把心神定上一定，再凝著一雙眼珠，從門隙中，偷偷地向這種聲音發出來的地方瞧了去。

誰知，不瞧猶可；一瞧之下，幾乎疑心自己是在作夢，再也想不到會有這種事情的！原來，雪因的不端，瞞著他自己在偷漢，齊六亭早已從姓馬的吞吞吐吐的談話中聽了出來；如今把事情證實，不過使他增添幾分憤恨之情罷了，並不覺得怎樣驚奇。所最使他驚奇不置的，卻不料和雪因勾搭著，做上這種不可告人的醜事的，並不是別人，竟是這個道貌儼然的哭道人！

唉！一個十分具有道力的老道，也是他的一位恩公，現在竟會勾搭著他的妻子，做出這般的醜事來，怎不教他不驚出意外呢！但是這大概是那道神符的功用罷，這時房內的一對野鴛鴦，卻一點也不覺得有人在門外窺探著。好個淫蕩的雪因，竟把全個嬌軀，緊伏在老道的懷中。老道卻盤膝坐在臥榻上，越是把毛茸茸掛著鬍子的嘴，俯下去向雪因的玉頰上吻著，雪因越是格格的笑個不止。

好一會兒，雪因方住了笑聲，又仰起臉來，向著老道問道：「你屢次說要把他即刻結果了性命，卻一次也沒有實行得，究竟是甚麼意思？莫非已把他赦免了麼？但是你要知道，有他在世上一天，我們即一天感到不安；縱能時時在一起歡樂著，也總覺得有一些兒顧忌，不能放心托膽的做去呢！」

老道笑道：「好一個奸險的婦人！竟一點香火之情也沒有，反逼著我要殺害自己的丈夫了！我一想到這層，倒也覺得有些寒心；萬一你再戀上了別人，不是要慫恿著那個人，設法把我殺害麼？」

雪因一聽這話，頓時臉色一變，向老道撒嬌道：「好！你說我奸險，我確是奸險的；如今你既已發覺得，不如就和我離開了罷！免得你心中時時懷著鬼胎，怕我將有不利於你呢？不過，我有一句話要問你：這一回，究竟是你先來勾引我的？還是我先來勾引你的？要不是那天中了你的奸計，誤飲了你那懷春酒，醉中失身於你，恐至今還和從前的態度一樣，拒絕你不許你近身，何致會有這種醜事幹出來呢！那究竟是誰比誰來得奸險，請你對我說來？」說到這裏，把個頭不住的在老道懷中撞著，一面嚶嚶啜泣起來。

這一來，可把老道著了慌了，邊似哄騙小孩子的，忙把他著意溫存了一會，邊說道：「不要這樣！我是和你說得玩的，想不到你竟認起眞來。好！你並不奸險，算我奸險就是了！至於那廝，你儘管放心，我總設法把他除了去就是了！老實說，有他放在這裏，任他怎樣的不來干涉我們，在我總覺得有十二分的不便呢！不過，現在全部工程尙未告成，我還有用得著他的地方，不如且讓他再多活幾時罷！」這話一說，雪因方始止了啜泣。

那老道忽像想得了甚麼似的，又笑嘻嘻的問道：「眞的，我倒又有一件解不透的事情了！他是一個精壯的少年，我祇是一個乾癟的老頭子，實在是不能相提並論的；你爲甚麼，又反戀著我，而不戀著他呢？」

雪因聽了這話，忽然噗哧的一笑，又向老道瞪上一眼，似乎憎厭他多此一問，卻不回答甚麼；但在這一笑、一瞪眼之中，老道倒又似領悟過來了，不禁哈哈大笑道：「咳！我好糊塗！原來你是戀著我的那種戰術，怪不得要把他拋棄了！不是我說句誇大的話，我的這種戰術，完全得自黃帝的眞傳，世上有那一個男子能及得我？不要說是你了，凡是天下的美婦人，祇要和我有過首尾的，恐怕沒有一個，肯把我這個乾癟的老頭子拋棄呢！」說到這裏，便用手在雪因全身撫摸著，眼見得就有不堪入目的事情幹出來！

這時齊六亭的兩隻眼睛中，幾乎都有怒火迸出，可再也忍耐不住了，暗道：「這一對狗男女，想不到行爲竟是如此的無恥，心術竟是如此的險狠！我齊六亭如果不殺了他們，也枉爲男子漢、大丈夫了！而且我現在如果不殺卻他們，他們不久便要把我殺害；這我縱要十分忍耐，在勢也有所不能啊！」一邊想，邊就要衝出門去，恨不得拔出一把刀來，把他們二人立時殺卻。正在這個當兒，忽覺得後面有個人，把他的衣襟一扯；忙回身一瞧時，卻就是那個姓馬的。一面做著手勢，叫他不用出聲；一面死拉活扯的，把他扯到了無人之處。

齊六亭倒向他發話道：「你是甚麼用意，硬要把我扯了出來？剛才你如果不來阻擋，讓我進房去，和那對狗男女拚上一個你死我活，不是很痛快的一件事情麼？」

姓馬的正色說道：「這個那裏使得！『小不忍，則亂大謀』這兩句話，你也聽得過麼？你要知道，我們如今能自由自在的行走，前去窺探他們的祕密，不被他們覺察，還是仗著這靈符的功用。不瞞你說，我的身上，也和你同樣貼著一道符呢！但是靈符的功用，也止此而已，其他是幫不來你的忙的！那麼，他是具有何等大本領的人，請問你那裏是他的敵手？萬一交起手來，你竟被他殺害；這非但得不到甚麼利益，反白白的送掉一條性命，豈不是大不合算麼？」

齊六亭聽了這一番話，倒又沉默了一下子，覺得他說得很有道理，但仍說道：「話是一點不錯！不過，試請你替我設身處地想一想，我那裏再忍得住這口惡氣？除了挺身出來，生死不計的和他拚上一拚之外，還有甚麼法子可想呢！而且依你說來，難道就可以把這事一笑置之，不談報仇二字麼？」

姓馬的道：「話不是如此說。仇當然是要報的，祇是須以成功爲度。俗語道：『君子之仇三年。』你又何必急在一時呢？」

齊六亭道：「那麼，你要我等待到何時呢？難道到了那時，就是我不出來報仇，人家也會代我報仇的？否則終須和他一拚的，等待了若干時候之後，我的本領不見得就會好起來啊！」

姓馬的道：「你這話方有些近情了，但是同時又要說你太糊塗了一點！他和崙崑、崆峒二派中人，已結下了仇恨，你難道不知道麼？那麼，這二派中人要來尋著他，也是意中之事。到了那時，你把這洞府中所有祕密機關的內容，一齊告訴了他們，好教他們來攻破這洞府；那你的仇人，就不死在他們的手中，也就在這裏存身不住，不是就報了此仇麼？」

齊六亭方恍然大悟，決意依此計而行。不過恐哭道人窺破他這種祕密，要先來下他的手，所以不待工程完畢，兀自逃了出來。卻常來洞府外窺探著，以便遇到這二派中的能人，可以互相合作，一報此仇。因此繼志被劫、紅姑趕來等等事情，都在他的冷眼之中。又探知這雲棲禪寺中的智明老和尚，很有道力，笑道人和他最是莫逆。笑道人如果來此地，一定要前去訪他的，故而先到這裏等著。不料笑道人果和著金羅漢、紅姑同來，於是被他借變戲法暗打關子，居然打動了金羅漢一行人的心，便相合在一處了。

當下，齊六亭把這番話說完，金羅漢首先問道：「如此說來，這妖道的巢穴，西部最空虛；我們如欲進攻，是不是該先從西部下手麼？」

齊六亭道：「是的。」

說後，正要把這巢穴中的形勢講述出來，忽又聽紅姑很急切的問道：「那麼，我那孩子，究竟囚居在那裏，你也知道不知道？倘然從西部進攻，又要攻破那幾個機關，方可把他救了出來呢？」

齊六亭道：「這個我倒不曾探聽得。不過，這妖道是居住在中央的一座高樓上；他自以為是有金湯之固，外人一時間不易走到他那邊去，或者你那位世兄，就囚居在那邊，也說不定。如果要從西部走到那邊去，須得經過一個地道，和一座天橋，倒也不是件容易的事情呢！」

當下，又從身畔取出二張草圖來，先把地道的一張，指給他們瞧看道：「在這個地道中，共有一十八個拐彎，二十七個盤旋。一個拐彎，有一個拐彎的變化；一個盤旋，有一個盤旋的不同。到了何處，該應左行三步，右行三步；又到了何處，該應交錯行六步，勁直行六步，都在這張圖中記得清清楚楚。記熟了，方能坦然前行，不至弄出岔子；否則，萬一錯了一步，帶動消息，一旦向那其深無底的陷阱中跌下去，不免就有性命之憂呢！」

說到這裏，又指著天橋的一張，續說道：「至於這座天橋，係建在一個深淵之上，更是險峻無比。而上橋去，該應怎樣走；到了橋中，是怎樣的一種變化；下橋去，又是怎樣的走法，也有一定的步子，半點錯亂不得。倘然錯亂了一步，那你踐踏的地方，立時翻板掀動，裂成一洞，就要把你這個身子，向這萬丈深淵中拋了下去呢！」

紅姑聽了，忙把那二張地圖，細心的閱看，像要把他記熟在心頭似的。正在這個當兒，那法力高深的智明老和尚，卻在一陣和藹的笑聲中，走到了方丈中。邊向大衆行禮，邊合十道歉道：「諸位道友來到，貧僧既失遠迓，又勞久待，實在疚心之至！怪不得我剛才在打坐，這顆心竟怔忡異常，好久方得安寧下來咧！」

比及笑道人把來意向他說出，他即在袖中占上一課，又皺著眉兒，說道：「我已在袖中替道友占上一卦了。這妖道雖不久終歸滅亡，但照卦象瞧來，如今正在十分勢旺的時候；我們不但不能一時把他就撲滅，恐怕還有幾個人，要受到一點小小的災劫呢！」大衆聽了，都默然不語。

忽而一陣風起，又聞轟的一聲響，好像有甚麼重物，被風吹倒在地上似的。大衆不免小吃一驚，連忙出去瞧看時，卻是寺前的一根大旗杆，被風折爲兩段，把那上半段，吹倒在地上來了。幸而其時並沒有甚麼人站立在這旗杆下面，所以還不至鬧成大亂子。

智明和尚邊命幾個打雜的把這斷旗杆收拾過，邊又同大衆同進了方丈中，向大衆環矚一周後，方問道：「你們諸位，也知道這旗杆忽然折斷，主何吉凶？」

衆人還沒有回答，紅姑即率然回答道：「這大概是屬之偶然的。因爲旗杆被風折斷，也是常有的事，不見得主何吉凶罷！」

智明和尚微笑道：「道友有所不知，這旗杆被風折斷，連這次算來，已是第二次了。上一次旗杆被折，就發生了一件流血的事件；貧僧的性命，幾乎爲之不保！此次又見此兆，難免不發生同樣之事；貧僧心中，倒很爲之惴惴不安呢！」

說到這裏，隨又在袖中占上一卦，方又展顏說道：「還好，還好！大流血的事情，想來還不至有；不過，主有暴客到來。我們今日夜中，還得小心防備才是呢！」

金羅漢道：「這倒是說不定的。本來那妖道是修千里眼和順風耳的，或者已知道我們來到這裏。那他爲要暗放冷箭，難免不偷偷的到這裏來走上一遭呢！」當下，大家點頭稱是。

到了夜中，三更剛剛打過，忽聞空中鷹叫之聲，甚是慘厲。金羅漢即顧著大衆說道：「你們大家注意！這是我那兩個小東西，一種告警的聲音，彷彿是在對我們說有暴客到來了，我們還是趕快出去瞧瞧罷！」大衆把頭點點，沒有甚麼話說。

當正悄悄的走到大殿上的時候，果然在佛前那盞長明燈的燈光下面，見有一條修長的黑影，從東牆外跳進，到了庭心中。第一個是紅姑，對於這條黑影，很是注意；他雖沒有瞧清楚這人的面目，但就這人的身材瞧去，決得定果然是那妖道親自到來了！他一想到愛子被這妖道劫去，至今還在這妖道的巢穴之中，不覺氣憤塡胸；恨不得馬上跳了出去，和這妖道拚個你死我活！倘能一刀把這妖道斬卻，那才出了心頭之氣！

可是他雖這們的想，當他還未跳至庭心中，早又見從西牆上跳下一個人來。這人的身材，比先前那個人矮小得多了，看去活像是個小孩子；面貌卻看不清楚，衹見一頭亂髮，散披在肩背上，和一窩茅草相似。

一跳至庭心中，即抽出一柄三尺多長的刀來，明晃晃的，在那妖道面前一耀道：「妖徒！你到這古寺中來幹甚麼？俺老子跟定你了！」

那妖道聽了，在一閃之間，也抽出一柄刀來，向他招架著；一壁向他仔細打量上一回，冷笑道：「我道是誰，原來是一個死叫化子！我到這古寺中，自有我的事，輪不到你來干涉和顧問；知趣些的，還與我退在一旁罷！」

那叫化子也冷笑道：「你以為我是個叫化子，便不能干預你的事麼？如今我偏要來干預一下子，看你把我怎樣！而且你雖不認識我是誰，口口聲聲喚我叫化子，我卻已認識出你是誰了！呔！妖道！看刀罷！」說著，即飛一刀過來，那妖道便忙又招架著。

大衆這時站在殿上，卻看得呆了，倒都不願自己就出手。衹見他們二人的本領，倒也不相上下，你刺我架，你斫我格，來往了有五六十個回合，還是不分勝負。

忽然間，那妖道似乎已戰敗下來，忙向圈子外一跳，轉身要逃。那叫化子那裏肯捨，忙也趕了過來。誰知，正在這個當兒，妖道忽又回過身來，將口一張，即有一股黑霧，噴薄而出，似乎要把叫化子的全身都罩住了。

紅姑是知道這股黑霧的厲害的，很替叫化子暗暗捏上一把汗，也想立刻出馬，替他解上這個圍。可是，說時遲，那時快，早見亮晶晶的一串東西，游龍夭矯似的，飛到這黑霧中，祇一橫一直的，很迅速的掃上兩掃，早把這迷濛黑霧，掃除得乾乾淨淨。

那叫化子的全身，又很清楚的透露出來，反是那個妖道，倒好似怔住在那邊了。紅姑見了，正猜不出是甚麼人顯的神通，忽聽智明和尚哈哈一笑，說道：「原來這妖道的本領，也祇爾爾，那倒是出乎貧僧意料之外的！貧僧悔不該請這百八念珠出馬，未免近於小題大作了！」說著，用手一招，即把這亮晶晶的一串東西，招了回來。紅姑方知是智明和尚把這一串念珠，破了那妖道的妖法，暗暗很是佩服。

隨又見那叫化子，用刀一揮，似乎又要去尋著那妖道了。這時，那妖道卻很是知趣，知道非但衆寡不敵，而且還有能人在此，遠非自己個人所能抵敵的；三十六著，還是走爲上著罷！即虛砍一刀，撒腿便跑。一霎眼間，早已到了牆上。這一來，那叫化子反精神百倍起來了，那裏肯把他放過！忙也隨後追趕，跳上牆去。

金羅漢見了，忙顧著大衆說道：「如今我們也趕快追去，助他一臂之力罷！看來這妖道妖法多端，這叫化子一旦落單下來，恐不是他的敵手呢！」大衆齊聲稱是，即開了寺門，一窩蜂的在後趕了去。

可是到得寺外四下一望時，那裏有他二人的蹤跡！正在稱奇之際，忽聞牆邊起有呻吟之聲，大衆知道事情不妙，忙走至牆邊一瞧，祇見那叫化子，直挺挺地睡在地上，似乎受傷很重，卻不知他傷在何處。問他：「那妖道逃到那裏去了？」他祇伸出一個指頭來，向著天上點點。大衆方知道這妖道，已駕雲逃走了，也就不去追趕。忙七手八腳的，把那叫化子抬進寺中，放在一張床上。

智明和尚便走至床邊，把他全身細細一檢視。別處卻不見一點傷痕，祇在右腿之上，露見一個紅印，墳起有栗子這們大，但又不見有甚麼暗器打在裏邊。不覺攢眉道：「這究竟是一種甚麼暗器所傷的？怎會傷了這一點小小的地方，竟使一個精壯的漢子，呻楚到這般地步呢？」那叫化子聽了，即從炯炯的目光中，露出一種對他這番言語表示同情的狀態來，卻是不能言語。

齊六亭這時也走了過來，祇向腿上一望，即喊了起來道：「啊呀！了不得！這是中了那妖道的穿心箭了！這穿心箭雖和梅花針差不多，但是浸有毒藥；而且中著人的皮膚，即向內部直穿，祇要穿至心腔中，就要不可救藥呢！」

智明和尚聽了，倒又顏色一霽，似乎把心事放下一般，笑說道：「哦！原來是中的穿心箭；那我倒也有一種萬安水在此，無論心臟中受了甚麼毒，都可把來解救的！」說著，即從布囊中，找出一瓶黑澄澄的藥水來，取過一隻杯子，傾倒了幾滴在杯中，便向那叫化子口中倒去。

果然很是靈驗，不到片刻工夫，那叫化子邊喊上一聲好舒服，邊吐出一大灘黑水在地上；立時似已痛苦全失，精神復元了。隨又從床上一骨碌爬起，走下床來，向著智明和尚，納頭便拜道：「此番如果不是遇見大和尚，我常德慶性命休矣！大和尚眞是我的重生父母啊！」大衆聽說這叫化子就是崆峒派中的常德慶，不免又齊爲一怔！

不知這常德慶爲了何事到此？且待第一三二回再說。

第一三二回　救愛子牆頭遇女俠　探賊巢橋上斬鱷魚

話說：在室中的許多人，一聽說這叫化子就是崆峒派中的常德慶，當下齊爲一怔，好久沒有話說。還是智明和尚慌忙把他扶了起來，又含笑說道：「你太多禮了！原來就是常檀越，聞名已久，今天正是幸會了！」

隨又把室中諸人，替他介紹了一番，並接著說道：「我本是世外閒人，在當世所謂崆峒、崑崙兩大派中，都挨不上一個名字的。不過，素來和兩派中人都有些兒接近，眼見著兩派互相水火的這種情形，心下很是不安，頗想出來調停一下，祇苦得不到一個機會。如今天幸常檀越與呂師叔、笑道友，竟得相聚於一堂，這大概是天意如此，要教你們兩派釋嫌修好麼？貧僧又何憚費上番口舌，而不出來圓成這個功德呢！不知諸君亦肯順應這種天意否？」大衆聽了，臉上都現出一種笑意，似乎並不反對這番話。

金羅漢又很明白的，表示他的意見道：「我們雖以修練工夫的方法，有不同的地方，被人家強分出崆峒、崑崙這兩個名目來；其實是同出一源的，自問宗旨都是十分純正的。所惜後來因爲兩派中個人間的關係，起了許多糾紛，不免有上間隙；再無端加上爭奪趙家坪的這件事情，一時風雲變色，自然鬧得更加水火起來了！

「然而這都是於兩派本身的問題無關的，祇要一加解釋，就可立時冰釋。何況，現在又出了這個宣言專與兩派爲難邪教的魁首哭道人，這正是造成我們兩派攜手的一個好機會！我們爲何執迷不悟，定要仍相水火呢？至於智明禪師的一番好意，我們當然是十分感激的；常兄或者也表同情罷？」

常德慶聽了金羅漢這一番通情達理的說話，又想到在這爭奪趙家坪的事件中，自己也免不了有些關係；倒又覺得有些自疚起來，祇好把個頭連連點著。

同時正要想回答上一番話時，忽聽笑道人嚷了起來道：「紅姑呢？他到了那裏去了？」大衆方覺察到紅姑並不在這室中，似乎正當大衆七手八腳的，把這受傷人抬進寺中的時候，他就失蹤不見了呢！

接著齊六亭走到室中一張桌子前，望上一望，也喊起來道：「不對！他定已單身走到那妖道的巢穴中去了！因爲兩張地圖，剛才我明明是放在這張桌上的，現已不翼而飛；定是被他攜了去，作爲指南呢！」

金羅漢道：「既有地圖攜去，當然不至跌身陷阱中。至於紅姑的本領，這是大衆都知道的；妖道縱是妖法多端，恐怕也奈何他不得。看來不久就可安然回來罷？」

當金羅漢說話的時候，智明和尚一聲兒也不響，原來又在猜詳他那袖內玄機了。這時忽向金羅漢說道：「師叔的話果然一點不錯。不過我剛才又在袖內占上一課，照課象瞧去，紅姑道友恐有失機之虞；不過幸遇救星，終得轉危爲安。我們還是趕快去救援他爲是呢！」大衆都點頭贊成，不在話下。

如今我且掉轉筆來，再把紅姑寫一寫。紅姑究竟到了那裏去了呢？大衆的猜測，果然一點不錯，紅姑確是離開了雲棲禪寺，要向那妖道的巢穴中，暗地去走上一遭了。當最初那個黑影，從東牆上一躍而下，紅姑一眼瞧去，就認識出便是那個妖道。

當下仇人照面，分外眼紅，恨不得馬上就跳出去，一刀取了他的首級；不料，跟著又從西牆上跳下一個人，和那妖道交起手來，紅姑祇好靜作壁上觀了。等到妖道受驚遠去，大衆慌忙追出寺門之外，又見和妖道交手的那個人，已跌仆在牆邊，妖道卻已不知去向了。

紅姑這時再也忍耐不住了，便不暇去問那個人的傷勢怎樣，乘衆人正是亂糟糟沒有留意及他的時候，在僻處駕起雲來，認清楚那妖道的巢穴的方向，飛也似的追去。私念：能把這妖道追及，和他大戰一場，僥倖能取了他首級，那果然是最好的事。萬一竟追妖道不及，那麼，妖道也決不會料到立刻就有人去找著他，大概不見得有甚麼防備；如此，自己乘此前去探上一遭，倒也是一個絕好的機會，或者能把繼志這孩子劫了出來，也未可知！好在齊六亭所繪的兩張圖，自己已取來帶在身邊，正可按圖索驥，任他那邊佈設的機關來得怎樣厲害，恐怕也奈何自己不得呢！紅姑邊想，邊向前進行，覺得自己這個計畫，很是不錯。

不一會，早見那座巍峨的邛來山，已高聳在眼前了。而那妖道，卻依舊不見一點蹤影；知道那妖道定是飛行得很迅速，早已逃入洞中去了。也就拋棄了第一個主張，還是把第二個主張見之實行罷！隨在山中僻處，降了下來，悄悄的向妖道的巢穴走了去。不多時，已轉到那巢穴的西面；外邊卻是一道高垣，不如洞前這般的密合無間，竟致無間可入。

紅姑至是，略不躊躇，即一躍而至牆頭。正欲向下躍時，忽覺有人輕拊其肩。這一拊不打緊，任紅姑怎樣的藝高人膽大，這時也不覺吃上一驚！私念：我以爲這次悄悄來到這裏，定無一人知覺，怎麼有人拊起我的肩來？莫非那妖道已經來到我的眼前麼？邊想邊就回過頭去一瞧。在這一瞧之後，紅姑驚雖驚得好了一些，卻反把他怔住了！

原來，立在他的身旁，含笑拊著他的肩的，並不是意想中的那個妖道，卻是一個婆子，年紀約有四五十歲，面貌生得甚醜。祇是紅姑就他那種笑意中瞧去，知道他並不會有甚麼歹意；而且又見他身上穿著夜行裝，知道他和自己也是同道中人，或者還和自己懷著同一的目的，決和那妖道是沒有甚麼關係的。便向那婆子輕輕的問道：「你是甚麼人？我和你素不相識，爲甚麼拊起我的肩來？」

那婆子也低聲道：「你這話說得很是，我與你素不相識，忽然拊起你的肩來，當然是不應該的。不過惻隱之心，是人人所具有的；如果見死不救，這於情理上，似乎也有些說不過去呢！」

紅姑聽了這突如其來的說話，倒又很像生氣似的，帶著憤恨的音吐，問道：「甚麼叫作見死不救？難道我已趨近死地，自己卻不知覺，要勞你前來救我嗎？如果眞是如此，那我也太嫌懵懂了！」

婆子笑道：「豈敢，豈敢！我且問你，剛才如果不是我拊著你的肩，出來阻止你一下，你不是就要向下面跳了去麼？但是，你可知道，這下面是些甚麼？」

這一來，紅姑倒又不怒而笑了，反向他問上一句道：「是些甚麼，你且說來？」

婆子正色的說道：「這個還待說！下面當然不是平地，有陷阱設著，機關埋著；任你有天大本領的人，倘然一旦身陷其中，縱不粉身碎骨，恐怕也要活活成擒，逃走不來呢！」

紅姑不待他把話說完，又嗤的一聲笑了出來道：「你這個婆子，眞在那裏活見鬼！我倒懊悔不該聽你的這篇鬼話，反耽擱了我的許多時候！或者竟誤了我的大事，這可有些犯不著！」說著，又要向下跳去。

但這婆子眞奇怪，忙又一把將他扯住道：「你要尋死，也不是這般的死法！」

這時紅姑可再也忍耐不住了，也不願再和他多說，死力的要把他扯著的手掙了去。婆子雖仍是用盡力量的扯著他，不便紅姑的身子動得分毫，卻也漸漸有些著急起來。一時情急智生，便向紅姑耳畔，低低的說道：「你如果再執迷不悟，眞欲往下跳時，我可就要不管三七二十一，替你大聲嚷叫著，看你還能行得事來，行不得事來？」

這個方法眞靈驗，紅姑一聽這話，果然不想要跳下去了；祇把足在牆上輕輕的一蹂，恨恨的說道：「我不知倒了幾百世的楣，今天竟會遇著你這螯螯蠍蠍的婆子，眞要把我纏死了！如今你且聽著：這妖道的巢穴中，雖設著不少的陷阱，不少的機關；但在這西部的地方，卻還有一些平地，尙在未經營之中。所以外人要探妖道的巢穴，從西部入手，最爲相宜。這是代他建造這項祕密工程的那個人所親口告訴我的，諒來不至虛僞。你如今大概可以放心了，總不至再這般的大驚小怪，要來阻止我，不許跳下去罷？」說著，鼓起一雙眼珠，向那婆子望著，靜待他的答覆。

這時婆子的態度，反更鎭靜起來，祇冷冷的說道：「哦！原來是這麼一回事！既是建造這項祕密工程的那個人親口向你說的，當然不至會虛僞。不過，那個人還有一個妻子，名字叫作雪因，卻已和那妖道有上一手，你諒來也已知道。而這雪因從前和他丈夫，曾同事一師；建造這種祕密工程，也是他的看家本領，並不輸於他丈夫。那他丈夫既一走，他復和那妖道正在熱愛之中，又為保護他自己起見，難道還會不挺身出來，把這未完的工程，星夜趕造完全麼？」

紅姑一聽這話，登時恍然大悟起來，果然這事很在情理之中；不但是在情理之中，而且可以說得一定已見之實行呢！不過，轉又使他想到：剛才倘然沒有這婆子前來阻止他，自己竟信這西部確是空虛的，貿貿然的向著下面一跳，這事還堪設想麼？便又不由自主的，把那婆子的一隻手，緊緊的握著，向他吐著感謝的音吐道：「你眞是我的救命恩人！倘然沒有你在這恰當的時期中，出來阻止我，我這時恐怕已成了這陷阱中的上客了！」

說到這裏，又露出一種懊喪之色道：「但是這妖道的巢穴，難道眞和龍潭虎穴相似不成，我們竟沒有方法可以進去麼？依得我一時性起，倒又要把性命置之度外，不管三七二十一的，冒險進去探上一探了！」

婆子笑道：「你不要性急！要到得裏邊去，倒也不難；你且隨我來，自有路指導給你。」邊說，邊就扯著他到了西邊的盡頭處，又向下指著說道：「這是妖道的徒弟，一個姓馬的，私下告訴我的，祇有這一處地方，尚沒有安設機關，下去可以無礙，但也祇在這一二天中；如果等到他們把工程辦妥，恐連這一處，也不能下去了。」紅姑把頭點上一點，即和那婆子悄悄的跳下牆去。覺得他們腳所踏的，果然是些平地，並沒有甚麼機關埋在下邊，二人方才放下一半心事。

紅姑隨又從身上，掏出那二張地圖來，指向那婆子說道：「我們如今如果要向中央這座高樓走去，須經過一個地道和一座天橋，方能到得那裏。好在這兩張圖上，把一切過節，注得很是明白；我們祇要能依照著，小心的走去，大概不至觸在消息上罷！」

婆子笑道：「你倒細心之至，竟把地圖帶在身上！但是就算沒有這兩張地圖，卻也不甚要緊，因爲我已向那姓馬的，盤問得很是明白：何處應左行，何處應右行，何處應拐彎，何處應盤旋，我好似背書一般，心中記得爛熟；你祇要跟在我的後邊走，包你不出甚麼亂子呢！」

紅姑忙問道：「瞧你對於這裏的情形，竟是如此的熟悉，大概有一個男孩子被這妖道綁了來的一樁事，你也不至於不知道？你可曉得，現在這孩子被這妖道囚在那裏呢？」

婆子道：「你問的是令郎麼？那我當然知道的，現在就囚在中央那座高樓上。如今祇要能到得那邊，你們母子就可互相見面了！」紅姑聽了，即仰起頭來，向著那座高樓望望；彷彿已瞧見了他愛子的一張臉，正滿掬著一派焦盼的神氣，盼望他母親前去救他出險呢！於是，他緊緊的一咬牙齦，一聲也不響的，向著前面進行。

不一會，有一大堆黑影，橫在他們的前面，似乎把星月之光都遮蔽住了；他們知道，已走近那地道了。婆子即向紅姑關照道：「這已到了危險的區域中了！你可也步也趨的，跟隨著我，千萬小心在意，不可中了他的機關啊！」紅姑邊答應著，邊即跟隨了那婆子，走入地道中。

當在外邊的時候，果然覺得十分黑暗；誰知到得裏邊，更其黑暗到了極頂了！幸虧紅姑練成一雙電光神目，在黑暗中，也能辨物，那婆子似乎也有上這一種的工夫。所以他們二人，倒一點不覺得有甚麼困難；祇小心翼翼的，踏準了步數，向前進行。

約行了數十步，不料，忽有兩目耀耀作光的一條大蛇，從右邊的石壁上，突然而出，似乎要向他們的身上飛撲來。紅姑縱是怎樣的藝高人膽大，也不覺小小吃了一驚！暗想：這婆子眞該死！莫非踏錯了步子，觸著了機關麼？否則，好端端的怎麼會有蛇飛了出來！我倒懊悔太大意了一些，祇知一味的信任著他，卻沒有把那張圖細細瞧上一下呢！

想時遲，那時快，早又見那婆子，不慌不忙的，伸出一個指頭來，向那大蛇的頭上，祇輕輕的一點。那大蛇好似受了創痛似的，便又突然的逃了回去，沒入石隙中不見了。那婆子隨又回過頭來，向著紅姑含笑說道：「受驚了麼？這是他們故作驚人之筆，要使外邊進來的人，就是踏準了步子，也不免要受上這種虛驚；或者膽小一些，竟會不敢向前行走的。像這種嚇人的機關，前邊尚設有不少，並不止這一處，我卻已完全打聽得清清楚楚了。你儘管跟著我，放膽前行，祇要不把步子踏錯就是了！」

紅姑聽了這番話，方又把一片心事放下；知道這婆子倒是十分可以信任的，祇要惟他的馬首是瞻就是了。好容易，又打退了許多蟲豸五毒，總算一點亂子也沒有出，走完了這條地道。到得走出洞口，眼前不覺爲之一亮。遠遠望去，祇見長橋凌空而起，矗立著在那邊，氣象好不壯觀！

那婆子便又指著，向紅姑說道：「這便是天橋了。講到這種機關，比剛才所走的那條地道，還要來得可怕；祇要一個不小心，把步子走錯了一步，翻板立刻掀動，就要把你這個身子，向萬丈深淵中拋去！那裏邊養著有大小不一的鱷魚千萬條，見有生人拋下來，眞好似得了一種甘美的食品，那有不爭來呑食之理？那時候你縱有天大的本領，也抵敵不住這千萬條的鱷魚，除了葬身在他們的腹中之外，還有甚麼法子可想呢！」

這一說，倒也說得紅姑有些毛骨悚然了！片刻間，早已到了這座橋前。再向前一望時，在橋的彼岸數箭之外，即矗立著那座高樓；祇要把這座橋安然渡過，立刻就可到得那邊了。而在那座高樓中，不是有他的愛子被囚著，或者正愁眉淚眼的，盼望母親到來救他出險麼？這一來，倒又把紅姑的勇氣鼓起，一點不有甚麼瞻顧，一點不有甚麼畏怯的，又跟隨著那婆子，向這橋上走去。

不料，竟是出人意外，這座天橋，並沒有像意想的這樣的難渡，一個難關也沒有遇到，早已到了橋頂了。比起在地道中的時候，左生一個波折，右來一個阻力，枝枝節節，險阻備嘗，眞有地獄天堂之別了！這不但紅姑把心事放下，連那婆子，都比以前懈怠了許多。反都立定下來，向那橋下望著，似乎要把這景色賞玩一下。祇見下面橫著一道長湖，波濤洶湧不定，望去全作藍色。

在這山頂之上，會發現這麼一條大湖，而且波濤又是這們的洶湧不定，並帶上一派藍色，幾乎使人疑心已到了七俠五義書上所說的黑水寒潭的旁邊，這倒又是出乎他們意料之外的！而在這波濤洶湧之中，又見無數條的鱷魚，跟著翻騰起伏，更極驚心駭目之致。中間有幾條大一些的，尤其通得靈性，似乎已知道有人在橋上望著他們，惹得他們野心大起，爭昂著頭，張著口，恨不得把那些生人攫取到手，一口吞了下去呢！

那婆子見了，笑道：「他們這種虎視眈眈的樣子，看了倒也很是有趣！但是我們祇要站穩在這裏，翻板不要帶動，身體斷不至掉下湖中去，他們也就奈何我們不得！如要騰跳起來，把我們攫了去；瞧這橋身這般的高，離湖面又這般的遠，恐怕他們不見得有這種能耐罷？」

誰知一言未終，早有一頭大鱷魚，好似生有翅膀似的，猛不防的，從湖中騰跳而起，停在空中，要向那婆子撲了來。

婆子不免微喊一聲：「啊呀！」幸而態度尚還十分鎭定，腳下依舊不曾移動分毫。邊急從身邊拔出一柄劍來，把那鱷魚抵擋著，邊又向紅姑關照道：「腳下須要十分留意，一步錯亂不得，並須好好的防備著他們，說不定還有第二個、第三個的惡畜，前來向你攻擊呢！」

果不其然，他的一句話還未說了，又有一頭巨大的鱷魚，從湖中飛騰而起，張牙舞爪的，來向紅姑進攻。紅姑衹好也拔出一柄劍來，把他擋住了。講到鱷魚在水中，本已十分蠢笨，不過這張巨口，生得十分怕人；一旦到了空中，更要失去幾分能耐。

像紅姑同那婆子，都是練過幾十年武功的人，早已到了爐火純青之候，那裏還會把這些冥頑不靈的東西放在心上！不過，揮劍抵敵的時候，還要顧著腳下，生怕一個失錯，把翻板帶動著，這可有些覺得吃力了！所以戰了好一會，方把這兩頭惡畜殺卻。

誰知，等不到他們二人走得幾步，又有三五頭飛了起來，而且是越來越多，好像特地是來復仇的。這一來，他們二人可不能再停留下來，和這些鱷魚死戰了。衹好上面把劍揮動著，保護著自己的全身；下面把腳步踏準，一步也不敢錯亂，且戰且行的，向橋下走了去。好容易，總算已殺到了橋邊；瞧瞧那些紛紛飛在空中的鱷魚，不是死在他們的劍鋒之下，便已逃回湖中而去，居然一個也不餘留了。

那婆子方用手拭一拭頭上的汗，又如釋重負的，長歎一聲道：「總算運氣不壞，已把他們殺退了！但是我們是甚麼人？他們又是些甚麼東西？如今搏兔也用全力，方把他們殺退，細想起來，我們不但是十分可憐，而且還是十分可笑呢！」

紅姑笑道：「你這話說得很是。不過搏兔也用全力，這兔總被我們搏得了，還算不幸中之大幸！倘然用了全力，還是不能取勝，豈不更是可憐麼？」

正在說時，忽聽得唿哨一聲響，從橋邊跳出一個人來，手揮寶刀，攔住他們的去路。紅姑忙向他一瞧時，不是那妖道，又是甚麼人！不覺一聲冷笑道：「好個沒用的妖道，原來埋伏著在這裏！倘然剛才你也走上橋來，和我們角鬥著，豈不更爲有趣麼？如今未免失去機會了！」邊說邊即走下橋去，揮劍向那妖道斫去，也來不及招呼那婆子了。

誰知那妖道不濟得很，沒有戰到二三個回合，已被紅姑一劍斫中，頹然仆倒在地上。紅姑心中雖是歡喜，還怕他是誘敵之計，故意裝作出來的。因又在他背上，狠狠的刺上兩劍，見他眞是不能動彈了，這才俯下身去一瞧。祇一瞧間，不覺低低喊上一聲：「啊呀！我上了他的當了！」

這時婆子也已走下橋來，便向他問道：「怎麼說，是上了他的當？莫非不是妖道本人麼？」

紅姑笑道：「豈但不是本人，祇是一個草人兒！我竟這樣認眞的，和他廝戰著，豈不是上了一個大當麼？不過這草人兒，也做得眞巧妙，驟看去，竟和生人一般無二；連我的眼睛，都被他瞞過了！你倒不妨把他細細的瞧上一瞧。」婆子微笑著，把頭搖搖，便又偕同紅姑，向那座高樓奔去。

紅姑心中，卻比前更跳動得厲害：因爲愛子囚居的所在，已是越走越近，正不知吉凶如何，更不知能不能救他出險啊！等得走到樓前一看，下面四邊，都是砌實的牆垣，竟找不到一道門，更不見有甚麼出入之路。紅姑見了，不免又把雙眉蹙在一起，露著憂愁之色。好婆子，眞好似一騎識途的老馬！祇向四壁仔細端相了一下，早又伸出一隻手來，在壁上一處地方按上一按；即見這一垛牆，直向後面退去，露出一個門來了。

那婆子忙又向紅姑招招手，即一同悄悄的走了進去。婆子又回過身來，在壁上再按上一按，那垛牆又轉回原處，合得不留一隙的了。他們一路如此的走去，竟然得心應手，毫無留阻，一直到了樓上。忽聽得有一片嘈雜的聲音，傳入他們的耳鼓。細聆之下，明明是有人在口角，而且口角得很是劇烈，還有婦女的聲音雜著在裏邊。

紅姑耳觀很是靈敏，早已辨出這嘈雜聲音發生的所在；即向婆子把一間屋子指指，似乎對他說：「口角之聲是從這裏發出來的啊！」婆子會意，也把頭點點。即悄悄的一齊走至那間屋前，湊在門邊，側著耳朵一聽。

祇聽得一個婦人的聲音，吼也似的在說道：「我如今再問你一聲：你究竟把我這個孩子，弄到那裏去了？你如敢損傷他的一毛一髮時，哼，哼！請看老娘的手段！」

在這個聲音之後，跟著就是一個男子的聲音，聽去好像就是那個妖道，衹冷冷的回答道：「你不要管我，把這孩子弄到了那裏去，總而言之的一句話，你們母子二人，今生恐怕沒有再見面的希望了！」

那婦人又狂吼道：「這是甚麼話，我決不能聽你如此！而且你自己捫捫良心看，你所做的事情，究竟對得起我，對不起我？我本是馬姓的一個寡婦，好好地在撫孤守節，偏偏給你看中了；憑著你的那種妖法，把我刼奪了來，硬行奸汙了！我那時一身已在你的掌握之中，除了忍辱屈從之外，實在沒有別的方法；不料你等到我一旦色衰之後，又去愛上了別個年輕女子，把我拋棄了！

「然而，我對於這件事，卻一點不放在心上，因爲我本來不希望你來眷愛我，你能夠不來和我厮纏，反是求之不得的；所希望的，衹要你對於我這個視爲命根的愛子，也就是馬姓的孤兒，能夠優待一些，也就好了！誰知你起初倒還把他待得好，並收他做弟子；這一陣子，不知聽了那個狐媚子的說話，竟一變往日的態度，把他視作眼中釘，現在更是失了蹤跡，不知把他弄到了那裏去了！你這樣的狼心狗肺，教我怎能不向你拚命呢！」

那妖道又冷笑道：「這些醜話，再提他怎甚！好個不要臉的淫婦！當時你眞是貞節的，爲甚麼不一死以明心跡？到了如今再說，事情已嫌遲了！現在我索性對你說個明白罷，那個孩子，我不但憎厭他，並已把他殺了！看你把我怎樣！」

這話一說，那婦人更瘋狂也似的跳起來道：「好！你竟把我的孩子殺了！我也不和你算帳，讓我找那狐媚子去！」說著，即向門邊奔來。

不知這婦人找著了雪因沒有，又是怎樣的鬧法？且待第一三三回再說。

第一三三回　阻水力地室困雙雎　驚斧聲石巖來一馬

話說：紅姑同了那婆子，歷盡險難的，到得中央那座高樓上，正站在一間屋子的門前，側耳傾聽著，祇聞得那哭道人和一個婦人在屋內吵著嘴。一會兒，忽聞到那婦人要衝出屋子來。這一來，倒把他們二人大大的駭上了一跳！因爲，這婦人一衝出屋子來，逆料這惡道也必要追出來的，這不是糟糕麼？

不過，二人的心思，也各有各的不同。在紅姑呢，祇想悄悄的就把繼志盜了回來，不必驚動得這個惡道；在那婆子呢，也祇想把這裏的機關探聽得一個明白，並不想和這惡道動得手。如今這惡道倘然一追了出來，當然要把他們發現，不免把他們預定的計畫全行打破，你就是不願驚動他，不願和他動得手，也是不可得的了！

但是「人急智生」這句話，眞是不錯的。就在這十分吃緊的當兒，他們忽瞥見離開這房門口不遠，有一個凹了進去的暗陬，很可躲藏得幾個人；便各人受了本能的驅使，肘與肘互觸了一下，即不待屋中人衝出來，相率向這暗陬中奔了去。

誰知，這一下，可大大的上了當了！也不知是否那惡道所弄的一種狡獪，故意佈成了這種疑兵，逼迫著他們，不得不向這暗陬中奔了去的！當下，祇聞得唧唧的一陣響，他們所置足的那塊地板，立刻活動起來；他們的身子，即如弓箭離弦一般的快，向著下面直墜，看去是要把他們墜向千丈深坑中去的了！

幸而他們都是練過不少年的工夫的，早運起一股罡氣，以保護著身體，免得著地時跌傷了筋骨。好容易，方似停止了下墜之勢，又像在下面甚麼地方碰擊了一下，起了一個很劇烈的反震，便把他們翻落在地了。照理講，他們早已有上一個預防，運起罡氣保護著身體，這一跌不見得就會把他們弄成怎麼一個樣子；但是，很使他們覺得難堪的，他們並不是跌在甚麼平地上，卻好像是跌落在一個水池之中，而且有一股穢惡之氣和血腥之氣，向著鼻觀內直鑽。

於是，他們二人都大吃一驚的想到：我們莫不是跌落在水牢之中了！同時，卻又聞得一種聲浪，從很高很高的地方傳了下來；這是紅姑一屬耳就能辨別出來的，作這聲浪的主人翁，除了那個惡道，還有甚麼人！

細聆之下，他挾了十分高亢的音調，在上面很得意的說道：「你們二個婦人好大膽！竟敢闖進我這龍潭虎穴中來了！如今怎樣，不是祇須我略施小計，就把你們弄成來得去不得了麼？現在我也別無所敬，祇好委屈你們在這裏喝上幾口血水罷！」說完這話，又是一陣哈哈大笑。

此後即不聞得甚麼聲音，人概這惡道已是去了。

他們一聞到惡道說喝上血水這句話，更覺得有一股不可耐受的血腥氣，向著四面包圍了來。這在那婆子還沒有甚麼，紅姑是修道的人，當然不歡迎這一類的東西，教他那得不把眉峰緊蹙起來呢！然四圍又是黑越越的，他們雖能在黑暗中辨物，卻不能把四周圍看得十分清晰，於是促動紅姑，想起他身上所攜帶的那件寶貝來了！祇一伸手間，早已把那件寶貝取了出來，卻是一顆夜明珠。這是他有一次到海底去玩，無意中拾了來的。

拿在手中時，眞是奇光四徹，無遠勿屆，比燈台還要來得明，比火把還要照得遠。同時，也把他們現在所處的環境，瞧看得一個清清楚楚了。原來，這那裏是甚麼水池，也不是甚麼水牢，簡直是一個很大很大的血汙池！在池中浮動著的，全是一派汙穢不堪，帶著赭色的血水；而且有一種小生物在這血水中蠕動著，卻是一種血蛆，繁殖至於不可思議，數都數不清楚。

那婆子見紅姑把夜明珠取出來，頗露著一種驚訝的神氣；比見到這血水中的許多血蛆，又早已叫起來道：「啊呀！這是些甚麼東西？適才我見了那些龐大的鱷魚，倒一點也不懼怕，很有勇氣的和他們廝戰著；如今卻一些兒勇氣也鼓不起來，祇覺得全身毛戴呢！」說時，身上早已爬滿了這些蛆，有幾條向上緣著，竟要爬到他的頸項上、臉部上去了，引得他祇好用兩手去亂撣。

紅姑也笑道：「不錯！越是這些小小的醜物，越是不易對付得；倒是適才的那些鱷魚，有方法可以制伏他們！你瞧，這些蠕蠕而動的血蛆，難道可以用劍來斫麼？就是用劍斫，也斫不了這許多呀！如今第一步的辦法，最好把這一池血水退他一個盡；祇要池水一退盡，這血蛆就無存在的餘地了！」

他邊說邊又從身上取出一個小葫蘆來，而把手中的那顆夜明珠，遞與那婆子執著，說道：「你且替我執著了這東西，讓我作起法來！」

這時紅姑雖不知婆子是甚麼人，那婆子卻早已知道他是紅姑了。心想：紅姑在崑崙派中，果然算得是一個重要的人物，有上了不得的本領；但瞧這葫蘆，祇有這一些些的大，又有甚麼用處？難道說他能把這一池子的血水，都裝入這小小的葫蘆中去麼？

當下，露著很爲疑惑的樣子，並喃喃的說道：「這葫蘆未免太小了一點罷！你瞧，祇要把一掬的水放進去，就會滿溢了出來的！」紅姑也懂得他的意思，但仍微笑不語。隨即把這葫蘆平放在血水中，聽那流動著的血水，從這葫蘆口中沖進去。

說也奇怪，看這葫蘆的容積雖是很小很小，祇要一小掬的水放進去，都會滿溢了出來的；可是如今任這血水怎樣的續續流入，這葫蘆都盡量的容積下來，不有一些些的溢出，看來儘你來多少，他能容得下多少的，眞可稱得上一聲仙家的法寶了！不一會，早把這一池子的血水，吸得個乾乾淨淨了；就是那些血蛆，也不有一條的存在，都順著這血水流動的一股勢，流入了葫蘆中去。

於是紅姑很高興的一笑，隨手把這葫蘆繫在腰間，又把身上的衣服抖了幾抖，似欲把衣服上所餘留的那些血蛆，也一齊抖了去的。一邊說道：「現在第一步的辦法，我們總算已是做了；所幸的，我們都不是甚麼邪教士，衣服上就沾上了這些汙血穢水，討厭雖是討厭，卻一點也不要緊。倘使這惡道易地而處，那就有些難堪了，恐非再經過若干時的修練，不能恢復原狀呢！」

那婆子最初也照了紅姑的樣子，抖去了衣服上所餘留的那些血蛆，此後卻直著二個眼睛，只是望著那個葫蘆，好似出神一般。

紅姑一眼瞥見，早已理會得他的意思，便又笑著說道：「這沒有甚麼不能理解的！講到道與法二樁事，道是實的，法是虛的；道是眞的，法是假的。惟其是虛、是假，所以一般修道士所作的法，也正和幻術家的變戲法差不多；表面上看去雖是如此，其實也祇是一種遮眼法，不能正正經經的，去追究他的實在情形呢！

「依此而講：我的這個小小的葫蘆中，能把這一池子的血水都裝了進去，就沒有甚麼可以疑惑的了！但是你要說我這葫蘆中，實在並沒有裝得這些血水麼？卻又不盡然！那我祇要再作一個法，把這葫蘆盡情的一傾潑，立刻又可把這一池子的血水，重行傾潑出來呢！」

那婆子至是，才像似領悟了的；而對於紅姑的信仰，不免也增高了幾分，不似先前這般的懷疑了，便又說道：「那麼，我們現在第二步的辦法，該應怎樣呢？」

紅姑道：「第二步的辦法，當然是要在這間地室中，找尋到一個出路了。」說了這話，便從那婆子手中，取過了那顆夜明珠來，又走至靠邊的地方，很仔細的照了一照。

見這間地室，完全是巖石所鑿成的。復用指向石上叩了去，並在四下又試驗上了好多次；每次衹聞得一種實篤篤的聲音，從那些石上發出來，並不聽到有一點的回聲。不免很露失望之色，喃喃的說道：「這是一間四面阻塞的地室，恐難找得到一條出路呢！別的且不用講，衹要待在這裏再長久一些，悶也要把我們悶死了！」

那婆子這時自己已想不出甚麼主意，也施展不出甚麼能爲，衹把這個同舟共難的紅姑仰之若帝天，奉之如神明；以爲有他這麼一個能人在這裏，還怕甚麼，要走出這間石室，那是一點也不成問題的！如今一聽這話，倒又驚駭起來了，不免露著很殷切的神情，問道：「怎的，你也沒有方法走出這間地室麼？那麼，我們隨身所帶的寶劍，不是都沒有失去麼？這巖石雖是十分的堅實，卻終敵不過這寶劍的犀利；我們就用寶劍斫石，鬬成一條道路，你瞧，好不好？」

紅姑仍把頭搖上幾搖道：「這雖也是一個不得已而思其次的方法，但這裏距著山的邊端，不知要有多少路；倘然單仗著我們這二把寶劍，一路的開闢過去，恐不是一朝一夕的事。萬一路還沒有闢成，我們已悶斃在這亂石堆裏，不是白費了許多的力氣麼？」

於是那婆子對於紅姑的信仰，不免又有些動搖；很失望的瞧了紅姑一眼，悻悻的說道：「如此說來，難道我們祇好坐以待斃罷？」

隨又像想得了一件甚麼的事情，陡露欣喜之色，望著紅姑又說道：「用寶劍來闢路，果然太費時光；現在我們祇要有穿山甲這麼一類的東西，就可打穿了巖石逃出去。難道在你隨身所帶的許多法寶中，竟沒有這一類的東西麼？」這雖祇是一個問句，然而很有上一種肯定的意味，以為像紅姑這般一個有法力的人，一定攜有這一種法寶的。

但在紅姑聽到以後，不覺笑了起來，半晌方說道：「不論怎樣會施用法術的人，不見得件件法寶都有；我更是非到萬不得已不肯用法的一個人，平素對於法寶一點也不注意。適才的那二件東西，也不過是偶然帶在身上，想不到都會有用得著的地方，此外可就沒有甚麼別的法寶了！」

這一說，說得那婆子又第二次失望起來，而且是失望到了極點，對於紅姑的那種信心，也根本動搖起來了。不禁喃喃的說道：「如此講，我們眞祇好坐以待斃了！」

正在這個當兒，忽聞得從甚麼地方傳來了一種絕輕微的聲響，很帶點鬼鬼祟祟的意味。他們二人縱是怎樣的武藝高、膽力大，然在此時此地，聽得了這種聲響，也不免有些毛骨悚然！他們第一個所能想得到的意念，這定是那個惡道，還以把他們囚禁在這地室中爲不足，又派遣了甚麼人，或竟是那惡道自己，前來暗害他們了！於是他們受了本能的驅使，各自暗地戒備起來，決意要和進來的那個人，大大地厮戰上一場，不至勢窮力竭不止；萬不能像尋常的懦夫一般，俯首受命，聽他的屠殺的！

而在同時，紅姑倒又從萬分絕望之中，生出了一線希望之心。原來，他是這們的在想：照這一派鬼鬼祟祟的聲響聽去，那人已到了這巖石之後了；那麼，他既能走到這巖石之後，可見定有一條道路可通，不是通至山上，就是通至山下的。

那如今最緊要的一樁事情，祇要把那個人打倒，就可從這條路上逃走出去了。不是比之他們自己，設法要把這地室鑿通，反來得便利多了麼？再一側耳細聽這聲響的來源，以發自這地室的南端；而就那丁丁的聲響聽去，似又正把斧子這一類的東西，鑿在巖石之上，祇因恐給人家聽見，所以一下下的鑿得很輕微，很當心的。

當下紅姑向那婆子使了一個眼色，即向這聲響傳來的所在走了去，但離開巖石邊約有十多步路便立停了；又把這顆夜明珠，也藏進身畔一個黑黝黝的革囊中去。於是，全個地室復入於洞黑之中，更加重了一種陰森的意味。至此，這眞是一個最吃緊的時候了，倘然能乘他一個措手不及，就把走進來的那個人殺了去，那他們立刻就有逃走出去的希望；否則，勢必有一場大大的廝殺，究竟誰勝誰敗，可不能預先斷定！

幸而，紅姑天生成的一雙電光神目，那婆子雖然及不上他，然因曾下了苦功練習過目力的關係，也能在黑夜中辨物，祇是不能十分清晰。因此他們二人，都睜著一雙眼睛，凝神注意的向著那巖石邊望了去。

不一會，祇聞得砰砰的幾聲響，即有不少塊的巖石落進地室中來；原來已給那個人在巖石上鑿成了一個圓圓的洞了，並有一股冷氣衝了進來。這一來，他們二人更加小心在意，竟連大氣都不敢透一透，生怕那人知道了他們預伏在這巖石邊似的！隨即見黑黝黝的一件東西，像是一個人頭，從洞的那邊伸了進來；顯然的，那個人把巖石鑿通，就要爬了進來呢！

這時紅姑怎敢怠慢，馬上走前幾步，舉起手中的那把劍，很迅速的，就向像似人頭的那個東西斫了去；祇一劍，那件東西早撲的滾下地來，並聞著很驚怖的一聲叫喊，此後即不聞得有別的聲響。在紅姑還想再靜靜的等待上一會，倘有第二個送死者伸進頭來，不妨再如法炮製。不料，那婆子已一些不能忍耐了，即出聲說道：「我看，這滾在地下的，並不像甚麼人頭。大概是那廝先用甚麼東西來試探上一下，知道我們已有上準備，便爾逃走了。我們不要久處在這黑暗之中了，還是拿出你的那件法寶來，照上一照罷！」

這幾句話，倒又引起了紅姑的疑心。果然，這不像是甚麼人頭；人頭滾下地來，定要發出較重的響聲，決不會這般的悄無聲息的！而且這婆子既已喊出聲來，倘尚有人站在洞的那一邊的話，一定已經聽見，他也用不著再靜默，再取著祕密的態度了；因此，又把那顆夜明珠從革囊中取了出來。

比拿在手中一照時，果然見臥在地上的，那裏是甚麼人頭，祇是十分敝舊的一頂氈帽！倒不禁自己暗暗有些好笑起來：這眞是三十年老娘倒綳孩兒了！氈帽和人頭都分辨不出，竟會把寶劍斫了下去，還能稱得甚麼夜光神眼呢！誰知這時候，倒又有一個眞的人頭，從洞外伸了進來。

紅姑正在沒好氣，便一點也不躊躇，又舉起劍來，想要使勁的斫下去。但是還沒有斫得，早從斜刺裏伸出一隻手來，把他的手腕托住，一壁很驚惶的呼道：「斫不得，斫不得！這是那個姓馬的！」

原來，這時候那婆子，他倒已把鑽進洞來那個人的面目瞧清楚了。紅姑便也收了劍，又向那姓馬的，很仔細的瞧了幾眼。那姓馬的，倒似乎不知道自己適才的處境是怎樣的危險；倘沒有那婆子托住了紅姑的手腕，現在早已是身首異處了！卻夷然不以爲意的，向地室中瞧了一下，悠然的說道：「你們二位的法力，眞是不小！竟把這一池子的血水，都退得乾乾淨淨的了！如今可不必多躭擱，請隨我走出山去罷。」

紅姑在這時和那婆子，似乎都很信託他的，此中決不會寓有甚麼詭計；便也一點不露躊躇之色，等他把頭連身子退回洞外以後，也都從這圓洞中走了出來，步入一條長長的隧道之中。當步行之際，那姓馬的又向他們談起一切的事情，方知道隧道和那石室，都是天生成的，並不是人工所開鑿的；自從那惡道把那石室圈為血汙池，作為一種機關後，方把那石室及隧道的入口都一齊堵塞起來。

然他是不論甚麼都知道的，所以一聽到他們二人被囚禁在這石室來的消息，即偷偷的把堵塞著的隧道口挖開，忙不及的趕了來，想把他們救了出去呢！

至於他因恐哭道人對他下毒手，早已偷偷的逃了出來；哭道人說已把他殺死，那祇是恫嚇他母親的一種說話。而仗著對於這山上及山洞中的地理十分熟悉，又有從哭道人那兒偷來的幾道符作他的一種幫助，倒常能掩到洞中去，探聽到各種消息；祇是要把哭道人殺死，卻也沒有這種本領罷了！

紅姑便又問道：「那麼，你的母親現在仍住在這山洞中麼？適才和那惡道的大吵大鬧，不知究竟是怎麼一回事？」當下將在門邊所聽到的一番話，對他說了一說，並說到他們就因此而跌入了這個血汙池中去的。

在珠光照耀中，照見那姓馬的聽了這一席話後，露出一種不安和抱愧的神氣；似乎把他母親的失身於惡道，很引作爲一種羞恥的。一壁答道：「他們是常常吵鬧的，今天的這件事，或者是適逢其會。然那惡道最是詭計多端的，或是他把我母親的生魂拘了來，故意互相口角著，佈成這種疑兵，以引你們二位入彀也有點說不定。我可不能知道了。」

大家談了半天，不知不覺的，把這條長長的隧道走完，早已到了入口處。他們便從那兒走了出來，卻在靠近山腰的一個地方；曉日正從雲端徐徐下窺，已是清曉的時候。

那姓馬的爲免哭道人啓疑起見，早把剛才取下來的那條大石條，重行蓋覆上去，又在外面堆掩了許多的泥。不料，紅姑剛放眼向山峰間看去，卻見一個人立在山峰上面，正向他們這兒瞧視著。啊呀！這不是別人，卻就是那個惡道！

這時那惡道似也已瞧見了他們了，立時毒從心上起，惡向膽邊生，即從鼻觀中噴出二道黑霧，直向著他們所站立的地方射了來，滃滃然的，幾乎把峰巒間都籠罩著了。

但紅姑祇在眉頭一皺間，似早已想得了一個防禦的方法；即把腰間那個小小的葫蘆解下，高高的舉了起來，一壁笑道：「即以其人之道，還治其人之身；在這兒可用得著這二句話了！」

不知紅姑與那惡道究有怎樣的一場鬥法？且待第一三四回再說。

第一三四回　現絕技火窟救災民　發仁心當街援老叟

話說：紅姑把那小葫蘆高高舉起，衹隨手一傾潑間，一派帶著赭色的穢水，即從葫蘆中飛瀉而出，游龍夭矯似的，直對著這惡道霧射了去。說也奇怪，這惡霧在最初，來勢很是凶猛，大有當之者死、觸之者亡的一種氣派；然一遇到這穢水潑了去，立刻像似受到了甚麼打擊一般，飛快的退縮了回去。

同時瞧那惡道時，也像似大大的吃上了一驚，萬想不到對方會請出這般的一種法寶來的。他又生怕這派穢水再飛濺到他的身上來，壞了他的道法；忙將這惡霧向鼻觀內一收，一壁即來不及的向著洞穴中逃了去。照著他平日的心性，既瞧見到陷落在水牢中的這二名俘虜，已從他的手掌中溜了出來，勢必要和他們大大的鬥法一場，決不肯輕輕易易的就把他們放了走。如今卻把這一派穢水怕得甚麼似的，暫時也衹好取著放任主義，聽他們逃去的了。

這一來，直把個紅姑得意到了極點，不覺笑道：「想不到這一葫蘆的血水，還有這們的一個用處！這惡道也可說得是賠了夫人又折兵了！當他伏在水牢上面和我們說話的時候，差不多把我們當作刀頭魚、俎上肉，瞧他是何等的得意；如今竟有上這一個變局，大概他連作夢都沒有想到罷？」

但紅姑心中雖是十分得意，祇一想到繼志依舊沒有救出，在實際上講來，此行仍是勞而無功，不過使那惡道小小的受了一個蹉跌罷了，不免又有點爽然若失。照著他的心思，恨不得馬上再衝入這洞穴中去，和那惡道好好的拚上一場，就把繼志救了出來。

這時站在他身旁的那個婆子，卻似已理會得他的心事，忙向他勸道：「這時候這惡道在洞中一定已有上一個準備，我們要去把令郎救出洞來，那是萬萬辦不到的；不如暫時先行回去，窺得了機會再來罷。好在他擺設『落魂陣』之前，定把令郎好好的看待著，決不敢損傷其毫髮，這是你儘可放心的！」紅姑覺婆子這話倒也不錯，把頭略點一點，表示他是同意。即同了那婆子和那姓馬的，離開了這邛來山。

剛剛到得山下，恰恰逢著金羅漢、笑道人等，帶了大隊人馬，前來接應他了。這時候，常德慶當然也在這一干人中；祇一眼瞧見了那婆子，即帶著一種駭詫的神情，一拐一拐的走向前來，又很恭敬的向那婆子行了一個禮，叫了一聲師母，然後說道：「怎麼師母也在這裏？莫不是已向這惡道的巢穴中去探視上一遭了？」當下又向衆人介紹了一番，方知這婆子不是別人，便是甘瘤子的大老婆蔡花香。

紅姑雖和他不同派，然爲了桂武和甘聯珠的關係，說起來兩下還有點兒戚誼；又加上適才同舟共濟的一番情形，雙方倒都有上一種情感，很是來得親熱。

在這時，又見楊天池和著柳遲，上來和他見禮。還跟著一個十分斯文的書生，同了二個花枝招展的女子；一問方知是楊繼新，及錢素玉、蔣瓊姑二表姊妹。都是聽得哭道人在此肆無忌憚，要和崑崙、崆峒二派人鬥法，特地前來助陣的。……

哈哈！且住！這楊繼新不就是楊天池的替身麼？怎麼他們二人，會弄到一起來了？倘然我不乘此時細細的申說一下，一定要使諸君感到茫無頭緒，問上一句：幾時孟光接了梁鴻案？而且，楊天池和楊繼新的骨肉團圓，實是書中一大關目；在第六集書中，祇略略的提了一筆，並不就接寫下去。倘到現在，再不有上一個詳細的交代，未免是一個大漏洞了！閒言休絮，待我騰筆寫來。

單說：楊繼新同了錢素玉、蔣瓊姑，到得長沙，上岸之後，因爲天時已晚，便在一個客棧中住了下來。打算第二日清早，再出小吳門，找到隱居山，持了金羅漢所給的書信，前去拜訪柳大成。不料，睡到半夜，剛值好夢沉酣之際，忽被一陣又急又亂的鑼聲，把他們從睡夢中驚醒了過來。照著那時候的習慣，在這午夜的時分，敲著這樣子的亂鑼，向著人家告警，不外乎發生了下面所說的兩樁事情：不是盜劫，便是失火。

楊繼新因爲一路上來，都和大姨姊同坐著一隻船，彼此十分的熟，並不怎樣避嫌疑，所以這晚宿店也同在一間房中，祇是他們姊妹合睡一張床，他獨個兒睡一張床罷了。這時他驚得從床上走起，見他們姊妹倆也都披衣下床了。

大家側耳一聽時，街上人聲如鼎沸一般，亂鑼仍是不息，並間以敲腳鑼蓋的聲音，顯見得外面是亂到十分了！而一派火光，更從對面直逼過來，烘得這靠街的窗子，都似鮮血染紅了的一般！他們方明白，這一次的告警，並不是發生劫案，乃是甚麼附近的地方走了火了！忙走到窗前，湊著這派鮮紅的火光，向著窗外一瞧看，不禁更把他們駭上了一大跳！原來，這起火的所在，就在他們這客棧的斜對面，幸而這街道尚寬闊，風又不向著這邊吹，所以得保無事，祇偶然的有些火星兒飛了來：否則，免不了要池魚之殃呢！

但他們究竟都是少年人，也祇暫時駭上一駭：此後竟把這看火燒，當作一件很有趣的事情。覺得：站在這客棧的樓窗前，遠遠的望了去，並不能看得怎樣眞切，還嫌有些兒不痛快。因此，他們把衣履整一整好，索性出了客棧，走到街上去瞧看了。

祇見一個街上，都塞滿了的人，十有八九，都沒有把衣服穿得好，不是赤著一個身子，便是裸著一個胸脯；更可笑的，竟有些年輕的婦女，連衣褲都沒有穿，就赤條條的逃了出來的！然而他們自己既沒有覺察到，別人家似乎也不曾注意到這一層；顯見得一聞告警的鑼聲，大家都慌裏慌張的逃了出來，除了普遍的有上逃命要緊的這個心思以外，其他都非他們所計及的！

而這一般人更好似瘋了的一般，祇是在街上亂著嚷著；卻不見有一個人，走上前去，眞的幹上一點救火的工作。他們心目中所唯一希望著的，是官廳方面聞得這個告警，趕快派了人來，救熄這一場火罷了！

當楊繼新等三人剛行近火場時，忽見有一個肥胖的中年婦人，在人叢中大哭大跳，並拍著手說道：「眞該死！我當時急得昏了，竟忘記把他們二位老人家也拉了出來！如今怎麼好！不是要眼睜睜的，瞧著他們燒死在這火堆中麼？……我也決計不要這條性命了，定要衝進屋去，把他們救上一救！」說完這話，即力掙著他那肥胖的臂膀，想要衝進屋中去。

然而那裏由他作得主，他的二條肥胖的臂膀，早給一個四十多歲的漢子用力的拉住了；憑他怎樣的掙，終於是掙不脫。一壁那漢子並向他勸道：「你不要發獃！你瞧，我們這屋子，不是已著了火麼？倘能衝得進去的話，我早已去了，還待你來衝！像你這般肥胖的身體，不要說是把他們二老救出屋子來，祇要一股濃重的煙氣，正對著你噴了來，就會把你噴倒在地；那時候不但救不出他們二老，還要賠上了你自己的一條性命，這是何苦值得呢！」

那肥婦一聽這話，知道自己確是幹不上這樁事；果然祇要一股濃重些的煙氣，正對著自己噴了來，就會把自己噴倒在地的，不免把先前的那股勇氣減退了一半。但這顆心仍是不死，故此，他雖不把臂兒亂掙了，卻依舊在那裏大哭大跳道：「但是不論如何，我總不能眼睜睜的瞧著他們二老燒死在這屋中，我總得想法子救他們出來！……唉！當家的！你雖祇是個女壻，他們二老卻把你當兒子一般的看待；你現在也總得想一個法子，把他們從火中救了出來！至於我，終是一個女流，終是一個無用的女流，那裏及得上你們男子漢呢！」

這一來，這個重大的責任，已輕輕的移轉到這個漢子的肩上來了。這漢子似乎也知道他妻子對他所說的話，一點兒也沒有說錯；他確是應該負上這個重大的責任，他確是應該把這二老從火中救了出來的！但他祇抬起頭來，向著這已著了火的自己的屋子望上一望，好似已有一股濃濃的白煙，對準了自己噴了來，幾乎使自己窒了氣；更好似有一道紅紅的火舌，老遠的向自己伸了來，幾乎燃燒及自己的衣襟，早把剛剛發生出來的幾分勇氣，全個兒打退回去，再也不能有甚麼勇敢的舉動幹出來！

祇好把頭連搖了幾搖，雙眉緊蹙在一起，嘿無一語的，望著給他拉著雙手，立在身旁的他的妻子，似乎求恕的，在說道：「請你原諒我罷！我也不能幹此等事啊！」但他的妻子，倒確是很能原諒他的；就算他當時能有上一股勇氣衝進屋去，他妻子爲了放心不下，恐他因此喪失了性命，或者反又要拉住了他，不放他進去呢！

當下祇聽他妻子說道：「當家的，我很明白得這種情形。我當時的所以說這幾句話，並不是要你自己去幹這件事，祇是希望你想出一個法子來，或是求求別人家呢！」

這最末了的一句話，卻把這漢子提醒了：立刻放出一種十分宏亮的聲音，向著大衆懇求似的說道：「諸位仁人君子聽著：我們的兩位老人家，都賸留在這著火的屋子中，不能逃走出來，眼看就要給這烈火燒爲焦炭的了！倘有仁人君子，發著慈悲之心，能把他們救了出來的；我們夫婦二人，今生今世就是不能有所報答，來世定也當結草啣環，以報大德的！」

那肥婦對於他丈夫的這個辦法，似乎很是贊成；並以爲這個辦法一提出，他的父母或者就有上幾分出險的希望了！便也跟在他丈夫的後面，高聲喊了出來，純是一種懇求的說話。

這一來，這個重大的責任，不免由這漢子的肩上，又移轉到大衆的肩上來了。然而這實是一件很滑稽的事，試想：在這嚴重的局勢之下，親如自己的女兒，近如自己的女壻，尚沒有這股勇氣，衝進屋去把他們救出來；旁人究是漠不相關的，又有誰肯爲了這不相干的事，去冒這個大險，而把自己寶貴的生命，付之孤注一擲的呢？

而況，他們又並不是甚麼富有的人，倘然，他們能當衆宣言，把這二人救了出來，有怎麼的一種酬報；那麼，重賞之下，必有勇夫，或者肯有人來幹上一幹了！如今又祇是幾句不著邊際的話，甚麼結草咧，甚麼啣環咧，都是虛無縹緲到了極點，還有誰來做這個戇大？

因此，他們夫婦二人，雖是一唱一隨的，在那裏嚷叫著，希望有甚麼救星到來，卻並不有人加以如何的注意；尤其是有許多人，都在躭憂著他們自己切身的問題，來不及顧到旁人，更連他們在嚷叫著甚麼，也一句都沒有聽得的了！

獨有楊繼新，心腸最是仁慈不過，見了這種悲慘的情形，恨不得走出來幫助他們一下；無奈自己是個文弱的人，沒有學習過一天的武，怎能幹得上這種事情？祇要能有上他妻子和大姨姊那般矯健的身手，那就好了！正在想時，忽出人意外的，祇見前面一條黑影，像箭一般的快，已躥入了一所已著了火的屋子中；這所屋子，就是那一對夫婦說是有兩個老人家留賸在那兒的。

不一會，祇聞得一聲響，樓上的一扇窗門已推了開來；適才所見的那條黑影，即從樓窗中直躥而下，背上還負著黑越越的一件東西。原來，這兩位老人家之一，已被他救出屋來了！那一對夫婦一見到，不禁歡呼了一聲，立刻趕了過來。楊繼新雖事不關己，然見了這般義俠的行動，心中兀自十分歡喜，也跟著歡呼起來。再瞧那黑影時，祇將身子微微一縱，又從那樓窗中躥了進去，大概又去救餘留下的那位老人家了！

但是這時的火勢，已比先前厲害到了十分，連樓窗口都已蔓延；祇見通紅的火舌，一條條的向外面伸了出來，燒得那椽子和屋瓦，都畢剝的作響，濃煙更是一陣陣的向外吹。眼見得一轉眼間，這一所屋子就要付之一燼的了，於是嚇得站在下面的一般觀衆，向著四下亂躲亂躲，生怕上面有燼餘的椽子或是屋面等等，倒了下來，把他們壓傷了！尤其是楊繼新，更比別人多躭上了一種心事，生怕那個人舉動略微遲鈍了一些，不但救人不出，連他自己也會葬身在這火窟中！

然而，說時遲，那時快，早見那條黑影，又出現在窗前，衹輕輕的一躍，已如蜻蜓點水一般，站立在那窗檻之上；手中抱著一件東西，大概就是那另一位老人家。因怕這烈火灼及了這老人家的身體，所以把自己的衣襟在外面裹著呢。更是一低身時，早已到了地上。

當他剛把這老人家在地上放下，衆人忽瞥見他的衣襟上已是著了火，都驚得不約而同的，喊起來道：「火，火！……不好了！你的身上已是著了火，快把火撲滅了去！」楊繼新更是慌亂得不知所云，不知如何才好！

然那人一點也不以爲意，在微微一笑間，即把兩個臂膀，很隨意的向著左右拓上兩拓；那些觀看的人，不期然的都向兩旁讓了開去。他即乘這當兒，在地上很自然的打上了一個滾，等到他立起來時，身上的火早已給他完全撲滅的了；於是，大衆又是一陣的歡呼。

而在這歡呼之際，又聞得轟轟的幾聲響，原來，這屋面和著那些燼餘的梁柱椽瓦等，都已倒了下來，這所屋子已是全個兒被毀的了！這時候，蔣瓊姑忽笑盈盈的走了過來，迎著那個人，慰勞道：「姊姊，端的好本領！衹一轉眼間，已把這兩位老人家從火窟中救出來了！我起初也很想助姊姊一臂之力的，後來見姊姊正游刃有餘，不必旁人幫助得，所以也就袖手旁觀著。想姊姊總不至責我偷懶罷？」

楊繼新這才知道並不是自己眼花，這輕便如燕，矯捷如猱，前往火窟中救出人來的，果然就是他的大姨姊！在最初，還以為大姨姊是和自己立著在一起的；決不會在這一霎眼間，就躥向這所屋子中去了呢！因此，他素來是很崇拜這位大姨姊的，如今，更是把這位大姨姊，崇拜到了五體投地了！

同時，那兩夫妻也扶掖著那二老來謝，原來是兩老夫婦。一齊向著錢素玉，說了不少感謝的話，還都向他磕下頭去；慌得錢素玉扶了這個，又攙那個，弄得沒有法子可想！好容易，一陣子的亂總算亂定了。

祇見他們四個人，都望著這已焚去的屋子在那裏出神，並不住的唏噓著。楊繼新不免又動了惻隱之心，忙向他們問道：「這也是一種天災，沒有法子可想的！事後歎息著也無益！此後你們打算住到那裏去呢？」他們聽了這個問句，更露著泫然欲涕的樣子。

好一會，那老翁方向楊繼新打量了一下，答道：「不瞞公子爺說，小老兒姓鍾，是業成衣的。曾養下了六個兒子，四個女兒。不幸死的死了，送人的送人了；祇賸下了這個女兒，配了這個女婿姓陸，也是做手藝的。總算他們有好心，把我們二老夫妻迎到家中養著；不料如今遭了這場火災，把他們所有的一點東西，也都燒得乾乾淨淨。想到來日的生計，祇有死路一條，教我們又能住到那裏去呢？」

楊繼新聽了這話，心中更是十分不忍，攢著眉又問道：「那麼，可有不有甚麼可靠的親戚去投奔呢？」

那老翁祇是把頭亂搖著道：「沒有，沒有！就是有，這裏的人家都是忌諱很深的，照習慣講，遭了火災的人家，不論男女，都不能到別個人家去；便去，別人家也不見得肯收留呢！」

於是，楊繼新回過頭去，和錢素玉、蔣瓊姑，喊喊喳喳的商量了一回，便對那老翁說道：「既如此說，你們諸位如不嫌委屈的話，就請到我們所住宿的客寓中去，暫時停留一下；至於善後辦法，不妨從長計議，我是極肯幫助人家的。」老翁等自不免也要私下互相商量一陣。

在最初，對於這個萍水相逢的人，竟有如此熱心的一個提議，一半果然是非常的感謝，一半卻有點不好意思去接受，覺得這在情理上總有點講不過去的。然禁不起楊繼新很懇切的再三邀請，並還急出這們一句話來道：「我在家是得不到父母歡心的一個人，大概是我不善侍奉的緣故；所以，我此後想在不論那個老人面前多盡一點心，聊以間接的贖我不孝之罪。如今，你們二位老人家不必多講，就當作是我親生的父母，好不好？」

這眞使老翁等惶恐到了萬分了，並深深的給這幾句話所感動。加以就實際講，目前除了接受這個善心的邀請外，實無別條路可走；也就既感且慚的答允下，隨著楊繼新等，同到他們的客寓中去。

在這時候，官廳方面方派了一個典史，耀武揚威的，帶了許多夫役，前來救火了。但是，可憐，可憐！不知已有幾十所平民的屋子，被火焚毀去了呢！到了第二天，楊繼新送了五十兩銀子給那老翁，教他暫覓一所屋子住下，容略緩再和他們籌畫善後的辦法。一壁，即同了錢素玉、蔣瓊姑，持了金羅漢的書信，前去隱居山，拜訪柳大成。

這一去，有分教：本身替身雙會面，兩姓骨肉大團圓。

不知究竟是怎樣的一番情節？且待第一三五回再說。

第一三五回　憂嗣續心病牽身病　樂天倫假兒共真兒

話說：楊繼新到了第一天，同了錢素玉、蔣瓊姑，前去隱居山，拜訪柳大成；柳大成和柳遲，即把他們迎接到屋中去。柳大成又把金羅漢帶來的書信看了一看，即笑容滿臉的說道：「這件事情我早已知道了，並且令尊和令堂，早幾天已到舍間住下，專等你的到來。這一下子，你們眞可骨肉團圓的了！」

楊繼新一聽這突如其來的話，不禁愣住了在一旁。心想：骨肉團圓，果然是極美好的一個名詞，也是極幸福的一件事；不過自己是得不到父母歡心的一個人，而爲甚麼得不到父母的歡心，自己卻也莫名其妙！那就是團聚在一處，依舊是得不到父母的歡心的，又能嘗得到甚麼天倫樂趣？

私心所希冀的，祇是或者爲了這數年的離別，反能使父母想念著他，對於他生起疼愛的心腸來；倘能如此，那就好極了！但當自己離家的時候，父母還好好的住在廣西，爲甚麼會到這湖南來？又何由而知道他會來到這柳家，竟先在這裏等候著他？這不是更奇怪的一樁事情麼？……

且住！這確是很奇怪的一件事，不特要把楊繼新愣住在一旁了；就是讀者們看了，恐怕也有些摸不著頭腦！因為楊繼新的父親楊祖植，同了夫人離了廣西思恩，來到湖南平江，住在他岳父葉素吾的家中，前書中雖已有得提起；但何由知道楊繼新會來到這柳家，竟先到這裏來等候著，卻沒有怎樣的一個交代呢？如今，且讓我騰出筆來，再把他倒敘上一下罷。

且說：楊祖植夫婦到了平江，住到葉家去後，葉素吾是極愛這女兒的，由女兒復兼愛到這女壻，當然把他們二人待得非常的好。所以，在楊祖植一方，並不以寄居岳家而有所傷感，覺得和住在自己家中沒有甚麼兩樣，每日逍遙自在，樂其所樂，一點也不感到怎樣的不滿足。

祇有這位葉家的小姐，雖是住的娘家，平素又深得父母的疼愛，照理，應該比他丈夫更來得安樂些；但是不知為了何故，心頭常像似記掛上一件甚麼事情的！換一句話說，已給他發現了一樁絕大的缺憾，原來他已感覺到膝下的空虛了！然而，這番意思，他祇能在楊祖植的面前偶然說上幾句；在自己父母的面前，是不便說出來的。可是，就對楊祖植說，又有甚麼用處；除了當時得到楊祖植幾聲的慰勸以外，事實上卻得不到一點兒的補救。

因為，照他們的年歲講起來，雖祇是剛過中年；然要再得子息，看上去已不是一件容易的事情。而楊繼新究不是自己親生的，他的歸來不歸來，和將來仍得團聚與否，都是不成問題。

現在他唯一的癡心妄想，最好是把他們當時掉落在河中的那個兒子找了來。

但一想到當掉下水去的時候，河水是何等的湍急，小孩子方在襁褓之中，又是不會泅水的，眼見得一落水就沉底，那裏會有生望？並且就算僥天之倖，尚有生望，或者竟給人家撈救了去；可是事情已隔上了這許多年，在這茫茫人海之中，又能用甚麼方法，把這小孩招尋了回來呢？因此，覺得他這癡心妄想，終於成為一種癡心妄想罷了！他這般的悶在心中既久，不免就悶出了毛病來，並且病勢很是不輕。

這一來，可把葉素吾二老夫婦急得一佛出世，二佛涅槃，忙忙的延醫生來為他診視。但這是一種心病，倘無心藥來醫，便把平江的名醫延遍了，也是無濟於事的！正在束手無策之際，忽走來了一個老道，也不求見葉素吾，祇向葉家的下人問道：「你家的姑奶奶，不是病了麼？不是延請了許多名醫來，都醫治不好這病麼？」

下人們都是具下有一種勢利的根性，見這老道也是一個尋常的道人，並不見到有一些些的仙風道骨，還疑心他是借醫病為名來騙錢米的，便冷冷的回答道：「是的。難道你會醫病，連名醫看不好的病都會醫治麼？」

老道對於他的這番冷待，似乎一點也不覺得，仍和顏悅色的說道：「不！我是一個道人，那裏會替人家醫病？不過你們姑奶奶所生的，也不能算得是一種病；我現有一個水晶球送給他，他祇要向這水晶球中仔細瞧看上一會，包他此病立刻便可霍然，也算是我們的一種緣法！」

當下，即從袖中取出一個晶瑩潤澈的水晶球來，遞在下人的手中，教他送了進去。誰知，這下人拿到了這個水晶球，不免好奇之心大起，一時並不就走，倒爭起水晶球，放在眼睛前，自己先向球中望了去，看究竟有怎樣的一種奇蹟。

祇一望之間，卻見現形在這球上的，便是這個老道，可不似先前這般的慈眉善目了，正撐起一雙怒目，凶狠狠的凝望著他。隨又見老道把嘴一吶動，像似在念甚麼咒語一般；即有一頭斑斕虎，從這老道的身後衝了出來。倏忽間，這水晶球和這猛虎的輪廓，都逐漸的擴大起來，這猛虎似乎就要從這水晶球上，猛對他撲了來了！他這一驚，眞非同小可！出於本能的，忙把水晶球放下眼來，險些沒有把這水晶球滾落在地上！瞧那老道時，早已走得不知去向，立刻追出大門外去望望，也不見有一點影蹤。

湖南人的迷信鬼神，素來較之別省人來得厲害；這一來，知道這老道定是一位神仙了！因爲倘是常人，決沒有這般的足力，轉眼間就會走得無影無蹤的。這不是神仙是甚麼！何況，還有這個彌著奇蹟的水晶球，現成的在他的手中執著呢？當下，即爬下地去，很虔誠的磕了幾個響頭，求神仙恕他愚昧，不要以他適才這般的冷待神仙而加罪。

隨又從地上爬起，把那水晶球高高的捧著，一路喊了進去道：「好了，好了！難得有神仙爺走上門來，我們姑奶奶的病一定有救了！」

葉素吾給他這們的一嚷鬧，倒弄得莫名其妙，忙喝問他：「你莫非發了瘋了？這們大嚷小叫的算甚麼！」這下人喘息略定，便把這件事對他主人詳詳細細的一說，又拿那水晶球給他瞧。葉素吾也是素來相信鬼神之說的，立刻也信是神仙前來救他的愛女了；忙從下人手中，取過這水晶球來，逕向女兒房中跑去。

一見到女兒的面，也不說旁的甚麼話，祇說：「你快向球中望望罷！這是由一位神仙送來的，說是能醫治好你的病。」他女兒也就無可無不可的，把這水晶球接到手中，向著球中凝望起來。在這一望之間，可覺得眞有意思！

原來，這時在球上現出來的，乃是一片汪洋浩瀚的河流；而在中流，卻有一艘大紅船，方乘風破浪的前進，船頭上，有一個奶媽模樣的人，正抱著一個剛過週歲的小孩，在那裏玩耍著。這不明明映現著當時他們雇舟歸去，小孩子未落水以前一種實在的情形麼？誰知，這時候這小孩忽在奶媽的手中亂跳亂動起來；奶媽一個不留神，竟脫手把小孩掉下了河裏去。急忙順手一撈時，卻祇撈得了一頂風帽，這小孩早已飄流得不知去向！

葉家小姐看到了這裏，不自禁的喊了一聲：「啊呀！」同時，兩滴痛淚也落了下來。暗想：這眞是一頁傷心史！無論甚麼人看了，都要惻然生憫，掉下了眼淚來！何況，我就是局中人，就是這孩子的母親呢？而一手造成這番傷心的資料的，就是這該死的奶媽，爲了他一時的疏忽，竟使我遭到莫大的慘痛了！

他一壁想，一壁又忍著痛瞧下去，這水晶球上所映現的，卻早又另換了一幕的情節了：雖仍是這們的一道河流，但那艘大紅船已是不見，卻有一個小小的漁划子，由老夫婦二人駕著，向這河中駛了來。已而，忽有一件紅紅綠綠的東西，隨著流水，一起一伏的，朝著這漁划淌來。老夫婦二人見了，當然沒有不撈取之理：比及撈取一瞧時，卻是一個剛在襁褓中的小孩。

而葉家小姐一見小孩子這身的衣服，早已認識出便是他們所掉落水去的那個小孩。方知這小孩當時並沒有沉入河底去，卻是順著流水淌了去，而爲漁划上的這一雙老夫婦撈救了去了。深悔當時沒有沿著這湘河的上下流訪尋上一下，倘然立刻就訪知了這一段的情節，而把小孩要了回來，這事豈不多好麼！

然爲了已知這小孩並沒有沉入水底，卻爲漁划上救了去，不免生了一線的希望，心上倒又安定了一些。當下出於不自覺的，低低的歡呼上一聲，便又急急的望下瞧去，要知道這被漁划上撈救去的小孩，這條小性命究竟是有救沒有救？比看了此下的數幕，見這小孩非但已是保全了這條小性命，並一年年的長大起來，竟能入塾讀書了。

葉家小姐很是爲之快慰，不覺在樂極而垂淚之外，還在臉上微微的露出點兒笑容來。但一看到這小孩被牛角挑傷，跌入山澗裏面去的一節事，不禁又轉喜爲悲，大大的躭起心事來，生怕這小孩的性命仍是不能保！而這小孩受了重傷的腰背和大腿，和汪在地上的一大灘紫血，歷歷的射入他的眼簾來，更是觸目驚心，慘不忍睹！

幸而緊接其下映現出來的，便是一個道人走來採藥，恰恰瞧見了這一樁慘事，即把這小孩救起，馱到了一個道觀中去；並用了種種救治的方法，把這小孩的傷完全醫好了。葉家小姐方始又重重的吁了一口氣，把這一條心放了下去。而且，更有一樁可以快慰之事，這小孩已得了安身立命之所，從這道人學起道來了。

最後的一幕，卻見這小孩已是長大成人，一股英武之氣，自然而然的從眉宇間流露出來，令人見而生愛；正向著那道人拜別了，朝著山下走來。葉家小姐見了，不免暗想道：「他辭別了師父下山，莫非要找尋他的父母麼？但是，可憐的孩子，我們已由廣西思恩來到這湖南平江，你又從那裏去找尋我們呢？」

正在此時，忽見水晶球上諸象悉杳，卻有一行大字出來道：「如欲骨肉團圓，速至長沙隱居山下柳大成家！」這一行字，是何等的有力，眞使葉家小姐驚喜交集了！心想：果眞有這骨肉團圓的一天麼？好！想來神仙總不會騙人的，我就依照著這神仙所詔告的話，前去長沙隱居山柳家走上一遭罷！

隨又目不轉睛的，向這水晶球中凝望著，看還有甚麼別的跡象映現出來沒有？可是一個驚人的奇蹟，又出現在此時；原來，半空中忽隱隱的起了一些雷聲，這水晶球即從他的手掌中飛騰而起，在金光閃爍之中，衝破屋瓦飛了出去了！

葉家小姐在當時雖也怔驚了一下，然轉眼間即復了常度，似乎並不以這水晶球的突然飛去爲奇異，一壁卻像似急於要走下床來的樣子，口中在嚷叫著道：「我們快去長沙隱居山柳家，我們那孩子恐怕已在那裏等候著了！」

這時候不但是葉素吾，便連葉素吾的夫人同著楊祖植，也都聞得這件事，趕來站在他的床邊。他們祇見他向這水晶球凝望著，一回兒笑，一回兒哭，一回兒驚，又一回兒喜；卻不知道他在水晶球中，究竟瞧到了些甚麼東西。比見半空中雷聲一震，這水晶球忽從他的手中躍出，衝破屋瓦飛了去，更把他們震驚得不知所云了！

如今，忽又見他要走下床來，還疑心是適才的那件事太出於常軌一點，駭破了他的神經，所以有這般瘋瘋癲癲的樣子發現，忙一齊向他勸阻道：「你不是生了好久的病麼？在這病體還未復元之際，下床來都不可以，那裏可以去得長沙？你還是睡在床上安心靜養罷，不要這般的胡說亂道了！」

但這幾句話並沒有多大的效力，祇博得他噗哧的一笑，笑後又說道：「誰在胡說亂道！你們不知道，我生的並不是病；就算是病，也祇是一種心病。如今已得到了一種心藥，早把這心病醫好，身體完全覺得康健了，爲甚麼不能去長沙？」

這一來，連楊祖植也祇懂得了他一半的意思；那葉素吾二老夫婦，當然更愣住了在一旁了。葉家小姐方把自己得這心病的由來，對著他們二老一說；又把在水晶球上前後所見到的各種跡象，詳詳細細的說出。然後又單獨的朝著楊祖植說道：「如此看來，我們掉落在水中的那個小孩，不是還在人間，並已長大成人了麼？而照這神仙所詔示我們的，這孩子想來已在柳大成家中等候著，我們應得早去長沙隱居山爲是。」

於是大家都歡喜起來，並相信這老道定是神仙的化身，特來指示他們的。當向空中拜了幾拜，表示感謝之意。這時葉家小姐心病已除，果然回復了原來的健康。

隨即夫婦二人一起登程，向著長沙隱居山進發，也不管和柳大成以前認識與否，此舉冒昧不冒昧的了。未幾，便到了長沙。誰知找到了隱居山，向柳大成家中一問時，並沒有他們所期望的這個人在那裏；倒又疑心這老道不見得是甚麼神仙，這水晶球上所映現出來的種種，完全都是靠不住的，一時頗有點進退維谷起來。幸虧柳大成是十分好客的，而柳遲對於他大師兄楊天池幼年的一番歷史，又頗有所聞；知道這定是大師兄的父母到來了，便硬把他們留了下來。

柳遲並對楊祖植夫婦說道：「照你們二位的一番話聽來，你們所要找尋的，大概就是我那大師兄楊天池了。他不久就要到這裏來，且委屈二位在寒舍等上他幾天罷。」楊祖植夫婦見柳遲既是如此說，也就在柳家住了下來。

不料，楊天池還沒有來，楊繼新倒先到柳家來了。這在柳遲，很明白這不是楊祖植夫婦所期待著的人。但柳大成對於這件事，究竟不甚弄得清楚；又見金羅漢給他的信中，有骨肉團圓這們的一句話，還以爲楊繼新這一來，果眞就可完了這骨肉團圓的一局了！便也不管三七二十一，就教人去把楊祖植夫婦請出來；說是他們的少爺已是到來，快請來相會罷。

楊祖植夫婦在柳宅已等候了好幾天，還不見楊天池到來，心中正是十分的焦悶；如今聽得這們的一說，心花都是怒放了！兩夫婦來不及的走到廳上去，滿以爲這一次總可見到他們所盼望著的那個兒子，骨肉團圓了！葉家小姐並在擬想著，在水晶球上所見到的他們的這個愛子，相貌是長得何等的英武，想來本人也不至會有怎樣的差異罷？

不料，走到廳上，一眼望去，卻祇有一個文弱無比的楊繼新立在那裏。這誤會眞是誤會得可笑，可把他們二夫婦怔著了！然楊繼新在名義上，總是他們的兒子，且不問他爲甚麼會找尋到這裏來，然總不外於是要來找尋他們；他們在表面上，又怎可冷淡了他？

因此在一怔之後，忙都又裝出一副笑臉來，前去接受他的敬禮；並問長問短的，和他這們敷衍著。楊繼新已是久離膝下了，一見父母走到廳上來，倒不自禁的，有上一種說不出的樂趣。然他是何等聰明的，忽見父母最初對他竟是一怔，似乎料不到所見到的會是他；隨後方都又裝出一副笑容來，然這笑容也裝得十分勉強，一看就可看出。因此他心中很覺得有些不自在！

心想：照此看來，父母到底是不很歡喜我的；否則，我離開膝下已有這幾年，一旦見我平安歸來，又得骨肉重逢，應該如何出自衷心的歡喜起來，爲甚麼會有這種神情流露出來呢？可是，儘他內在如何的痛心，表面上也不得不和他的父母一般，裝出一副極歡樂的神氣來。先是跪下地去，向父母行了一個大禮；又引錢素玉、蔣瓊姑二姊妹，和父母相見，並說明自己爲了不得已的緣故，不得父母之命，已擅自在外續娶了。又問問家中的情形，並爲了甚麼會到這長沙來的；其實，那裏是甚麼天倫快敍，兩方面都感到苦痛極了！

他們儘是這們戴著假面具，假意的兩下敷衍著；在旁邊陪著的柳大成，卻一點兒不明白個中的內容，還以爲眞是照了金羅漢來書上所說的話，他們已得骨肉團圓了，暗地也替他們在歡喜。

就在這個當兒，忽有一個雖是書生模樣，而英武之氣自從眉宇間流露而出的少年，自外闖然而入，口中在喚道：「柳遲師弟，你在那裏？我來了！」

這時別人對於這個來客，倒並沒有怎樣的表示；葉家小姐卻祇一眼瞧見，心中即不期然的卜突卜突的跳上幾跳。暗想：這老道眞是一位神仙，一點也不欺人！這孩子果然來找尋我們了！而且他的面貌，竟與水晶球上所映現的一般無二呢！他一壁想，一壁即發了瘋也似的奔了過去，把那個少年緊緊的摟抱著，並歡呼道：「我的孩兒呀！你把爲娘的想得好苦呀！」

這一來，倒把大家都怔呆在那裏了！

不知這少年是不是楊天池？且待第一三六回再說。

第一三六回　指迷途鄭重授錦囊　步花徑低徊思往事

話說：葉家小姐見外面走進來一個英英露爽的少年，立時心有所觸，覺得和他在水晶球中所見到，他們已長大了的那個孩子，面貌一般無二；也就不管三七二十一，發瘋也似的奔了過去，摟著了那個少年，喊了起來道：「我的兒！你來了麼？把爲娘的想得你好苦呀！」這在他，實因想得他這個兒子太苦，一旦居然天如人願，這兒子竟來省視他們了，這教他又安得不大喜欲狂？再也不能把這火也似的熱情遏抑下去！

但是別人除了楊祖植外，並沒有知道這一節事；便是楊祖植，雖是知道這一節事，然也沒有在水晶球中窺得一眼，對於他這兒子是怎樣的一個面貌，依舊也是一個不知道。所以大家見了他這種出人意外的舉動，還疑心他是發了瘋了！

尤其是那楊繼新，更比別人多上一種駭詫，心想：這眞是一樁不可思議的事情！我雖是十分不肖，得不到父親的歡心，但是父母也衹有我這們一個獨子，我並沒有甚麼兄弟；爲甚麼母親如今又去摟著這個不相識的少年，叫喚起我的兒來了呢？難道此中還有甚麼隱情麼？

不言大家是怎樣的疑惑駭詫，而這個喚著柳師弟，從外面走進來的少年，卻果然就是楊天池。最初見一個不相識的婦人，奔來摟著了他，叫起我的兒來，也不禁大大的怔上一怔；隨即轉念一想：我此次到這柳師弟家中來，師父原是許我可以骨肉團圓的；莫不是現在摟著我的，就是我的母親麼？想來師父是何等的神通廣大的，大概已借了一種甚麼的法力，暗示過我的母親了；所以我成人以後，母親雖沒有和我見過面，也能認識我的面貌呢！

楊天池一壁這們的想著，不期的觸動了他隱伏著的一種天性；立刻痛淚交流，如雨點一般的，從眼眶中淌了下來。一壁即抱著他母親的兩腿，向地上跪了下來，說道：「媽媽！不錯！是不孝的孩兒回來了！爹爹又在那裏？大概是和你老人家同到這裏來了麼？」

葉家小姐便淚眼婆娑的回過頭去，向著楊祖植招了一招手，楊祖植忙也走了過去。於是一個跪在地上，二個傴著身子，相擁抱成一團，都哭得如淚人兒一般！實在是悲喜交集，這事情把他們感動得太厲害了！同時，旁人也大爲感動，都替他們陪上了一副眼淚。

獨有楊繼新，卻弄得更是莫名其妙了！心想：照這情形看來，我的母親一點也沒有錯認，這少年確是我的一個同懷了。而瞧他的年紀也和我不相上下，不知他是我的哥哥，還是我的兄弟？爲甚麼以前從沒有聽父母說起他來呢？

因此，他不知不覺的走了過去，向著楊祖植夫婦問道：「這位是那一個？是我的哥哥，還是我的弟弟？爲甚麼以前從沒聽你們二位老人家提起過呢？」這一問，可把他們二夫婦問住了！要對他把實話講出呢，一時不知應從甚麼地方講起，而且有許多不很容易講的話；要不對他講實在的話麼，這個謊又怎樣的撒得起？何況，這不是撒謊可以了的事，總得有一個切實解決的方法。

倒是楊天池，一見走過這們一個文質彬彬的少年來，年歲既與自己不差甚麼，又是用這們的一種語氣問著，立刻想到了笑道人對他所說的那番話：心知這定是當他落水以後，父母出了一千兩銀子所買來的那個裁縫的兒子，而也就是自己的替身了，心中很有些爲這替身可憐起來！覺得：他的這個替身，以前何嘗不是骨肉團圓著？祇因他自己是掉落了水中去，他父母仗著黃金的勢力，竟硬生生的把人家的骨肉拆散了！

如今，自己已得骨肉重圓，倘然再瞞著了這樁事，這在良心上說起來，不是太有點對人家不起麼？他一想到了這裏，心中好似負了重疚，有說不出的一種難過！即匆匆的向他父母行上一個大禮，從地上立了起來，一壁忙又對他父母說道：「這件事情的始末，我已是完全知道；我覺得在這個事件上，我們很有對不住這位哥哥的地方。如今，我們應該把這件事情，老老實實的向他公開一下，再也不該把他瞞在鼓裏了！」楊祖植夫婦把這番話略略的想上一想，覺得很是說得不錯，不禁一齊把頭連點幾點。

楊祖植即露著一種很爲抱歉的神氣，向著楊繼新說道：「繼新，我們覺得很是對你不起，一向祇是把你瞞在鼓裏。如今我對你實說了罷，我們並不是你親生的父母，中間還有上一個大大的曲折呢！」

當下，便又把楊天池落下河去，沒有法子可想，祇好把他買了來充作替身的一番歷史，詳詳細細的對他述說了一遍。楊繼新至是，方始恍然大悟，原來他並不是他們親生的兒子，所以始終得不到父母的歡心；倘然不是現在說出來，他又怎能猜想得到這個原因呢？

而經楊祖植這們的把這件事一說明，他本來自以爲是父母雙全的，現在已成爲沒有了父母的一個畸零人了！他自長大以來，又自祖父見背以後，即一分兒得不到父母的溫煦撫護；這顆心長日如在冰窖中，冷冰冰的沒有一些生意。如今，更感得孤零之痛！

再一瞧到楊天池已得骨肉團圓，他們的天倫間存著何等的一團樂意，而自己祇是孤單單的；相形見絀之下，再也按不住向上直衝的那一股酸氣，竟是放聲痛哭起來了，並在叫喊著道：「我的父母呢？我的父母又在那裏呢？我又從那裏去找尋我的父母呢？」

這一哭，完全是從至性中發了出來的，直可驚天地而泣鬼神；凡是在旁邊聽得的人，沒一個不是受到大大的一種感動，也都涕泗汍瀾了！尤其是楊天池，不知爲了甚麼，一聞得這一派的哭聲，好似從夢中驚醒了過來的一般，也發瘋似的，叫喊起來道：「我眞是誤事！連得師父囑咐的說話也忘記轉述出來，反害得繼新哥哥這般的痛哭，這般的著急呢！」

說了這話，即向楊繼新面前走了來，又從懷中取出小小的一捲的東西，遞在楊繼新的手中，繼續說道：「這是一個錦囊，是在我拜別師父，走到了半路之上，師父又差了一位師弟，趕了來交給我的。並教那師弟鄭重的轉囑咐著我：倘然到了柳師弟家中，我自己果然得到骨肉團圓；而在繼新哥哥這一方，或者發生了甚麼困難的情形，不妨拆開這個錦囊來一看，一定也可一般的得到骨肉團圓。如今，不是已遇著了這種情形麼，而我師父又是能未卜先知的，他在這錦囊中，一定有所詔示你呢！」

楊繼新一聽這話，心中頓時一寬，忙把這個錦囊拆了開來。祇見裏面僅附有一張信箋，上面寫了酒杯大的幾個字，他祇把這幾個字看了一遍，立刻止了哭泣，微露笑容；一壁低低的說道：「原來是這們一回事！這眞是一位神仙了！」說完這話，也不向衆人告別，逕自向外面奔了出去。

衆人不免都爲一愣，但知道這一張信箋上，一定是很扼要的寫上了幾句話，把他父母的下落告訴了他；他所以這般迫不及待的，奔了出去呢！也就不去挽留他。祇有錢素玉和蔣瓊姑二人，是和他一起兒來的；一見他奔了出去，也就和衆人匆匆作別，跟在他的後面。如今，且把楊天池這邊暫行按下。因爲他們已得骨肉團圓，當然很快樂的回到了平江去，也就沒有甚麼事可寫了。

單說：楊繼新一看到這信箋上所寫的幾句話，這一樂眞非同小可！走出了柳家以後，忙一步不停的，依著從隱居山下回歸城中去的那條路走了去。至於錢素玉、蔣瓊姑二人，究竟跟他同走不同走，他是沒工夫想到的了。

一回到昨天所住的那家客棧中，昨天從大火中救出來的那二位老夫婦，住在那一間的房中，他是知道的；即三腳二步的，向這間房中趕了去。恰恰這二位老夫婦正在房中坐著，並沒有走到街上去。他即走到他們的面前，撲的把雙膝跪了下來道：「你們二位老人家，從此不必再躭甚麼憂，你們不孝的孩兒已是回來了！」

這二位老夫婦猛的見一個人走進房來，逕向著他們的面前跪下，已是吃上一驚；比聽得了這番話，又把跪在地下這個人的面貌略略的瞧看了一眼，發現就是昨天搭救他們的那個公子爺，這更把他們怔驚得不知所云了，慌忙都從椅中站了起來。

這中間還是那老翁比較的會說話一些，忙十分惶恐的說道：「公子爺不要向我們開玩笑了！公子爺這般的稱呼著，豈不要教我們折福煞！」

楊繼新一壁按著他們仍坐在椅中，一壁正色說道：「我那裏敢和你們二位老人家開甚麼玩笑！我的的確確是你們親生的兒子！你們曾有一個剛過了週歲的兒子，由了媒婆的說合，給一個過路的貴家公子抱了去，二位老人家難道已忘記了這件事麼？」這話一說，立時使他們二位老夫婦想憶起這樁事來。

那位老婆婆，又不由自主的，按著了楊繼新的頭，細細瞧視了一下，喜得歡呼起來道：「果然是他，果然是他！這頭上不明明是有兩個旋，而又正正在兩邊頭角上麼？這是我那可憐的孩子唯一的一種記認了！」

這時候，他們的女兒和女壻，也聞得了這個消息，早從房外走了進來。於是大家上前廝認。而為了這事太悲喜交集了，不免大家又擁抱著，互相哭上一場。跟著，錢素玉、蔣瓊姑二姊妹，也趕回客棧中來了，當然又有上一番的廝見。

後來，經老翁細細的講起家中的情形，方知有一年長沙遭了大瘟疫，他的五個兒子、三個女兒，都給疫神勾了去，祇賸下了這個女兒；幸而嫁的丈夫還有良心，見他們二老孤苦可憐，便迎接到自己的家中奉養著。他們沒有事的時候，也常常想念到這個已賣給了人家的兒子，不知長大了沒有，現在又是怎樣的情形，但決不想今生再有見面之日；不料天心竟是如此的仁慈，居然在他們垂暮之年，又在這窮困得走投無路之際，使得他們天倫重聚，骨肉團圓了！這是何等可以欣喜，何等可以感謝的一樁事情啊！

不久，便由蔣瓊姑將從劉鴻采那裏攜來的珍寶，變賣了一部分，在長沙近郭的地方，買了一塊地皮，建造起一所住屋來，並小有園林之勝。奉了二老，招同著那位姊姊和姊夫，都住在一起，過起快快樂樂的日子來；至於錢素玉，當然也是一起兒住著；他和蔣瓊姑，是同經過患難的，彼此都是不忍相離的了。照理：楊繼新既已歸宗，我應該改稱他鍾繼新；不過爲免讀者們眼生起見，以下依舊稱他爲楊繼新。一言表過不提。

且說：有一天，楊繼新閒著無事，獨個兒到那個小花園中走走。偶爾向前一望之間，忽見在他前面相距不遠的地方，有上了一個亭亭倩影，手中提著一把灌花的水壺，且向那些花的枝葉上澆灌著，且向前面漫步行了去。照著那背影瞧去，不就是他那大姨姊錢素玉麼？不期的又回想到那一天步入花園，遇見大姨姊時候的一種情形，覺得很與今天有些彷彿；那時節倘然不是大姨姊可憐他，把搶去新娘軟帽的這個方法暗中指示了他，他不但不能與蔣瓊姑合歡，成了百年之好，恐怕連性命都要葬送在劉鴻采的手中呢！

但是這大姨姊也眞是一個古怪的人，表面上看去，很是來得落落大方，對於他，也總是有說有笑的，似乎一點嫌疑也不避；可是，祇要他略略表示出親熱一些的樣子，就要把臉兒一板，走了開去，顯然像似有點嗔怪他。這眞叫他有些不明不白，莫非這是處女們應有的一種嬌態麼？至於他屢次向著這大姨姊表示感謝之意，大姨姊總是反問上一句：你沒有忘記跪在花園裏當天所發的兩句誓言麼？而如花的嬌靨，也不自禁的暈紅起來，更使他猜不透，究是藏著怎樣的一種意思？

楊繼新這們反覆的想著，竟想得出了神，而在不知不覺之間，忽有微微的一聲咳嗽出了口。錢素玉一心一意的在澆著花，原不知道楊繼新在他的後面，及聞得這一聲咳嗽，方始回過頭來一望。他是何等的眼尖，楊繼新這種想得出了神的樣子，早已給他一眼瞧了去了。依得他最初的心思，很想依舊向前走去，不必去理睬甚麼，因爲，他也明知這是很不易處的一個環境，倘然一理睬起來，說不定大家都要受上一些兒窘的。

但是，不知他怎樣的一個轉念，反又迎了過來，玉頰上微微暈起二道紅霞，帶笑向著楊繼新問道：「你這書獃子，究竟又在想些甚麼，怎麼竟想得出了神了！」

楊繼新正在呆想著出了神的時候，不料竟爲大姨姊所發覺，更不料會迎了過來，這們的向他詰問著，他那有不大吃一驚之理？而就爲了吃驚得過甚一些，腦神經又是木木然的，沒有恢復常度，竟脫口而出的，說上一句道：「我是在想著姊姊！」

這是何等放肆的一句話，錢素玉氣得臉都綠了！最初像似馬上就要向他發作，隨又把這口怒氣竭力遏抑住，祇冷笑一聲道：「這是一句甚麼話！教別人家聽見了，可不大好聽！你以後還得自重一些！」

這時候楊繼新也自知把話說岔了，忙十分惶恐的分辯道：「不！我不是這般的說，我實是在想著那一天在花園中初次會見姊姊時候的情形。那時若不承姊姊關切的指教，後來不知要有上怎樣一個不堪的結果呢！適才我在無意中，瞧見姊姊提了一把水壺澆灌著花，覺得與那天的情形有些彷佛，不期想著了那天的這樁事。又因留在腦中的印象太深，雖已是隔上了些時候，宛同就在眼前一般，不免想得出了神了！」

錢素玉聽了他這番話，又很爲注意似的，向他打量了幾眼，似已察出他所供吐的確爲一種實情，並不是說著甚麼假話，也就把這口氣平了下去。在臉色轉霽之間，又淡淡的說道：「這都已是過去的事情，提起他已是無聊；倘再要怎樣的怎樣的去追想他，未免更爲可笑了！並且……」

楊繼新似已懂得他的意思，不等他把這句話說完，即鼓著勇氣，替他接說下去道：「並且當時我已跪在花園裏，當天發過誓言，我是決不敢忘記姊姊的大德的；姊姊倘有用得著我的事，我一定鞠躬盡瘁，至死不悔！何況，後來家父家母他們二位老人家，都是承姊姊從大火中救了出來，更教我不知如何方可報答姊姊呢！」

瞧錢素玉時，像似也要說上一大篇的說話；可是還未啓得口，忽舉起一雙美妙的秋波，向著遠處望了一望，似乎見到有甚麼人走了來，生怕給那人撞見了他們在談話，要有點不好意思的。便衹向楊繼新淡淡的一笑，即披花拂柳而去。楊繼新低著一個頭，跟在他的後面，惘惘然的走著，這顆心像失去了一切的主宰，空洞洞的，不知在想著甚麼的念頭，連他自己都有點不知道。

如此的也不知走了多少路，忽然撞在一個人的身上，不免小小吃上一驚；忙抬起頭來一瞧時，他所撞的這個人，就是他的父親鍾廣泰。鍾廣泰先向他仔仔細細的打量上幾眼，然後慈眉善目的，向他問道：「你適才在這裏，不是同錢小姐談著天麼？為甚麼這般的失神落智？」

楊繼新道：「他在這裏澆灌著花，我祇和他閒談了幾句。……唉！爹爹，你以為我有些失神落智的樣子麼？但我並不覺得怎樣，祇是精神有些不濟罷了！」饒他雖是抵賴得這般的乾乾淨淨，然不知不覺間，一張臉已漲得通紅起來。

鍾廣泰又向他笑了一笑，說道：「唉！孩子，你不要再瞞著我罷！這一陣子憑著我的冷眼觀察，你的心事，我已是完全知道了！而且這位錢小姐，不但是你的恩人，還是我們二老夫婦的恩人；並又和你媳婦兒十分莫逆，好像一刻兒都不能分離的。倘讓他孤零零的嫁到了別個人家去，我們果然是放心不下，他也正恐捨不得離開你媳婦；所以如能大家說一說通，共效英皇的故事，永遠不再分離開來，那是再好沒有的事情呢！你看，這事怎樣？」

楊繼新道：「爹爹的這個主張，果然不能說錯。祇是爹爹你不知道，錢小姐的為人，是十分高傲的；孩兒已是娶了媳婦的人，他怎肯嫁與孩兒，做上一個次妻呢？」

鍾廣泰笑道：「這一點也不要緊。你們弟兄本有六人，現在衹賸了你一個，原兼祧著好幾房，拿著兼祧的名義，再娶上一房媳婦，那是一點不會發生甚麼困難的問題的！」

正說到這裏，忽聞猝䌨的一響，似有一個人從一棵樹後走了出來。不知這從樹後走出來的是甚麼人？且待第一三七回再說。

第一三七回　避篡奪剴切一封書　憐孤單淒清兩行淚

話說：楊繼新父子倆正在談著體己的話，忽聞得有一陣綷縩的聲響，像似有甚麼人從樹林子中走了出來，不禁都怔上了一怔；忙向著這種聲響所傳來的方向，舉起眼來一看時，方知這走來的並不是別人，卻是蔣瓊姑。這倒使他們父子倆，都覺得其窘無比了。因爲，這雖是不久便要公開的一個問題，然而你倘然是爽爽快快的，正式向著蔣瓊姑提出，這是不關緊要的；如今在未正式提出以前，如果已給他竊聽了去，那是多們來得難爲情！

而在楊繼新這方說起來，較之他的父親，更有上一種說不出的窘！原來，他們的伉儷間，本是十分恩愛的，照理，他父親適才所提議的那一番話，倘然是出於一種誤會的，他應該立刻切實的辯明；誰知，他雖沒有甚麼贊成的表示，而也沒有一句話來辯明，蔣瓊姑當然已把這一番情形瞧了去了。這明明表示出，他對於錢素玉確是有點兒意思的，而也就是愛情不專一的一個明證，這不是很有點對他的妻子蔣瓊姑不住麼？因之，他一見蔣瓊姑走了來，一張臉都漲得通紅起來。

蔣瓊姑卻大方得很，像似一點不以爲意的，在向二人打上了個招呼以後，衹閒閒的說道：「我因著無聊，到這園中來玩玩。公公向你所說的那番話，我已在無意中聽了來了。我們姊妹一向是很要好的，我本來也有上這一個意思，衹是不便出之於口；如今公公既也是這般的說，那是再好沒有，我當然是十分贊成的。不過我姊姊的脾氣，最是古怪不過，衹要有一句話說得不大對，就要把事情弄僵；還得由我伺看著機會，慢慢的向他陳說呢！」

鍾廣泰聽了這話，連連把頭點著，楊繼新卻沒有甚麼表示。蔣瓊姑不免又向楊繼新看了一眼，笑嘻嘻的問道：「那麼，你的意思怎樣？大概不至會反對這樁事情罷？」

這一問，卻問得楊繼新更是窘不可言，回答不好，不回答又不好；半晌，方迸出這們幾句話來道：「爹爹和你，既都有上這們的一個意思，我那有反對之理？何況，你們姊妹，平素最是要好不過，差不多寸步都不肯離開的樣子；倘能如此，倒也是很好的一個辦法呢！」這話一說，倒又招得蔣瓊姑噗嗤的笑出聲來了。

蔣瓊姑離了花園，回到房中以後，便一個人在心中籌畫著，應該如何的去和錢素玉開口談起此事，方才可以得他樂允，而不至把事情弄僵！正思量得有點兒頭緒，忽然簾子一掀，有一個人走進房來，倒把他駭了一駭；定睛看時，卻正是錢素玉。

這錢素玉是何等聰明的，似早已瞧出了他在想心事的樣子，便笑了一笑，說道：「你莫非一個人在想著甚麼心事？我突然的走進房來，倒把你駭了一跳呢！但是照我想來，你目下的處境，也算如意極了，還有甚麼心事可想？」

蔣瓊姑也笑道：「照理說，似我目下所處的這種環境，是不應該再有甚麼心事的；但我確有上一件很大的心事，好久不能委決得下。姊姊也是聰明人，難道還不知道麼？」

錢素玉聽他這們的一說，立刻露出很注意而又很驚詫的樣子，問道：「怎麼說，你確是有上一件很大的心事，而也是我所應該知道的麼？……哈！但我卻確確實實的一點都不知道，眞是不聰明到了極點了！」

蔣瓊姑道：「這不是不聰明，或者是姊姊還沒有注意到。祇是照我想來，我的這件心事，除了姊姊以外，再沒有別人能知道得更明白的。姊姊，你不妨猜猜看。」

果然末後的這一句話，竟引起了錢素玉的一種興趣，偏了頭想上了一會兒；突然間像似領會了過來的，即笑逐顏開的說道：「哦！我知道了！我明白了！你莫非因著好逑已賦，熊夢猶虛，一心一意的，很想獲得一個玉雪可愛的麟兒麼？」

蔣瓊姑忙把頭連連的搖著道：「不對的，姊姊猜錯了！我的年紀還很輕，怎麼會有上這般的心事？實對姊姊說了罷，我的這件心事，還是完全爲著你姊姊呢！」

錢素玉更加驚詫起來道：「怎麼，你的這件心事，完全是爲著我？我眞有些兒不懂起來了！」

蔣瓊姑正色說道：「姊姊，你怎麼如此的不明白！你想，我們姊妹倆從小就是在一起的，一直到現在從沒有分離過，眞比人家的親姊妹還要親熱上好幾倍；倘然一旦分離起來，大家都不知要怎樣的難堪！然而，要一輩子廝守著不分離，這實是一件做不到的事，因爲，無論如何，姊姊遲早總要嫁人的；一嫁了人，那裏還能同住在一起，不是就要互相分離了麼？爲了這個緣故，所以我很是上了一點心事呢！」

錢素玉笑道：「原來你爲的是這個！那你這心事，也上得太無謂了！這有甚麼要緊，我祇要一輩子不嫁人就是！不是就可和你永永不分離了麼？」

蔣瓊姑道：「一輩子不嫁人，也不過這們說說罷了，事實上不見得能辦得到的。依我說，倒有一個兩全其美的辦法在此，那是我們姊妹倆最好能共事一夫。這在從前的歷史上看下來，並不是沒有這種事，帝堯的二個女兒娥皇與女英同時下嫁於舜，就是很好的一個先例。祇是我雖有這個意思，但恐一個說得不好，姊姊聽了著惱；所以一向藏在心裏不敢說出來，不免就上了心事了！現在不知姊姊以爲怎麼樣？」他一壁這們的說著，一壁偷偷的去瞧望錢素玉的臉色，看他爲了此事，會不會著惱起來，很是擔上了一種心事！

誰知，眞是出人意料之外的，錢素玉竟是一點兒臉色也不變，像似對於這番話，並不當作怎麼一回事；祇淡淡的一笑，說道：「這是你一個人的意思呢？還是別人的意思，也都是和你相同的？」

蔣瓊姑暗想：這句話問得有點意思了！看來他對於這件事也是贊成的，不見得會怎樣著惱的了；我不如乘此機會，剴剴切切的向他進言一番，把這事弄上一個著實；否則，一旦有了變局，倒又不易著手，便立刻回答道：「最初是我有上這個意思，覺得要圖我們姊妹倆永久團聚在一處，沒有再好過這個辦法的了。後來在空閒的時候，從容的向著家中人一說；差不多全家的人，對於這個辦法，沒有一個不極口稱好的。

「因爲繼新他果然受過你的救命大恩，就是他們二老，也是全仗著你，才能從火窟中逃生出來，他們雖沒有甚麼方法可以向你報得恩，然暗地卻總在默祝著你平安無恙，畢生不受到甚麼風波。倘然一旦見你離開了他們，孤零零地到了別處去，實在很是放心不下的！如今我這個建議，倘能成爲事實，那大家就可永久團聚在一處，他們也就很可放下這條心了！姊姊，現在我斗膽請問一句：不知你意下以爲如何？倘然是贊成的話，那我就是退居於妾媵的地位，也是心甘情願的！」

今天的錢素玉，眞是有點奇怪，聽了這番話後，仍沒有甚麼切實的表示，也沒有一點怕羞的樣子，然也並不著惱；衹舉起一雙秀目，向著蔣瓊姑深深的一注視，然後又淡淡的一笑，說道：「原來這不止是你妹妹一個人的意見，你們全家人的意思，都是和你相同的。這未免太把我瞧看得起了，我當然是十分感激的；而甚麼報恩不報恩的話，更是使我承當不起！我不過偶然的出了一下力，又有甚麼恩德於人呢？不過，你妹妹所建議的這樁事，總算得是一件大事；我不能馬上就答覆你，請讓我考量上幾天再講罷。祇是請你不要誤會，我對於你的這番好意，祇有感激的分兒，決計不有一點兒的著惱的！」說完，又閒談了幾句，也就回到他自己房中去了。

蔣瓊姑等錢素玉走了以後，一時間也猜不准他究竟是贊成還是反對。不過仔細想上了一想，姊姊平日的脾氣，是何等不好惹的，倘然話說得不對勁，一定當場就要鬧了起來；如今一點兒也不鬧，顯然是心中並不怎樣的反對。何況，他還鄭重的向我聲明，教我不要誤會，他對我一點兒也不著惱呢！由此看來，他對這件事很有點意思的了！

但他終究祇是一個女孩子家，關於這種婚姻的事情，不免有些兒害臊，決不能人家向他一說，他就馬上答允下來。祇要隔上幾天，再向他絮聒上一回，大概也就不成問題的了！他這們一想時，覺得此事已經得到一個解決，心中很是歡喜，忙向二老和楊繼新去報告。他們當然也是暗暗的歡喜。

不料，第二天到了八九點鐘的時候，還不見錢素玉走出房來；但大家並不在意，都以爲他大概是患了病，睡倒在床了。祇有蔣瓊姑，卻已暗暗的生驚，想：我這姊姊，比不得我，他的身體是十分強健的，從來沒有見他生過一回病，今兒怎麼會睡倒在床呢？莫不是他昨天口中雖說不惱，心中卻是著惱到了萬分：因惱而氣，因氣而病，倒也是常有的事。倘然眞是如此，那事情可就大了，也可就糟了！

當下也不向大家說甚麼，即惶急萬分的，向著錢素玉的房中奔了去。口中連連的喚著：「姊姊，姊姊！你怎麼啦？莫非病了麼？」然而儘他把喉嚨叫破，也聽不見錢素玉的一聲答應。再向房中一找時，更瞧不見錢素玉的一點影子。他這顆心，不禁怦怦的跳動著，同時，也有些恍然了：姊姊大概爲了昨天的那件事，對著我們很是不快，所以竟是不別而行了！果然，在他這們作想的時候，就在桌上找得了一封信，信中祇是很簡單的幾句說話道：

「盛意良足感！弟妹伉儷間愛情甚篤，姊不欲以第三者闌入其間，致蹈攘奪之名，因決意遠走避嫌。妹幸弗復以姊為念，他日或尚有相見之時也！呂祖師所貽姊之飾物一包，挈帶不便，即以奉贈。蓋姊隨身攜有現銀，益以身負薄技，倘遇困乏，不妨粥技餬口，固不虞資斧之有匱乏耳！不及面別，伏維珍重！此請

瓊妹青及！

姊素玉留言」

蔣瓊姑讀了這一封留言以後，不禁泫然欲涕，暗想：「該死，該死！這完全是我把他逼走了！但他的脾氣也眞是古怪，既是對於這樁事不大願意，何妨明明白白的對我說出，我決不會

去強迫他的，他又何必要不別而行呢？」

同時，復又想到：錢素玉雖是有上些隨身的武藝的，但終究是一個姑娘家；像這們孤孤單單的獨個兒走出門去，而且沒有一定的目的地，到底帶上點危險的性質。倘然眞的鬧出甚麼大亂子來，那是我害了他了！在良心上又怎麼交代得過呢？

他一想到這裏，立刻發生一念：既由我把他逼了出門，必由我把他拉了回來，方才對得住人家；倘然我竟是找尋他不著，也祇好撇棄了我的丈夫、我的家庭，在江湖上流浪著一輩子了！蔣瓊姑把這個主意打定以後，忙先回到自己的房中，掇拾了一番；然後提了一個小小的包裹，來到堂屋中。

楊繼新和那二位老人家見了，不免都覺得有些詫異，忙向他問道：「你這是甚麼意思，把這個小包裹提到了這裏來？你也找到了你的姊姊麼？」

蔣瓊姑即把錢素玉不別而行的事說了一說，又拿那張留言遞給他們瞧，他們不禁都怔呆了！

隨又聽蔣瓊姑說道：「我如今要去尋找他了！待我尋找到了他，依舊要把他拉了回來的！」大家不免更是一怔！

楊繼新便先開口道：「你要去尋找他，這個意思果然很爲不錯；但他又沒有告訴你的去處，在這人海茫茫中，你又從那裏去尋找他呢？不要在你自己的方面，倒又弄出甚麼亂子來了！」

蔣瓊姑一想，這一句話倒也說得不錯；但立刻又給他想出一種相當的理由來，可以抵制住這句話，便忙說道：「不，你不知道的。他在這留言上，雖不曾說出他的去處，但他平日和我談話，總說浙江新安是我們的故鄉，可惜從小就離開了那裏，不曾知道得是怎樣的一個情形；他日得有機會，定要回到故鄉去看上一下的。所以，我如今衹要向著上浙江新安的這條路上追蹤而往，定可把他尋找到。一把他尋找到，就拉了他回來，還會有甚麼亂子弄出來呢！」

楊繼新見他的話說得頭頭是道，倒也不好去駁斥他，然仍是放心不下，便說道：「既然如此，不如由我陪伴著你一同前往，總比你單身獨行要好上一些！」

他把這話一說，蔣瓊姑倒噗哧一聲笑了出來，並道：「唷唷！你是一個文弱書生，又能在路上幫助得我甚麼呢？不要是我單身獨往，本來沒有甚麼事情出的，爲了和你一同前去，要加上一分照顧你的心，反而弄出了甚麼亂子來，那才是天大的一樁笑話呢！」

這倒是很實在的幾句話，然楊繼新終究是一個男子漢，聽了未免覺得有些難堪，並很爲慚愧，頓時把一張臉都漲得通紅，也就默然不語。然而要蔣瓊姑一個人孑然前往，在二老這方面看來，終究覺得有些不放心，便又想來阻擋著他。

可是蔣瓊姑已不像往日的柔順，這時候把那小包裹向著肩後一背，並向二老拜了幾拜，算是行了一個告別禮，即頭也不一回的，邊向著門外走，邊說道：「在這種情勢之下，我是決意要尋找我的姊姊去了！倘然二位老人家，以為我這般的執拗而不肯聽話，是不合於理的；那讓我尋到了姊姊回來之後，要怎樣的懲罰我，就怎樣的懲罰我好了！我是決無一句怨言的！」說到這裏，忽又立停下來，回頭向著楊繼新一望，說道：「我去了！所有關於侍奉二老的事，要請你暫時偏勞一下了，回來我要好好的向你道謝的！」即翩然出門而去。這一來，楊繼新和著二老，祇好呆呆的望著他走出門去，不便再怎樣的硬把他攔阻住，心中卻都有點兒不大自在！

再說：蔣瓊姑出了家門以後，即先把從這裏去到浙江新安是怎樣走法的，打聽得一個清清楚楚；然後照著他們所說的，趕速的按程前進。心想：錢素玉這番倘然眞是到新安去，那是沒有甚麼一定目的的；並且他也不知道有人在後追趕著他，那他一路之上，一定隨處賞玩著山水，不見得會急急的趕路。自己祇要兼程而進，就不難在路上追到他了！

可是，飢餐夜宿，經過了好幾天，雖平平安安的沒有出一點亂子，卻也沒有見到錢素玉的一點影子。這一來，不免又使他懷疑起來，莫不是錢素玉預料到他要從後追趕了來，所以不打往新安這條路上走麼？還是由長沙去新安，是有上好幾條路的，現在大家各走了一條路，所以彼此碰不到他呢？

他思量上一陣，仍決定以新安為目的地，現在不去管他，且俟到達了新安再說；倘然到了新安，仍是遇不見錢素玉，衹好再改從別一條路上找了去。總之，無論如何，他已是下了一個決心了，不把他這位姊姊找到，他再也不回長沙的了！如是的又走了幾天。

一天，正打一個山谷間經過，忽聞有說話的聲音，從再上的一個山峰上傳了下來，聽去十分稔熟，好像正是他姊姊的聲音；立時間，他的心不禁怦怦的跳動著。也不管是與不是，忙由一條山徑間，直向這個山峰上奔了去。等得到了那邊，舉目一瞧時，立在一棵大樹之前的，不是他的姊姊錢素玉，又是甚麼人呢！他這一喜，眞非同小可，正想歡然的向他姊姊叫上一聲；不料，兩眼偶爾向旁一瞥，又見到了一個人，這可又使他驚惶無比了，那裏再能開得甚麼口來！

原來，這人不是別一個，就是把他們姊妹倆從小就抱了去，後來用以爲餌，勾攝許多青年男子的魂魄的這個劉鴻采！這時候錢素玉卻也已見到了他，不禁突然的驚叫一聲；兩個臉頰本來很是慘白的，如今更是慘白得怕人，似乎萬料不到他會到這裏來，也萬不願意他恰恰在這當兒到這裏來的！

但劉鴻采可不許他們姊妹倆交談甚麼話，即聽他哈哈一笑，說道：「好，好！一個來了不算，兩個一齊來了！我本來算定了，可以在這山中遇見你們的啊！從前我受了你們一時之愚，給你們逃出了我的掌握，現在瞧你們再能逃到了那裏去！……倘然再能從我手中逃了去，那我才佩服你們眞有能耐呢！須知道這一次全要仗著你們自己的能爲，呂祖師是不能前來救援你們的了！」

他正說到這裏，忽聞幽幽的有人在說著話道：「呂祖師爺雖沒有來，我卻早已到來了！你難道不知道麼？」

這一來，驚得他們姊妹倆面面相覷，不知甚麼人在說著話。劉鴻采更是斂了笑容，露出一派驚惶之色。

不知作這驚人之話的，究竟是甚麼人？且待第一三八回再說。

第一三八回 飛烈火仇邊行毒計 剖真心難裏結良緣

話說：劉鴻采正在得意萬分之際，忽聞有人幽幽的在說道：「呂祖師爺雖沒有來，我卻早已到來了！你難道不知道嗎？」這天外飛來的幾句話，在錢素玉姊妹倆聽到以後，祇是相顧愕眙而已，並不眞是怎樣的吃驚；因爲這個人突然的到來，多少於他們自己一方有利而無害的！獨有劉鴻采突聞此數語以後，不禁大大的吃了一驚；而且聽去聲音十分稔熟，莫不是他意想中所猜擬的那個人到來了麼？倘然眞是這般，那是把他所希望著將要幹的一樁玩意兒，破壞得粉碎無存的了！

但他戰戰兢兢的靜候了一會，並不見有一點動靜，也不再聽到有甚麼聲息，不禁又啞然失笑起來：這眞是在那裏活見鬼！明明是自己心中懼怕著這個人，不免有些心虛，耳觀中也就幻現著這個人的聲音來，何嘗眞有這個人到來呢！於是，又把戰戰兢兢之態收藏去，換上了一種奸凶刁惡的樣子，冷笑一聲，說道：「哼哼！你們這兩個賤丫頭！今天可重又落入了我的掌握之中，再也不能逃走了！瞧你們如今還有甚麼話說！」

錢素玉和著蔣瓊姑，仍是你望著我，我望著你，一句話也沒有，因爲他們知道，劉鴻采最是奸刁無比的；如今既已重落他的掌握之中，定已下上一個決心，要把他們加以殘害，他們就是不論怎樣的向他懇求著，也是無濟於事的！

劉鴻采見他們一聲兒也不響，倒又很得意的，哈哈大笑起來道：「哦！你們也知道自己罪大惡極，已在不可赦之例，所以不敢再向我懇求半句麼？好！你們總算和我相處了這們多年，還能知道得一點我的脾氣！

「不過，我要明明白白的對你們說一句，你們看中了那個少年書生，違背了我的約束，私下放他逃走，自己也跟著逃了出來，這還是可以原恕的一件事情；最不該的，又引了呂祖師來，推翻了我多年來辛苦經營的基業，使我存身不住！這眞使我越想越恨，恨得牙癢癢的，再也不能把你們饒赦下來呢！現在我的說話已完，馬上就要教你們嘗受到一種求生不得，求死不能，極其慘酷的刑罰，方知我的厲害，同時也可消去了我心頭的一腔怒氣！」劉鴻采說到這裏，又是陰惻惻的一笑。他們姊妹倆見了，不免都覺得有些毛骨悚然！

說時遲，那時快，他早又伸出右手來，戟著一個食指，向著他們姊妹倆，連連的指上二指。說也奇怪，他們倆經上他這們的一指，即足步踉蹌的，各向一並排的二棵樹身上倒了去，好像自己一點兒也不能作得主；加之頃刻之間，又不知從甚麼地方，飛來了二支很巨的木釘，一邊一隻的，恰恰把他們倆當胸的釘住在樹身上了。

照理說，他們給木釘這們的當胸一釘，臟腑間一定要受到重大的傷，就不至當場致命而死，至少要有鮮血淌流出來；誰知不然，他們卻一點兒也不覺得甚麼痛，更無一些些的鮮血淌出，祇是把他們的身體緊緊的釘住，不能自由罷了！

他們才知道，這定是劉鴻采用的一種甚麼法。又由此知道，劉鴻采剛才所說的話，一點也不是騙人，他確是要他們求生不得，求死不能，在一種極慘酷的刑罰之下，宛轉呻吟而死，不肯立刻就制他們的死命呢！祇是他將採用怎樣的一種刑罰呢？又將慘酷到怎樣的一個地步呢？他們眞不敢再想下去了！

於是，又聽到劉鴻采的哈哈一笑，說道：「這祇是我計畫中的第一步，不過使你們不能自由行動罷了。現在，我就要引你們與死神相見。但這死神，是在我的指導之下的，並不立刻就取去你們的生命；卻取著漸進主義，把你們的生命，一寸寸的加以摧殘，加以凌踐，直至你們吃足痛苦，我也認爲滿意的時候，方始眞的賜你們以一死，畢了他的使命。你們也懂得我的語意麼？」

當他說的時候，好似演講一種新發明的學理一般，很是得意洋洋，一點也不有矜憐之色。比至把話說完，即把口張開，很隨意的向著他們所繫縛著的二棵樹木間一噓氣。立時間，靠近他們四周圍的草木上，都飛起了一點點的火星；這火星越轉越大，越趨越烈，竟是開始燃燒起來，隨即有紅赤赤的不知多少條的火舌，齊向他們伸攫著，要把他們包圍起來了！

在這時，他們也開始遭受到煙的薰刺、火的灼炙，有說不出的一種不受用！同時，他們也恍然大悟，原來劉鴻采所謂的極慘酷的刑罰，便是以烈火爲之背景。本來呢，天下最無情而最猛烈的東西，莫過於水與火；而燒死在火中的，似乎尤較溺死在水中的來得加倍的痛苦呢！

一會兒，火勢越逼越近，竟是飛上了他們的衣服，灼及了他們的頭髮，顯然的要再向內部進攻去。他們二人究都是弱女子，縱是已決以一死爲拚，咬緊了牙關忍受著；但呻吟的聲音，仍是禁也禁不住的，從口中微微的度了出來。

劉鴻采見到了他們這種爲烈火所逼迫，無法可以躲避的情形，已是大大的一樂；再一聽到這些低微的呻吟聲，心花更是怒放了！因斜睨著他們，又很得意的說道：「你們須得好好的掙扎著！須知道這尙是最初最初的一個階段，這火尙在外面燃燒著，並沒有燒到裏邊去；一旦把你們的肌膚也燃燒了起來，這火勢當然比之現在更要十倍的猛烈，那時候你們方知道這烈火，究是怎樣可怕的一件東西呢！現在我要問你們，你們到了這個境地，也失悔當初不該背叛我麼？也覺悟到你們以前的行爲，實是大錯而特錯的麼？」

他倚仗著這烈火的勢力，竟是這般的向他們詰問著，顯示出他已得到最後的勝利，這當然爲他們所齒冷；而依照著他們倔強的脾氣講：無論如何，是不肯向他討一聲饒的！

但蔣瓊姑偶一掉首，瞧見了錢素玉爲火所攻，那種慘痛的樣子，倒暫把自己所受到的慘痛忘記下，暗自在想道：「講到當初的那件事，實由於我瞧中了姓楊的人品，不肯奪去他的三魂六魄所致；姊姊卻是沒有多大關係的，不過後來曾幫過我們的大忙罷了。那我今天爲劉鴻采所報復，遭受到這般酷慘的刑罰，也是很應該的。而姊姊本是一個沒有多大關係的人，如今也陪著我同受這種慘刑，這未免太是冤枉麼？這在我未免太有點對不起他！」

因之，他把牙齦重重的一齧，忍住了這種烈火灼肌的痛苦，然後吐出很清朗的音吐，向著劉鴻采說道：「這確是我的不是！你就是把我燒死，我也死而無怨的；不過，這件事與姊姊絲毫無關，他是不該受這種慘罰的。請你不要加罪於他罷！請你趕快放了他罷！」

錢素玉這時候，正也瞧到了蔣瓊姑宛轉於烈火之下，那種痛苦無比的樣子，暗想：「這都是我害了他！倘然不是我不別而行，他也不至追趕了來，何致會在這裏遇到劉鴻采，受到這種暗算呢！而況，教楊繼新搶去他的軟帽，還不是我出的主張；講起來，我實是罪魁禍首啊！那我受到劉鴻采的報復，實是千該萬該的，怎可使他陪著我，也同歸於盡呢！」

及見蔣瓊姑願把自己犧牲去，已挺身而出，竭力的在營救著他，更對蔣瓊姑有說不出的一種感激，忙也搶著說道：「雖是妹妹嫁了那個人，其實主意都是我一個人出的，全不與妹妹相干。所以師父如要治罪的話，不如把我一個人重重的處罰罷！便是將我燒成一團焦炭，也是毫無怨言的！至於妹妹，請原諒他年輕了一點，請原諒他完全是上了我的當，就把他釋放了，不要再難爲他罷！他到現在，也已夠受痛苦的了！」

他們姊妹倆這們的重義氣，這一方情願認作自己的不是，把自己犧牲了，而請求釋放去他的姊姊；那一方也情願認作自己的不是，把自己犧牲了，而請求釋放去他的妹妹，其情形，正和生死板京劇中那兩個弟兄爭搶著求一死，沒有甚麼兩樣。照理，總可以把對方感動，而把兩姊妹中的任何一個釋放的了；無奈，這劉鴻采直是一個冥頑不靈的涼血動物！他非但一點也不感動，並好似他們姊妹倆這們互相的營救著，而都甘願把自己犧牲了去，也早在他的預料之中，而反以瞧見他們的這種情形爲樂意的！

因此，又在毫無感情表現的一張臉上，露出了淡淡的一點笑容，說道：「你們如今才向我來討饒，才想兩個人中有一個能逃了命；哼哼！這已經是嫌遲的了！我早知道，在這個事件中，你們兩人都是有分的，沒一個不是在殺不可赦之例的；我怎會聽了你們的一番花言巧語，就輕易的從了你們的要求呢！嘿嘿！快快的把你們的口閉住了罷！不瞧，你們這身上的火，已是更向內部燃燒去了麼？這是在你們一方說來，更得拿出一種精神和勇氣來，和他好好的掙扎上一番了！」

他們聽了這話，忙向自己的身上一瞧時，果見那衣服都已給這烈火燃燒得同焦炭一般；祇是還全幅的懸掛著，遮蔽住了他們的身體，沒有一片片的剝落下來。頭髮也是同一的狀態。並且，這烈火顯然的已向衣內鑽了去，開始的又在他們的肉體上燃燒著，直燒灼得肌膚焦辣辣的生痛，全身所具有的血液和水分，都在內部沸滾了起來，而漸次快要乾涸下來的樣子。於是，他們也不再向劉鴻采懇求甚麼了，大家咬緊了牙關，忍受著這種種的痛苦，都拚上一個死就完了！

但在這將死未死之際，他們姊妹倆又爲平日那種深切的感情和如雲的義氣所驅策，在這一方想來，總仍覺得很是對不住那一方的；而對方如此的慘死，實是爲自己所牽累的！因此，錢素玉又向蔣瓊姑說起來道：「這都是我的不好，累得妹妹也同受此慘禍！倘然不是我露著很不安的神情，不別而行，妹妹何致會趕到了這裏來，又何致會遭到這般的不幸呢？」

蔣瓊姑聽了，也深自負疚似的，說道：「此非姊姊之過，其實都是我的不好！因爲姊姊的不別而行，並非出自本意，實是爲我所逼迫出來的；早知如此，我眞失悔自己，不該向姊姊提起那句話了！」

錢素玉見他這般的引咎自責，心中覺得更是加倍的不安。也罷，反正死已近在臨頭，也顧不得甚麼怕羞了！還把自己的心事，老老實實的向他盡情一說罷，或者反可使他心中舒適上一些；因又正色說道：「不！妹妹你是誤會了！這祇能怪我的脾氣太古怪了一點。其實我對妹妹的那個提議，是十分贊成的，一些也不著惱呢！」

蔣瓊姑想不到他會有這句話，更想不到他會這般質直的向他說出這句話，這眞把他喜歡煞了，竟忘記了他自己目下所處的是如何的一個環境；祇見他十分欣喜的，說道：「原來姊姊是贊成我的這個提議的！如此說來，姊姊是情願嫁給他的了！」

蔣瓊姑這句話，未免說得太於質直；倘在平日，錢素玉就是不聽了著惱，一定也要羞答答的不肯回答他！現在情勢可大大的不同，已是面對面的快和死神相見了，還有甚麼羞之可怕呢！便也十分爽快的回答道：「不錯！我是情願嫁給他的！因爲如此一來，別的還沒有甚麼，我們姊妹倆不是就可廝守在一起，一輩子也不會分離了麼？」

這正似嘗到了一劑清涼散這般的爽快，頓時使蔣瓊姑忘記了正在遭受著的那種灼肌燃膚的痛苦，不禁喜笑著，說道：「我能聞到了姊姊這句話，這眞使我快活極了！那我今天雖是死在這裏，我覺得一點也不冤枉，我還是十分情願的！」半晌，又慘然的說道：「我姊妹二人，今天能同死在一起，果然是一件極好的事；不過，他一旦見不到我們的歸去，或竟是聞到了我們的慘耗，心中正不知要怎樣的難過呢！」

錢素玉雖有上願嫁給楊繼新這句話，但以前究不曾和他發生過甚麼關係；所以，不便顯然的有怎樣深切的表示，也祇能和蔣瓊姑淒然相對而已。

但就在這個當兒，忽覺有甚麼人，就著他們的耳畔在說道：「你們也不必悽惶，照你們的命運說來，不但不會死在此處，不久還得大團圓的！至於這劉鴻采，雖是蓄意欲傷害你們，結果卻反玉成了你們，做了你們的一個撮合山；倘然沒有他這們從中的一糾纏，這問題恐怕還不能解決得這們的快呢！所以，你們也不必記住他這段仇恨罷！」

他們就著這發聲的方向，忙都掉過頭去一瞧看時，卻見不到說話的這個人。還疑心是給這烈火灼燒得太厲害了，竟發起耳鳴來；但耳鳴那裏會幻成這們清清楚楚的語句，不免都發起愣來！可是，劉鴻采像似並沒有聽得這番話，一見他們發愣，還以為這烈火此刻大概正在燒毀他們的心臟，所以把他們燒得發了呆了。便又帶著十分得意的神氣，向著他們說著俏皮話道：「哦！你們直到如今，方屈服於這烈火的威燄之下麼？何不發出你們的鶯聲燕語，再絮絮叨叨的講上一番體己的說話？哈！要達你們的願望，我看倒也不難，祇待那姓楊的一到九泉之下，你們就可效法娥女，共事一夫了！」

不料，他正說得起勁，忽而颼颼颼的起了一種風，祇就地一捲時，早把那二棵樹木下的一堆烈火，撲了一個滅；就是在他們姊妹倆身上蓬蓬然燃燒著的那一派火，也立刻熄滅下來了。接著，又聞得很有威嚴的一聲「咄」；就在這「咄」字未了之際，好似飛將軍從天而下，突然的跳出一個人來。這人卻是二十多歲的一個少年，穿了很漂亮的一身便服，相貌生得十分清秀。劉鴻采一眼瞥見，方知眞的是紅雲老祖到來了！

那麼，剛才何嘗是自己虛心生幻覺，明明正是紅雲老祖預向他作著警告，教他不要弄甚麼詭謀，下甚麼毒手呢！衹怪自己報仇心切，竟沒有再仔細的思考一下；如今一切的歹計毒謀，都在他老人家的眼前幹了出來，如何可以邀得他的赦免呢？因此，全個身子都抖得如篩糠一般，撲的在紅雲老祖的面前，跪了下來道：「弟子自知該死，竟幹下了如許的罪惡！請師父饒赦了我這一遭罷，我下次再也不敢胡爲了！」

紅雲老祖笑道：「你如今也知該死麼？剛才對於我的警告，爲何竟又置若罔聞？老實對你說罷，我這一次的放你出來，原是含著一種試探的性質，不料你仍是野性難馴！好！赦免我准其是赦免了你，不過在此後十年之內，你休想再能和我離開一步！」

劉鴻采見已蒙赦免，忙高高興興的謝了恩，立起來站在一旁。紅雲老祖便又回過身去，對著他姊妹倆衹用手遙遙的拂動了幾下，他們被焚毀得已成了焦炭的衣服和頭髮，立刻又恢復了原狀；便是當胸的那一支大木釘，也早從樹上脫了出來。他們雖沒有掀起衣服來把傷處瞧得，然而料想去一定也是一點傷痕都沒有的；這足見紅雲老祖的法力，是如何偉大！而反過來講一句，又可知法力是如何可怕的一件東西呢！

這一來，他們姊妹倆當然要向他謝恩不迭。紅雲老祖淡淡的一笑道：「你們也不必向我道謝得。我也不過借了此事，聊和你們結上一點緣，留作日後相見之地罷了！至於這劉鴻采，你們也不必怎樣的怪他；實在你們命中應有此一個魔劫，他卻適逢其會的做了一次魔星，連他自己都作不得甚麼主的。何況，他並沒有傷害得你們，反而還玉成了你們呢！好！你們就此回去罷！祝你們姊妹同心，室家安好！」一說後，祇一拂袖間，紅雲老祖和劉鴻采即都已不見了。

他們姊妹倆，便也欣欣然的重回長沙，居然效學娥女的故事，錢素玉又同楊繼新成了親。從此左擁右抱，眞便宜煞這位少年郎了！後來，楊繼新在畫眉之餘，也從他的二位夫人，學得了不少的武藝，不像先前這般的文傷傷了。這一次，爲了一時高興，竟挈同了他的二位閨中人，從柳遲來到四川，頗想爲崑崙派建立上一番事業。現在總算已把他們骨肉團圓、英皇並嫁的關目，交代得一個清清楚楚，可以按下不表；我又得騰出筆來，再從另一方面寫去了。

單說：笑道人同了許多人，回到了雲棲禪寺後，忽又哈哈大笑道：「我總算今日方遇到了對手，居然在我笑道人之外，還有上一個哭道人！現在，我很想和他合串一齣好戲，給你們諸位新新耳目，祇不知他究竟有不有和我配戲的能耐？倘然竟是配搭不上，也很足使人掃興的啊！」

不知笑道人無端說這番話，究竟是要幹怎樣的一樁玩意兒？且待第一三九回再說。

第一三九回　生面別開山前比法　異軍突起岡上揚聲

話說：笑道人哈哈大笑說了這番話後，衆人雖知他已有上一個要和哭道人比法的意思，卻還不知道他究竟要怎樣的比法；想來總是不同尋常，而且是饒有趣味的，很希望他把這個辦法說了出來。因此，都把眼睛向他注視著，意思是說：「好呀！你究竟是怎樣的一個辦法呀？快些說罷！」

笑道人當然理會得他們的意思，張唇啓吻正要講時，忽聞得天空中起了一聲嘯。這一聲嘯，旣不像出自人類的口中，也不像是甚麼禽類所發，而帶點金石之聲，完全是爲另一種類的；倘然給一般尋常人聽在耳中，一定要驚詫到了不得。

但在這許多人中，究竟以富有經驗者居多數，所以聽到了這派空中的嘯聲，一點也不以爲異，祇發出一種疑問道：「不知又是那一個道友，鬧起飛劍傳書的玩意兒來了！這劍這們的長嘯著，是在通告我們知曉呢，快些去接取這書信罷！」

當下，即一齊離了方丈，來到院中，仰首望時，祇見白虹似的一道東西，正停留在空中，下的方法，倒是很有趣味的！」

笑道人笑道：「這叫作英雄所見，大略相同：我本來也是有上這樣一個意思的！因爲倘然不是如此的辦法，不但是不能各獻所長，也未免太辜負了『哭』與『笑』這二個好字眼了！現在，我想就寫一封回信答允了他。不過，我是性子爽快的一個人，可不能像他這般的咬文嚼字，祇乾脆的寫上幾句罷了！」當下，即走至桌子前，取過紙筆，一揮而就道：

「惠書拜悉。一切如約。來日山前，準見高下。此覆，即請

哭道人台電

笑道人稽首」

在衆人連聲道妙之際，他早已請出飛劍，把這封回信傳遞了去了。這飛劍隨即前來覆命不題。單說：一到來日，剛在昧爽的時候，大家都已經起身，心頭也是十分的興奮著；知道今天哭笑二道人的比法，定呈空前未有之奇觀，決不是平日其他的尋常比法所可同日而語的！他們得能躬與其盛，實是眼福不淺啊！

而這身居主要人物之一的笑道人，這天雖仍同平日一般的笑口常開，而一種焦躁不寧的神氣，卻於不自覺中流露了出來；似乎他對於今天的這一場比法，也沒有一定的把握，不敢謂自己能權操必勝的，這因爲對方的勢力太強了！不多久，笑道人同了自己的一夥人，來到邛來山

下，哭道人早已在那邊等候著了。

這山下好一片空曠的平原，用來作比法的場所，那是再好沒有的。這二個主要人物既照面後，哭道人即開口說道：「我們今天的比法，不必借仗於其他法力，衹以道友所擅長的笑，和我所善用的哭爲範圍，那是已經雙方議決了的事，不必再說的了。不過用怎樣的方法，在比賽時方能確定勝負，卻還沒有提議到，現在在這未比之前，也能容我把意見發表一下麼？」

笑道人像似滿不在乎的樣子，說道：「這句話倒也是不錯的。我們在未比之前，應得先將比賽的辦法講定。好！你有甚麼意見，儘管發表出來罷，我是沒有絲毫成見的！」

哭道人道：「我的意見是這樣：我們最好把自己所擅長的哭與笑，輪流的表現上一回，以能感動得對方也哭或也笑爲度。倘然是雙方都能感動得對方，或是都不能感動得對方，這算不分勝負；如果是自己感動不得對方，而反爲對方所感動了，這就算是這一方負了！道友，不知道你可贊成不贊成我這個建議？」

笑道人笑道：「這個辦法很有趣味，我那會不贊成的！那麼，那一個先來表現這玩意兒呢！」

哭道人道：「橫豎大家都要來上一回的，誰先來，誰後來，都不成甚麼問題。衹是爲求公平起見，還是大家來拈上一個鬮兒罷。」這拈鬮的辦法，果然是公允無比，笑道人當然是沒有甚麼異議的。結果，卻是哭道人拈得了一個先字，該應是由他先來表現的了。

至是，笑道人也就嚴陣以待，不敢有上一分的疏忽，一壁暗自在想道：「看他又將如何的表現？莫非又將一道淚泉瀉出，直向著我激射了來？倘然眞是這般，也就不足道的了！」不料舉目向著哭道人一瞧時，卻並不出於這一路；衹見哭道人將鼻子一掀，兩眼一擠，竟是放聲痛哭起來了。

他這哭，眞是具有幾分的藝術的。在最初，他哭管他自哭，一點也不影響及外界。但是等他哭得略久，悲哀的種子漸漸散佈在空氣中，一輪曉日，本來是美麗無比，具有萬道光芒的；至是，忽像從不知甚麼地方移來了一道陰影，將這日面罩著，光芒逐漸的黯淡下來，馴至於欲把全個日面都一齊遮蔽了去。

同時，又颼颼颼的起了一陣大風，立刻沙飛石走，擾亂得不可開交。加之一片惡霧，又從空際湧起，連累了天上的白雲，也黃黯黯的帶上一種愁慘之色，因之望上去，這雲陣似乎較前來得低了，這一片天似乎也快要向頭上壓下來了！

但是，這都還不足算數；突然間，滿山滿谷，又是猿啼之聲相應和，並夾雜著子規的啼聲，一聲聲的，叫得人腸子都要斷了！把以上數者併合在一起，直造成了一個人間淒絕無比的境地！這時候，凡是身列其境的人，一個個都有上說不出的一種愀鬱，覺得一點都不得勁兒！

笑道人卻兀自在暗笑道：「這廝總算可以，居然能役使外物，把宇宙間的一切，都變成了這們陰森森、淒慘慘的一個樣子了！但他可知道，我是怎樣的一個人？任他外界的景物有如何的變幻，豈能把我感動得分毫的？倘然他不在內部著想，沒有一種法力，可以暫時攝著了我的內心和感情，靜聽他的指揮；那他就是把這邛來山哭上一個坍，也是無濟於事，終於是要失敗下來了！」

可是，當他這們想時，哭道人早又變更了一種戰略，他的那派哭聲，已不如先前的紆徐而淒楚，一變為峻急而尖銳了；一聲聲的，決不停歇的，向著笑道人耳鼓中直打來。這好似將一把很鋒利的錐子，一下下的很著力的，在他神經上刺扎著；饒他笑道人是眞有怎樣的大智慧，久而久之，也給這一下下的錐子，刺扎得由神經劇痛而為神經麻木了！祇要神經上一麻木，立刻就失去自主之力；而哭道人的邪法，也就乘虛而入，主宰了他整個的心靈。

恍惚間，祇見一大群披頭散髮的男子、墜珥失鞋的女人、狂啼悲叫的小孩，都失了魂魄似的，從那邊奔逃了過來；在他們的後面，卻有一大隊高而且大，猙獰無比的夷兵，不顧命的在追趕著。逃的人逃得慢，追的人追得快；轉眼間，已是越追越近，終於是免不了這最後惡命運的降臨，不到多久時候，已給這些夷兵追趕上了。這好似甕中捉鼈、網內取魚一般，他們要怎樣便怎樣，那裏再有倖免之理！

祇見這些夷兵趕到之後，見了男子，舉刀便斫，舉矛便刺，不有一些些的矜憐。見了小孩，把他一刀殺死，還是一種善良的舉動；大一半是把來挑在矛尖或刀尖之上，玩弄他一個夠，然後將矛尖或是刀尖，向著上面或是四下一伸，將這小孩遠遠的抛擲了去，十有八九，是跌成爲一個肉餅子的。他們見了，反而哈哈大笑。見了女人，更是不對了！不管他是六七十歲的老婦人、七八歲的小女孩，總得由好多個人把他們輪姦了一個暢；然後執著兩腿，從中一分，分成了兩半個身子！你道，殘忍不殘忍？

憑著笑道人這們一個大劍俠在旁邊，見了這種情狀，那有不思上前干涉一下之理！無如正給哭道人的邪法所攝住，竟想不到這一手，祇心中覺得悲憤異常！但是這些夷兵，似已懂得他的心事，即惡狠狠的向他說道：「要你悲憤些甚麼！這也是亡國奴應受到的一種浩劫！勝利國的當兵爺爺，對待一般亡國奴，總是這個樣子的！」

同時尚未給他們弄死的一群男婦老幼，聽到這話，又一齊哭起來道：「呀！這是亡國奴應受到的一種浩劫麼？可憐我們一個個都做了亡國奴了麼？」

這盈天沸野的一片慘哭之聲，更增加了不少悲酸的成分，竟使笑道人暫時忘記了這是哭道人所玩的一手幻術，而誤認爲是確切不移的實事；一時間不覺悲從中來，想道：「這是打那裏說起？亡國的慘痛，竟是及我身而親遇之麼？」兩顆酸淚，便在目眶內很快的轉動著，似乎馬上就要落了下來。嘿！祇要這兩顆酸淚一緣目眶而下，就是他已給哭道人的法術所感動了的一個鐵證：那他在這一次比法之中，就成了個有輸無贏的局面了！

但笑道人的道力，究竟是何等高深的，迷糊也祇在一時，決不會延長下去。就在這千鈞一髮之際，早又恢復了他原有的靈機，並仗著他高深的道力，立時把哭道人所弄的妖法打倒了！他這時候耳內已不再聞到種種的哭聲，眼內也不再見到種種的幻象，祇是很清楚又很明白的記得，他是站立在邛來山下，正和他唯一的勁敵哭道人在比著道法呢！

於是笑道人哈哈大笑道：「道友！你對於這個哭，確也有上一手工夫的；我在有一個時間內，也幾乎為你所降服了！幸仗我的道基尚深，終於把你的法術尅制下來，如今總算已是平平安安的過去了；不知你還有其他的方法，可以感動得我麼？」

哭道人見他不哭而反笑，知道他已從自己施術的範圍中逃了出來，再也不能拘束住他了，不免有些黔驢技窮的樣子。祇好靦顏說道：「好！算是我的道力不深，明明已是把你拘束住了，卻在最後最緊要的一關中，仍給你逃了出來！我也沒有其他的法術了，且把你的趕快表現出來罷！」

笑道人聽了，也不再言語，祇仰天打了三個哈哈。這三個哈哈，眞是了得！第一個哈哈打出，早把迷濛在空際的惡霧完全吹散，顯出這山谷原來的形狀來。第二個哈哈打出，又把罩住日面的這道陰影趕去，恢復出前先美麗無比，光芒四射的這一輪曉日。

等到第三個哈哈打出時，更呈未有之奇觀，滿山滿谷，上上下下，不知在甚麼時候，已是開遍了姹紫嫣紅的花，好像到了三春中最好最美麗的一個節候。跟著，又是一聲聲絕清脆、絕悅耳的鳴聲，從山岡上、樹枝間傳了下來，你唱我和，團成一片，這是百鳥在朝王了；而流水淙淙之旁，又有雅樂奏者，這們的迭相應和，幾疑是聞到了一種仙樂，而不是凡世間所有的！

在這般美好的一個境地中，素抱樂天主義者不必說起，就是抱有百斛閒愁，也能徐徐的把愁懷滌盡，不自禁的笑出聲來了。但笑道人知道對方並不是一個尋常人，祇靠外界的這些形形色色，還仍是不能感動得他的；譬之演戲，這祇是台上的種種佈景，如要此戲演唱得動人，須在全部戲文上加之意，專靠佈景是不賣甚麼錢的！

因之，他把佈景配置舒齊，便又開始演唱正戲了。這正戲的開幕，是由於他又清朗、又震人的一聲笑。這笑聲，和以前所打的三個哈哈，又是大不相同；一旦傳入了這身坐花樓的特客哭道人的耳鼓中，立時不由自主的迷糊起來，完全入於催眠的狀態之中了。

他瞪著二個眼睛向前直望著，彷彿間，忽見有一群的婦女，蓮步姍姍的，從繁花如錦的山徑上走了下來。這一群婦女，生長得美麗極了；而且一個個都赤裸著身體，一絲兒也不掛，把他們豐富的曲線美完全呈露了出來。而打頭走的一個，卻就是他的愛人雪因，好像是這群婦女中的領袖一般，手中捧著一大束的鮮花。

比及走到他的前面，大家都一齊跽下；雪因更把鮮花高高的捧起，向他奉獻上去，一壁驚聲嚦嚦似的，說道：「恭賀我主！不特做了邛來派的教主，並做了統一各派的教主，所有甚麼崑崙派、崆峒派，以及同在本省的峨嵋派，都已爲我主所掃平，而隸屬於岈嶸之下了！敬獻此花，聊表祝賀之意！」一他聽雪因這們的一說，彷彿這些都確是事實，天下所有的各派，確乎都已給他所征服了。

又彷彿瞧見崑崙派中的黃葉道人、金羅漢……等，崆峒派中的董祿堂、甘瘤子……等，以及峨嵋派的開山祖開諦，自成一派的紅雲老祖，都跽伏在下面，紛紛向他稽首而稱臣。他本有掃平各派，統一各派的野心；如今見大事業已是告成，恰恰能如他的志願，那有不十分的得意！一得意，自然從心坎深處發生一種樂意，不自禁的要縱聲笑將起來。

可是，當他笑意剛湧上頰際，笑聲微透出口中之時，忽然的不知從甚麼地方，飛來了一個胡蜂，向他頸後重重的叮上了一口。這一口叮得好不厲害，使他覺得其痛非凡，立時將笑意駭走，笑聲打退，險些兒反將哇的一聲哭了出來！

這一來，不說隨了來在一旁觀陣的崑崙派人是如何的駭詫；單說身在居中和他處於敵對地位的笑道人，可眞有些莫名其妙了！明明見哭道人已在他的法力所攝之下，馬上就要縱聲笑將出來，怎麼忽有上這們的一個變局呢？難道對方的法力確也是高到無比，在這最後一幕，還能這般的抵抗一下麼？

他正這們懷疑著，忽聞得一個高亢的聲音，從山岡上飛越而下道：「笑道人！須知強中還有強中手，你休得倚恃邪術，妄自稱能！俺特來助陣也！」忙仰起頭來一瞧時，卻見一個道家裝束的人，鶴立在山崗之上；正不知他在甚麼時候，從甚麼地方到來的。

不知這人究是何許人？且待第一四〇回再說。

第一四〇回　祭典行時排場種種　霧幕起處障蔽重重

話說：笑道人仰起頭來一瞧，卻見山岡之上，站立上一個道家裝束的人，笑容可掬的望著下面；正不知他是在甚麼時候，從甚麼地方到來的。

笑道人還沒有回答得甚麼，卻早見站在旁邊觀陣的金羅漢呂宣良，抱拳帶笑，搶著說道：「鏡清道友請了！你在冷泉島上，身居教主，桃李如雲，何等的逍遙自在；想不到也會來到紅塵，捲入這個漩渦之中的，這未免自尋煩惱。我爲你想來，很有些兒不合算啊！」

這幾句話，明明是帶上一點遊說的性質，勸鏡清道人速回冷泉島去，樂得圖一個逍遙自在，犯不著自尋煩惱，來干涉他們的這件事情的。

這一來，第一個是哭道人，不免大大的著起急來；生怕鏡清道人眞給這番遊說之詞所打動，竟是馬上遄返冷泉島，不來管他們打擂的這件事，這未免是拆了他的台了！因此，萬分惶急的說道：「哼！這是甚麼話！你這個老不死，竟是越老越糊塗，糊塗到了不可復加了！你難道還不知道，這一次長春教主的惠然肯來，爲我們幫上一個大忙，一半還是爲要對付你起見麼？」

哭道人眞是一個鬼，輕輕巧巧的幾句話，竟把他要和崑崙、崆峒二派一比雌雄的一件事縮小下來，而成爲鏡清道人和金羅漢間的關係了！這在鏡清道人，當時雖也小小的有些不自在，覺得這句話未免說得太爲巧妙了；然而，既來之，則安之，終不成爲了這們一句話，就發了脾氣回到冷泉島去的！

何況，他和金羅漢有上嫌隙，也確是一樁事實，他並對人家說過來；於是，他就順了哭道人的口氣，哈哈一笑，接口說道：「好！哭道友！眞是一個爽快人！我所要說的話，他都代我說出來了。哼！呂道友！你現在大概已是明白我的意思，不必再說甚麼了罷！」這話一說，哭道人自然爲之大喜。

崑崙、崆峒二派的人，雖並不當作怎樣可憂慮的一件事；然見鏡清道人確是存著心要來幫助敵方，實也是一個心腹大患，前途未可樂觀，大家也就上了心事了。

兩下靜默了好一陣，呂宣良方又露著很爲坦然的樣子，笑著說道：「好！士各有志，本來是不能相強的。鏡清道友既然願與我們處於敵對的地位，我們也衹能聽之。不過，還得請教一句：我們現在就比法呢？還是在擂台上再見雌雄？請即吩咐下來，我們是無不樂從，也是無不樂與周旋的！」

這番話說得不卑不亢，得體極了，鏡清道人在暗地也頗為佩服，便也裝出一種很漂亮的樣子來道：「既如此說，我們大家不妨都在擂台上見雌雄，這種無關得失的小決鬥，似乎很可免了去的。」這話說後，一天濃密的戰雲，暫時又化為烏有。哭道人同著鏡清道人自回洞去。金羅漢、笑道人等也一齊回雲棲禪寺去了。

在此後的一二個月中，可說得是戰禍醞釀的時代，也可說得是戰事準備的時代；雙方都到來了不少的能人，都想在這擂台上露一下，一顯自己的能為，並為自己所贊助的那一派幫上一個大忙的。而在這許多人中，獨有一個紅姑，要比別人來得不幸；一天到晚，總見他把眉峰緊蹙著。這也難怪，他的獨生子陳繼志，至今尚未出險。

在這中間，他雖又冒過好幾回的險，去到哭道人的巢穴中打探過；但是，非但沒有把繼志劫了出來，並連現在囚禁在甚麼地方，都不知道了！而日子卻又一天迫近了一天，眼看得那鏡清道人就要擺設甚麼「落魂陣」，把繼志殺死了，去作祭旗的犧牲品呢！倘然，事情竟是這般急轉直下的，到了這一個地步；那他自己縱仍是活在世上，也是乏趣極了！

這一天，紅姑又獨個兒在那裏發著愁，卻仍想不出怎樣去劫救繼志出來的方法。忽見笑道人匆匆忙忙的走了來，祇要瞧他往日總是笑容滿面，或是未曾開口，先就聽見了他的笑聲的，如今卻是一副很正經的樣子；就知道局勢很為嚴重，他定是將得甚麼不幸的消息來了！

他和紅姑見了禮之後，又眼光十分銳利的，向著紅姑望上了一眼，然後說道：「紅姑，你也是修了不少年的道，在我們的一輩之中，你的道行要算得是非常之高的。照理，你應該和世界上的一般俗人兩樣一些，須得把俗情瞧得很淡，方不枉這一番修持的工夫；否則，也衹是自尋苦惱罷了！」

紅姑見他慢條斯理的，在未說出甚麼事以前，先安上了這們的一個大帽子；早已知道他定是爲著繼志的事情而來，並在繼志的一方面，或已遭到了甚麼大禍了！也就很不耐煩的，說道：「誰不知道這種道理，你這些個話竟是白說的！我且問你，莫非你得到了確實的消息，繼志已是遭了不幸了麼？還是關於這孩子的身上，又發生了甚麼旁的事故？快說，快說！」

笑道人給他這們的一催迫，也衹能從實說了出來道：「在現在，總算還沒有發生甚麼不幸的事故；不過，我聽說他們已改變了原來的計畫，不能待至五月五日，衹在今晚五更時分，就要祭旗了！這不是很不好的一個消息嗎？然而，生死有命，……」

紅姑不待他再說下去，已把兩個眼睛鼓得圓圓的，又突然的向著前面一跳，拉著笑道人的衣袖道：「怎麼說，他們在今晚五更時分，就要祭旗了？那是我這個孩子，已是到了十分危險的境域中了！……好！不要緊！我得趕快的就去把他救了出來，這眞是一誤不容再誤的了！」說著，又把笑道人的衣袖從手中釋放了下來，像似馬上就要趕了去的樣子。

這一來，倒又把笑道人所常發的那一種笑聲，引了出來道：「哈哈！你這個人眞是完全爲感情所支配，弄得糊裏糊塗的了！你又不知你這孩子囚禁在甚麼地方，現在又到那裏去救他去？不如且耐著心兒等待到晚上，然後再趕到邛來山去，乘他們還沒有把他祭旗以前，就設法把他救了出來，那是何等的來得便捷！至於他們祭旗的所在，就在山上的西南方，離開他們這洞不遠的地方，那我倒已打聽得明明白白的了。」笑道人說完自去。

紅姑這才沒有就趕去，依著笑道人的話，暫時且忍耐上一下兒。然而這顆心又那裏能夠寧靜了下來？沒一時沒一刻，不是在著急，生怕他們把這祭旗的典禮，再提早一下子來舉行；那繼志不是就不能給人救出，生生的做了神壇前的一個犧牲品了麼？

好容易，已是到了晚上。紅姑也不向別人去乞求援助，並連笑道人的面前也不提起一句，獨個兒駕起了雲陣，逕向邛來山撲奔了去。這一條路，他已是來往得慣熟了的，不一刻，早見這奇峰插天，仲拿作勢的邛來山，已是橫在他的眼面前；也就在山僻處降下了雲頭，立在較高的一個山峰上，向全山瞧看上一下。

果然，今日的邛來山上，和往日大不相同；祇要略略的留心一下兒，就知道他們定有甚麼隆重的典禮，要在這山上舉行的了！因爲，在往日，全個山峰都罩上一重黑森森的陰影，除了星月之光以外，簡直見不到一些的火光。

如今卻大大的不然，不論山前山後，一棵棵的樹上，都懸掛有一二盞的紅綠紙燈，尤其是在靠著西南的一個角上，燈光密如繁星，照耀得宛同白晝，眞合了古人所說的「不夜之城」這句話了！由此看來，笑道人日間曾說他們舉行這祭旗的典禮，已決定了在山上的西南方，這個消息倒是千眞萬確的。

紅姑爲要再看得清晰一些，並爲將來救起繼志來便利的起見，也就悄悄的向著這西南角上走了過去。不多時，已是走近那邊，並給他找得了一個絕好的藏身所在，那是在一塊又高又大的山石後面，中間卻有上一個透明的窟窿。

紅姑立在那邊，祇要把身子略略的俯上一些，就可把眼睛從這窟窿中望了出去；而在這山石的前面，恰恰又有很明亮的燈光照耀著，仗了這些燈光，正可把這一個角上的所有的事物，都瞧上一個遍。尤妙的：爲了這山石的又高又大，燈光卻照不到後面去；因此，倒把他障著了，人家決不會知道有一個人躲藏在那裏的！紅姑既找得了這們一個好所在，心中頗爲歡喜，也就像瞧看戲文一般的，從這窟窿中望了出去。

卻見：距離這洞不多遠的地方，已搭起了一個高台來；台的上下四周，都密密的懸掛了許多的紅綠紙燈，所以照耀得非常明亮。台上居中，在一個特製的木架上，插了一面很大的三角旗；這旗以黑綢爲底，而用很鮮明的紅絲線，在這綢上繡出一個神像來，全身都赤裸著，狀貌更十分的凶惡，不知是代表著那一類的邪神，大概也就是這所謂「落魂陣」的陣旗了。

在這三角旗的前面，卻設著一張供桌；上面供設了十六隻錫碟子，無非是三果素菜之類。再前面，放置了很大很大的二具木盤，裏面卻是空無所有。

然紅姑一瞧見這二具空木盤，這顆心即不由自主的，很劇烈的跳動了起來！他很明白，在這供桌之上，爲甚麼要放置著這二具空的木盤子；這不是要在舉行祭旗典禮的時候，把這童男童女的二顆頭顱，血淋淋的割了下來，盛置在這木盤之中麼？

倘然竟做到了這一步，繼志的頭顱眞是給他們割了下來，盛放在這木盤中，那這件事還堪設想麼？他一想到這裏時，幾乎要瘋狂了起來，彷彿繼志已遭到了這們的一個慘劫了！

但在同時，他自己的理智又在向他警告著道：「那是沒有的事！像你的道行，像你的能爲，都並不怎樣的弱似人家；既已來到這裏，當能把這孩子救了下來，難道還會眼睜睜的，瞧著人家把你這孩子殺死，並割下他的頭顱來麼？現在，第一件要緊的事情，便是須把你這顆心放得定定的，不可有虛憍之氣，不可有驚惶之情；一待他們把你這孩子引到了場中來，你就可出手救人了！」於是，他這顆心轉又安定了下來。更舉目向台前一望時，果然不要說是繼志了，靜悄悄的竟連一個人都不見，大概是還沒有到那時候罷？

約莫又隔上了半個更次，這祭旗的典禮，方始看似快要舉行了；忽聞得一陣嗚嗚的號筒聲，由低抑而轉爲高亢，疑從天際飛越而下；再聽那聲音，悲咽淒厲，好像是在告訴著人家道：「你們不要以爲這是很盛大的一個典禮，値得參觀一下的；其實，在這典禮之下，還得生生的犧牲去二條生命，看是再慘酷也沒有！所以，我們預先在這裏替他們奏著哀樂呢！」

紅姑一聽到這悲咽的號筒聲，心弦上不禁又是一震，但要瞧瞧這班樂手究竟是在那裏，卻是再也瞧不到。照這情形看來，他們大概是在很高很高的山峰上罷；然而，這祇是很細小的一個問題，在這時候，可不容他再去細細的研究了。因爲，當這號筒聲剛一停歇，便又見排列得很爲整齊的一行人，手裏各人提了一盞紅紗宮燈，緩緩的向著這座高台走了來；到得台前，即一左一右的分向兩旁站立，恰恰分成了男女二隊。

那男的都穿的是道袍，女的卻作古裝打扮，全都是純白色的；望過去，左邊也是雪白的一片，右邊也是雪白的一片，倒是非常的好看。紅姑從前早已知鏡清道人是長春教的一教之主，門下曾收下了不少的男弟子和女弟子；照此看來，這二隊人馬，定就是他的男女弟子了。那麼，繼此二隊人馬而來的，不知還有甚麼別的花樣錦？或者也就該他自己出馬了罷！

紅姑一念未已，陡聞得半空中起了一個霹靂，聲音很爲響亮，連得山谷中都震起了回聲的。霹靂歇處，又在天空中湧起了一朵彩雲來；彩雲之上，端坐著一位道人，身穿火黃色的道袍，右手執著一柄寶劍，那便是鏡清道人了。於是，他的一般男女弟子，都仰起頭來望著天空，並春雷一片的，向他歡呼了起來。

鏡清道人含笑為答，即冉冉而降，到了台前了。紅姑瞧看到這裏，不禁又是好氣，又是好笑道：「好個妖道！竟有這們的一種臭排場！他倒眞是把今晚這祭旗，視為再盛大沒有的一種典禮呢！然而，你這一祭旗不打緊，卻有二個玉雪可愛的童男童女，就要生生的給你犧牲去了，這是何等殘酷的一樁事情啊！」

紅姑如是的一作想，恨不得馬上就從這石後衝了出去，和鏡清道人拚上一拚，看他還能作惡到甚麼時候！可是，立刻他便又知道，這個舉動是不對的。

且先不說自己的本領究竟能不能對付著這鏡清道人，更不說現在是處在人衆我寡的環境中，就算是一拳便把鏡清道人打死，然而打死他又有甚麼用？不是反把這祭旗的典禮阻擱了下來麼？不是反不能見到繼志的到來了麼？不是反要使敵方加倍的戒備了起來，把繼志囚禁得越加嚴密，或是竟加以暗害麼？那是和自己的來意，大大的相左了！

於是，他又把這一股無名火，硬生生的遏抑了下去。一壁卻早見鏡清道人向著中央一立，發出命令也似的聲音道：「奏樂！」即聽得那嗚嗚像似哀樂一派的號筒聲，又第二次從天際飛越而下。鏡清道人卻又在這樂聲之中，發下第二個命令道：「導童男童女就位！」

這一聲命令，在別人聽來還不打甚麼緊，一傳入了紅姑的耳鼓中，卻使他神精上加倍的興奮了起來；一顆心更是撲特撲特的狂跳著，他已完全爲一種感情所支配，忘記了是一個曾修過不少年道行的人了！知道在這一聲命令之下，就有人把玉雪可愛的二個童男童女引了來；而在此一雙童男童女之中，就有他的愛子繼志在內。他已有好幾個月沒有見到，不知現在已變成了怎樣的一個模樣呢？

當他凝目向著外面望了出去，仔仔細細的四下一看時，早見從剛才兩隊男女弟子走來的那條路上，推來了二輛車子；在這二輛車子之上，分坐了一個童男、一個童女。而坐在前面一輛車子之上的，卻是童男，這就是他的兒子繼志，卻比從前似乎還要胖上一些呢。

這童男童女的打扮，可說得是一樣的。童男下身穿了一條紅縐紗的褲子，童女卻穿了一條綠縐紗的褲子；上身一般的都赤裸著，而圍上了一個肚兜，肚兜的顏色，也分爲紅綠二種，卻與他們自己褲子的顏色相間著，那便是童男帶上了一個綠肚兜，童女卻帶上了一個紅肚兜了。

車旁各有四個人伴護著，伴護童男的是男性，伴護童女的是女性，倒是分得很爲清楚。看來也是由鏡清道人的一般男女弟子中選拔了出來的，衹是身上所穿的衣服，都是杏黃色，而不是純白的，腰間還各佩上一柄刀罷了。

紅姑一看到這裏時，不免又大罵鏡清道人的可殺，他簡直是把這兩個童男童女，當作斬犯一般的看待了！試看：這般的把他們打扮著，和斬犯又有甚麼二樣？而這所坐的車，便是囚車；車旁伴護的人，便是猙獰的劊子手，更是顯而易見的事情啊！加以他們一路上推了過來的時候，這嗚嗚嗚的號筒聲，吹得震天價響，越轉越是淒厲；像似預知他們快要下柩了，特地奏此一套哀樂的。更使紅姑聽在耳中，這顆心幾乎痛得快要碎了！

恰恰這時候，這童男童女的車子，已和他的伏匿的這個地方距離得不相遠；再過去，就要小小的拐上一個彎，向著台前推去了。紅姑至是，再也不能忍耐下去了；覺得要把繼志搶救了出來，這是最好的一個時候了！倘然失此不圖，待這車子推入了這一群人的垓心中，那麼，對方保護的力量越發加厚，下起手來，就要加倍的費事了，不如趕快的出手罷！

當下，即從這堆山石後走了出來，從亂石間，逕向著這車子推來的地方直衝了去。看看已是衝到和這繼志的車子，相距得衹有幾步路了；不料，忽從空際對直的降下一道霧來，擋著在他的前面。

這雖衹是薄薄的一道霧，並沒有像蟬翼紗這般的厚，然其效力，好似有一道鐵絲網攔隔在中間的一般，竟把紅姑攔阻著，再也走不過去！紅姑知道這又是鏡清道人施的一種妖法，但他豈肯示弱，仍想打破這妖法，從這霧幕中衝了出去！

誰知，當在這將衝未衝之際，忽聞得一陣笑聲，破空而起，似在嘲笑著他的這種舉動的！不知這笑聲爲何人所發？且待第一四一回再說。

第一四一回　媚邪鬼兩小做犧牲　來救星雙雛全性命

話說：鏡清道人小小的施上一點法力，佈下了一道霧幕，攔阻了紅姑的去路；紅姑卻不甘示弱，仍想衝了過去。不料，他還沒有衝得，忽聞一陣笑聲，破空而起。這是甚麼時候，那會有人發著笑聲？這不明明是在笑著他麼？

紅姑這們的一想時，即自然而然的，順著這笑聲傳來的方向，把眼睛望了過去，要瞧看一下清楚，究竟是甚麼人在笑著他。誰知，恰恰的和鏡清道人打上了一個照面，祇見在他的嘴角邊，還擁上了一派的詭笑。那麼，剛才發出這笑聲來的，不是他，又是甚麼人呢！

紅姑在最初聞得了這一陣笑聲，心頭已是火起；如今，更見到了鏡清道人這一派的詭笑，這顯然的像似在向他致著嘲笑之詞道：「你要想把你這兒子救了出去麼？但是他已是成了刀上的魚、砧上的肉，你再也救他不出的了！你瞧，我祇小小的施上一點法力，佈上了一道霧幕，不是已使你沒有辦法了麼？」這一來，如何不教他不更惱怒了起來呢！當下，即請出他的那口寶劍來，向著這霧幕揮上了幾揮。

照理，少說些，他這口寶劍也有削鐵如泥的一種功效；不論甚麼東西，都斫得下來的。但現在遇著這霧幕是一件無形的東西，憑他是怎樣的斫著，不見一點動靜，衹見這霧仍滃滃然的湧著在前面。急切間又不知道用上甚麼方法，方可破得這霧幕的，也衹有束手的分兒了！

而在這個當兒，不但是繼志坐著的這輛車子，連得後面童女所坐的那輛車子，早都一齊的在他的面前推過，直向人群中走了去了。更是使他傷心的，這時候繼志也已瞧見了他，立刻露出一種驚喜交集的神氣，媽媽的，媽媽的，向他叫喊著。一壁又在車上轉動個不已，像似要從車上走下而又走不下來的樣子。

原來，他已是給他們拴縛在這車上了，比見自己的母親衹是拿著一口寶劍，在空氣中亂揮著，卻不能走過去，把他救下車來，不免又露著失望之色。而在此一剎那之間，車子已是向前推去，早把救他下來的機會失卻；這教他的心中更是十分的酸楚了起來，知道一切已歸失望，他母親雖是近在咫尺，也沒有方法能救得他！他衹有靜待這可怕的時間到臨，聽他們把他當作牛羊一般的開刀罷！於是，他的一張臉，也慘白得有同紙色了。

這種種的神情，紅姑是統統瞧在眼中的；更由這種神情上，推測得了他愛子當時的心理，不由得他不更似萬箭攢心一般的痛了起來呢！然而，徒然心痛，又有甚麼用？這時候，這童男童女的二輛車子，早已推到台前，停了下來。

好一個殘酷無比的鏡清道人，他像似已忘記了將有一幕慘劇在他的眼面前上演著，而他便是這幕慘劇中的一個主動者，這二個無知的童男女，就要爲他所犧牲的了！他倒把他們錯認作一對行將結婚的佳偶，應該向他們道賀一下似的；祇見他擁起了一臉子的笑，向著他們，表示出他是何等的溫藹。

其實，這是一點也不中用的；饒他越是這般的笑容可掬，越是這般的溫藹可親，卻越發使人想見到，在他的背後，藏著怎樣猙獰可怕的一張面孔！這不但這一對童男女的本身要感到這樣，就是紅姑從遠遠的望了去，也有上如此一個感覺的了。

鏡清道人隨又做上一個手勢，像似給那一般男女弟子，發上一個甚麼命令的樣子；他們當然是懂得他的意旨的，立即展開了喉嚨，唱起歌來。歌了一節之後，又男的挽了男的，女的挽了女的，每二個成一對，在當地跳舞著。於是，且歌且舞，且舞且歌，情形好不熱鬧！最後，復如穿花蝴蝶一般的，左一對穿過這邊來，右一對穿過這邊去，齊以這童男女所坐的二輛車子爲中心點，圍繞著來上一個川流不息。

照情狀講，大家都興奮得甚麼似的，這已是到了節奏中的最高點了。然而，瞧他們的樣子，一點兒也不快樂，臉部上都是呆木木的，顯然的表示出，這祇是出於一種機械作用！在這裏，我們倒又得把這一般男女弟子稱讚上一聲，他們的心地，究竟要比他們的師父來得仁慈一些；他們也知道這祗是慘劇中的一幕，並不是甚麼快樂的事情，所以不應該有快樂的顏色，表露到臉部上來呢！

其實，他們的師父鏡清道人，這時候他的心中也並不怎樣的自在，很是在那裏躭上一種心事；因爲，他何嘗不知道，他今番這們的一出馬，所見好的，祗有哭道人一個人，所有崑崙、崆峒二派，都不免和他處於敵對的地位了！

以這二派中能人如此的衆多，而今晚他所舉行的這個祭旗典禮，又爲他們群所矚目的；怎會就讓他安安逸逸的過了去，不有甚麼人出來破壞一下呢？一有甚麼人敢出頭來破壞，那一定也是出於再三考慮，自信具有相當的法力，可以和他角逐一番的，事情可就有些難講了！萬一這個人的法力勝似於他，竟使他失敗了下來，這是何等失面子的一椿事！此後他難道還有臉充得一教之主麼？

不過，典禮的舉行，已預定在五更時分；爲威信計，爲顏面計，他再也不能把來提早一些的。而在此時間未到之際，也祗有把這歌舞來敷衍著；在另一方面講，這也是儀式中應有的一種點綴，不得不如此的鋪張一下的。

但這一來，可就苦了他了！他深深的覺到，除非是在這典禮已舉行了之後，否則，就是祗餘下了一分一秒的時間，說不定會有一個破壞分子，突然的從甚麼地方跳了出來，而或者竟會使得他功敗垂成的！

好容易，在這歌聲舞態都似已起了膩的當兒，也不知已經過了多少時候，忽聞到很響的三聲號砲，連接著的送到了耳鼓中來；鏡清道人方不自覺的，又在臉上溢出了絲微的笑容，並有上脫然如釋重負的一種樣子。

原來，這是他與哭道人約好了的一種信號；一待把這號砲放出，便是向他報告，五更時分已到，可以把這大典舉行了！這一來，他衹要很迅速的發下一個命令去，趕快把這一雙童男女的小生命了卻；那時候就是有一百個能人出來，要向他破壞著，也是有所不及的了！於是，他忙把手一揮，一般男女弟子立刻停止了這機械式的歌舞；當他第二次揮手時，這是那些穿杏黃色道服的男女伴護，應該起來活動的一個暗示了。

他們先從每輛車上，各把他們所伴護的童男或童女解了下來，但仍把他們的二手反拴著，並教他們跪在台上，好似法場上處決的罪犯一個樣子。然後每一組的四個人，又各把工作分配下：二個人走上祭台，取下了這供設的空木盤，把來呈在面前；一個人握著童男或童女的頭髮；餘下的那一個人，便是劊子手了，凶狠狠的執持著一把殺人的大刀在手，做上一個快要砍將下去的姿勢。這樣的一個形勢一呈露，眞是最最吃緊的一個時候了！

不論那一個在場觀禮的人，心中都是這們的在思忖著：這一次的典禮能否順利的進行下去，全在這一刻兒的時間中；倘然在這一刀砍將下去之前，並沒有甚麼別的岔子鬧出來，那是這典禮便得到了很完滿的一個結果！否則，如果橫生枝節，竟有甚麼人出來阻撓，使這典禮不能順順利利的舉行下去，那就有很大的一場騷擾在下面了！

但照他們想來，崑崙、崆峒二派的能人，既都是和這邛來山立於敵對的地位的；而今天這個典禮一旦如得舉行，又於他們有百害而無一利，非得出來阻撓一下不可的！那麼，他們不管此次的結果是成功或失敗，都得拚盡性命的出來硬幹一下；那裏會有如此便宜之事，竟是一個岔子也不出，一點枝節也不生，讓那鏡清道人高奏勝利之曲呢？因此，他們都屏著息，斂著氣，眼睜睜的，瞧有甚麼新鮮的事情在下面發現了出來。

果然，就在此十分靜默之際，忽聞到了一聲很淒厲的慘叫，跟著又是一聲很得意的狂笑。你道：這都是從那裏傳了過來？又是甚麼人所發的呢？原來，這一聲慘叫，就是從紅姑口中吐了出來的。他見事情已是急轉直下的，到了這們險惡的一個地步，倘再不加阻止，聽他搬演下去，那衹要這凶獰的劊子手，把一刀倏的斫了下來時，繼志就立刻丟失了他的這條小性命了！

而這薄如蟬翼的霧幕，卻似一點不客氣的，擋在他的面前，使他不能有上一點的動作，急切間也想不出破這霧幕的方法。再向山上、山下、山前、山後四下一望時，更瞧不到有一點兒的動靜；似乎他本派中的一般同志，同著崆峒派中的那幾個能人，都和他有上同樣的情形，也爲這霧幕所困，而不能施展出一點兒的本領來。在如此的現狀之下，顯然的一切都歸絕望，怎又能禁止他不驚急得慘叫了起來呢！

他這表示絕望的慘叫一發出，在別人聽得了還沒有覺得甚麼；一入鏡清道人之耳，可使他得意得甚麼似的！暗想：你紅姑在崑崙派中，也算得上一個人物；不料竟是這般的不中用，祇經我小小的運用一點法力，就弄得你束手無策，只有驚啼慘叫的分兒！

此外，還有金羅漢呂宣良呢，笑道人呢，以及其他的許多人呢，又一個個的躲到了那裏去了？大概不來是不會的，他們定也已都到了這個山上，祇因也和紅姑一個樣子，連這霧幕都破不了，自然就不能顯出他們的甚麼好身手來！如此看來，這崑崙派的一個團體，也是徒負虛名的，不見得眞有甚麼能人罷？

他這們的一想時，使他忘記了這是在一個甚麼所在，又是在舉行著他自己看作怎樣莊嚴的一個典禮；竟得意忘形的，發出了這們的一聲狂笑來。然而，也僅僅是這們的一聲慘叫，跟上去又是這們的一聲狂笑罷了！此外，卻不再見有一點甚麼動靜。

這時候，那童男和童女身旁的每一個劊子手，倒又各把他們的刀更舉得高一些；在很快的一個動作之下，早向童男女的後頸上直斫下去。

照著平常殺人的慣例，他們把人頭斫下以後，即一腳把他向著校場上老遠的踢了去，這人頭便在地上亂滾起來，直至咬住了草根或是甚麼東西，讓他死命的咬上一陣，把他餘下來未死去的一些知覺都失了去，方始停止了蠢動之勢，然後再將他拾取起來，高懸示衆。

現在，他們可不是如此的辦；一待人頭剛剛斫下，那個劊子手的助手，即手法很熟練的，把鐵箝上箝著一小塊甚麼丹，送到這人頭的嘴邊去，讓他啣住了這塊丹，隨即向著呈在前面的那一個木盤中一擲。

說也眞怪，平常新斫下來的人頭，總是蠢動得甚麼似的；如今一把這丹啣在口中，祇在木盤中略略的一轉動，即停止了下來了。於是，由這呈盤者，把這人頭在木盤中扶一扶正；即相將抬上祭台，放在供桌之上，重又退了下來。至是，關於童男女的事，早告了一段落，而祭典已在開始了。

在這時候，就是崑崙、崆峒二派中，再有甚麼能人出來搗亂，也已遲了一步，無能爲力的了！這一來，最最傷心不過的，是紅姑，當場便暈倒在地。而和他處於相反的地位，最最得意不過的，那就是鏡清道人；他雖已把自己竭力的抑制著，不使像先前一般的，再把笑聲發縱出來，但他那一分得意的形容，早已佈滿在臉部上，不論甚麼人都是瞧得到的了。

至於隱在山中四處一般觀禮的人們，以及躬與斯盛鏡清道人的一般男女弟子，卻都在暗中詫異著：這眞是想不到的一樁事，如此險惡的一個局面，人人以爲必有一些甚麼事情鬧了出來的；竟會風平浪靜，一點沒有事情的過了去！照此說來，他們崑崙、崆峒二派中，也太沒有人才的了！

誰知，就在這有的傷心、有的得意、有的很爲詫異的當兒，忽發生了一樁十分驚人的事情；大家一把這出人意外的事實瞧在眼中，也就不由自主的，一片聲的驚叫了起來！這時候恐連正在非常得意的鏡清道人，也都有點慌了手足了！

你道：這是怎麼的一回事呢？原來，當把這二個木盤放在供桌上以後，鏡清道人正要依著預定的程序，把這儀式舉行下去了；不料，這二個盛放在木盤中童男女的頭，忽然復活了起來！先是向著空中一跳，隨即在空中飛動著，一霎眼間，好似認識得路的，早已各飛至了他們自己的那具屍身之前；頭與身一接合，這二個童男女，早又鮮活靈跳的立起身來了！

於是，一般觀禮的人們，又不由得取消了他們自己先前的那一種見解，知道實在是太誤會了！你想：以崑崙、崆峒這們大名鼎鼎、勢力雄厚的二個大團體，他們中間怎會一個能人也沒有，祇能眼睜睜的，瞧著鏡清道人逞盡威風的幹下去？現在，方知他們先前所以這們的隱忍著，一點兒動作也沒有，祇是和鏡清道人鬧著玩笑！

直待鏡清道人把威風逞盡，心中得意得了不得，自以爲大功已是告成了，方始出來和他搗亂，玩上這們厲害的一個手法；這在鏡清道人，恐比之剛要把這一雙童男女斬卻時，他們就出來搗亂，要有上加倍的掃興。而在他們一方面，更是何等有力的一個宣傳，反襯出他們是具有怎樣廣大的一種神通，怎樣驚人的一種法力啊！

但在鏡清道人本人，卻還不如是的設想，他不信崑崙派或是崆峒派中，竟有如此的一個能人，並敢在他的面前玩上這們的一個手法的！這祇不過偶爾有甚麼人傳了一些妖法給這童男女，所以會有上這們的一個變化了！

這也要怪他太是大意了一點，沒有上怎樣的準備，否則，祇要備上些豬狗的穢血，當把那童男女斬首的時候，先把這些穢血向著他們的身上一噴，那不論他們是具上有怎樣的妖法，也都施展不出來的了！

然而，這些東西，哭道人那邊想來是現成有著的；現在，祇要吩咐人把他取了來，看他們第二次還能弄得出甚麼花樣來？他不信這好像已成了刀頭魚、砧上肉的二個人，還能逃出他的手掌之中呢！但他祇是這們的想著，還沒有把這話吩咐出去；早聽得颼颼颼的一種聲響，從山峰間猛刮起一種狂風，幾乎把全山的燈火都要吹得一個熄滅。

而就在此半明未滅之際，又驀然的見有二隻很大很大的手掌，從半空中伸拿而下，很快的像似從下面攫取了些甚麼東西去。接著，風也息了，燈也明了，又回復了原來的狀況。

但在大眾注目一瞧之下，不禁都是出於不自覺的，又齊聲叫上了一聲：「啊呀！」原來，在這個事件中爲人人所注目的這一雙童男女，早已似平空化了去的一般，不復在原來的這個地點；看來剛才在大風中由半空間伸拿而下的這二隻大手掌，並沒有在山上攫取了別的甚麼東西去，祇是把這一對人兒攝了去了！

這一來，鏡清道人也就不得不拋去了他先前的這個見解，而和大衆有上同樣的一種推測：這定是在這二派之中，有上那一個能人，要在他的面前賣弄一下本領了！然而，這一賣弄本領不打緊，可把他的玩笑開得大了！他在這們的一個情形之下，決計不能寬恕得那個人呢！因此，他就狀態很嚴肅的，向著外面一立，又仰起頭來，望著空際道：「好的！總算你是有本領的，居然在我的手中，把這一雙小兒女奪了回去了！然而，你究竟是甚麼樣人？我卻還不知道；你眞是有種的，也再敢和我照面一下麼？」

他這幾句話，明明是帶點激將的意思，使那個人再也躲避不得；祇要那個人肯和他一照面，他就可伺看機會，使弄出些甚麼陰謀來，說不定仍能把這一雙小兒女奪回過來呢！

果然，當他的語聲剛歇，即聞得哈哈的一聲大笑，隨又聞一派很清朗的聲音，從一個高峰上飛滾而下道：「哈哈！明人不做暗事！我在未帶走他們以前，當然要和你照一下面的，也使你知道我究竟是誰呢！現在，就請你向我瞧上一瞧罷！」

這話說後，不但是鏡清道人一個人，凡是這時候所有在邛來山上的人，都帶著一種緊張的情緒，興奮的狀態，爭著把頭仰了起來，齊向這一派說話傳來的方向望了去。

不知這個人究是誰何？且待第一四二回再說。

第一四二回　一棍當前小現身手　雙劍齊下大展威風

話說：把這一雙童男女攝了去的人，忽然在一個高峰上說起話來；這當然會引起了大衆的注意，而使他立時成爲一個中心人物。

當大衆爭著把頭仰了起來，向這高峰上望了去時，祇見昂昂然立在那邊的，卻是一個冠玉少年，年紀約莫有二十二三歲，生得骨秀神清，英氣奕奕；頭上戴了一頂瓜皮小帽，在這小帽當前的正中，綴上了一塊霞光四射的寶石，更現出了一種華貴的氣象；臉上微含笑容，向著大衆凝望著，像是在向著他們說道：「你們是不是要把我認識一下麼？那我已站立在這裏了，儘你們向我怎樣的瞧看就是了！而在你們這許多人的中間，或者也有幾個人，是素來和我認識的罷？」

這在他的態度間，雖是這般的從容自若；但在大衆一方面，卻爲了把他崇奉得過高的緣故，如今一見到了他這廬山眞面目，反而微微的感到一些失望！

因爲，照他們想來，這個人既然能在鏡清道人的面前，顯得這們的一個大神通，一定是有上很大的來歷的，不爲修練了三五年的得道高僧或高道，定爲江湖上久享盛名的前輩老英雄。卻萬萬想不到，竟是這們一個慘綠年華的冠玉少年，又安得不使他們不感到了一種失望呢！

然而，不管大衆對他是怎樣的失望，這還算不得是甚麼一回事；這中間卻又使處於相反地位的鏡清道人，在不知不覺間，手舞足蹈的得意了起來。並帶上一種十分輕蔑的態度，向那冠玉少年望了一眼道：「哈哈！我道敢在我的面前弄上這們的一個手法的，定是一個甚麼三頭六臂，十分了不得的人物，卻想不到祇是這樣子的一個黃口小兒！這可眞有些失敬了！」

那冠玉少年聽到了他這句話，卻一點兒也不著惱，依舊神色自若的道：「三頭六臂的人物是怎樣？黃口小兒又是怎樣？其實，這是一點沒有甚麼關係的！現在，在這裏，在我們的中間，祇有一個事實問題：那便是我已把你的這一雙童男童女奪了來了！你眞有能耐的，祇消就這方面向我對付著；其他的廢話，都是可以不必講的了！」

在這幾句話的下面，顯然的藏著有這樣的一個意思：你眞是有種的，就趕快的施展出些本領來，把這一雙童男女奪了回去罷！我是在這裏恭候台教呢！

這一來，可把鏡清道人惱怒得甚麼似的，臉色間也逐漸的在變化，先是紫巍巍的，繼而變作鐵青，比及全張臉都泛上了一重死白色時，他已是得到了一個決定，準備和那冠玉少年互鬥法力，決上一個雌雄的了！

於是，他突然的來上一個向後轉，把身子朝著裏面；而他的兩條視線，也恰恰的正對著木架上插著的那一面三角旗。隨又戟著一個指頭，向這旗上赤裸了全身的那個神像指了一指；跟著又是咄的一聲喝，然後又念念有詞的鬧上了好一會。瞧他這個樣子，是在念著一種甚麼咒語，要仗著這咒語的功能，把這邪神感應著，而使他顯起靈來呢！

果然，他的咒語是最靈驗也沒有的。當他剛念動一遍時，這旗上的神像早顯著栩栩欲活的樣子；第二遍，這邪神已是鮮活靈跳的從那旗上走了下來；比及念到了第三遍，這邪神即一跳跳到了他的面前，並向他僂著了一個身子，似乎是在向著他報告道：「我把一切都已準備好，你儘管發下甚麼命令來就是了！」

鏡清道人便又威稜稜的把兩眼一睜道：「哼！你總該有些知道的，我們也不知費去了多少的心力，才替你找得了很好的一對犧牲品，原是誠心誠意的要奉給你作血食的；不料，在這剛剛奉獻上來的時候，就有一個大膽的強徒，仗著他那小小的一點法力，把這犧牲奪了去了！現在你看，該是怎樣的一個辦法？這是須全由你自己作主的了！」

好鏡清道人，他對於這個邪神，竟用起這們一種激將的法子來！這邪神一聽到這裏，果然惱怒得甚麼似的，除把身子挺然立直之外，在兩眼中都發出了凶光來！

鏡清道人便又把他的手一牽，突然的一齊把臉都轉朝著外面；復伸出一個指頭來，向那冠玉少年所站立的那個山峰上一指道：「你可要知道搶去了你這一份血食的強徒是誰麼？喏，喏，喏！站立在那邊山峰之上，那個漂漂亮亮的小後生便是！你心中想要把他怎樣，你就直接的找他去，我可不來管你了！」

這邪神一聽這話，更把一張血盆大口張開著，連口中的兩個獠牙都露了出來；像似把那冠玉少年恨極了，恨不得一口就把他吞下肚去的樣子！一壁將身一聳動，便是一個虎跳勢，向著山峰間跳了去。祇在幾跳之間，早已跳到了那冠玉少年所站立的那個山峰之下。

但他卻也作怪，並不就向著山峰上直跳去，和那冠玉少年厮殺上一場；卻在下面立定了，仰起一張臉來，不住的把口張動著，自有一股甚麼氣，從他口中噴薄而出，向著那山峰上直冒了去。倏忽之間，這一股氣已佈滿在天空中，幾乎把那個山峰都籠罩得若隱若現的了！

瞧那冠玉少年時，臉上卻含著微笑，似乎一點不以爲意的樣子；但也沒有甚麼特殊的法力施展了出來，立刻就把這一股氣吹散了去。這氣卻是越集越密，越吹越近，不特籠罩住了那冠玉少年所站立的那個山峰的全部，而且籠罩住了他的全個身子；並像具有一種知識似的，當吹到他的近身以後，也不向上面飛動，也不向下面飛動，更不向左右四周飛動，一縷縷的，儘自向他的口鼻間直鑽了去。

倘然這「落魂陣」是「瘟疫陣」的一個代名詞，而這管理「落魂陣」的邪神也便是一位疫神的話，那麼，他所吹出來的這一股氣，中間一定含上有不少瘟疫的種子；這們的向他口鼻間吹上一個不已，不是立刻就要使那冠玉少年染上疫病了麼？

這在別個人或者不明白這種情形，鏡清道人的肚子中，卻是完全知道的。一見這邪神已盡力的把疫氣散佈出，而那冠玉少年並不能立刻就遏阻住；顯見得已是到了不能抵抗的地步，不久就要中疫而亡了，不覺露著很得意的一種微笑！

在這微笑之中，不啻是這們的向著那冠玉少年在說道：「哈！我道你是怎樣了不得的一個人物，原來也竟是這般的不中用！在這個情形之下，你已是顯得黔驢技窮了！現在除了把你自己的一條生命犧牲了去之外，看你尚有甚麼方法？」

同時，這邪神雖不說甚麼話，卻是一壁噴著氣，一壁又不住口的吱吱的叫著，顯見得他也是得意到了極點！而為了得意到了過分的緣故，衹要一旦把那冠玉少年噴倒，說不定他要一躍而上山峰，抓住了那冠玉少年的身體就吃，以代替給搶了去的那種犧牲品呢！

誰知，就在這萬分吃緊的當兒，忽在附近的一個山峰上，又出現了一個少年；一手持著一柄寶劍，十分威嚴的，向這邪神說道：「嘿！你可知道我師父是甚麼人？你又是一個甚麼東西？膽敢在他老人家的面前，施弄這種不值一笑的小法術，這眞所謂班門弄斧了！如今，他老人家雖不屑和你較手，衹是靜瞧著你怎樣怎樣的鬧下去，我歐陽后成可實在有些忍耐不住了！現在，請看劍罷！」他一壁說，一壁即從山峰上飛騰而下，並很迅速的把一劍向著這邪神飛了來。

這一來，可把現在處在這邛來山上的全體人們都驚動了！他們並不是震驚於他劍術的神奇，也不是震驚於他這一劍來得非常的突兀，他們所引爲驚詫的，卻是在歐陽后成把自己的姓名道出以後，還又說那個冠玉少年是他的師父！

凡是今天來得這山上的，對於江湖上幾個有名人物的歷史，大概都有些兒曉得；誰不知道，歐陽后成最先的師父是紅雲老祖，後來方又轉到銅腳道人的門下去。

如今，瞧這冠玉少年，腿上既非裝有甚麼銅腳，更非道家的裝束，這當然是紅雲老祖無疑了！以紅雲老祖這們極有名望的一個大人物，平日又是不大愛管外間的閒事的；現在忽然到這裏來顯上一下神通，這教大家怎麼會不要十分的震驚呢！

內中尤其要推鏡清道人，更比別人驚駭得厲害！一時間不但把臉上的笑容全收斂了去，並把一雙眼睛向紅雲老祖直盯著，似乎已發了呆了！

獨有這個身當其衝的邪神，他既不知道紅雲老祖的威名，也不知道歐陽后成究竟是怎樣的一個人物；他所能知道的，祇是爲了那冠玉少年奪去了他的血食，所以，他要把疫氣來噴倒他。

不料，在這目的尚未達到之際，忽又從半腰裏來上另外的一個少年，自稱是甚麼歐陽后成，擋著他使他下不來手；這怎教他不氣上加氣，惱上加惱？唯一的結果，自然也祇有轉過身來，找著了歐陽后成，死命的拚上一拚的了！

好邪神，也眞有他的！他見歐陽后成一劍已是飛到，忙將身子向旁一閃；比已躲過了這一劍，便又將口一張，從口中吐出了一根鐵棍來，即拿了在手中，向歐陽后成迎敵著。

歐陽后成一見他將棍子迎了來，自然再接再厲的，又把一劍飛了去。何況，他的這柄寶劍，便是銅腳道人賜與他的那一柄雄劍；別種的厲害且不去說他，倘然遇著了甚麼妖魔鬼怪，要把他們斬了去，那眞是可以不費吹灰之力的！

自從他拜領此劍以後，一些妖魔鬼怪把性命喪送在這劍下的，也已不可勝計的了！誰知，這一次卻使他大大的失了望；他把一劍飛去，不但沒有把這邪神刺中，反而給這鐵棍一擋，立時發出了一簇簇的火來，向著他的劍上直飛。幸而，他這劍究竟不是甚麼尋常之劍，可也毀不了他；否則，卻要給這邪火燒得一片片的熔化下來了！

然而，饒是如此，已把歐陽后成震怒得甚麼似的，暗道一聲：「好妖怪！原來你還有上這們的一點妖法，怪不得你要如此的肆無忌憚了！但我終究是不會怕了你的，我們且再好好的來上幾個回合，看還是我的寶劍稱得強？還是你的鐵棍佔得先？」邊想邊又把手中的寶劍放動著。這劍在飛動時，眞有似游龍一般的夭矯，在歐陽后成幾乎把他全副的本領都施展了出來了！

可是，約莫也戰上了幾十個回合，依舊保持著一個平衡的局面，歐陽后成既斬不了這邪神，這邪神的一派邪火，也毀不了歐陽后成的寶劍。這中間，倒也是有上一個大道理的。歐陽后成的這柄雄劍，全是仗著一股純陽之氣。而這邪神鐵棍上所發出來的一派邪火，也是由於極度的戾氣所成，戾氣雖非出自於正，卻也是屬於陽的。陽與陽相接觸，而且前者的陽，是屬於極端的正；後者的陽，又是屬於極端的邪，一時三刻間，自然分不出甚麼勝負來了！

在這裏，可又震動了一個人，他一瞧這個情形，便知歐陽后成已是取勝這個邪神不了；如欲這場惡鬥迅速的得到一個結束，勢非他也露一下臉，前去助上一臂之力不可的了！於是，他也不能再顧到甚麼，在很尖銳的一聲叫喊之下，即從一個山峰上跳了下去；立時使得在旁觀陣的一般人們，眼簾前不禁齊爲之一亮。

原來，這從山峰上跳下來的，卻是一個十分美貌的妙齡女子，這並非別一個，乃是歐陽后成的夫人楊宜男到來助陣了。這邪神本不是一個甚麼好東西，一見有這們美貌的一個女子加入戰陣中，把他一腔的欲念都撩撥了起來了，恨不得馬上就走去摟住了他，把他作一口水吞入了肚去！當下，也即捨去了歐陽后成，把鐵棍使得風輪一般的快，向著楊宜男迎了去。

豈知道楊宜男放出來的那柄劍，乃是一柄雌劍，秉著一股純陰之氣，不論那一種的邪火都能撲滅得；這邪神如今仍欲仗著這棍，仍欲仗著這棍上所發出來的一派邪火，在他的面前賣弄威風，這眞太有點不知自量了！因此，楊宜男一見他把鐵棍打了來，祇是微微的一笑；在這一笑之中，早又把那柄雌劍放出，迎著他那鐵棍亂刺，像似不怕那頑鐵會折了他的劍峰的。

果然，在這一次的接觸之中，這鐵棍已是失去了他先前的那一種威風，不但沒有一星星的火在上面發出來，祇聞得砑的一聲響，早已折爲二段，把那大的一段，墜落在地上了！

這一來，眞使這邪神驚悸得丟了三魂，喪了六魄，那裏再會有一些些的欲念存留在胸中？僅有的一個思想，那就是趕快想個法子離去此間，保全了這條性命罷！可是，天下沒有這樣子便宜的事，或進或退，都可以由得他一個人作主的！他如今既已失敗到了如此的一個地步，他的性命也就握在對方的手中，早成了來得去不得的一個局面了！

正當他欲逃未得之際，楊宜男的一柄雌劍，已直向他的腦間刺了來；同時，歐陽后成生怕他夫人或有萬一之失，也把他的雄劍飛了來，齊向這邪神的腦際刺下。

你想：單是一柄雄劍，或單是一柄雌劍，或者尙嫌勢孤，不能就把這邪神制服得下；如今既是雌雄合作，雙劍齊下，何況，又正值這邪神已是勢窮力蹙，連手中的武器都折斷了的時候，怎還會讓他逃到了那裏去，怕不一下手，就把他斬爲幾段了麼？果然，祇見在二道白光騰繞之中，這邪神已是向地上仆了去；無疑的，他的這一條性命，已是喪在他們這雌雄二劍之下了！

這在他們一雙夫婦，算是已了卻去一件心事，心中當然是十分歡喜的，忙各把自己的劍收了回來。可是，當他們舉眼向地上一望時，不免又使他們齊吃一驚，不約而同的，都從口中吐出了一聲啊呀來！

原來，這邪神既已給他們斬卻，照理地上應該陳著他的屍首；誰知，現在這地上竟是空空的一無所見。照此看來，莫非在劍光尚未飛到之前，已給他遁走了麼？那他的神通，也可算得廣大的了！怎麼會教他們不吃驚呢？

他們正愕眙相對著，好似得不到甚麼主意的樣子，忽又聞得哈哈一陣大笑，破空而起，連山谷間都爲之震動似的；這倒又把他們從錯愕的情緒中，驚醒了過來了！忙循著這笑聲傳來的方向，抬起頭來一瞧時，方知發出這一陣笑聲來的，並非別個，卻正是紅雲老祖！

紅雲老祖一見他們二人望著他，又發出一聲大笑來道：「哈哈！你們也知道我剛才這般的大笑著，究竟爲了甚麼事情麼？不瞞你說，我正是在笑著你們二個人，目光太是不能及遠了！依著你們想來，以爲你們這雌雄二劍，同在一個時候中放了出來，那是何等厲害的；萬不料仍會給這個怪東西遁走了去，所以要錯愕到這們的一個樣子。

「但是，你們沒有放大了一個圈子再想上一想，須知道這個怪東西果然不是怎樣了不得的人物；可是在他的後面，卻還有上一個保護人。這個保護人，那是誰都知道他有上一個大來歷的；以這們一個大有來歷的人，又當著這許多人的面前，他難道肯坍這一個大台，而不把他這被保護人救了出去麼？你們祇要這般的一想時，也就可恍然大悟，而不至有一些些錯愕的了！」

他們給紅雲老祖這們的一提醒，果然都是恍然大悟，原來這東西的得能從他們的劍下遁走了去，並不是他自己眞有甚麼了不得的本領，實是鏡清道人把他救了去的呢！

可是，在鏡清道人這方面，卻覺得這幾句話尖刻之至，未免太把他挖苦得厲害了！也就把手拱了一拱，高聲的向他叫著道：「站在那面的那一位，不就是大名鼎鼎的紅雲老祖麼？請了，請了！你說我大有來歷，這是你在挖苦我了！其實，如今在五湖四海之內，能承當得起這四個字的，恐怕祇有你一個人罷？別的且不必說，單是令高足的那一套劍法，就是何等的能露臉啊！祇是我替你想來，你本是與人無忤、與物無爭的一個人，大可在洞府之中逍遙自在；如今，卻來到這是非之場，未免太有些兒不合算罷！」

紅雲老祖一聽他說這話，不禁又哈哈大笑道：「這些話你可不必向我說得，還當反躬自省一下。你不也是大可在冷泉島上，逍遙自在的充當你的長春教主的，爲甚麼又要來到這是非場中呢？」

不知鏡清道人聽到這話後是如何的回答？且待第一四三回再說。

第一四三回　黑幕高張遁去妖道　病魔活躍累煞群雄

話說：鏡清道人正說紅雲老祖大可在洞府中逍遙自在著，犯不著到這是非場中來，卻不料紅雲老祖就拿了這句話，反過來詰問著他，意思就是說：「你本也是一個世外閒人，和他們這幾派都沒有一點兒的關係的；爲甚麼也要投到這漩渦中去，並還替他們充當起台主來呢？」這一來，可反駁得鏡清道人噤口無言了！

紅雲老祖便又笑著說道：「如今你既很高興的到這裏來得，我當然不敢怎樣的貪懶，也要奉陪上你一下，免得你興寂寞之感呢！」

紅雲老祖的話，竟是這們的越說越尖刻，而且尖刻得有些使人難堪；鏡清道人不論他是怎樣的有涵養工夫，可也有些惱羞成怒了，便也大聲的說道：「好！你要到這裏來，你儘管可以來，誰也管不了你！現在，不論你是有怎樣的一種妖法，儘請你施展了出來罷！我是決不會懼怕你的！」

在這幾句話之下，儼然的有上一種安迭美敦書的意味了！跟著，又很快的幾步走上台去，並走到了那個旗架之前；祇一舉手之間，早把架上插著的那一面很大的三角旗拔在手中，旗上繡著的那個邪神，卻已復了位了。便又疾步走向台邊，即舉起了那面大旗，遠遠的向著四下的山峰間招展了起來。

眞也作怪，當他祇把這旗向著空中一招展時，凡是崑崙、崆峒二派中人，暗伏在山峰間偷瞧他舉行這個大典的，都覺得有一種森森的寒意，向著他們的身上襲了來，不自禁的大家打上了一個寒噤。祇有幾個道力堅厚的人，或者一些也不受影響，可算得是一種例外。

當第二次招展時，這旗幅像似隨著這招展之勢，而逐漸的擴大了起來；一轉眼間，不但把天空間一些黯淡的星月之光都遮蔽了去，並颼颼颼的起上了一陣風，把全個山峰間的燈火一齊吹熄，於是，漆黑一片，伸手不辨五指。

而在這洞黑之中，又聞得吱吱吱的一片鬼叫之聲；並時有冰冰冷的一團東西，在有一些人的身旁擦過，顯然的一般妖魔鬼怪，乘著這天昏地黑的當兒，都大大的活動起來了！

此後，鏡清道人大概還是不住的把這旗招展著；因爲，這寒意更是比前加重，而這些妖魔鬼怪在黑暗中的活動，也更是比前厲害了起來。最後，又聞得一聲霹靂，轟然而起，倒又像把以上所有的事情都結束了一下，一切齊歸於寂靜了！

然而，放著有這許多的能人在山上，終不能聽鏡清道人這們的肆無忌憚下去的；在這裏，早有一個反動派，攘臂而起了。他先是高高的叫罵上一聲道：「嘿！這是怎樣不堪的一個玩意兒，恐比之江湖上『偷天換日』這一套戲法，還要不値錢！竟會有這張臉，在我們的面前施展了起來麼？嘿！第一個不服這口氣的就是我，我準要來破你這個妖法了！」

當他說這話的時候，便又聽得半空中起了一陣甚麼響，大概是把甚麼一種的法寶祭了上去。果然，接著祇見遮蔽著天空的這一張黑幕，已是掀去了一角，有一些星月之光漏了下來；然後又逐漸的再把這黑幕掀去了一些，掀去了一些，到得最後，重又恢復了原來的那個樣子，並在一瞬之間，佈滿在全個山峰間那些密如繁星的燈光，復突然的一齊亮了起來了。

但在這裏，卻發現了一樁出人意外的事，那是：鏡清道人同著他的一般男女弟子，已是走得不知去向，祇淒清清的，孤零零的，賸下了一座空台了！照此看來，鏡清道人大概爲了當著這許多人的面前，沒有這臉可以遁走了去，還恐有人追上去和他過不去；所以佈下了這一重黑幕，做他退卻時的一種掩護呢！

而閃閃作光的兩顆金丸，這時候卻兀自在半空中跳蕩個不已。以意度之，所謂法寶也者，莫非就是這兩顆金丸？仗著他的神威，竟把這沉沉的黑幕沖破了！

就在這個當兒，卻見有一個人，把手向著空中一招；這兩顆金丸，便似乳燕歸巢般的，向著他的手掌中墮落了下來。原來，這個人並非別個，正是崆峒派的中堅分子董祿堂；他乘著這個好機會，也把他的本領賣弄上一下了！

紅雲老祖瞧到以後，也含笑讚說道：「你這一下子很是不錯，也可使鏡清道人受到很好的一個教訓了！他仗著他的一點妖法，自以爲高明得了不得，老是喜歡把甚麼幕、甚麼幕佈了出來。不料，那霧幕既已失敗在我的手中；如今，這漫天夜幕又爲你所破。此後，他大概不敢再如是的輕率從事罷！」

紅雲老祖說完這話以後，又向著紅姑所站立的地方望了去，卻見紅姑已是甦醒，早從地上站了起來了。他便把手拱了一拱道：「紅姑道友請了！現在道友儘可把心懷放下，你瞧，令郎不是已得安然出險，並從那面山坡上向你走了來麼？」邊說邊向著山坡上指了去。

紅姑依著他所指處望去，果見陳繼志已是同著那個童女，肩並肩的從那山坡上走了來，正不知他們在剛才那一刻兒是停留在那裏的。一見母親十分慈愛的望著他，忙把兩手招動著，一張臉上都佈滿了笑容了。

於是，紅姑不特是驚喜交集，而且有些感慚交併的樣子，驚的是：繼志竟得安然脫離虎口；喜的是：又得母子重逢，骨肉團圓；感的是：紅雲老祖竟是如此的熱心，替他把繼志救出；慚的是：自己枉爲一個有名人物，在這個事件中，竟是一些兒本領也沒有顯出來，到頭來還仍須仰仗著人家呢！

紅雲老祖卻似已瞧穿了紅姑的心事，忙又向他安慰道：「這是道友一點兒也不必慚愧得，更不必向我感謝得的。你道友具上有高深的道法，那是誰個不知道；難道說還會敵不過那個妖道，不能把這孩子從妖道的手中救出來？衹是母子之情，關乎天性；心曲間一縈繞著這一類的事情，自不免事事都要覺得減色！

「而我們一般局外人，卻是受不到這種影響的；乘此爲你道友幫上一個忙，這不也是不可多得的一個機會麼？而且，近來一般修道的人們，正盛唱著毀性滅情之說；其實，這是完全不對的。如今，能得你道友出來作上一個榜樣，使大家知道大道與人情原是並行不悖的，這是再好沒有的一件事，而也是我所十分贊成的呢！」

紅雲老祖的這一番話，竟說得這般的委婉，他不但沒有一些自伐之意，還把紅姑推崇備至，勸他不必因此而自慚，須知這正是他能受人欽敬的地方，這當然使得紅姑深深的有上一種感動！不免又出於衷心的，向著紅雲老祖好好的致謝上一番。

這時候，陳繼志卻已飛速的跑上幾步，走到了紅姑的面前。紅姑再也遏抑不住洶湧而起的這一股熱情了，即把繼志抱了起來，向著他的滿臉間吻了去；而爲了樂極了的緣故，竟不自覺的有兩點熱淚掉落了下來！

那個張姓的童女，卻站在他們的旁邊，舉起一雙眼睛，呆呆的望著他們，像似頗爲羨慕的樣子。

紅雲老祖見了，便又向著紅姑說道：「站在你道友身旁的這位小姑娘，我看也是很有些來歷的；因爲，如果沒有來歷，也不會遭到這般的大劫，和令郎會合在一起了！現在，道友不如就收他做上一個徒弟，傳授他些道法和武藝，使他可以有上一個成就，這或者也可說是一種緣法呢！」

紅姑最初一心都在他愛子的身上，旁的事一點也不曾注意到；如今聽紅雲老祖一說，方把那個小姑娘細細的一瞧視。見他雖不怎樣的美麗，卻是生得很爲白淨，頗有小鳥依人、楚楚可憐的一種神氣。

當下，倒也把他喜愛了起來，便把頭點上一點道：「瞧這女孩子的根基，倒也很是不錯；祇可惜我的本領也有限之至，縱把他收在門下，恐怕不見得會有怎樣的成就罷！」紅姑雖是這般的謙遜著，卻顯然的已是答允下，把這小姑娘收爲弟子了。

好個小姑娘，倒也機靈之至！即向紅姑之前跪下，拜起師來。這一來，可又把紅姑喜歡煞了！當爲取名鳳姑，後來也成爲一個有名人物。暫且按下不表。

單說：當把那童男童女開刀之際，已是到了五更時分；後來，又經過了這一場的紛擾，早把這黑夜度過，又見一絲絲的曙光，從雲端中漏了下來，映照在山峰之上了。當下，鏡清道人既已逃歸洞中，這典禮也就不結束而結束。一般私來這個山上，伏在山峰間觀禮的人們，便也分路各自歸去。紅姑當然也挈帶了他那愛子和那新收的徒弟，一齊回到了雲棲禪寺中。

這時候，爲了邛來山擺設擂台之日，已是一天近似一天，四方來打擂台之人，確是來得不少，而來的又以這雲棲禪寺爲駐足之地者居多。這一來，這雲棲禪寺居然成爲邛來派以外的各派能人，集合起來的一個總機關了。

不料，在這祭旗未成的一二天後，又發生了一樁非常的事件，幾乎把這頂禮佛祖的梵宮，變成爲一個容集病人的醫院。原來，凡是住在這雲棲禪寺中的一般人，不論是那一個，就是道法高深如崑崙派的金羅漢呂宣良、笑道人，崆峒派的楊贊化、楊贊廷，素來不知道甚麼叫作病的；如今也一齊的病倒了下來，而且病得非常沉重，都是呻吟之聲，不絕於口。

獨有一個智明和尚，不知是否爲了他的道法更比一般人來得高深，還是爲了別樣的緣故，他卻並沒有和別人一般的病倒。祇是，病倒在床上的，有這們許多人；不病的，卻祇有他一個，旁的且不說起，祇要到東邊去問問，西邊去瞧瞧，也就夠他受累的了！

何況，他素來是善於替人家治病的，不論那一類的丹散丸藥，他都很現成的有著在手邊；但這一次拿了出來，給這些病人服用時，不但是一點沒有甚麼效驗，反而日見沉重，這怎教他不於受累之外，還要暗暗的生驚呢！

經他仔細的推想上一陣後，不禁恍然有悟道：「嘿！眞是該死！我也給他們鬧得糊塗了！他們現在所患的，那裏是甚麼尋常的病症，定又是鏡清道人在暗中搗著鬼，眞的佈起那『落魂陣』來了！大家還以爲他祭旗不成，已是把這件事情停止了進行，眞是太不知鏡清道人的了！」

隨又在袖中占上一課，果然在卦象上，見到有被小人暗算的一種光景；這更把他著急得甚麼似的，暗道一聲：「這可怎麼好！講到我的能爲，充其量，也衹好說是對於佛典有上特異的一種徹悟罷了；若是要我立於對壘的地步，去和鏡清道人鬥著甚麼法，這是絕對的幹不來的！如不經過一番鬥法，而把這『落魂陣』破了去，又怎麼能把這病倒在床的許多人救了過來呢？難道我竟眼睜睜的，瞧著他們這許多病人，一天天的沉頓了下去，而不替他們想上一點兒的方法麼？」

當他儘自這們的焦慮著，依舊束手無策；而這病倒在床的許多人，他們的病勢卻更是沉困了下來，眼看得一個個都是去死已近了！就中，尤以甘瘤子病得最爲厲害，衹賸下了游絲似的一口氣；只要這一口氣也不存留著，便要嗚呼哀哉了！

在這時候，他的女兒甘聯珠，同著桂武，也到這雲棲禪寺中來了。他們兩夫婦的到這裏來，原是爲了陳繼志被人劫去，前來探視紅姑的；卻不料甘瘤子同著蔡花香，都病倒在這寺中。

甘聯珠自從那一回逃出娘家以後，即沒有見過他父母的面；桂武也是同樣的情形，差不多已和岳家斷絕關係的了。如今，忽然聽到了這一個惡消息，在桂武還沒有覺得甚麼；甘聯珠卻究竟關於骨肉之親，這顆心就亂得甚麼似的！便和桂武商量著，立刻要去省視他的父母一下，斷不能眞把他們二老視作路人一般的！

桂武沉吟道：「在理，我們都得前去省視他們二位老人家一下的；祇是自從我們一同逃了出來以後，你父親不是氣憤憤的在外面宣言著，此後再也不承認和我們有甚麼的關係存在了麼？現在，我們前去探視他，倘然他仍消不去以前的這一口氣，對於我們不但是拒而不納，還要把我們大罵一場，這不是太沒有面子了麼？所以，你還得好好的考量一下爲是！」

甘聯珠毅然的說道：「這一點也用不著甚麼考量的。你既然不大願意去，讓我一個人去也好！不要說他們二位老人家祇是把我大罵一場了，就是把我打上幾下，甚至於怎樣嚴重的責罰我，也一點都沒有甚麼要緊，究竟他們是父母，我是他們的女兒啊！至於甚麼面子不面子的話，更是談不上的了！」

一個性情素來十分溫和的人，忽然間大大的變了樣子，竟是這般的固執己見起來，這當然要使桂武在暗地吃上一驚的！當下，也祇能順著他的意思，說道：「我也祇是這們的說了一句，並不是眞的不願意去；你既然如此的有孝心，我當然應該陪伴著你前往的。現在我們就走罷！」甘聯珠這才回嗔作喜，即同了桂武，向著他父母臥病的所在走了去。

這是很大的一間僧寮，甘瘤子和著蔡花香，分臥在二張床上。當他們夫婦倆走入房去的時候，滿以爲他們一雙老夫婦，定有上怎樣的一種表示；特不知這種表示，究竟是屬於好的一面的？還是屬於壞的一方面的？

萬不料，甘瘤子僵臥在床上，好似死了去的一般，早已失去了一切的知覺，那裏還會對他們有甚麼表示！蔡花香的病狀，雖比較的要好上一些兒，但也昏昏然的睡著，並沒有聽見他們走進房去。

經甘聯珠立在床前，不知叫上了好多聲的媽媽，好容易，方把他從昏睡中驚醒，慢慢的把一雙倦眼張了開來。然當剛剛張開眼來的時候，一雙眼珠仍是呆滯無神，像似甚麼東西都沒有瞧到的樣子；又歇上一刻兒後，方從雙瞳中射出些兒異光來，顯然的已是瞧到了甘聯珠，並已認識出他是甚麼人了。立刻從喉際放出了很低弱的一派聲音來道：「啊呀！聯珠！原來是你來了麼？這眞是我作夢也沒想到的！」

他剛說完這句話，似又瞥見了立在甘聯珠肩後的桂武，便又接著說道：「哦！桂武！你也來了！你是陪他同來的麼？好！好！總算你們有良心的，在這個時候還來瞧視我們一眼，祇恐……」他一說到這裏，大有悲喜交集的樣子；紛歧的情感，在他的胸間衝動得很爲厲害，倒又使他說不下去了！

甘聯珠一瞧到這種情狀，頓時心中也覺得有說不出的一種難過，並又想到：媽媽待我究竟是十分慈愛的，當我從家中逃出來的那一天，他老人家雖也虛應故事的，在第二重門口攔截著廝殺；可是他所用的，卻是一個木槍頭，並在槍頭上面掛了一串珍珠寶玉，這是他何等眞心的愛我呀！卻不料一別數年，今天重見他老人家的面，已是病到了這一個地步，怎教我不要十分的傷感呢！

於是，兩行熱淚，不自禁的從眼眶內掉落了下來。一壁說道：「媽媽！儘請放心！爹爹和媽媽的病勢，看去雖有些兒沉重，其實不是沒有救的。現放著有女兒一個人在這裏，不管要經過怎樣的困難，定要設法去乞取些靈丹仙露來，讓你們二位老人家可以早占弗藥呢！」

蔡花香一聽這話，不禁又低低的歎上一聲道：「唉！聯珠，你的這句話雖是說得很有孝心，不枉我平日疼了你一番；可是，在事實上卻有些兒辦不到！你難道不知道，我們所得的，並不是尋常的病症，決非甚麼仙露靈丹所能療治得好的麼？」甘聯珠聽他母親竟是如此說，倒不免呆了起來，好半晌不能有甚麼回答。

蔡花香便又接著說道：「唉！聯珠，你難道還沒有知道鏡清道人擺設『落魂陣』的這樁事情麼？現在病倒在這裏的，不祇是我和你爸爸二個人；便是有上高深的法力的幾位道友，都也免不了這一個浩劫！唯一對付的方法，除非去攻破這個『落魂陣』；否則，就沒有甚麼挽救的方法了！然而，聯珠，這是何等不易辦的一件事！試問又豈是你的能力上所能夠得到的呢？」

甘聯珠聽了，更爲默然，像似在思忖著一個甚麼好辦法。蔡花香又說道：「你的能力雖有些兒夠不到，但是我看你的那個媽媽，他的本領卻要比你好上幾倍；倘能從家中把他找了來，你們一同前去冒上一個險，這倒是無辦法中的一個辦法。聯珠，不知你也能幹這件事情麼？」

這時候，甘聯珠的臉上，突然的顯露出一派堅毅之色道：「爲了要救你們二位老人家的性命，不論怎樣的險，我都情願去冒；就是不把那位媽媽找了來，也是一點沒有甚麼關係的！請媽媽放心罷！」

不知甘聯珠究竟是獨個兒去破陣，還是邀了那位媽媽來同去？且待第一四四回再說。

第一四四回　發孝心暗入落魂陣　憑勇氣偷窺六角亭

話說：甘聯珠同了桂武，走出了甘瘤子夫婦的病房以後，又去探視了一下紅姑，不料也是一般的病倒了，並病得非常的沉重。甘聯珠不免在心中忖量道：「果然我媽媽說的是實話，像姑母這樣一個極有根基的人，也都會病得這般模樣的了，這可見得鏡清道人所佈設的那個『落魂陣』，是如何厲害的一件東西啊！」

當下，他更是有上了一個決心：不論要經過如何的一種困難，他都得去這「落魂陣」中探上一遭；倘然僥天之倖，能破得這「落魂陣」回來，那不但他的父母有重生之望，更不知救活了多少人的性命呢！萬一事情竟是不濟，連他自己都陷落在這「落魂陣」中；那他爲了這許多人而死，也是很値得的！少不得江湖之上，將來都要把他甘聯珠的這個名字，傳說了開去呢！

祇有一個問題尙待解決的，那便是：還是由他獨個兒一人前往？還是眞的去找了他那位媽媽來同去？講到彼此有幫助的話，自以二人同去爲是。不過，他的那位媽媽，現在並不就在這裏；在這回家去一來回之下，少不得又要費上不少天的工夫，這中間究竟有不有甚麼變化，可就有些難講了！

待要和桂武商量一下，或竟是和著他一同去；又想到桂武的本領，並不見得怎樣的高明，便是一起兒去，也不能有怎樣的幫助罷？甘聯珠正在這般的躊躇著，桂武卻為了一樁事找智明和尚去了。

忽然間，從殿的那一頭，走過了一個少年來；甘聯珠雖不認識他，他卻像似認識甘聯珠的。在點頭招呼之下，即這們兜頭的問上一句道：「你不是甘聯珠小姐麼？令尊和令堂，這幾天聽說病得很為厲害，你莫非就為他們而來的麼？」那少年不但認識他是甚麼人，並還明瞭了一切的情形，這倒使甘聯珠有些駭詫起來，一時間不知該應怎樣的回答。

那少年又笑著說道：「甘小姐！你不是要去破這『落魂陣』麼？講到你小姐的這一分能耐，要去破這『落魂陣』，或者並不是怎樣的難事。不過，有一點你必須注意的，你對於這邛來洞中的路徑究竟熟不熟？這『落魂陣』又設在洞中的那一部，你可知道麼？」這二句話，可把甘聯珠問住了！

果然，他對於這些個事情，是一點兒也不知道，不免更是把一張臉呆著。但在一個轉念間，又想到：他既這般的向我問得，莫非他對於以上的這二點，倒有些知道的麼？我不妨向他問上一問。因此，他先向那少年望上一眼，然後問道：「如此說來，你對於那邊的情形，莫非倒是十分熟悉的麼？」

那少年一聽到這個問句，好似入場應試的舉子，得到了一個十分合手的題目，馬上就可有很得意的一篇文章作出來，倒把他喜歡得甚麼似的！即向甘聯珠回答道：「這個自然！我可說是在那邊生長大了的，對於那邊的情形，怎麼還會有不熟悉之理呢？你如果肯信任我的話，准由我領你前去就是了！」甘聯珠又向他望上了一眼，似乎不能就決定下來的樣子。

那少年便又說道：「甘小姐，你可不必疑慮得！須知我並不是甚麼歹人，我姓馬，名喚天池，前兒令堂曾到洞中去探視過一遭，也是由我把內部詳細的情形告訴於他的呢！」剛說到這裏，遠遠的望見桂武已是從智明和尙那裏走了回來。

馬天池也很是機靈，似乎已明瞭了甘聯珠的心事，不願把這些事情在桂武的面前提說得的，便匆匆的說道：「我看，此去以在晚中爲宜。甘小姐如果眞要去的話，今晚我在寺門外邊等待著你就是了！」甘聯珠微微的一點頭，馬天池也即走了開去。

到得晚間，甘聯珠見桂武已是睡熟了，即把全身結束停當，又把一柄刀暗藏在身上，即偷偷的走出房來，到了大殿外的一個院子中。他是具有輕身縱躍的工夫的，這時候寺門雖是緊緊的關閉著，經不得他把工夫略略的一施展，早已躍出重垣，到了寺外。

在星月之下望了去，祇見那個馬天池，果然已靜靜的等候著在那裏。一見甘聯珠躍出牆來，即迎了過來道：「此去邛來山，如能駕雲的話，那是不消片刻即到；倘然步行而往，可也有些路程。我們還是趕快上路罷。」

途次，馬天池又把洞中的內容，略略的給甘聯珠講解一下道：「這『落魂陣』我雖沒有親自進去看過，卻聽說是設在洞後靠著西面的那一邊。一切的情形，也和從前所傳說的那『八門金鎖陣』相彷彿，共分著休、生、傷、杜、景、死、驚、開八個門。

「凡是要走進這陣中去的，須揀著生、景、開三個門走，那是一點沒有甚麼危險的；倘然誤入了傷、驚、休三個門，不免要觸到他們所暗設下的各種機關，結果難保不受重傷。至於杜、死二門，那是萬萬走不得的；一旦誤入以後，就決無生還之望了！現在，甘小姐你祇要把這幾句話牢牢記住，到得那邊時，可說得決無妨礙的呢！」

甘聯珠聽到這話以後，嘿然了好半晌，好像要費上一點記憶力，把他牢印在腦海中似的。然後方又問道：「那麼，這『落魂陣』的總機關部，又設在那裏？我對於他的內容，雖是一點兒也不知道；然照常理想來，他總該有上一個總機關部的罷？」

馬天池道：「不錯！是有一個總機關部，那是一個很大的亭子。你一走進了這陣中，不論從那一面望了去，都可望得見這個亭子；可是，你如果不諳習陣中的路道，不但儘管你怎樣千迴百折的繞走著，總是一個可望而不可即，恐怕還有陷落在陣中的一種危險呢！

「在這亭子之中，卻供設了一面『落魂陣』的陣旗，和著一個招魂旛。在這陣旗之上，有一位邪神鎮守著；招魂旛上，那是列滿了許多被蠱人的年庚八字。你如能衝入這亭中，把這陣旗撕毀了去，再把這招魂旛奪了回來；那不但是令尊和令堂，凡是病倒在那雲棲禪寺中的一般人，都有沉疴頓失，霍然而癒的一種希望了！」

甘聯珠聽他如此的說下去，倒頗覺得津津有味，便又問道：「陣中的路道，又是怎樣的，你可知道不知道？想來總有上一個祕訣的，要依著如何的步伐走了去，方可不至迷途呢？」

馬天池笑道：「這雖是極重要的一樁事情，其實，知道了他的祕訣，卻是簡單之至！祇要記著：紅旗插在那個地方，就向那個地方拐彎就是了。至於步伐，可毋須注意得；因爲，你祇要揀著生、景、開三個門走，那邊是沒有甚麼暗機關藏設在地下的；不論用怎樣的一種步伐，都可安然前進啊！」

至是，甘聯珠對於這『落魂陣』的內容，已是知道了他的一個大概，也就覺得沒有甚麼可以再問得的。祇是不住的在忖念著：怎樣的衝進那亭子中去，把這落魂陣旗撕毀了去，又把那招魂旛奪取了來？祇不知這亭子中可有不有甚麼人守衛著，難道祇是一座空亭麼？

他一想到這個問題時，不免又脫口而出的，問道：「那麼，鏡清道人可在不在這陣中？莫非就由他親自守衛著這座亭子？」

馬天池道：「這當然是他的一種專職。不過，說他一天到晚都在這陣中，那決計也是不會的。」

當他們說話的時候，不知不覺的，已是走到了邛來山下。祇見馬天池兩手齊舉，向著甘聯珠不住的搖著，意思是向著他說：「現在已是走到了他們的勢力範圍以內，此後不可再開口，免得給他們聽了去罷！」

哭道人在旁門左道的一方面，有上一種不可思議的能為，甘聯珠早聽人家給他說起過；如今，再加上一個鏡清道人，也是邪教的魁首，和他狼狽為奸著，不言而喻的，當然更把他的這種能為擴大了起來，甚麼千里眼、順風耳種種的神通，或者在他們竟是不值一笑的了！因此，他得到這個警告後，也就嚇得一句口都不敢開。

不一會，他們已到了山上，馬天池便悄悄的引著甘聯珠來到洞後，一到了西面的那個角上，即把腳步停了下來。甘聯珠知道已是到了剛才所說過的那個地點，祇要從這裏走入洞去，那「落魂陣」便近在咫尺的了！

可是，就這星月之光望了去，見這個石洞竟是實篤篤的，不有一些些的裂隙露在外面，又從那裏可以走進洞去呢？正想要向著馬天池偷偷的問上一聲，卻見馬天池在做上一個手勢之下，又悄悄的把小小的一個紙片遞了過來，正不知他在甚麼時候寫好了這一個紙片的。隨又見他詭祕得同鬼魅一般的，向附近的一個山谷中沒了去，轉眼間，即失其蹤跡。

甘聯珠瞧到這般的一個情狀，倒不禁暗自好笑道：「這姓馬的也眞是有趣，剛才在路上的時候，指手畫腳的說著，那是何等的起勁；現在一到了這個山上，又膽小到了這般的樣子，倒教人猜料不出他是一個甚麼人呢？」一壁也就著星月光下，把他遞過來的那一個小小的紙片望了一眼。祇見上面寫著道：

「就現所立處，伸一掌過頂，試於石洞間捫按之，當可得其機括之所在；而暗藏之一石門，即可隨手而闢。入後，再伸掌過頂，於洞上一按，此石門即又密闔如前矣。出洞時，亦可依此辦理。又由入洞處，行至陣前，尚有一程路。前進時，須踏準左三右四之步數；至一彎，循之左向而轉，則又變為左二右三，於是乃至陣前矣。」

甘聯珠看完以後，便把這紙片向著衣囊中一塞，又暗自想道：「照如此看來，這二個妖道的本領，雖說是怎樣的大，怎樣的大，卻也祇是具有順風耳的神通；對於千里眼的一種工夫，還不見得如何的高明。所以那姓馬的上山以後，雖不敢再說甚麼話，卻還敢寫了這紙片遞給我呢！」

其實，他尚不知道，這兩個妖道可眞是了得，他們對於千里眼的神通，和順風耳的神通，卻是一般的來得高明的；祇爲了那姓馬的也有一道神符佩在身邊，便把他們的這兩種神通阻隔著，發生不出甚麼效力來！而姓馬的所以上得山來不再開口，也祇是愼重將事，唯恐有失的一種意思罷了！

一壁甘聯珠也就按照著紙片上所寫的那些話，依著次序一步步的做了下去。果然，事情很是順手，一會兒，已是把這石門打開；接著，又把這石門重行闔上。然後，按著左三右四的步伐走了去，拐上了一個彎後，又把他的步伐變換爲左二右三。最後，已是一無阻礙的，到得一個陣前，這當然就是那「落魂陣」了！

甘聯珠到了這個時候，不免把全副精神都打了起來。忙先立在陣外略遠處，把全陣的形勢仔細的一打量時，祇見這陣的外形，乃是作八角式的；而在每個角上，都開了一個門，大概就是馬天池所說的那休、生、傷、杜、景、死、驚、開的八門了。陣門和這連屬著的牆垣，都是十分的高峻；所以在陣外立著，卻瞧不見陣內是怎樣的一種情形，祇覺得有一種森森然的氣象！

甘聯珠看了一會，旣然也看不出甚麼所以然來，便想走入陣去。可是，在這裏，卻發生了一個困難了！因爲，按照馬天池所說，祇有生、景、開三個門可走；其餘的五個門，走了進去，非死即傷，危險萬分，那是萬萬不可輕入的！

但當他向著在他面前那個門的上面一望時，也衹是這們很高峻的一個門罷了，卻沒有甚麼字樣標出；那麼，他怎又能知道這是生門？這是死門？倘然貿貿的走了進去，竟是遇到了那不可走的五個門，不是就要遭到非常的危險麼？於是，他不免呆了起來，心中衹是不住的在忖想著：究竟是冒這個險的好？還是不冒這個險的好？

然而，甘聯珠畢竟不失爲一個聰明人物，在一個轉念間，又給他想了過來道：「我瞧這馬天池，雖時常有點興奮過了度的神氣，可並不是怎樣魯莽的人物。在他的和我一番談話中，並在這紙片的上面，把這『落魂陣』的內容，都是敘述得何等的詳細，連小小的一些過門兒都不肯漏了去的；那麼，何處是生門，何處是死門，何處又是甚麼門，那更是如何重大的一樁事情，他怎麼反會忘記了告訴我呢？哦！我明白了！定是我順著那邊走了來，現在我第一眼所瞧到的這個門，雖不知道他究竟是甚麼門，必爲生、景、開三門之一；他是知道這個情形的，所以不必再和我細講得了！」

甘聯珠這們的一想時，也就把新起的這一種心事放下，同時，又得到了十分有力的一個反證；那便是：那紙片上的末一句，又是這們的寫著道：「於是，乃至陣前矣！」此下並不再有甚麼話。這不明明是關照他，就從這個門中走了進去麼？當下，甘聯珠即也坦然的走入了那門中。

第一件東西映入他的眼簾之內的，就是處在中央的那一個亭子，也就是這「落魂陣」靈魂所在的總機關部。甘聯珠瞧到以後，好似瞧見了甚麼仇人似的，不免狠狠的瞧看了他幾眼；心中也恨不得馬上就衝到了那亭子的前面，那就可找著了那鏡清道人，有上一番作爲的了！

然在事實上講來，這是不可能的！於是，他也祇能暫時耐著心腸，迂迴曲折的向著陣中走了去；一遇到了有紅旗插著的地方，就拐上了一個彎。

可是，如是的走了好半天，對於他那所視爲目的的亭子，依舊是一個可望而不可即；有時候看來相距得已很近了，不覺十分高興的，拐上了一個彎迎過去，以爲這一下子定已到達了亭子的前面；誰知，反而又較前遠上了不少！這不免使他迭次的懊喪了起來，疑心馬天池把甚麼要緊的一點，或者忘記了告訴他，所以會有這種的情形發現。

一會兒，又是到了一個拐彎之前了，而前面又有紅旗招展著；照理，他又得向那邊拐了過去。但這一次，他比前來得細心了；在未轉彎之前，又把這地上插的紅旗仔細的打量了幾眼。

在這仔細打量之下，卻又給他發現了一面綠旗；這綠旗和那紅旗是差不多一般的大小，而又插在那紅旗的前面。倘然匆匆的從後面望過去，而又是粗心一些的話，那是祇能見到紅旗而不會見到綠旗的；如果是遇到了紅旗在前，綠旗在後，那又成了一個正比例，祇能見到綠旗而不能見到紅旗的了。

於是，他有似發現了甚麼寶藏這般的快活，知道他的所以這們向前走著，而終不能到達那亭子面前的緣故，毛病完全是壞在這個上面。原來，他們是把二面旗先後些並插著的，馬天池所說的見著紅旗即拐彎，定是指著插在前面的那面旗而言；如今，他匆匆的從後面望過去，竟誤紅爲綠，又誤綠爲紅，無怪要有這般的一個結果了！

至馬天池的所以沒有把這話說清楚，大概也是得自一種傳聞，連他自己都不曾弄得明白罷？更進一步說，把紅綠二面旗這們的並插在一起，或者也是鏡清道人所使的一種鬼計，使得就是知道見了紅旗拐彎的這個訣門的，在一個不留意的時候，也要迷起途來；而不知道這個訣門，那更是不必說起的了！

甘聯珠一把這個道理想清楚，便不再向那個彎兒上拐過去，毫不理會似的逕向前行。比到了第二個拐彎上，再仔細的一瞧視時，果然也是二面旗一前一後的並插著，卻是紅旗在前，綠旗在後了。這一來，更把他先前的這個理想證實。從此，甘聯珠遇到拐彎的所在，即以插在前面的那面旗爲標準；方向既是不誤，果在不久的時候，前所可望而不可即的那座亭子，已是屹然的立在他的面前了。

再一細瞧，這亭子是作六角形的；除了正中是門外，四周都嵌有明瓦的大窗。這時候卻從這些明瓦上透出了一片的燈光來，顯然的，正有甚麼人在這亭子中，並把燈火點得十分輝煌的呢！但甘聯珠卻好像毫不理會到似的，祇見他坦然的向著靠上亭子左面的那一邊走了去，並把一隻眼睛置放在那明瓦的上面，悄悄的向著亭子的裏邊望了進去。誰知，不望猶可；這一望之下，卻望見了十分不堪入目的一種情形，不是他自己竭力禁止著自己的點，眞使他又羞又急，險些兒要叫喊了起來！

不知他究竟望見了些甚麼不雅相的事情？且待第一四五回再說。

第一四五回　抗暴無術氣塞胸懷　倒戈有人變生肘腋

話說：在那明瓦窗上，有一處兩瓦接筍的地方，略略的露見了一條小縫；甘聯珠見到以後，即從這小縫中，把眼睛向著亭內張了進去。

衹見這亭內的地方尚還寬廣，燈火也是點得甚爲輝煌，正中設了一張供桌，桌後一個大木架，架上插著了一面黑綢子的大三角旗；上面隱隱約約的，似用紅線繡著甚麼神像，這大概就是這「落魂陣」的陣旗了。供桌上，也放置了一個小木架，架上便插著那所謂招魂旛也者。前面陳設著供果之屬，大約在八盆至十二盆之間。這是關於亭內靜物一方面的情形。

那麼，這時候可有甚麼人在那裏面呢？哈哈！當然有人在裏面，如果沒有甚麼人在內，衹是見到一些靜物的話，怎樣會使甘聯珠又羞又急，到了這們的一個樣子呢！原來，在這供桌的前面，一並排的立上了九個人，全都是赤裸著上下身，一絲兒也不掛，眞是不雅相到了極點了！他們好像正是對著那神像在行禮。一會兒，行禮已畢，又一齊轉過身來，把臉孔朝著外邊。

這一來，甘聯珠更是把他們瞧得清楚了，方知，站在中央的那一個是老者；在那左右二邊，每一邊卻是二男二女相間的立著，都是很輕的年紀。照這情形瞧來，那老者定就是鏡清道人；左右二邊的那四男四女，大概便是他門下的那些男女弟子了。

甘聯珠的出身雖不高，祗是一個盜魁的女兒；然在平日之間，也和大家閨秀沒有甚麼二樣，總是羞人答答的，伙處在閨中的。如今，那裏教他瞧得慣這些情形？不自覺的，把一張臉都羞得通紅了起來。可是，他此來的目的，是要攻破了這個「落魂陣」，把他父母雙親被拘在這裏的靈魂劫了回去；決不能爲了瞧不慣這些情形，即望望然捨之而去！

於是，羞急儘自讓他怎樣的在羞急著，他的這個身子，卻依舊立在窗下，不曾移動得一步。一壁，更把這鏡清道人惱恨得甚麼似的，暗地不住的在咒詛著道：「好個不要臉的妖道！竟是連禽獸都不如的了！他不但教那些男女弟子都赤裸著身體，他自己還以身作則，這還成個甚麼體統呢！若再讓他胡鬧下去，到各處去提倡著他的這個長春教，這世界尙復成爲一個世界麼？別人或者畏懼他的妖法，而把他寬容著，我是敢立上一個誓，決不畏懼他，也不能寬容他，定要和他周旋一下，而見個最後的高下的！」一想時，又把牙齦重重的嚙上一嚙，大有如不撲殺此獠，誓不甘休之意！

在這中間，鏡清道人不知在甚麼時候，已把供桌間小木架上的那面招魂旛取在手中，復又走過數步，就著中央一立；那八名男女弟子，便圍著他的身體，川流不息的旋走起來。接著，鏡清道人又把手中的招魂旛揮動著，口中並念念有詞；當他念畢一句，那些男女弟子也接在下面，齊聲念上一句。瞧這情形，他們大概又是在作甚麼妖法罷！甘聯珠一瞧到了這裏，再也忍耐不住，便想從腰間拔出那一柄刀來，大叫一聲，從外面殺進亭去。

可是，就在這個當兒，又瞧到了一件驚駭得出人意外的事情了。祇見鏡清道人忽然停口不念，並把招魂旛遞給了旁邊的一個男弟子，卻用騰了出來的那隻右手，向著空中虛虛的一招，接著，便又是微微的一笑；原來，在他手掌之中，已招得了一件東西了。

隨又展開手掌來，把這件東西向著空中一拋，這東西便屹然停立在空中不復動，好像很平正的黏貼了在那裏似的。那正面卻又對著甘聯珠所站立在下面的那個窗戶，更使甘聯珠瞧得一目了然。

在這一瞧之下，任他怎樣的說著不畏懼鏡清道人的妖法；但到了這個時候，卻也使他不得不有些畏懼起來！可是，虛貼在空中的這件東西，既不是甚麼飛刀，也不是甚麼飛劍，更不是甚麼其他的武器，說出來，也平常得很，卻祇是在洞外的時候，馬天池所遞給他的那個小小的紙片。你想，那紙片明明是藏在甘聯珠的衣袋之中的；如今，祇經鏡清道人在空中這們的一招，即一點也不覺得的給他招了去，這怎教甘聯珠不要大大的驚駭了起來呢！

而且，由此更可得到一個有力的證據：他的偷偷走入這「落魂陣」來，並偷偷的站立在這裏窺探他們的行動，已是完全爲鏡清道人所知道的了！而以鏡清道人這們手段狠辣的一個人，既事先把他衣袋中的那個紙片招了去，賣弄自己的一下本領；怕不在接踵之間，又要用甚麼法子來對付著他麼？

然而，甘聯珠畢竟不失爲一個將門之女，當那紙片給鏡清道人招了去以後，他這們惴惴的恐慮著，也祇是一剎那間的事；在一個轉念間，倒又覺得：他自己原是立志要和鏡清道人拚上一拚的，如今這妖道既先來找著他，那是好極了！他要怕懼些甚麼呢？

甘聯珠這們的一想時，膽力不禁又壯了起來，即把腰間的刀一亮，大聲的叫喊著道：「好個不要臉的妖道！這是甚麼的一種妖法，也値得如此的賣弄的！你姑娘現在來找到你了！」但當他剛把這話說完，尙沒有離開那窗戶之下，卻見鏡清道人又是微微的一笑，又是虛虛的一招手，甘聯珠早已身不由主的，被攝在半空之中，隨即如飛鳥一般的，投入中央的那個門中去了。比及到了那亭子的裏面，剛要經過鏡清道人的前面，鏡清道人祇虛虛的比擬著，略把手向下一按，甘聯珠的這個身子，便又輕得如落葉一般的，向空中飄了下來；轉眼間，已是端端正正的，立在鏡清道人的面前了。

好可惡的妖道，他一見甘聯珠已是被攝而至他的面前，心中好不得意！即做出一種十分輕薄的神氣，斜著眼睛向他睨上了幾眼；然後，方又笑著說道：「啊呀！甘小姐！我們眞是不恭之至！不但對於你的光降陣中，沒有派人遠迎得，而且因爲正在做著一種特別法事的緣故，我們這許多人都光著一個身子，竟連衣服都來不及穿得！這總要請你加以海涵的啊！」

這時候，甘聯珠的心中，仍是十分清楚的；一見鏡清道人竟是對他這般的嘲弄著，直把他氣得怒火直冒，馬上就想舉起手中的那一柄刀來，把這妖道的胸間刺成了一個透明窟窿！然而，他又那裏知道，他已被攝在這妖道的妖法之下，怎能再由他作得一分的主！所以，儘是由他用足了平生之力，執刀的那一隻手，卻像被定住了在那裏的一般，一分一毫都不能向外推動得！這一來，不免使他更是氣上加氣，惱上加惱，連得兩個眼睛中，都似乎有火星直冒出來了！

鏡清道人一見這個情形，不由得又哈哈大笑道：「唉！甘小姐，你也不必這般的氣惱！倘然爲此而氣壞了自己的身體，那是很不值得的呢！其實，你不知道，我的不讓你把刀揮動著，也是十分體恤你，不使你白白費力的一種意思。因爲，你的這柄刀，也和那些小孩子們所玩的洋鐵刀沒有甚麼二樣，並不算是怎樣的利器；就是眞的向我身上斫了來，恐怕也不見得就能把我傷了罷！」

鏡清道人說到這裏，卻又向著甘聯珠瞧上一眼，似乎瞧他是怎樣的一種情形的。甘聯珠卻更是惱怒到了極點了，祇不住的把怒目向鏡清道人瞪著；想要破口大罵時，這張口卻也已噤閉著，發不出一些些兒的聲音來了！

鏡清道人便又十分得意的一笑，接續著說下去道：「哈哈！你不相信我這句話麼？那麼，你不妨把這刀揮動上幾下，看他究竟能不能損傷我的毫髮來？」

這眞奇怪，剛才甘聯珠用足了平生之力，尚不能把這執刀的手向外推動得一些些；現在經他這們的一說，甘聯珠雖然極不願舉得這刀，這隻手卻已不由自主的動了起來，逕把這刀向著鏡清道人的身上斫了去。既已斫得一刀，也就用足了力勁，不住手的斫起來了。

照理：既是這般的猛斫著，並還是斫在赤裸著的一個身體上，定要把這鏡清道人斫得東一處也是傷，西一處也是傷，渾身血淋淋的，成了一個血人了！誰知不然，鏡清道人竟似毫不覺得的一般，身上連小小的一個傷口都沒有！

約莫也斫上了二三十刀之後，鏡清道人忽又現出一種很不耐煩的神氣，倏的一伸手，把甘聯珠的那把刀奪了過來道：「唉！罷了，罷了！不必再白費氣力了！如此不中用的一把刀，又怎能斫得傷我？不要說你衹是這們輕輕的斫上幾下了，就是連吃奶的氣力都用了出來，再向我猛斫上數百刀，恐怕也是無濟於事！你要知道，我並不是一個尋常的人物，決非這一種尋常的刀所能斫得傷我的啊！」

說著，又用手指，在那刀口上錚錚的彈上幾下道：「哈哈！這聲音倒是怪好聽！然而要用之於殺人，那就未免差得太遠了！你瞧，我衹要把這手指再彈得重一些，不是可把這鋒口一彈就彈了去麼？」

鏡清道人一壁如此的說，一壁便手指彈得再稍爲重上一些；果見那刀口上被彈之處，立刻發現了一個大缺口，那片廢鐵，即錚的一聲，向著外面飛了去了。於是，又聽見他的一陣哈哈大笑；笑後，復臉色一正，說道：「照此看來，你這一把刀，實在是一點也不中用的；留在你的身邊，徒然招得人家的笑話，不如由我代你折了去罷！」

鏡清道人倒是言出必行的，他一說完這話，也不等甘聯珠有怎樣的一種表示，即拿起那把刀來，就著中央一折。只輕輕的幾折之間，那裏還成一把刀？祇見無數小小的碎片，散落在地上就是了。

至是，甘聯珠眞是又氣、又惱、又羞、又愧！可是，氣惱又有甚麼用？羞愧更又有甚麼用？不要說他現在尙被攝在鏡清道人的妖法之下，便是不被攝在妖法之下，連得自己的一把刀都給人家折了去，赤手空拳的，又能幹出些甚麼事情來呢？結果，也祇有恨自家的本領，太是及不上人家；更恨自家也太不量力了一些，既是這般的沒有本領，爲甚麼巴巴的要到這裏來獻醜？現在，倒成了一個來得去不得的局面了！

在這般的情狀之下，在他的心中，好似有一團焦炭很猛烈的燒將起來，直鬧得他全身都發起燒來；一張臉更是蒸得紅紅的，兩眼中，像有甚麼火星冒出！

鏡清道人是何等奸惡的，他現在直把甘聯珠視作一頭被捕到手的老鼠，而他自己卻是一頭貓；貓既把老鼠捕了來，在這老鼠未死以前，怎肯即此而止，不把這老鼠盡情的玩弄上一下的！

因此，他又向甘聯珠睨上了一眼，佯作吃驚之狀道：「啊呀！你的這張臉怎麼紅得這般的一個模樣？莫非身上覺得熱了一些麼？那倒也是很容易的一樁事！你瞧，我們的身上，不都是脫得光光的；所以，雖和你同處在一個室中，卻祇覺得很爲涼爽，一點兒也不覺得熱。現在，你只要也學我們的樣子，把上下身的衣服都一齊脫了去，那就一點不成問題的了！」

鏡清道人雖祇是輕飄飄的幾句話，然在甘聯珠一聽到以後，心中更是異常的著急了起來！這顯然的，那妖道還以剛才這們的玩弄著他爲不足；又要更進一步，也要教他把上下身的衣服都脫了去！倘然此事竟是實現，那還成個甚麼樣子？不是生生的要把他羞死了麼？而那妖道的蓄意侮辱他，又是到了怎樣的一個程度呢？當下，他的一張口雖仍是噤著，說不出甚麼反對的話，卻把兩隻手緊緊的抱著自己的身體，好像生怕那妖道走了過來，行強硬把他的衣服剝了去的！

鏡清道人見了這種情狀，又笑了一笑道：「莫非你寧願受著熱，不願把這上下身的衣服脫了去麼？哈哈！這是你中了那虛僞的所謂羞恥觀念的毒了！其實，我們的身體受之於父母，都是清清白白的，有甚麼不可呈露在人家的面前？那裏還有羞恥不羞恥的這些話呢？

「而且，你要明白，我如果要教你把上下身都脫光了的話，那是再容易也沒有的一樁事，既不要你自己動得手，更不要我來動得手，祇須我輕輕的一揮手之間，你的全身衣服就自會脫卸了下來了！他們幻術家所謂美女脫衣的那一套戲法，或者是不足信的一句空話；而在我，卻是的的確確的有上這一點法力的呢！」

的確，這倒不是鏡清道人在那裏吹甚麼牛；如果他要來這一手的話，那是十分容易的！因此，他將這幾句話一說，更把甘聯珠發急得不知所云的了！知道在這情形之下，那妖道決不肯輕輕易易的便放過了他；他自己出乖露醜的時候，看來就在眼前的了！果然，他正在這們的忖量著，早見鏡清道人已把一手舉了起來，好像馬上就要行使他的那種妖法了。

誰知，正在這間不容髮之際，忽聞得有甚麼人大喝了一聲；一觸耳就知道在這喝聲之中，很帶上一點嚴重的意味的！而在鏡清道人聽來，卻比之晴空中打下了一個霹靂來，還要使他來得震恐失措！

因爲，這是甚麼地方？這是甚麼時候？這人竟膽敢這般的厲聲喝著，這顯然的是要來和他搗一下蛋的；而且，定是自負有一種相當的本領，可以和他來搗一下蛋的呢！於是，不由自主的，把那隻手放了下來。而循著這喝聲傳來的那個方向，倏的把視線移注了過去，一眼望去時，恰恰和那三角大旗上的那個神像觸個正著，別的卻一點也瞧不到甚麼。

他便一半兒帶著懷疑的神氣，一半兒有點開玩笑的意味，也把兩眼圓圓的一睜，厲聲向著那神像喝道：「咄！剛才這們大聲大氣的喝著的，莫非就是你這個鬼東西麼？這是甚麼意思？未免太放肆了一點了！」

在他的意中，以為旗上的那個邪神，完全是在他的𢅥幪之下，而一切都是聽從他的指揮的。倘然剛才那一聲，確是那個邪神喝出來的，那他把他責罵上一番，並不為過；倘然並不是那邪神所喝的，衹算是罵錯了就完了，想那邪神也決計不會對他怎樣的反唇相稽呢！不料，在這裏，卻有一件出乎他意料之外的事情發現了！

這邪神一聽這話以後，便也在像上把一張臉板了起來，並凶狠狠的說道：「不錯！剛才那一聲，果然是你老子所喝！老子喝也喝了，看你又能把老子怎麼樣？」那邪神不但是十分的嘴硬，並左一聲你老子，右一聲你老子，太是使人難堪了！

這在鏡清道人遇到了這樣的情形，眞好似統率三軍的大元帥，忽然間逢著部下向他倒起戈來；而且這個部下，還是以為可以玩於股掌之上，一點不必加以防範的，那裏還會教他不大怒而特怒！頓時間，又大喝一聲道：「眞是反了，反了！連你這般一個毫不足道的鬼東西，也敢和我鬥起口來麼？嘿！還不趕快走下來，向我陪上一個罪；否則，我是決不能寬赦了你的！」

好邪神，眞是倔強之至！他依舊一點兒聲色也不動，又橫眉鼓眼的，說道：「誰來向你陪甚麼罪！像你剛才這們的把甘聯珠小姐戲弄著，倒得向著甘聯珠小姐陪上一個罪才是呢！」聽他的口氣，非但十分同情於甘聯珠，竟是在那裏替甘聯珠打著抱不平的。

於是，鏡清道人憤怒到了極點，再也不能有一分一毫的忍耐了；即伸出一個指頭來，指著那神像，喝道：「哇！還不和我滾了下來！」

照他的法力而論，祇要他這們的一聲喝，並這們的用手一指，就會使那邪神從像上滾跌了下來，如死了一般的委倒在地上！誰知，如今經他施法之後，這邪神滾落果然已是從像上滾落了下來，卻仍是屹然的立在地上，並凶狠狠的向他注視著。顯然的，鏡清道人所憑仗的這一點法力，已是不能制倒他的了！鏡清道人這一怒，眞是非同小可！然一時間卻也不能有甚麼話說。

那邪神當然是得意到了萬分，便又聽他笑著說道：「哈哈！現在你且把我再瞧上一眼，看我究竟是甚麼人？」這句話很是有些突兀，一說出來之後，不但鏡清道人忙舉目向他一望，便是那八個男女弟子和著甘聯珠，也不約而同的，都把視線射了過來。

大家一望之下，不覺又是不約而同的，一齊喊上了一聲：「咦？」原來，在這一轉眼之間，那邪神已是不知去向，卻換了一個鬚眉俱白，神采驚人的老者，含笑立在當地。

不知這老者究是何許人？且待第一四六回再說。

第一四六回　各馳舌辯鏡遜於金　互鬥神通水不如火

話說：大家都知道站在當地的，乃是從像上走了下來的那個邪神，並當他走下來的時候，大家又都是親眼瞧見的，不料，在一轉眼之間，忽已變爲一個鬚眉俱白，神采驚人的老者，這教大家如何不要大大的吃上一驚呢！可是，在一驚之後，全個亭子中的這十個人，早都已認清楚那老者是甚麼人！

且不言甘聯珠心中是如何的歡喜，那八個男女弟子心中又是如何的驚惶，單說鏡清道人立時間把臉色一變，便向那老者大喝一聲道：「嘿！我道是誰，原來是你呂宣良這個老賊！你的膽力倒眞也不小，竟敢走到我這禁地中來！大概也是你活得不耐煩，巴巴的要來我這裏送死罷！」鏡清道人雖很現著一種劍拔弩張的神氣，好像馬上就要和人動手似的。

金羅漢呂宣良卻一點也不理會，神態間仍是十分的從容，微笑道：「甚麼送死不送死，這都是一派的空話！如就事實一方面而言，我的這條老命至今尙還得保全著；你們這一邊，倒已死去了一個人呢！」一邊說邊即用手向著後面一指。

大家忙依著他所指處一瞧，果見在那面的地上，直僵僵的躺著了一具屍首；細一注目時，卻正是那個邪神，可不知是甚麼時候躺在那裏的呢！

鏡清道人一見那邪神已是死在地上，料知必是遭了金羅漢的毒手，不禁怒火更是直冒道：「嘿！你這老頭兒眞是好大的膽，竟敢把他害死了麼？那我誓不和你甘休，定要代他報了這個仇的！」說時，又有就要動手的樣子。

金羅漢卻把手搖了一搖道：「且慢！我們須得先把這話說個明白。你要知道，我是素來不喜歡輕於殺害人的；何況，這小子很肯聽話，剛才我要他對你怎樣的神氣，他就對你怎樣的神氣，一點兒也不違拗，這就是我自己的門弟子，至多也不過這們的一個樣子罷了！那我對他正嘉許之不暇，為甚麼要把他殺害了去呢？」

金羅漢在這一番話中，除了洗清自己的嫌疑之外，顯然的把他剛才所玩的那一套十分神妙的手法，又要在鏡清道人的面前，很得意的誇說上一下了。

這當然更把鏡清道人氣惱得甚麼似的，祇是瞪著了一雙眼睛道：「好個利口的老賊！不是你所殺害，究是誰所殺害？難道說，還是我把他殺害了的麼？」

這話一說，卻聽得金羅漢哈哈大笑道：「豈敢，豈敢！怎麼不是你把他殺害了的呢？唉！鏡清道人，你也太是瞧低了你自己，並太是不信任你自己的那種法力了！你須知道，你鏡清道人是如何使人畏懼的一個人物，你所具的那一種法力，又是如何偉大而不可思議的。

「如今，這小子祇是你手下所役使的一個人員，並不有怎樣的本領，倘然你對他使著法，咒他從像上跌落了下來而死，他仍得安然無恙，不應著這個咒，那你這鏡清道人，也就不成其爲鏡清道人；你的那種法力，也就毫不足道的了！你祇要如此的一想時，便可知這小子究竟是死在誰的手中的；怎麼你一時間竟會糊塗了起來，反說是我把他殺害了的呢！」

好厲害的金羅漢，表面上雖是一句句的都是推崇著鏡清道人，並把他推崇到了十分；實骨子裏，卻一句句的都是在挖苦著他，也把他挖苦到了十分！這眞使對方的鏡清道人，有些夠受的了！而且，這中間還有最爲厲害的一點，那便是金羅漢所說的，全是一些事實，並不是甚麼揑造了出來的。

於是，鏡清道人顯出了爽然若失的一種神氣，好半晌沒有開得一聲口。最後，他又突然的跳了起來道：「罷，罷，罷！誰再耐煩和你講究這些！想你既然有膽來得，定是要和我見上一個高下的！好！我們就來走上幾個回合罷！」說完這話，就向著金羅漢撲奔了來。

金羅漢卻不和他交手，祇向著旁邊一閃；而就在此一閃之間，已把那個男弟子手中所執著的那面招魂旛奪了來。便向著懷中一塞，笑嘻嘻的說道：「我此番的到這裏來，原是要破你這『落魂陣』的。如今，鎭守陣旗的那個邪神，既已死在你自己的手中，這招魂旛又給我搶了來，我的事情總算已是有上了一個結束，誰還耐煩和你走甚麼對子呢？不如讓我改日再領教罷！」說著，把手拱上一拱，似乎很爲抱歉的樣子。

然而，在這樣的一個局勢之下，憑金羅漢是怎樣的說著，鏡清道人那裏就肯輕易的放過了他！因此，在一聲冷笑之下，又把身軀掉動，再向著他撲了來。金羅漢又是將身一閃，並騰起在空中了。

鏡清道人見二次進攻，都給金羅漢閃避了去，心中很是動火。依得他的意思，頗想就把飛劍向著金羅漢刺了去。可是，轉念一想：我有飛劍，金羅漢也是有飛劍的，徒然的相鬥一場，我的飛劍，不見得就能勝得了他；不如改換上一個方法罷！那麼，他將改用怎樣的一個方法呢？於是，他又突然的想到了一個意思：這老頭兒既是這般一再的閃避脫我，不肯和我交手，那我就不和他交手也得。不過，他現在不是還停留在空中，沒有逃走了去麼？照他的意中想來，他這般的對付著我，我是把他莫可奈何的了！那我何不顯上一點手段，佈上些個網羅，就把他在空中囚禁了起來？到那時候，看他還有甚麼話說呢！

鏡清道人一想得了這個主意，心中覺得十分得意，也就立刻實行了起來。果然，祇見他念念有詞的一會兒，便有似鐵網、非鐵網的一些東西，在空中沿著金羅漢的四周，密密的佈了起來；竟把金羅漢當作一頭鳥的一般，囚禁在鳥籠子似的一件東西之中了！

於是，鏡清道人又十分得意的，向著金羅漢說道：「你既然不願和我交手得，那讓我省下一點力氣來也好！不過，你想要就此脫身逃走，那也是沒有這般便宜的事！現在，且請你在空中暫時停留上一下罷！我也決不會怎樣的難爲你，祇要你把那招魂旛交還了我，就一切都不成問題的了！」

金羅漢像似直至現在，始發覺了已被囚在這網羅之中；倒又狀態很滑稽的，向著四下顧視了一陣道：「哦！你的本領眞是了得！竟乘我不覺之中，又把我囚禁了起來了！可是，你現在就要自鳴得意，似乎又嫌太早了一些！你所佈的這個網羅，究竟能囚禁得住我，不能囚禁得住我，至今還成爲一個問題；不但我不知道，就是你恐怕也不曾知道罷！」

鏡清道人聽了，祇冷笑上一聲說：「哼！你還敢如此的利口麼？照我想來，你是無論如何，逃不出我這個網羅的！現在，別的話不必講，把這招魂旛還了我，萬事全休；否則，你是來得去不得的了！」

金羅漢依舊沒有甚麼反抗的動作，祇在口中咕嚕著道：「甚麼來得去不得！像這『落魂陣』，在你看來是何等得意的一宗邪門，我尚可自由的來往著，不有一點兒的困難；如今，這小小的網羅，又算得是甚麼東西？我金羅漢難道反會逃不出來麼？這個我不信，這個我不信！」說時，連連把頭搖著。

鏡清道人見了這種情形，倒有些不耐煩起來道：「你不要祇是說著一派的空話，其實這件事，乾脆著說，只二句話就可結了的：你不能逃，趕快把這招魂旛還了我；你能逃，就馬上把工夫施展了出來罷！」

金羅漢也笑起來道：「這二句話眞好乾脆！可是，你也休要誤會，我並不是愛說空話；不過，覺得來上這裏一遭，也很爲不容易，頗願和你十分詳細的談一談。即以現在而論，我對於自己究竟應該走那一條路，倒並不當作怎樣可注意的一個問題，卻祇是可惜著還有許多話沒有和你講得呢！」

鏡清道人素知金羅漢在崑崙派中，是如何以精明強幹著稱的一個人物；即拿他的這種外表瞧起來，也是何等漂亮的。卻不料，現在竟懷懶到了這們的一個樣子，不免又好氣、又好笑的，說道：「好！你有甚麼話，不妨盡情的說了出來罷！橫豎你是逃不出我這網羅就是了！」

金羅漢卻仍是一副懷懶的樣子道：「其實，我也沒有旁的話，我祇是在暗地替你不勝的惋惜著。像你平日是負有何等的重望，此番又毅然的出馬，設出這『落魂陣』來，這不但是我，便在三山五嶽的一般朋友們想來，都以爲這不知是怎樣的刁鑽古怪，從未見過的一個新陣圖，定可使人家爲之耳目一新！

「卻不料經我一踏勘之下，完全是從那腐舊不堪的『金鎖陣』脫胎而來，毫無一點的新意味。你想，這是如何的使得人家失望呀！然而，這還不算甚麼；一說到你這所以擺設『落魂陣』的目的，卻更是使得人家把嘴都要笑歪了！」

鏡清道人萬想不到金羅漢竟把他奚落到了這們的一個樣子，心中自然十分的惱怒，但又不能把金羅漢怎麼樣，也祇能矯作爲一種冷靜的態度道：「好，好！我儘可由你去譏笑著！但是，一說到我這擺設『落魂陣』的目的，爲甚麼又要把人家的嘴都笑歪，你倒不妨再把這理由說一下子看？」

金羅漢不免又向他望上一眼道：「其實，這也是很明白的一樁事：我就是不說，你自己也是知道的。你的擺設『落魂陣』，其目的不是要使我們這一輩人一齊都病倒了下來，一個都不能和你在擂台上相見，你們就可獲到了完全的勝利麼？然而，請瞧現在的一種結果，又是怎麼樣？別人且不必說，我這一個人，不已是爲你的那種妖法所不及，仍似鮮龍活虎的一般麼？那麼，請你想想，以你這般偉大的一個目的，卻得到了如此不堪的一個結果，人家究竟該應笑你呢？不該應笑你呢？」

好金羅漢，他的話竟是越說越不客氣，一點餘地也不留，這們的單刀直入了！鏡清道人饒他是怎樣的面皮老，在這幾句話之下，也有點不勝愧恧的樣子。然在一轉眼之間，又把臉色一板道：「這些話說他則甚！現在我再問一句：你究竟肯不肯把這招魂旛歸還我？」

於是，金羅漢忽的發出一聲大笑道：「哈哈！我今天也太是做夠了這一派憊懶的樣子了！現在還是爽爽快快的行事罷！」當下，把眉毛一軒，立刻顯得他是何等的神采飛揚。隨又見他伸出手來一指，即有一派烈火，從他的指尖間飛騰而出，直向著那網羅上燒了去了。轉瞬之間，祇見火舌四伸，濃煙密佈，看去這火勢已達到了相當猛烈的一個地步。

金羅漢卻又在這煙火交騰之中，說起話來道：「哈哈！如今你且瞧瞧，這些個不值一笑的網羅，已到了那裏去？究竟能困得住我金羅漢？不能困得住我金羅漢呢？現在我要告別了，你也能相送一程麼？你也能再弄出些甚麼新鮮玩意兒來，給我一廣眼界麼？」

說到這裏，略停一停，又聽他接著說道：「啊呀！我今天眞是憊懶之至，幾乎誤了大事！我原是爲了要救甘聯珠小姐，而到這裏來走上一遭的；怎麼如今自己說走就走，卻把他撇下在這裏呢！」當他剛把這話說完，早已用了一個法，把甘聯珠也攝到空中來，即從這烈煙飛騰中，一齊向著亭外衝了去。

這時候，眞使鏡清道人惱怒到了極點，也是愧恧到了極點！在既惱且愧之中，一時也想不到使出怎樣一種的妖法來！祇知道金羅漢既借了火力來進攻，我就以水爲抵制；倒要看上一看，究竟那一方面能佔上優勝的局勢，還是火強於水呢？抑是水強於火呢？鏡清道人這們的一想時，便仰起一顆頭來，張開大口，向著空中噓著，即有像泉水似的一道東西，從他口中噴射而出，直向著濃煙烈火中掃了去。

照理，這水旣噴射得這們的旣激且急，又是源源不絕的噴射著，這火勢無論怎樣的旺盛，終於要給這水撲滅了去的。然而，說也奇怪，今日的火，卻和尋常的火大不相同，任你這水怎樣的向他澆了去，他卻像似一點也不覺得的樣子。非但一點也不覺得，反而這水一向他噴射去以後，更似得到了甚麼的一種助力一般，竟是越燒越有精神了！

結果，除了這亭中仍有一簇簇的火，在四下飛動著，燒得格外猛烈之外；復有像火龍似的一條東西，緊緊的跟隨在金羅漢和甘聯珠的後面，直向著亭子的外面延燒了去。一時間，有不少的火星，從這火龍的身上紛紛的墜落下去時，便把陣中各處都燒了起來。倘要挖苦的說一句，這已不成爲甚麼「落魂陣」，簡直是擺設下一座火龍大陣了！

可是，在這裏，卻又發現了一個奇蹟：這「落魂陣」中雖已是燒得這般的一個樣子，但這火卻好像認識了金羅漢和甘聯珠似的，始終沒有一些些的火星，飛到了他們的身上去；而且還在中間讓出了十分寬廣的一條路來，使他們借著騰空的一種工夫，可以自由自在的向前進行著，並連一些些的熱氣兒似乎都沒有感覺到呢！

同時，再由那一方面講起來，可也夠鏡清道人等一行人受累的了！這火像也似認識了他們，並認識他們正是進攻的一種目的物似的；不但有不少的火星，紛紛的向他們的身上墜落了去，還有紅赤得甚麼似的一條條的火舌，也向著他們伸拿了來！

你想，他們都是赤身裸體，一絲兒也不掛，那裏再有躲避的餘地呢？而在這許多人的中間，究以鏡清道人爲神通廣大得多，他一瞧情勢很是不妙，噓氣噴水，也是枉然的了；忙運起一團罡氣來，保護著自己的身體，免得爲這猛烈的火力侵入了去。

然而，他也僅能保全了他自己而已；對於其餘的人，可就沒有能力可以庇護的了！這一來，直燒得他的八個男女弟子，男的祇是狂呼猛叫，女的祇是嬌喘呻吟，到得末後，大家實在覺得再也支撐不住，不禁一齊仆向地上，他們的身體，一個個都燒灼得如焦炭一般的了！

在這一場大火之後，直把這座「落魂陣」燒得甚麼也沒有，祇成了一片瓦礫場。金羅漢卻還沒有走，又在空中叫著道：「鏡清道友！如今你已覺悟了沒有？須知你的這一點點淺薄的道力，實在不足和我們一抗的呢！現在爲你想來，不如趕快離開此間，悄悄的回了冷泉島；免得一旦到了擂台之上，如再出乖露醜起來，那就更加的下不得台來了！」

鏡清道人一聽這話，也從瓦礫堆中走了出來，眞把金羅漢恨得甚麼似的，不覺咬牙切齒的，說道：「金羅漢！你休要這般的得意！我今天一時大意，竟在你的手中遭上這樣的一個蹉跌！但將來到了擂台之上，一定不會讓你再逞威風的，你瞧著就是了！

「而且，你今天把我這八個男女弟子燒得這般模樣，這個仇可眞不小！哼哼！我非捉住了你，把你的身體斬成了萬段，不足替他們報了此仇的！」說時，又向這燒得像焦炭一般的八個身子望上了幾眼，像在十分憤恨之中，也略略的帶點悲痛的意味。

金羅漢也愀然的說道：「講起這八個人來，我眞也覺得疚心之至！他們都是一般無知的小兒女，平日並不犯有怎樣的過慝，祇爲了盲從你的緣故，卻使他們遭到了這般的慘死，這在我也未免太是殘酷了一點了！不過，不是如此的一來，又怎能使得其他的人知所儆戒？更何由觸發你的懺悔之心？

「倘你能時時刻刻的想念著，爲了你要一味的逞能，擺設甚麼『落魂陣』來，竟使他們這八個人都死於非命，此後再不敢如此輕舉妄動；那他們這八個人雖死，也就等於不死的了！不過，無論如何的說，我總覺自己對於這件事太殘忍了一些！也罷，且讓我想個補救的方法罷！」

金羅漢說完此話，祇見他把袍袖一拂間，這八個燒得烏焦的屍首，即從地上直捲而起，轉眼間已是不知去向的了！一壁也就挈同了甘聯珠，一同回到了雲棲禪寺中。

恰恰一夜已是過去，正值破曉的時分，可笑桂武剛從好夢中醒回來，直至甘聯珠把所有的經過都告訴了他，他方始知道，他的夫人在夜中已是幹過了這們的一件大事呢！不禁爲之驚喜交集。

同時，金羅漢也把那面招魂旛，從懷中取了出來，煎了湯，給所有病倒在床的一般人各飲上一小杯後，眞比仙丹還要來得靈驗，居然在一刻兒之間，一個個已是霍然痊癒的了！

在這許多人的中間，卻又要把甘瘤子夫婦二人特別的提上一提。當時，便由桂武和甘聯珠各捧了一杯湯，走進他們的病房中去，經把他們老夫婦倆的牙關弄開，將這藥湯灌入後，果然在相當的時間中，已是相繼甦醒了過來。然當甘瘤子神志稍清，忽一眼瞥見了甘聯珠和桂武，不禁大吼一聲，即從床中跳了起來。

不知甘瘤子此後還有怎樣的一種行動？且待第一四七回再說。

第一四七回 病榻旁刀揮如急雨 擂台上鏢打若連珠

話說：甘瘤子從昏迷中甦醒了過來，神志略清以後，忽一眼瞥見了甘聯珠和桂武，都立在他的床前。他染著這般的沉疴，原是一時間突然而來的，一睡倒在床上，就入了昏迷的狀態中；所以，他這一場病究竟是怎樣的一種經過，他自己一點兒也不知道。

如今，一瞧見了甘聯珠和桂武，更把別的一切都忘去，頓時觸起了壓積在心中已久的一種舊恨；因爲，那年當他回得家來，一聽說桂武夫婦倆已是私下逃走了去，眞使他勃然大怒，把他們二人惱恨得甚麼似的。當下，除宣布和他們二人斷絕了一切的關係外，並咬牙切齒的立下了誓言：將來不遇見他們便罷，一旦如遇見了他們定要一刀一個，都把他們劈死，決不輕輕的饒放過的！

因此，他即大吼了一聲，從床上跳了起來；又伸出一個手指來，指著他們二人，罵道：「咳！好大膽的二個東西！還敢前來見我麼？我是不論經過了多少年，都是一點不變的痛恨著你們，決計不會饒放過你們的，你們難道不知道麼？」說著，又伸手向床頭去亂抓亂摸，像似要尋覓得一件甚麼武器，向他們打了去的。

這一來，可把甘聯珠和桂武都駭住了！眞想不到，他老人家竟是如此的氣性大，事情已是隔上了這們多年，他還是牢牢的記著，一點兒也不肯寬恕他們的！於是，在彼此一交換眼光之下，也想不到別的解圍的方法，即不約而同的，在地上跪了下來，求他老人家饒赦了他們；他們那一次的事，實在是大大的幹得不應該的！

可是，甘瘤子正在怒氣直沖的時候，那裏會聽了他們幾句求情的軟話，就不發作了起來。這當兒，早在床頭找得了一把朴刀，即凶狠狠的舉起刀來，向著跪在床前的這二個人直斫了去。但當這刀尚沒有斫到，衹聞著噹的一聲響，卻給另一把刀把來擋著了。

你道，這是甚麼人的刀？難道甘聯珠和桂武，一見求情已是沒有用，所以也改取著抵抗主義，竟把刀拔了出來麼？不，不！這是絕對不會有的事！今日的甘聯珠，已和往日的甘聯珠大不相同，衹要能把以前的事，在他父親面前說個明白，就是把他當場殺死，也是心甘情願的！至於桂武，他是一向跟著了甘聯珠走的；甘聯珠如果不把刀拔出，他是決計不敢拔出刀來的呢。那麼，這擋著甘瘤子的刀的，究竟是甚麼人呢？

哈哈！列位看官，你們難道忘記了另外一張床上，還睡著了一個甘瘤子的大老婆蔡花香麼？他的病狀，本來要比甘瘤子輕得不少；一吃了那一小杯湯後，更是大有起色。所以，當甘瘤子甦醒了過來的時候，他的神智間已是十分清楚的了。

他也知老頭兒的脾氣不大好，驟然瞧見了女兒和女壻，定會惹起不少的麻煩。原想，就把桂武夫婦倆前來探視他們的病，甘聯珠並願前去攻打「落魂陣」的一節事，向甘瘤子說上一個明白；逆料經此一來，老頭兒的這口氣也可平了下來，大概不至再有甚麼事罷！

萬不料，他還沒有把話說出，甘瘤子已這般的鳥跳了起來，並還拿刀在手，要向他們斫了去呢！這一急，可眞把蔡花香急得非同小可；一時也不及思慮，忙也搶了床頭的一把朴刀，跳下床去，恰恰正是不先不後，噹的一聲，和甘瘤子的刀觸個正著，把來擋著了。

依得甘瘤子當時的心念，恨不得這一刀下去，就把這二人都斫得一個死；一見竟有人來擋著了他的刀，而且這個人就是他的大老婆蔡花香，這氣可就更來得大了！一時間並把痛恨甘聯珠和桂武的一腔怒氣，不覺一齊的都移轉到蔡花香的身上。

祇見他將身一縱，也從床上跳下，立即如驟風急雨一般的快，又向著蔡花香揮了一刀來，一壁大罵道：「你這婆子眞不是一個東西！一切事都壞在你的身上！你生下了這樣的好女兒，已是夠讓我受氣的了；如今，竟又爲了要幫助女兒，不恤和我揮起刀來麼？」

蔡花香忙又以一刀擋住，並重重的啐了他一口道：「人家都說你老糊塗，不要眞是糊塗到了這們的一個地步！誰又願意幫助聯珠，而不幫助你！祇是他們二人都是好意的來探視我們的病，並去攻打『落魂陣』，把我們從沉疴中救了出來；你如今不但不向他們感謝，反而不問情由的，要向他們動起刀來，這又成甚麼一回事情呢！」

甘瘤子一聽到這幾句話，心上也不免微微的一動，但在一個轉念間，又疑心到，這恐怕全是捏造出來的，並不是甚麼事實；他們兩個小孩子，有多大的能爲，那裏能幹得這們的一件大事情呢？便又把臉色一板道：「你別捏造出這些事實來！不論你是怎樣的說，我總是給你一個不相信！咳！看刀罷！我今天定先要殺卻了你這個不是東西的鬼婆子，然後再一刀一個，把這兩個小鬼頭都殺了去！」

當他們老夫婦倆正在你一刀，我一刀，厮殺得不可開交的時候，忽聞得有人在門外念了一聲：「阿彌陀佛！」隨即向房中衝了進來。大家忙一瞧時，卻正是本寺的方丈智明和尚。倒不要瞧他是這般一個文傷傷的樣子，但見他衝入了他們的中間，把二手向著上面的一舉，就好像發生出一種絕大的力量似的，即把他們老夫婦倆，一邊一個的，分了開來了。

隨又見他雙手合十，再念了一句：「阿彌陀佛！」含笑說道：「甘檀越，你倒不要不相信這位女檀越說的話，卻一句也不是捏造了出來的，他們二位確是救了你們的性命來呢！如若不信，我有絕好的一個證據在此！」

說時，即就他博寬得像一隻口袋的袖子中，把那面招魂旛取了出來；復又檢出上面的二行小字，指點給他瞧道：「檀越，請瞧！你們二位的貴庚造，不是已經被那妖道調查了去，清清楚楚的寫在這上面麼？而你們二位以及其他的人之所以突然睡倒，一齊入了昏迷的狀態中，也就是爲了這個緣故。大概那妖道定是對著這招魂旛，不分朝夕的在那裏作法呢！現在，幸虧靠著他們二位，把這旛奪取了來，一煎湯給了大家吃喝後，居能一個個都得離床了！」

智明和尚一說完此話，又把當時前去攻打「落魂陣」，奪取招魂旛的情形，繪影繪聲的，述說了一遍。差不多把金羅漢手上所幹下的那一番驚人的事蹟，都桃僵李代的，放在他們二人的身上了。

原來，這都是金羅漢呂宣良教給智明和尚的，特地請他走來做上一個調人，讓他們父女翁壻，可以釋去前嫌，和好如初。果然，智明和尚把這話一說，倒把甘瘤子聽得呆了！原來，自己老夫婦的一雙性命，還是仗著女兒和女壻的力量救了回來的；自己竟是一點兒也不知道，反是念念不忘於他們的前嫌，一見面就向他們揮起刀來，未免太沒有意思了！

甘瘤子一壁如此的想，一壁也覺得怪不好意思的；即懶洋洋的把執刀的那隻手放了下來，又把那刀，隨手的向著床頭一擲道：「想不到還有這們的一回事。這倒是我的不好了！起來罷，起來罷！」末後的這二句話，那是對著跪在床面前的那一雙小夫婦說的，臉上也略帶笑容，不似先前那般的殺氣騰騰。於是，智明和尚又念了句：「阿彌陀佛！善哉，善哉！」蔡花香也釋刀而笑，似乎很是歡喜的樣子。

獨有甘聯珠和桂武，雖是聽從了甘瘤子的說話，已一齊從地上站了起來；但一想到了智明和尙所述說的當時那一番情形，倒都又覺得有些忸怩起來。因爲，這些事完全不是他們所幹，未免太有點掠人之美的了！

躊躇上一會兒後，甘聯珠終究把實話吐了出來道：「我們已蒙爸爸把前愆赦了去，心中果然十分的歡喜；但不把實情說出，未免終覺有些不安！其實，我祇是虛於冒上一個險，幾乎把自己的一條性命都送了去，那裏曾得到一些實在的益處？凡是剛才大和尙所述說的那一番情形，都是金羅漢所一手幹了下來的，我眞不敢掠人之美呢！」

桂武也接說道：「至於講到我，更是慚愧得很！」

智明和尙一聽他們這般的說著，很顯出一種著急的樣子；生怕爲了這幾句說話，又發生出甚麼變局來的。便不待桂武再說下去，忙攔著他的話頭道：「你們也不必再如此的謙遜得！且不管當時究竟是怎樣的一個情形，這些個事又是甚麼人所幹，祇要你們能有上這們的一個心，也就很好的了！甘檀越，你說我這句話對不對呢？」說後，又掉過臉去，向甘瘤子望著。

這時候，甘瘤子早已怒氣全消，不但對甘聯珠已沒有一些些兒的芥蒂，並又恢復了早先的一種情感，把甘聯珠疼愛了起來；女兒和女壻，原是有上一種連帶的關係的，他既一疼愛了女兒，自然的也會把女壻疼愛了起來了。所以，一聽智明和尙向他問著，也便笑著把頭點點，很表同情似的。

至是，著書的也就把他們的事情暫時告一結束，不再枝枝節節的寫下去。卻又要騰出這枝筆來，把群賢畢集，大打擂台一番熱鬧的情節，細細的述說上一遍了。

且說：不到多久的時候，早又到了擂台開打的日期，這是不論在那一方面，都視爲十分重要的一樁事情。

大家心中都很是明白，知道這一下子的關係很爲不輕，如果擺設擂台的這一方面得了勝，那是哭道人所要創設的這個邛來派，將要獨霸於天下，而崑崙、崆峒二派都不能抬起頭來；如果打擂台的這一方面勝了，那崑崙、崆峒二派又得保持其以前的聲譽，而這邛來派的一個名詞，將又如曇花之一現，永永不會被人再齒及的了。因之，台上和台下的形勢，都是緊張到了萬分！

金羅漢在崑崙派中，總算得是一個領袖，在這一天的早上，就帶領了他們自家一派中的人，一齊到了邛來山上。四下一瞧看時，人是眞來得不少，除了崆峒派由著楊氏弟兄爲首，率領了他們一派中許多有名的人物，也已到來之外，還有江湖上的許多知名之士，並不隸屬於他們這兩派的，也都到了場。

瞧他們的樣子，不但有上一點觀光的意思，如果遇著高興起來，或者還要出一下手呢！這也不怪他們，實在是哭道人此番的擺設擂台，太是大言不慚了，他們心中難免都有些兒不服氣啊！獨有那天曾在這個山上，現過一次好身手的那個紅雲老祖，卻左望也望不見他，右望也望不見他，似乎並不在場。

金羅漢倒並沒有覺得怎樣，卻見笑道人挨近了身來，低低的問道：「你老人家也瞧見了那紅雲老祖麼？這倒是一樁奇事，在今天的這們一個盛會中，他大可出上一下鋒頭的，倒又不露面起來了！」

金羅漢笑答道：「我也沒有瞧見他。不過，他的脾氣很是有些古怪，或者現在正藏匿在那一個所在，定要到了相當的時間，他又突然的湧現在人前了。我們且不必去管他，我們祇要自己盡力的幹了去就是。」金羅漢一壁說，一壁又舉眼向著前面望了去。

祇見他們所站立的地方，正當著這邛來山的半腰，卻是一個十分寬廣的所在，大概不論在這山上山下，再也找不到第二處，像這們寬大的地方的了。當著那中央，卻建設起一座高台來；那規模，比之那天所設的那個祭台，要宏大到了好幾倍。再過去約莫離開了幾尺的地方，又設了一個台，規模卻要差上一些。

照情形瞧來，中央的那個台，那就是擂台，照他的地位是如此的寬廣，儘可有好幾個人在上面走得趟子的。旁邊的那個台，祇不過供他們一方面的人休息休息罷了。在中央的那個擂台上，正中還高高的掛上了一方匾額，旁邊又掛著了一副對聯；這也是一般擂台上應有的一種點綴，毫不足道的。

不過，普通擂台上的匾額，總是寫著「爲國求賢」、「以武會友」的這些字眼，前者大概指明這擂台是由官府發起的，有點選拔人才的意思；後者則說明這擂台雖不是官府所發起，卻也有上一種研究武藝、提倡武藝的意思。那無非要把在擂台上比武的這件事情，不算作怎樣的窮凶極惡，而欲將雙方狠鬥死拚的一番情形，借著這些個好看的字眼，輕輕的掩飾過去便了！

這在金羅漢的眼中，差不多已成司空見慣；然他現在把這張匾額上的四個字一瞧時，不免輕輕的罵了一聲：「放屁！」原來，竟是「一決雌雄」四個字。哭道人的所以擺設這個擂台，本是要和崑崙、崆峒二派一決雌雄，看最後的勝利究竟屬於那一方；他如今倒也好，居然一點也不掩飾的，把這番意思宣告了大衆了。

再瞧那一副對聯時，更是荒謬到了絕倫，上聯是：「拳打崑崙，足踢崆峒，且看我邛來創成新事業」；下聯是：「肩隨孔子，手攜釋迦，將爲吾老祖拓大舊根基」，簡直把他們一派要獨霸稱雄的一番意思，完全都說了出來；而且把崑崙、崆峒二派看得一個錢也不值，竟以爲可以對之拳打足踢的了！

金羅漢看到這裏，不禁連連搖頭歎息道：「太狂妄了，太狂妄了！照這樣看來，哭道人眞是一個草包，那裏能成得甚麼大事呢？祇是那鏡清道人，似乎要比他高明一些；既然身爲台主，怎麼也由著他這們瞎鬧的呀！」

同時又想到，幸而這邛來山，僻處在一隅，不大爲人家所注意，又有那個糊塗總督，爲了受著哭道人醫治好他愛女的病的一點私惠，在暗地庇護著，所以儘著這哭道人如此無法無天的鬧了去；否則，官府方面如果一注意之下，前來干涉起來，恐怕還有甚麼大亂子鬧出來呢！

正在想時，耳邊忽聽得槖的一聲響，接著又是砉的一聲，好像有一件甚麼重物墜落在地上了。金羅漢忙循著這種聲響傳來的方向，把視線投了去，方知懸在擂台正中的那方匾額，已給人家用鏢打了下來了！心中正在稱快，卻又見夭矯得同游龍一般的兩支鏢，分著左右二翼，飛也似的射了去，恰恰打個正著，把那掛在兩旁的一副對聯，也在一個時間中打落了下來了。於是，一片歡呼之聲，便同春雷一般的響了起來。

在這歡聲之中，不但是誇獎著放鏢者的手段高強，並還稱許著他的意思很爲不錯，這種荒謬絕倫的聯匾，是應該把他們打落了下來的！歡聲甫止，又聽得擠在台下的許多人，不約而同的，叫喊了起來道：「打得好，打得眞好！不要臉的台官還是趕快的走出台來罷，不要再躲著拿甚麼矯了！」

這一叫喊，他的力量可眞是來得不小心！衹見一陣騷亂之中，便從山峰最高處，潮一般的湧出了不少的人來，並先先後後的，齊向旁邊的那個台上走了上去。但是一說到當時的情形，卻眞可用得上「騷亂」二個字：有的是駕雲而下的，有的是從上面跳了下來的，有的是循著山道一級級的攀援而下的；而就在這他們怎樣走下山來的中間，可看出他們各人武藝的高下。

金羅漢瞧到以後，不覺暗暗的好笑道：「這眞是所謂烏合之衆！如此看來，他們自己雖一味的在那裏吹著牛，請到了那一個能人，是具著怎樣的一種工夫的；又請到了那一個能人，是會上怎樣的一種法術的，其實一點兒也不可靠！大概除了鏡清道人這個大大的靠山以外，不見得眞有甚麼能人了罷？」

就在這個當兒，又聽得台下的人，一片聲的在嚷著道：「啊啊！台官來了！原來是拿這個次等貨先出場，頭等貨還要放在後面的呢！」在這幾句話之下，顯然含上有很不堪的一種嘲笑的意思；原來，這次出場的，卻就是哭道人本人，並不是鏡清道人。

照大家最初的一種推想，還以爲哭道人既把鏡清道人請了來做台主，總是由鏡清道人出場的罷。幸虧，哭道人的臉皮也眞是來得老，儘人家在台下這們的向他嘲笑著，他非但一點不以爲意，還像是充耳不聞的樣子；衹是把手向著台下亂搖著，請大衆不要喧譁。

好容易，總算台下已是止了喧聲了。哭道人便放出一派非常宏亮的聲音來道：「我們爲甚麼要在這裏擺設下一個擂台，諸位既然不遠千里而來，大概心中多已十分明瞭，我也不必再爲細說的了。不過，既然擺設得擂台，無非是要大家較量一下的意思。那麼，我們將怎樣的較量一下呢？哈哈！我倒想得了有一個新鮮的法子了，不知諸位也贊成不贊成？」

不知他究竟想得了怎樣的一個新鮮法子？且待第一四八回再說。

第一四八回　見奇觀滿天皆是劍　馳快論無語不呈鋒

話說：這擂台下的許多人，一聽哭道人說出他已想好了一個新鮮的法子這句話來，倒好像把他們的興趣都提了十分高似的，爭著抬起了一張臉來望著他，急於要知道他究竟想出了一個怎樣新鮮的法子。

站近台前的那些個人，更是七張八嘴的，向他動問道：「甚麼法子？甚麼新鮮法子？快些兒說了出來罷，不要把啞謎兒給人家打了！不論是怎樣的一個法子，憑著我們有這許多人在這裏，大概總可對付著，不至就會輸給於你罷！」

於是，哭道人不慌不忙的，說了起來道：「講到普通一些的彼此較量的方法，可眞也多得緊；我們在這擂台之上，也是看得膩的了！我現在所想到的這一個法子，卻很是適合著我們的身分，和著現在所處的環境，似乎要較爲新鮮一些！

「諸位，在我們的這許多人中，不是很有幾個已做到了劍仙的這一步工夫的？而其餘大多數的人，也都不失爲劍俠或是劍客的一種身分。總而言之的一句話，我們各人不都是有上自以爲好到無比的一柄寶劍麼？然而究竟是誰的劍眞個好到無比？究竟是誰的劍眞個能在衆中稱王？卻沒有一個人能知道，也從來沒有過這們的一種比賽。現在乘著四海以內的一般能人，差不多已全到了這裏，這眞是千載一時的一個好機會！

「我們何妨把各人的劍都放了出來，在這們的一個情形之下，那些個根基略爲淺薄一點的，禁不起別的劍在空中一掃射，自然就會紛紛的墜落了下來。然後又就這些個沒有墜落下來的劍，再行比上一比；誰能在空中站得最久，誰能不給旁的劍掃落了下來，那就是誰得到了最後的勝利，誰能在此中稱得大王的了！諸位，這不是再新鮮沒有的一個法子麼？」

台下的許多人，一聽他所說的是這們的一個法子，倒都默然了下來，似乎正在忖量著：大家如此的較量起來，究竟妥當不妥當？可有不有甚麼流弊？

卻就在此靜寂之中，忽聽得有一個人，高聲罵了起來道：「好不要臉的東西！既然有此膽力，擺設得甚麼擂台，就該和天下人都見上一個高下；怎麼倒想蒙蔽著大衆，提出這們一個不要臉的辦法來呢？」大家忙向那個人一瞧時，卻正是崆峒派中的楊贊廷。

還沒有向他表示得甚麼，哭道人卻早已把一張臉漲得通紅，又在台上向楊贊廷反問著道：「怎麼是我想蒙蔽著大衆？怎樣這又是一個不要臉的辦法？我倒一點兒也不明白！你得當著天下英雄的面前，把這理由細細的說一下子看！」

楊贊廷便又冷笑上一聲道：「哼！你別假裝糊塗了！你想，擺設下這個擂台的既是你，充當著台官的又是你；那你在目前，就成了台下許多人唯一的對象，應該由台下的人，一個個的上來和你較量著才對！如果照你所提出的那種辦法，那不是你在擺設著擂台，簡直是台下的許多人，自夥兒在互相較量著；不但是自夥兒在互相較量著，並竟是自相殘殺了起來了！「因爲，劍術是大有高下之分的，照這般的比賽起來，結果必致祇有一二個人能保全他們的劍器；其餘的人，都要受到絕大的一個蹉跌呢！請問大家如果一點也不思索，眞個照你這個辦法做了去，不是就上了你一個大當麼？這還不是你有意想蒙蔽著大衆是甚麼？不要臉到了極點了！」

在台下的這許多人中，雖已有好幾個，也和楊贊廷一般，早明白了這一層的意思；但也有幾個較爲愚魯，或是爽直一些的，祇聽哭道人在台上天花亂墜的說，倒把他們的興趣提起得非常之高，覺得這眞是最新鮮沒有的一個辦法，竟不曾向各方面都想上一想。如今，給楊贊廷把來一說穿，倒又覺悟了過來了；於是，也跟在楊贊廷的後面，在台下紛紛的大罵起來道：「好不要臉，好不要臉！你倒想把我們蒙蔽了起來麼？」

這一來，台上的哭道人，這一張臉更由紅而紫，幾乎同豬肝色的一般，忙雙手亂搖道：「不，不！我並不是要蒙蔽你們，我也是不曾想到這一層意思上面去！既然如此，我們就把比哭道人剛把這話說完，金羅漢卻覺得再也忍耐不住，便在台下說道：「其實也不必把這個主張取消了去。你既然高興著要比劍，我們就和你比上一回劍也使得；衹要把你所提出的那個辦法，略略的修改一下就行了！」

哭道人正在下不來台的時候，忽聽得金羅漢對於他比劍的這個主張，倒是表示贊成，這眞是出乎他的意料之外的，忙也十分高興的問道：「那麼，我們把這個辦法應該怎樣的修改一下呢？」

金羅漢道：「這也沒有多大的一種修改，衹須確定你的那柄劍爲主體，而由台下的許多人，輪流和你對壘著就行。照我想來，在最初，只要誰是高興的話，誰就可把他的劍放了出來，儘不必有怎樣的一種限制；而在你，也只要是眞有能力的話，不妨在劍光一掃之下，把所有的劍一齊掃落了下來。

「倘然還有些個劍，不是這一掃之下所能打落下來的，那再輪流的上來和你比賽著；不過在這裏，你大可把心放下，我們決不會幹出怎樣無恥的舉動。就是要和你比得，也定是個對個的，一個完了之後，再是上來一個；斷不能把所有的劍一齊圍困住了你，使你孤立無援，一枝劍對付不下呢！你們諸位道，這個辦法好不好？」

金羅漢說到末了這一句話時，不但向著台上的哭道人望上一眼，又把眼光向台下四處的掃上一掃，這是向著台上台下，都普遍的問上一句的了。

照論，他的這個所謂修改的方案，連原則上都有些兒變動，已和哭道人先前所提的那個辦法大不相同；不過，平心而論，總可算得是十分公允的。因此，哭道人和台下的許多人，兩方面都沒有甚麼異議，而一致的贊成了下來。於是，這空前未有的大比劍，就開始實行了起來了。

哈哈！這眞也是空前未有的一個奇觀，恐怕不論在古時，在現代，在中國，在外國，決沒有一齣甚麼戲，可以及得上他這們的又好看又熱鬧的！你瞧，當金羅漢剛把這話說完，祇有上一剎那的時間，凡是這一天到場的一般人物，除了幾個自知本領不甚高明，甘心藏拙，以及還有幾個抱著袖手旁觀的主義，不願出手的以外；其餘的許多人，不論他本人是劍仙，是劍俠，或是劍客，都是十分技癢的，又是十分高興的，各把他們的劍向空中祭了去。

當然，他們都自信對於劍術，有上十分深湛的工夫的，這是他們嶄露頭角的時候到了！在這裏，哭道人自然也把他的劍放了出來。然而雖說同是一枝劍，在實際上，這些個劍不論在那一方面，都各有種種的不同。

論顏色：有的純是一道白光，不帶一點雜色，這大概是劍中的正宗；有的純白之中，略略的帶上一些青，這個正是正的，卻已是自出旁支；有的竟紅得如胭脂之一抹，這不免帶上一點邪門；至於黑得像濃煙這們的一縷的，那不啻在承認自己的主人翁是一個邪派的人物了！

論形狀：有的短似匕首；有的長如單刀；有的圓圓的有同一顆彈丸；有的扁扁的像似一個枕頭；更有兩柄劍常是相並在一起，如禽中的鴛鴦，魚中的比目，不肯輕於分離的，那是雌雄劍了。一言以蔽之，這時候一個天空中，都是給這些個劍器飛滿了；而且顏色既是如此之不同，形狀又是如此的互異，你道，這還不是空前未有的一個奇觀麼？

現在，更要特別點明一句的，那就是：哭道人所射出來的那一道劍光，卻是墨黑墨黑的，而一時間倒也找不到第二道和他相似的黑光；在此五光十色之中，人家儘不必怎樣的向他注意得，他已是顯然獨異的了！

然而，你們可也不要小窺了他，他的這道黑光，確是很具上一點兒邪門的！先是，在空中站立上了一會，隨即似使動掃帚一般的，向四下橫掃了起來；於是，祇聞得一片啊呀之聲，從台下人叢中飛騰而出。

原來，在他這一掃之間，有些個劍器根基較爲淺薄一些的，已是呈著不能抵抗之勢，紛紛然從半空中掉下，無怪他們的主人翁，要驚呼起來了！可是，掉落的儘自由他掉落，這也是他們自不量力的緣故，可不能怪得人家；而仍牢站在空中，沒有給他掃落下來的，卻在全體中也尚要佔得過半數。

哭道人便又向著空中望上了一望，大聲的笑說道：「好！這所賸下來的，大概全是一些精兵，可以和我角鬥得的了！我現在就站在這裏不動，你們那一位有興，就由那一位上來，和我玩上一下子罷！」

哭道人剛說完這句話，早聽得台下高叫上一聲：「俺來也！」一壁即見從東南角上，倏的有一道青光射至，迎著了哭道人的那道黑光，就拚命的大鬥起來。但鬥上了不少時候，卻仍是一個不分勝負。這青光倒也是很見機的，一見不能取勝，也就自行退去。於是，又換了一道紅光上來，和哭道人廝鬥著。

如此一個退去，一個上來的，也不知又換上了多少人。換言之，也就是有不少的劍已和他鬥過，台上和台下，卻終保持著一個平衡的局面，一般進攻的既不能把哭道人的劍打落了下來，哭道人對於一般進攻的，也不能加以若何的損害。

但在這個當兒，乘著雙方的角鬥，正又告了一個段落，卻又見一道強有力的白光，倏的從一個山峰的後面，箭也似的直射了出來，找著了哭道人的那道黑光就廝鬥。

瞧這樣子，那個放劍的人，並不曾來到這擂台之下，至今還在那個山峰的後面躲藏著，沒有露出面來呢。而且，這劍是一放就放了出來的，以前並不曾在空中停留上一些時候；當他一找到了哭道人的那道劍光，就顯出十分奮力的樣子，進攻得很爲猛烈。

饒他哭道人在以前是如何的好整以暇，他的劍術又是到了如何高深的一個地步，儘這崑崙、崆峒二派中的能人，把一柄劍、一柄劍輪流的向他進攻著，他好像玩上甚麼一類的遊戲似的，絲毫不以爲意；到了如今，卻也露上十分吃緊的樣子，口中不住的在噓著氣，手也不住的在伸動著，顯見得他也是在那裏努力應付的了！

然而，終究是一個不濟！這一道白光卻是越逼越緊，你剛退後一步，他就上前一步，死也不肯相捨；勢非要把哭道人這柄劍逼至無處可躲，一翻身跌落了下來，他是不肯歇手的了！

這一來，直累得哭道人出上了一身大汗，幾乎把衣衫都溼得一個透；一壁更是氣喘得甚麼似的，暗自吃驚道：「好傢伙，好傢伙！竟相逼得如此之緊麼？倘再不肯相捨，我可就要吃不住，今天的這個筋斗，那是栽定的了！」

他一想到這裏，更是著急到了萬分，恨不得張開了口，向他自己一方面的人呼起救來！但是，一則自己既是充當著台官，再則大家早約定在先，是個對個的來上一下子的；那裏有這一張臉，去開口向人求救呢？

然哭道人雖是顧著自己的顏面，還不曾開口向人討得救兵；在他自己一方面的許多人中，早有一個人，已在暗地瞧出了這種情形來，知道哭道人決非對方那人的一個敵手，祇消再過一刻兒，便要支持不住，給對方把劍打落了下來了！

這個人不是別人，卻就是哭道人請來的那個大靠山鏡清道人。他為免得哭道人當場出醜起見，也就顧不得甚麼體面不體面，信義不信義，忙從台上站起身來，從斜刺裏把自己的飛劍放了出去，合了哭道人的那柄劍在一起，通力合作的把那道白光擋住了。

這一來，台下的許多人，可大大的不服氣了！立刻就都鼓譟了起來，也想加入了白光這一方面，和他們混戰上一場，看究竟是誰的這一面能得到最後的勝利！不料，他們剛想把自己的劍移動著，也加入這戰陣中去；卻見那道白光，倒又倏然的向後一掣，即向山峰後面退了下去。然而，他的這種退卻，很是出於從容；祇要是個行家，就能瞧出他是完全出自自動，並非為了力有不敵而退卻了下去的。

跟著，便見身體瘦削而長，穿著一身白色衣服的一個漢子，從山峰後面露出臉來，舉起一雙威稜稜的怒目，直向擂台上射了來，倏又向鏡清道人所立的那個台上射了去。當他的目光射到他們那個人的時候，就在那個人的臉上不住的滾動著，威風到了極點了！

當下，台下有認識得他的人，便禁不住互相指點著，並歡呼了起來道：「哦！這是方紹德，這是方紹德！聽說他近年來，祇是在苗峒中隱居著，不願預聞得一點兒外事，怎麼今天也會到這裏來了？」

方紹德把他們兩人靜靜的注視上一會兒，方又開起口來道：「咳！好不成材的二個東西！

竟會在我的面前，幹起這一套不要臉的把戲來了！我悔不該沒有把你們的來歷打聽清楚，早知你們是如此不成局器的，儘可由你們去胡鬧著，也不必徒勞跋涉的了！」

哭道人和鏡清道人，他們也知剛才的這一個舉動，是很有些兒不該的；不過爲一時應急起見，也不得不如此的一來！現在，給方紹德這們的一頓臭罵，不覺都是滿臉羞慚，也就訕訕的，各把自己的劍收了回來，一時間倒不能向方紹德回答上怎樣的一句話。

方紹德便又接續著說道：「但是我既已來到了這裏，卻不能不把你們這二個東西，好好的教訓上一頓！否則，恐怕你們更要猖獗起來了！你們須要知道，我師父開諦長老，他在四川是有上何等的一種資格，他對道法更是有上何等的一種根基；也不知有許多人向他遊說過，請他創設一個峨嵋派出來，和已成立的那崑崙、崆峒二派，做上一個對抗的形勢，他老人家總是謙讓未遑，不肯答允下來。

「再次講到我，雖不見得有怎樣的大本領，自問總比你們這些個鬼東西，要高強了一些；同時也有許多人慫恿著我，教我獨創一派，但我也守著他老人家的遺訓，不敢有所妄爲。不料，如今竟有你這個不見經傳的甚麼哭道人，更有你這個冷泉島的邪教魁首，前來做上一個幫手，要在這四川地界上，創設出甚麼邛來派來，這眞是膽大妄爲到了極點了！

「現在你們也不必說著怎樣的大話，要把崑崙、崆峒二派一齊都推倒，且先打倒了我這個方紹德再講！倘然連我一個方紹德都打不倒，還要創設甚麼新派，還要充著甚麼開山祖師，那未免太教人笑話了！」

方紹德把這番話一說，大家方知道，他今日此來，實是大大的含上一種醋意，勢非大幹一下不可！本來這也怪不得他，就四川一省而論，要算他們這峨嵋山一派的勢力爲最雄厚；不論是開諦長老，或是他方紹德本人，倘然創設出一個峨嵋派來，那是決沒有一個人敢說一句半句的閒話的！

如今他們始終秉著一種謙遜的態度，雖是在暗地已有上這們的一個團體，卻從未把這個峨嵋派的名號，公然宣示於天下；不料，那個不見經傳的哭道人，竟在他們的地界上，膽敢大吹大擂的，創設出甚麼邛來派來，這怎能教他不大大的生氣呢！當然要趕了來，和那哭道人拚上一個你死我活的了！

而如此一來，當前的一種形勢，也就在暗中大大的有上變動；那就是：今天的這個擂台，並不是邛來派和著崑崙、崆峒二派在對抗，卻已變成了邛來和峨嵋互決雌雄的一個場所了！

哭道人一見方紹德竟是這般的明說著，也就知道這樁事情大了，非待雙方顯明的分上了一個孰勝孰負，方紹德決不肯就此罷手的！便也收去了那種羞愧之容，老起了臉皮說道：「你不肯創設出甚麼峨嵋派來，那是你一方面的事情；我要創設出一個邛來派來，這又是我一方面的事情。兩件事，原如風馬牛不相及的，怎能爲了你自己不肯創設峨嵋派，便也禁止我不許創設邛來派呢？這不是大大的一個笑話麼？何況，我的創設邛來派，早已宣示於天下，乃是一個已成的事實了，你又待把我怎麼樣！」

哭道人說到這裏，也向著方紹德威稜稜的望上一眼，似乎要把他嚇得退了去的。誰知，方紹德還沒有甚麼動作幹出，早又從他的身後，鑽出了一個人來。不知這個人是甚麼人？且待第一四九回再說。

第一四九回　小而更小數頭白蝨　玄之又玄一隻烏龜

話說：哭道人一聽完了方紹德所說的那一番話，知道「善者不來，來者不善」，方紹德一定是要和他幹上一幹的了！也就把心思一橫，準備著和他硬幹。當下，便也針鋒相對的，回答上了幾句硬話，並又橫眉鼓眼的，向著方紹德望上一望；這一來，大有一觸即發之勢，眼見得方紹德又要拿出甚麼看家本領來，對付著那哭道人了。

誰知，就在這個當兒，卻又從方紹德的身後，轉出了一個人來；那是方紹德的二徒弟藍辛石，原來他也是伴同著他的師父一起來的。這時候，他把手中的大斫刀揮動著，一壁大聲說道：「我們也不要把你怎樣，袛割去了你的雞巴餵狗吃，看你還能稱雄不能稱雄！」

這話一說，倒引得台下的許多人都譁笑起來；連得坐在哭道人那方面看台上的人，也都露著一種忍俊不禁的樣子。

哭道人卻袛向著他瞪上一眼道：「下流，太是下流了！而且我正同你的師父說著話，要你攔了出來做甚麼！」

藍辛石卻仍是神色不動的樣子道：「哈哈！你不愛和我講得話，我正也不愛和你這個狗東西講得呢！剛才所說的那一筆帳，我們不妨隨後再說。你們這裏不是已請到了一個甚麼鏡清道人麼？我聽他說很是會上一點法術的；如今趕快叫他出來，我倒頗想和他鬥上一下法！」

哭道人正想向他呼叱著說：「你是一個甚麼東西，敢向鏡清道人鬥得法！你師父自以爲是如何了不得的一個人物，恐怕還不是他的敵手呢！」

卻見鏡清道人已在那邊台上，向藍辛石招呼了起來道：「哈哈！藍蠻子！原來你也知道有我這們的一個人，那眞用得上孺子可教的那句話了！好！我就和你比上一下法也使得！」說著，側過身子來，祇將身輕輕的向著台外邊一縱，早已到了那邊擂台上。

哭道人便也乘機下台，轉到那邊的台上去，意思是：鏡清道人既是高興和藍辛石比得法，也就聽他幹了去，自己不必向他硬行攔阻罷！

於是，鏡清道人復又向著台中一立，含笑說道：「藍蠻子，你要和我比甚麼法，儘不妨由你說來，我是無有不樂於奉陪的！」

藍辛石道：「甚麼大的一種法，既有我師父在這裏，且留給他老人家；我現在所要和你比的，乃是很小很小的一種法，不知你也高興不高興？」

鏡清道人又笑道：「這是你在那裏胡說了！既稱得是法，總是一個樣子的，那裏還有甚麼大小之分？快快說了出來罷，你所要和我比的，究竟是怎樣的一種法？」

藍辛石依舊十分從容的，說道：「這確是很小很小的一種法。你想，我也沒有別的甚麼法寶，衹是想靠著了身上的幾個蝨子，和你比上一比；這個法，不是再小也沒有了麼？」

這時候，台下的許多人，已早把各人放出在空中的劍收了回來，倒十分安閒的站在那邊，好像瞧看甚麼戲文似的，幾乎忘記了他們是爲打擂台而來的了；現在一聞此話，復又哄然大笑。

獨有鏡清道人，瞧見藍辛石竟是那般憊懶的樣子，心上好生不高興；但既已答允下和他比法，終不能爲了他那種憊懶的樣子而再反悔起來。不免把眉峰緊緊的蹙著，隨又向著藍辛石，狠狠的瞪上了一眼；意思是說：不必再說甚麼廢話了！你有甚麼法，儘管施展了出來罷！

藍辛石便又接著說道：「你也不必嫌著我多說廢話，在這未比以前，我們總得把條件說說清楚。我現在所要放過來的，衹是一大把的蝨子，我能把這蝨子放到你的身上來，並能教他們爬入你的衣袖中去，咬嚙著你的皮肉，那就是我的法力勝過於你，我得了勝利了；反之，你能把這些蝨子從身上揮了下來，一個都不讓爬入衣袖中去，那就是你的法力勝過於我，也就是你得了勝利了。

「不過，你當用法的時候，一不能用手指去掐死他們，二不能用口沫去淹死他們，三不能用甚麼兵器去打死他們。其實，這第三條，又是一句廢話；任你的兵器是怎樣的鋒利，要把那些蝨子一個個都打死在這兵器之下，恐怕也是一件做不到的事情罷！現在，我要問你，你究竟願意不願意和我比這個法？」

鏡清道人一聽他把這些個條件說出，倒也把自己的興趣引了起來了；早把緊蹙著的眉峰展放了去，十分高興的說道：「好！我就和你比上一比也使得！你出手罷！」

藍辛石在微微一笑間，便伸手向著他自己的身上摸去，好像那裏就是蝨子的一個巢穴，要多少有多少似的。接著，又把手伸出，像已摸得有一大把蝨子在他手中的了；然後祇聞得輕輕的一聲「咄」，藍辛石早將手掌展開，把手中物作勢向外一擲。即有細沙似的一把東西，一點也不停留，直向著擂台上投了去；恰恰投個正著，一齊都落在鏡清道人的道袍之上。

於是，那些蝨子，便在道袍上四下的爬了開來。但爲了蝨子太多的緣故，雖是四向爬著，卻總是七八個在一起，十數個在一堆；從台下遠遠的望了去，祇見這裏也是一片，那裏也是一片，把人家的雞皮疙瘩都要引了起來的！

而在此一刹那之間，眼見得那些蝨子，就要向著鏡清道人的頸項上、衣袖內，都爬了去；祇要聽他們這般的橫行著，而沒有方法可以阻止得，那鏡清道人就要輸在藍辛石的手中了！在這裏，鏡清道人可不能再怠慢，也得顯些法力出來，但聞得他也是輕輕的咄了一聲。

說來眞也奇怪，當他未咄此聲以前，那些蝨子正爬動得非常的上勁，有幾個差不多已爬到了衣領和兩個袖子的邊緣，再進一步，就是貼肉的地方了：比聞得他這們的咄上了一聲，好似從青天打下了一個霹靂來，立刻把他們打得昏倒下來似的，一動都不能動了！

而鏡清道人身上所穿的，本是一件杏黃色的道袍；如今給那些蝨子，這裏一起的，那裏一堆的，老是停住了不動，倒又像在這道袍之上，繡出了一朵朵的白花來了。

這個情形，藍辛石當然也是遠遠的瞧見了的，便笑著說道：「眞好法力！果然是名不虛傳！不過，我的這些蝨子，卻和尋常的蝨子有些不同，也是很有點兒來歷的。你瞧，他們經上了你的一聲咄，雖已停止了爬動之勢；但他們的生命，不是還都好好的保全著，一個也沒有從你的身上掉落了下來麼？所以，現在如果你就此停了手，還不能算是怎樣的勝了我；總得把這些蝨子一齊攆走了去，一個都不留在你的道袍上，方能算是得到了完全的勝利呢！」

瞧他的意思，好像以爲這是十分麻煩的一件事，鏡清道人任他道法是怎樣的高強，不見得就會把此事辦到；如果對方辦不到這一步，那他自己也就輸不到那裏去呢！

不料，鏡清道人一聽這話，倒更爲高興了起來了，也含笑答道：「這當然！如果老是讓這些蝨子停留在我的道袍上，而不把他們攆走了去，人都要麻煩死了，這還成個甚麼樣子？那裏再說上得到勝利的這一句話呢！不過，你的這些蝨子都是很有些兒來歷的，如果把他們都撣落在這台上，也不是一回事；一旦等他們甦醒了過來，在這台上四下的亂爬著，不是要害人非淺麼？」

台下的許多人，想不到鏡清道人也會說出這般很有趣的話來，不禁又博得一個哄堂大笑。藍辛石卻衹冷冷的說道：「這個聽你的便的，衹要能把這些蝨子一齊攆了走，而又不違背我所提出來的那幾個條件，就是了！」

於是，衹聽得鏡清道人大聲的道了一句：「很好！」即笑容可掬的，伸出一個指頭來，向著他道袍上的一塊地方，虛虛的點上了一點；那塊地方的一小簇蝨子，立刻好像給他的法力感通了似的，重又甦醒了過來。

但他們並不再爬動，卻像生上了翅膀的一般，一齊都飛了起來；一到空中，又把他們的身體漸漸的變成很大，衹在一轉眼間，但見一隻隻的都已變爲羽毛很美麗的天鵝，那裏還是甚麼蝨子呢！這一來，一般觀看他們比法的人，不由得不都歡呼了起來。

在這歡呼之中，顯然的有一部分人，對於鏡清道人這神奇無比的法力，拜服到了五體投地了！鏡清道人卻像毫不理會的樣子，衹喃喃的在說道：「天鵝就是蝨子，蝨子就是天鵝；在這世界之上，萬物同出一源，本無甚麼兩件東西的，我如今衹教他們都還上一個原就是了！」聽他這幾句話，倒很含有幾分高深的哲理。

他一壁這們的說著，一壁又向他那道袍上所有的地方，不住手的虛虛的點著；凡經他所虛點之處，即有一小簇的蝨子，從這上面飛了起來。又和先前一個樣子，一到空中，便又變爲一隻隻的天鵝；一剎那，早見美麗得甚麼似的天鵝，已是飛滿了一個天空了！

那麼，這時候的藍辛石，又是怎樣的一個情形？他見鏡清道人一施展法力，就把他所放出去的蝨子，都變爲一隻隻美麗的天鵝，不是明白他自己已是到了完全失敗的地步麼？不，不！他一點兒也不覺得自己已是失敗。他祇覺得大家一般兒有的是法力，不該讓鏡清道人一個人逞盡了威風，這又是他自己應當露臉的一個時候了！

他一等到鏡清道人已是停了手，不再向道袍上去虛虛的指點著了，知道這便是已把所有蝨子攆走完了的一個表示，他便又笑著說道：「果然好法力！僅是這們的一來，已把所有的蝨子一齊都攆走了！不過，在我這一方面，可就十分的糟糕了！這些蝨子確是大有來歷，也不知經我費了多少的心血，始得集合在一起的；倘然就此走散，豈不太爲可惜！現在，我也得想上一個方法，把他們重行召集攏來方對呢！好！看我的罷！」

說時遲，那時快，即見他把一隻手伸了出來，向著空中一招，立刻就有一頭天鵝，落到了他的手掌中來；他便又行所無事的，把那天鵝向著自己的身上一擲，倏忽間，已是失其蹤跡。照情形瞧來，大概又是把身形縮小，重行還了原，依舊變成爲一頭蝨子了！

於是，一般旁觀的人們，又情不自禁的，第二次歡呼了起來。而且，這一次的歡呼，似乎較之剛才那一次，尙要來得熱烈！他的原因，那是想都想得出來了的，無非爲了先一次的變化，尙在他們的料想之中，預知鏡清道人定有怎樣出奇制勝的一手；至現在藍辛石再能來上一個變化，又把蝨子復了原，那是他們所萬萬料想不到的呢！

其次，爲了他們已把鏡清道人佩服到了五體投地，以爲再沒有可以蓋過他的人；卻想不到藍辛石就也有這們的一手，同樣的可以使得人家佩服的，這當然要教他們歡呼得更爲熱烈了！

藍辛石卻露出頗爲不安的樣子，一壁祇是笑著說道：「不錯，一點兒也不錯，天鵝就是蝨子，蝨子就是天鵝，我再第二次把他們復上一個原罷！」

說時，卻又把先前的法子改變了一下，不是一招一頭天鵝這們的費事了，祇見他在一陣亂招亂擲間，飛在天空中的天鵝，已是去了一大半；再過了不多的時候，已一齊復變爲蝨子，並都向他的衣袖中藏了去，大概又回復他們原來的狀況了。祇賸下有一頭天鵝，還沒有變了去，卻在他的肩頭兀然站立著，這不知是一種甚麼用意？

至是，鏡清道人也把自己的大拇指伸了一伸，露上一種很爲心折的樣子道：「你這個人很不含糊！今天我和你比法一場，也算是不枉的了！凡是一個會得法術的，第一樁要緊的事情，就是要懂得變化，懂得還原，其他尙在第二步；倘然連變化和還原的法子都不知道，那是比之一般會變戲法的還不如，那裏稱得上甚麼有道之士呢！」

藍辛石見他很爲高興，便又乘機而入道：「你既是如此的高興，這倒也很爲難得的。那麼，我和你再比上一次法，好不好？因爲剛才祇能算是大家扯了一個直，並沒有分得甚麼勝負啊！」

鏡清道人即欣然應道：「好！你要再比，就再比便了！不要說是再比一次，就是十次、百次也使得，我決不會躲避了去的！不過，又是怎樣的一個比法，不妨再由你說出章程來。」

藍辛石便向肩頭所站立的那頭天鵝指了一指，含笑說道：「講到怎樣的比法，我早已想得了的了，我是就拿這頭天鵝做代表；你不妨拿任何一頭東西做代表，大家來比上一個飛行的快慢。好在我們倘然一齊側過身子來，朝著東西那一邊，那我在這裏所站立的這個地點，和你在台上所站立的那個地點，恰恰成爲一條平行線，一點分不出甚麼遠近來的。

「然後再拿矗立在那邊山峰上，像似把天都要戳了破的那棵大樹，做上最後的一個目標；那就是說，在誰手中放出去的那頭東西，先飛到了那棵大樹上，便是誰得到了勝利了！你道，這個辦法好不好？能贊成不能贊成？」

鏡清道人笑道：「你倒眞是一個妙人！想出來的甚麼辦法，都是十分有趣味的，我當然得表示贊成。但是，對於這項比賽，你已是想定有一樣東西了，我又拿甚麼東西來湊付呢？一時間卻眞有些想不出！哦！不必限定於禽類，你看好不好？」

這話一說，台下不免又哄然大笑起來，都以爲：這一下子，鏡清道人可眞有些兒糊塗了！誰不知道，祇有禽類是長於飛行的，如今人家要和他比飛行的遲速，怎麼他說不必限定於禽類？好像他要用上禽類以外的一種東西，這又是怎麼一個道理呢？而且，照那第一次的比法看來，對方並不是甚麼容易對付的，他似乎更不應這般的馬虎啊！

藍辛石倒不失爲一個爽直人，這時候，也笑著說道：「照理，祇有禽類是長於飛行的；你如要取勝的話，自然也得用上一個禽類。但如要用禽類以外的東西，那也是你的一種自由，我當然不能干涉。不過，照我想來，恐怕不見得怎樣和你有利罷！」

鏡清道人笑道：「且不管他有利無利，祇要你能答允就是。如此一來，我選擇起這件東西來，就比較的容易得多了！」說完，便舉起眼來，向著台下望了去，好像要在那裏探視上一下，找得了那一個生物，就拿那一個生物來充數似的。

一會兒，他的眼光忽停注在一個地方，那是不十分小的一道山澗，祇聞得那澗水不住的淙淙的在流著。在這澗水之旁，鏡清道人像似已找得了他的目的物；即見他伸出一個指頭來，遙遙的向著澗旁一指，並繼以輕輕的一聲咄，便有形狀很蠢的一樣東西，從澗旁躍然而起，直向著擂台上飛了來，也在鏡清道人的肩上停下了。

但是，不知爲了甚麼緣故，這時候鏡清道人的態度，卻不能和藍辛石一般的來得寫意；一見那個東西在他的肩上停下，生怕又給他逃走了去的，忙舉起一隻手來，緊緊的把來按住。所以，這究竟是一個甚麼生物，大家都沒有瞧看清楚，祇知道這是很蠢很笨的一樣東西罷了！

鏡清道人卻已似得到了一件甚麼寶貝的，又忙不迭的，向著藍辛石說道：「好！我如今總算也得到了一件法寶，可以將就的湊付一下了！我們不如就比賽罷！」

藍辛石見他一手按著肩頭停著的那個東西，態度間很是帶上一些狼狽的樣子，不覺暗暗的有些好笑；一壁也就把頭點上一點，表示贊成之意。於是，二人都轉過身去，向著東面一立；又在大家齊一揮手之下，二人肩頭停著的那兩頭生物，便都飛了出去了。

但這天鵝，是何等的善於飛翔；祇略略的一舉翼間，早已飛了很遠的一段路。再一瞧鏡清道人所放出的那個寶貝時，卻是瞠乎其後，不知已隔上了多少路；而那種蠢笨不靈、飛都飛不動的神氣，更是教人一瞧到了眼中，就要放聲大笑了起來的。

在那些旁觀者中，有幾個是十分眼尖的，早又瞧出了這是一個甚麼東西，當時便又不自禁的，譁笑了起來道：「哈哈！我道是甚麼東西，原來是一隻烏龜！烏龜而教他飛了起來，這個玩笑未免開得太大了一點了！」

可是，立刻又有幾個人，向著先前的這幾個人駁道：「不，不！這決不是烏龜！烏龜又那裏會飛的？並且鏡清道人也不是那們蠢笨的一個人，要和人家比著飛行的遲速，那一種禽類不可以驅使得，爲甚麼偏偏要用一頭蠢笨不靈的烏龜，充起代表來呢？」

不知這究竟是一個甚麼東西？是烏龜不是烏龜？且待第一五〇回再說。

第一五〇回　挫強敵玄機仗靈物　助師兄神技有飛刀

話說：鏡清道人和藍辛石正在第二次比法的時候，一般旁觀者對於鏡清道人所放出去的那個東西，爲了沒有瞧看得清楚，不免起了種種的懷疑：有的說這是一個烏龜，有的說這不是一個烏龜，各有各的理由，正自爭辯一個不了。

鏡清道人卻好像也已聽得了的樣子，便在台上，又笑嘻嘻的，說著那種帶有幾分哲理的話道：「其實世上的各物，也並沒有一定的名稱，都是隨著了人在那裏叫的：所以這東西，你們算他是烏龜也可以，不算他是烏龜也可以，正不必如何的認眞得！」

鏡清道人一說到這裏，又把眼睛向外面望了去，對著在空中比賽飛行的那兩頭生物，很仔細的望上了一眼；不免立刻斂止了笑容，又把眉峰緊緊的一蹙，似乎他所放出去的那頭生物，那種蠢笨不靈的樣子，也給他自己瞧到的了。

於是，他又喃喃的說道：「糟糕，糟糕！竟是這般一個蠢笨的樣子，無怪人家要叫他是烏龜的了！好！好！我現在該得大大的努力一下，否則，我眞要失敗在那個蠻子的手中，這個台可眞有些兒坍不起啊！」一壁說，一壁便戟指向著台外一指，又繼以輕輕的一聲「咄」；這當然是他在那裏使法了。

果在頃刻之間，這個似烏龜非烏龜的東西，要比先前靈動了許多，飛起來也是快速了不少；但是那頭天鵝，這時候卻又飛行了不少路，離著指定爲最後目標的那棵大樹，已是沒有多遠。照情形講，不論對方是用著怎樣的一種速度，向他追趕了去，已是來不及的了！

一般旁觀的人們瞧到了，不免又譁笑起來道：「要追趕，何不在出發的時候就追趕？到了現在方追趕，那裏還來得及！人家不是飛都要飛到了麼？這一次的比法，勝負之勢，可說得業已大明，這牛鼻子道人是輸定了的了！」

鏡清道人卻好像毫不知道這個情形似的，仍在十分的努力著；一會兒念動咒語，一會兒做著手勢，忙得一個不可開交。隨又見他兩目一瞋，伸出一個指頭去，很威厲的喝上一聲「咄」。就在這一聲猛喝之下，他的那件寶貝，果然更是快了不少；先前和著那頭天鵝，距離上很遠很遠的一段路，現在卻覺得已是近了許多了！

這一來，一般旁觀的人們，倒又覺得十分的興奮了起來，知道藍辛石十拿九穩，可以到手的一個勝利，已是開始現著動搖之勢，最後是如何的一個結果，正在未知之數呢！而鏡清道人的那件寶貝，卻祇見他一點點的趕上前去；藍辛石的那頭天鵝，又祇見他一點點的退落後來，不到多久的時候，二頭生物已是緊緊的相隨在一起，不見有多大的距離了。

於是，大家倒不覺又都懷疑了起來道：「這是甚麼一種道理？當鏡清道人尚未二次努力作法以前，那頭天鵝已是和那棵大樹距離得不多遠，祇消一飛就可以飛到了的；爲甚麼隔上了這多的時候，還是一個沒有飛到，卻儘著已落在他後面很遠的那頭生物，一點點的追趕了上去呢？」

經他們仔細的一觀察之下，方恍然大悟的，明白了個中一切的原因。原來，那頭天鵝雖是在那裏現著一種飛翔之勢，其實，卻完全是假的；他又何嘗向著前面飛過去了一些些，祇老是停留在那一個地方，而把他的兩翼，不住的展動著罷了！

照這樣的一個情形，不管後面的那頭生物，和他距離得是多少的遠，當然到得最後，一定都可以把他追趕到了的。這無疑的，定就是鏡清道人所使的一種法了；否則，決不會有這種奇異的情形發現呢！於是，大家又都情不自禁的，哈哈大笑起來，笑這一下子，藍辛石可上了鏡清道人老大的一個當了！

就在這笑聲四縱之際，後面的那頭生物，也就是鏡清道人的那個寶貝，早又追出了前面的那頭天鵝，早又飛到了那棵大樹上，得到了最後的一個勝利了！最可笑的，那頭天鵝到了這個時候，倒又露出一種十分努力的樣子，向著前面飛了去，也立刻飛到了那大樹上停下；但是，恰恰已是後了一步，不能不算是失敗的了！

當鏡清道人露著很得意的一副笑容，向著四下顧盼著，自以為已得到了一種勝利的時候，藍辛石卻已氣不憤的，大聲的叫罵了起來道：「咳！不要臉的人，幹出來的事，總是不要臉的！怎麼又在我的面前，玩起這一套把戲來了？你要眞是能勝得了我，就應該驅使一頭禽類，規規矩矩的和我比賽著；像這們的使弄詭計，在中途阻止著人家，又算得甚麼一回事！就是得到了勝利，也是不能算數的呢！」

鏡清道人雖給他這般的叫罵著，卻一點兒也不以為意，依舊笑嘻嘻的說道：「你不是要和我比法麼？現在我把你的那頭天鵝在半途中阻止了下來，不使他再能前進；而讓我的這頭生物，可以從從容容的向前飛去，得到了最後的勝利，這就是我所使的一種法，也就是我的法力勝過於你一個很顯明的證據，怎麼說是不可以算數呢？

「並且，你既是一個會使法術的人，一旦和我比得法，就該處處的防著了我；一見我把甚麼法使了出來，就得也用一個法來抵制著我。倘然在我剛才作法的時候，你也已在暗中抵制過，卻不能抵制得下，這就是證明了你的法力遠不及於我。

「倘然我已在這們的使著一個法，你卻還像矇在鼓裏一般的樣子，一點兒也不知道，那你的程度又未免幼稚得太為可憐！總而言之的一句話，在如此的一個結果之下，不論就著那一方面講起來，你的這個失敗，已像鐵案那般鑄成著，決非單用甚麼言語所能挽回過來的了！」

鏡清道人一把這話說完，藍辛石顯著十分沮喪的樣子，不覺默然了下來。一般旁觀的人們，同時也不覺默然了下來。在這一片靜默之中，不啻已把鏡清道人的那番話暗暗的承認下。不錯！這是大家在比著法，在雙方比法的時候，他就使起一個法來，這是再正當沒有的一樁事；如今竟罵他是不要臉，未免太有些兒不對了！

但在半晌之後，藍辛石依舊又表示一種不服氣的神氣道：「好！這一次就算是我失敗在你的手中了，不過，你的這個樣子，也終嫌有點詭而不正；你就是把我勝下，也不見得是怎樣的有光輝的！現在，你也再敢和我比賽一下麼？路程不妨和以前一般的長短，就由那邊那棵大樹上，再飛回到這邊先前的起腳地點來。這一次，你倘然再能勝得了我，能一點不使甚麼詭術，正正當當的勝得了我，那才是眞正的一種勝利；我也就甘拜下風，自認失敗，此後再不敢和你比甚麼法的了！」

瞧他的樣子，像似已有上一個把握，祇要鏡清道人不再使甚麼詭術，而肯正正當當的和他比賽著；那麼，這第二次的勝利，一定是屬之於他的！所以，他現在很是殷切的希望著，鏡清道人不要拒絕他的這個要求；祇要鏡清道人能慨然的把他這個要求答允下，那就可借著重行比賽的這一個機會，一雪他第一次所受的那一種恥辱，而又可把已失去的面子拉了回來了！

在這裏，鏡清道人倒一點兒也不作刁，祇笑著說道：「哈哈！你要求我再比賽一次，就再比賽一次也使得！祇是照我想來，事情已是大定的了；就是再比賽上一百次，恐怕終也是這們的一個樣子，你不見得就會勝了我罷！」原來，他也是胸有成竹，以為這一次的比賽，仍是歸他得到勝利，決不會讓藍辛石搶了去了！

比及第二次的比賽，又是開始舉行起來，鏡清道人果然一些些的詭術也不使，但他也把所用的方法改變了一下；當剛從那樹上一飛了起來，就見他的那頭生物，具上有非常驚人的一種速度，超在那頭天鵝的前面，不知已有多少路，並不像在第一次比賽中，那們蠢蠢然的了。

隨後，那天鵝無論是怎樣拚著命的追趕，終是一個望塵莫及；而且越是向前飛著，越是距離得遠了。當前者已是飛到了擂台上，停在鏡清道人的肩頭，兀然不復動；後者還祇有飛翔得半程路的光景，這未免相差得太遠了！於是，一陣譁笑之聲，不禁紛然雜作，又從一般旁觀者中騰了起來。

這一來，太使藍辛石覺得沒有面子了！然而，失敗已成了鐵鑄的一個事實，失面子也是當然的事，一時間那裏就能挽得起這面子來？於是，把他的一張臉都漲得通紅，露著嗒焉若喪的樣子，再不能像先前這般的趾高氣揚了！

好容易，等到那頭天鵝也是飛了回來，重在他的肩頭停下；他不禁咬牙切齒，把那天鵝恨得甚麼似的，即把來抓在手中，十分用力的，向著山峰的後面一拋道：「好東西！這一回你可把我坑死了！現在，且讓你在那兒待上一會罷！」這一拋下去，那頭天鵝究竟是如何的一個結果，還是依舊還原爲一個蝨了，可沒有人知道的了。

這種種的情形，在無形中，無非更增長了鏡清道人不少的驕氣。便又十分得意的，向著藍辛石說道：「如何？我不是說，就是再比賽上一百次，也終是這們一個樣子的罷？如今，你大概不至再向我要求重行比賽了！」說後，又側過臉去，向著停在他肩頭的那個生物望上一眼，頗有一些嘉許他的意思。

然後，又把他拿了起來，放在手中，一壁用指頭撥弄著，一壁獨語似的在說道：「哈哈！我如今方也把你看清楚了，果然是一個烏龜！山澗中竟會有上烏龜，烏龜居然會飛，又居然會飛得如此之快；這都不是甚麼偶然的事情，大概也是我和你有上一點緣法罷？好！我現在該應送你回去了！」一壁說，一壁便伸出手去，把那烏龜向著台外輕輕的一送；祇聞得遠遠的起了嘓咚的一聲響，看來這烏龜已是回到了山澗之中了。

這時候，可又惱動了一個人，那就是藍辛石的四師弟周季容。他也躲在山峰後瞧看著，一切的情形，都瞧在他的眼中；現在，可把他氣憤得甚麼似的，突然的跳了出來了。即伸出一個指頭來，遠遠的向著鏡清道人一指，大聲罵道：「你這牛鼻子道人，休要如此的得意！你這一種的勝利，就眞是接連著勝利上一百次，也是一點不足希罕的！你要知道，我師兄的這頭天鵝，並非眞的甚麼天鵝，祇是一個蝨子，並是由你代他變化而成的；而你所弄來的那個烏龜，既能在山澗內生長著，少說些，大概也是數百年以上的一個靈物。把這兩樣東西放在一起，就是不必比賽得，勝負之局已是大定的了！想不到我師兄竟會是這般的糊塗，居然肯和你比賽，這不是上了你的一個大當麼？現在，我們也不必再講這些陳話。看刀罷！」

說時遲，那時快，周季容冷不防的即把手向外一伸，便有一把明晃晃、亮閃閃的飛刀擲了出去。他的眼力也眞是好到不得了，兩下雖是相隔得這們遠的一段路，他把這飛刀一擲出，即直對著擂台上飛了去；而且不偏不倚的，正直擬著鏡清道人的咽喉間。

然而，鏡清道人眞也不失為一位行家！他見周季容在說著話，說著話的當兒，突然的把手向外一伸，便知：不好！定有甚麼暗器一類的東西擲了來了！早已暗暗有上了一個準備。所以，當那飛刀一到他的面前，他就漫不經意的伸出手去，祇用兩個指頭這們的一撮，便把飛刀撮在指間了；隨又很隨意的，向著自己的衣袖中一擲，一壁笑道：「原來是這樣不值一笑的一件東西！就是眞給你打中在甚麼地方，恐怕也不見得就會廢了性命罷！」

誰知，周季容卻不來理會他，又毫不住手的，像打水漂一般，連一接二的把那飛刀擲了來。鏡清道人卻仍現著從容不迫的樣子，接到了一把刀，就把那一把刀向著他自己的衣袖中擲了去；好像這是他的一個乾坤寶袋，廣博到不知怎樣的一個程度，有多少就可以藏得下多少來似的！並且，這些刀一擲到了他的袖中去，又好像都是一把把的直插著在那裏；所以，儘可把心放下，不怕會刺傷了他身體上的那一個部分！

約莫的已接到有十多把了，卻見周季容倒也住了手，不再有飛刀擲了來。鏡清道人不禁又很爲得意的一笑道：「哈哈！你已是擲夠了麼？完了麼？」他一說到這裏，倏的又把笑容斂去，臉兒緊緊的一板道：「咳！你是一個甚麼東西！剛從你的師父那裏，學得了十八把飛刀，技藝一點兒也不純熟，就想在我的面前撒野起來麼？咳！我現在可不能饒了你！但也不爲已甚，就把你自己的刀，奉敬還你自己罷！並借此可以教導教導你，這飛刀究竟是如何的一個擲法的？」

這時候，周季容最末了擲來的那一把刀，還執在鏡清道人的手中，並沒有向袖中擲了去；他一把這話說完，手即向著外邊一揮，那把刀便如寒星一點的，直對著周季容的頸際射了去。在一個閃避不及間，衹聞得周季容很吃驚的喊上了一聲：「啊呀！」那刀已是正正的直插在他的喉間，鮮血便如泉水一般的，向四下飛濺了去；跟著，一個身子也向著後邊倒了下去，顯見得已是不中用的了！於是，把一般旁觀者都驚駭得甚麼似的，竟有失聲慘叫了起來的。而在那一方面，鏡清道人又是如何的一種得意，也就可想而知的了！

但在這裏，卻又發現了一樁奇事。照理，方紹德是周季容的師父；如今，眼見敵人當著他的面前，已是把周季容刺了一個死，不知他心中要覺得怎樣的難堪？又是怎樣的一種憤怒？說不定馬上就要跳了起來，找著了鏡清道人，死命的拚上一拚，和他徒弟報上此仇的了！

誰知不然，竟是大大的不然！這時候的方紹德，一點也沒有甚麼憤怒的神氣，更沒有找著了鏡清道人要替周季容報仇的一種表示，反而露出了十分快活、十分高興的樣子，哈哈大笑起來。

這一陣的哈哈大笑，響亮到了非常，在四下的山谷間，都震出了一片的回聲來。倒把擂台上的鏡清道人，看台上的哭道人和他的一群同黨，以及擂台下的一般旁觀者，甚至於連站在他身旁的藍辛石都在內，一齊大愕而特愕，不知不覺的呆了起來！

還以爲方紹德或者是爲了周季容驟然的一死，把他傷感得同時又憤怒得過了分；所以，神經竟是這般的錯亂起來了！否則，那裏會瞧見了自己的徒弟，這般的慘死在敵人的手中，倒一點戚容也不露，反而哈哈大笑了起來呢？一壁，也就出於不自覺的，大家爭把視線向著他的這一邊投了來。祇一瞧之下，在恍然大悟之外，又添上了一片驚愕駭詫的情緒。

原來，周季容依舊是好好的站立在方紹德的身旁，又何嘗栽向山峰的後面去？方紹德的手掌中，卻平托了一個烏龜。這烏龜，把一個頭統統伸出在外面，一把飛刀恰恰直插在他的頭上，而把刀尖露出一小節在外；鮮血淋漓的，見了好不怕人！

接著，便聽得方紹德發出洪鐘一般似的聲音，在說道：「這祇是我小小的使了一個法，竟把你這個牛鼻子道人輕輕的瞞過了！當你剛才見他中了一刀，直向後面倒下，那時候你的心中，想來眞不知要怎樣的高興。以爲我那徒弟，對著你擲了十八刀，一刀都沒有擲中；你祇一出手，就把他完了事，這是如何的可以使你露臉啊！

「卻不料，刺中的並不是我那徒弟，竟是和你很有緣法的那個烏龜。他剛才不知出了多少力，方替你博到了一個勝利；如今竟是這般的酬報著他，這在你的心中，恐怕也很覺得有些對不住他罷！現在，我不妨把他的遺體還了你，由你如何的去和他辦理後事罷！」

方紹德一說完這話，便把手中的那個死龜，向著空中一拋；等到他掉落下來的時候，不慌不忙的伸出二個指頭去，恰恰握住了那把刀，即在輕輕向外一送之間，那死龜連著了那一把刀，便直對著擂台上的鏡清道人打了去。

鏡清道人忙一閃避時，祇聞得不很輕的一聲響，那死龜已是落在台上，連刀尖都沒入板中去了！同時，哭道人的那個台上，也有人把一件東西擲上台來，立刻台上便起了一片驚呼駭叫之聲，騷亂得甚麼似的！

不知這擲上台去的，究竟是一件甚麼東西？且待第一五一回再說。

第一五一回　遭暗算家破又人亡　困窮途形單更影隻

話說：同在這一個時候之間，不知是一個甚麼人，也把一件東西，向著哭道人的那個台上擲了去；恰恰擲得十分湊巧，正擲在哭道人的衣兜中。那時候，他是坐著在那裏的。這一來，同在這一個台上的人，已知道這決不是一件甚麼好事，定有甚麼人又要向這邊台上搗蛋來了！

等到哭道人伸進手去，把衣兜中的那件東西取了出來一瞧時，卻不料竟是血淋淋的一個人頭，並還是一個女子的頭；這是就著他兩頰上傳有脂粉的這一點而瞧看了出來的。

於是，不但是哭道人本人，凡是坐在或站在這邊台上而瞧到了這個人頭的人，都是驚駭到了萬分，不自覺的放直了喉嚨，而慘叫了起來，情形是騷亂到了極點了！

而在哭道人這一邊，在驚駭之外，還添上了一種悲痛之情！原來，這被害者並不是別一個，他早已瞧看得十分清楚，就是他從齊六亭的手中搶了來，變愛到不得了的那個雪因！

但他是何等厲害的一個角色，究和尋常的一般人大有不同，悲痛祇是一剎那間的事，驚駭也祇是一剎那間的事；立刻就給他把這二者都驅走得很遠很遠，依舊又恢復了他先前那種精明的神氣。舉起炯炯作光的一雙眸子，向著台下望了去，意思是要在這人群之中，找出一個嫌疑犯來，看究竟是誰把這個人頭擲上台來的，同時也就可推知誰是凶手的了！

但是，這可不必經他找尋得，早見人群中直挺挺的立著一個人，兩眼滿挾凶光，一瞬都不瞬的向著他這邊台上望著。啊呀！這不是別一個，卻就是那個齊六亭！

一和他的眼光觸個正著，齊六亭即帶了十分得意的神氣，又像已是發了瘋似的，拍手大笑起來道：「哈哈！你仗了你的那種勢力，硬生生的把我的雪因奪了去，自以爲可以把他玩上一世，我是沒有甚麼法子可想的了；但我雖確是沒有法子可想，現在可已是把他殺死了，看你此後還能不能和他怎麼著怎麼著？最無聊的一個辦法，也衹有把他的首級，在錦匣中藏了起來，日夕的在枕邊供養著罷！」

哭道人一瞧見齊六亭站在台下人群中，就知道殺雪因的定是他，心中已是好生的氣憤，恨不得馬上就殺死了他！如今，那裏再禁得起齊六亭把這番話向他冷嘲熱罵著，更觸動了他的殺心！也就一言不發，衹悄悄的舉起一個指頭來，對準著齊六亭把飛劍放了去。

誰知，當那飛劍剛剛到得齊六亭的面前，忽從他的身後，轉出了一個婆子來，擋在前面。那飛劍是認不得甚麼人的，恰恰把劍鋒觸著了那婆子一下，立刻便身首異處，倒在地下了！那飛劍既得到了一個犧牲，也就很迅速的飛了回去。

這一來，可又惹動了一個人，便是那個馬天池！原來，剛才爲哭道人的飛劍所斬的，就是他的母親！他起初原站在台下的那一角，祇是帶著一顆很不安定的心，在一旁偷瞧著，生怕給哭道人瞧見了，將有所不利於他似的。

如今，見他的母親已遭慘死，一慟之下，也就橫了一顆心，甚麼都不顧了！便一壁放聲慟哭著，一壁直奔過來道：「咳，咳！老賊！你旣已忍心把我的母親殺死，我也就不要這條性命了，和你拚上一拚罷！」

可是，在哭道人的這一方面，不要說是一個馬天池，就是十個八個馬天池，也一點兒都不在他的心上；而且，他在這個時候，已是殺心大起，祇要是瞧見有甚麼人反對著他，他就要放出飛劍來，殺掉那一個人了！所以，他暫時倒把齊六亭捨了去，又要將飛劍向著馬天池放來。

然而，畢竟放著了這許多天下聞名的能人高手在這裏，怎能由得他如此的跋扈，他要殺去甚麼人，就可殺去甚麼人？因此，激動了大家的義憤。當他剛要把那飛劍第二次放出手去，早有不知多少柄的飛劍，不約而同的向著台上射了來，集矢在他一人的身上了！於是，他也祇能把飛劍放起，暫時把這不知多少柄的飛劍擋住了一下，聊以保全他自己的性命罷了！

同時，卻又聽得齊六亭拍手大笑道：「哈哈！你瞧！你所辛苦經營的那個巢穴，不是又已起了火，燒了起來麼？你在以前的時候，一切都可由你窮凶極惡的幹了去，果然不失爲一世之雄；但是請瞧：現在又是如何的一個局面？不是已到了家破人亡的一個地步了麼？這眞要把我樂煞了！哈哈，哈哈！」

哭道人一聽這話，心中已是一急；忙回過頭去，向著他那巢穴所在的地點望上一眼時，不禁更暗叫一聲：「苦也！」原來，那邊一個天空中，全爲濃黑的煙氣、通紅的火光所佔領；並且熱烘烘的一片向著這邊烘了來，還有不少的火星四下飛揚著，果然已是著了火，並已燒得不堪收拾的了！

這不言而喻的，定也是齊六亭那班人手上所幹下來的事情呢！照著他所具有的那種法術，不論那火勢是如何的旺盛，或者比之現在更要厲害上幾倍；祇要他一作起了法來，把雨點也似的一種東西遠遠的向著火場上噴了去，立刻就會煙消火滅，甚麼也不有的了！

然而，他如今以一柄劍，擋住了這不知多少柄的劍，已是覺得十分的吃力；偶然回過頭去望上一望，還是出自勉強，那裏再有甚麼工夫作起這一個法來呢！

如是的，又過上一會兒，他實在覺得有些抵擋不住了，暗想：管他媽的！不如跑走了再講罷！「君子之仇十年」。我隨後去依舊可以找著了他們，一個個的細算今天這筆帳的！他把這個主意一打定，便乘大家不防備的時候，倏的把劍一收，借一個遁，遁走了。他這一走不打緊，卻拆了鏡清道人的一個大爛汙！

原來，在最初大家圍著了哭道人的時候，已有一部分人，也把鏡清道人圍著了；如今，見哭道人一走，便又把那邊所有的攻擊力，也都移加到這一邊來，竟把鏡清道人作爲他們唯一的對象了！這可眞教鏡清道人有些兒不容易對付呢！

然他不比哭道人這般的不要臉，他倒是有上一點英雄的氣概的；越是在這般困難的局面之下，越是把他的精神打了起來。一個人暗自在想道：「在今天如此的一個局面之下，以我一個人而去抵擋住他們許多人，並在這許多人中，還有上了不少的能人和高手；那我就是打敗下來，也是一點不足羞恥的！萬一竟是給我打勝了，不，就是不能打勝，祇要大家打上一個平手；哼！那時候我鏡清道人的聲名，不是就要洋溢於四海麼？」

可是，他自己雖尙要在這裏努力的支持上一會，暗中卻已有一個人，不能容許他是如此！祇在一陣清風飄拂之間，早把鏡清道人從擂台上吹了起來，飄飄蕩蕩的，向著天空中直送了去。

也不知經過了多少時候，又是一陣風直對著他吹來，把他向地面上打去，便像栽上一個觔斗似的，又將他跌落在地上了！但在他的身體上，卻一點兒的傷也沒有受到。當他忙睜開眼來一看時，祇見所跌落的那個地點，正當著一座高山之下；這地方倒看去覺得好生的熟，好像他自己從前曾到過了不少回似的！

再經上他仔細的一想，不禁恍然大悟道：「啊呀！這不就是白鳳山，我從前學道之地麼？

想不到一別多年，我現在又回到了這個地方來了！而且還是經風一吹，恰恰吹到這個山前，將我跌落下來的。這又是甚麼人玩的一套把戲呢？眞是有點奇怪了！」同時，又瞧到了山邊的一草、一石，都似見了故人一般，各有一段歷史可追尋，更引起了不少的感舊之想。

正在這們追懷舊跡，俯仰興悲之際，忽見眼前晃上一晃，即見這座山已被甚麼黑越越的一件東西遮蔽著了；細一瞧時，方知是大與山等、高與山齊的一個巨人，當著山前而立，睜出了大得無比的一雙大眼睛，向他注視著。鏡清道人方知，是他的師父銅鼎眞人顯出法身來了！

那麼，他此番的被攝到這山下來，定也是師父玩的一個手法；否則，換了別一個人，法力總祇和他相等，對於他決不能這般的指揮如意呢！一壁忙也將坐的姿勢改成為跪，恭恭敬敬的叩了三個頭道：「弟子眞是該死，如今又回得山來了！」在這寥寥的幾句話中，卻含有失敗歸來，羞見師父的一大片意思在內。

銅鼎眞人聽了，將他那張大臉一板，厲聲叱道：「咳！你眞是該死之至！你下山以後的一切所作所爲，也太是鬧得不成樣子了！我當初爲了你的魔心已起，不能再靜靜心心的習道下去，爲整飭我的教規起見，不得不忍心驅斥你下山，原也含有教你到塵世去閱歷一番的意思在內。

「不料，你一下得山去，就膽敢創出甚麼長春教來；又定出那種十惡不赦的教規，把人類所賴以存在的羞恥之心都打破，這一來，眞不知坑害了多少青年男女呢！誰知你這還不算，又去和那大膽妄爲的哭道人合了夥，擺設出甚麼擂台，要與普天下的修道之士決上一個雌雄！「且不論你的本領究是怎樣，衹是你想要獨自稱霸於天下，把所有修道之士一齊都打倒，這個心未免太不可問了！倘然再聽你這般的胡爲下去，更不知要鬧出些個甚麼事故來，我做師父的恐怕還有大大受累的日子在後頭呢！因此，我再也忍耐不下去，不得不把你召回來了。「當你跌落在這地上的時候，我也就把你看了神經所學得的一切法術，都收了回來；從此，你便和尋常人一個樣子，再也興不起甚麼波浪來，我也就可把心放下呢！好！我已言盡於此，我們師徒的關係也從今天起不再存在！你去罷！」

銅鼎眞人把這話一說，可眞把鏡清道人急得甚麼似的！心想：師父遇著了不肖的徒弟，發現了他們的劣跡以後，氣惱得把所傳授的法術都收了回去；這在我們修道人中，倒也是常有聽得的事情，並不是甚麼假話。我如今給師父把所有的法術都收了回去，當然已和尋常的人沒有甚麼二樣，這還能做得出甚麼事情來呢？而年齡也已很老，不是馬上就要遭到滅亡了麼？

他如此的一想時，忙又叩頭哀求道：「現經師父痛加訓迪，也知以前所作所爲，眞是該死之至！此後當痛改前非，決不敢再這般的胡鬧了！請師父顧念舊情，仍准弟子列在門牆，並准其在山上繼續修道。或經此一番挫折之後，魔心已是退去，能再把這神經從七卷起，靜靜的接續著修習下去，也未可知呢！還乞師父可憐著我，接受了我的這個請求罷！」

銅鼎眞人卻不再說甚麼話，衹在衣袖一拂間，他那法身早已杳然不見。鏡清道人正自惘惘然，卻又覺得自己也已不在這山下；忙一省察時，方知自己早到了山上，盤了雙膝坐在那裏，手中捧著的卻正是神經第七卷，又回復了當年修道時的那種光景了。這明明是銅鼎眞人已答允下他的這種請求，准其再在這山上修道的了。

於是，鏡清道人的事情，也就在此告上一個結束；至於他究竟能不能修成正果，卻還須待之若干年之後，並非現在我們這一輩人所能知道的呢！

再說：鏡清道人既被銅鼎眞人召了回去，重在白鳳山繼修道業；當時邛來山上的這個擂台，也就不收場而自收場。因爲，主持擂台的二個正主，既都已走得不知去向，那邊台上的一班狐群狗黨，自然也就紛紛作鳥獸散，各自逃命要緊，這擂台那裏再打得起來！因此，一般來打擂台的人，也祇好惘惘然各就歸途，眞合了「乘興而來，敗興而返」這二句話了！

而這般轟轟烈烈的一個擂台，竟會如此的草草收場，和著哭道人這麼一番如火如荼的氣象，剎那之間，竟又會家敗人亡，落得如此的一個結果，眞都是出乎一般人意料之外的，很足使人感歎不已！這都按下不提。

那麼，那個遭了家破人亡之痛的哭道人，一個遁，又遁到了那裏去了呢？原來，他在一遁出了邛來山之後，正想收了遁光，在地面上暫時歇一下足。不料，忽從那裏傳來了一股絕大的力量，衹一招，就把他晃晃蕩蕩的招到了那邊去，竟是一點兒也不容他作得主！

哭道人心中不禁大大的吃上一驚道：「莫非當我遁走的時候，已被金羅漢、方紹德那些人窺破了機謀，也暗暗追隨在後邊，到了現在這個時候，便玩起這一手來了？倘然眞是如此，我不免仍要落入他們的掌握之中，可就沒有了命了！」

正自十分著急時，早已給那一股力招到了那邊，在當地兀然的站著了。在對面一塊大石上，卻坐著了一個五六十歲的老者，正笑迷迷的望著他。

哭道人一見是一個不相識的人，並不是甚麼金羅漢，也不是甚麼方紹德，更不是崑崙、崆峒、峨嵋三派中其他的甚麼人，早把心事放下了一半。還有那一半的心事，是衹怕那老者或者是一個甚麼妖怪；觀他剛才衹是那們的一招，就把他自己招到了這一邊來，可知定有上一種非常驚人的本領，遠非他自己所能敵。現在旣落在這們一個有本領人的掌握之中，可仍是一樁不了的事情呢！

然而，那老者對他卻無絲毫的惡意，見他露出一種懷疑的神氣，衹瞪起了一雙眼睛向自己望著，一句口也不開，便又從石上站立了出來，拱上一拱手，含笑說道：「你不是邛來山的哭道人麼？請了，請了！這一次的擺設擂台，眞是辛苦之至！至於後來的那種結果，也是大數所注定，非人力所能挽回的，你也不必怎樣的懊喪罷！」

這眞是奇怪，那老者不但是認識他，並對於他在邛來山擺設擂台，以及後來失敗下來前後一切的經過，更像是瞭如指掌；最後還十分的關切，又向他如此的勸慰著，好同有上了多少年交情的一個老朋友一般，而他自己可眞不認識這們一個人；在如此的一個情形之下，倒使哭道人更是呆了起來了！

那老者便又笑著問道：「哈哈！你不認識我麼？你對於我的很是認識你，而你一點也不認識我，並覺得那是一件十分奇怪的事情麼？那麼，請你向著我的這個頭上望一望，便可知道我究竟是一個甚麼人！」他這話，竟是越說越奇怪了起來了，一壁也就把他的一顆頭低了下來，恰恰當著了哭道人的眼面前。

哭道人不由自主的，便把眼光向他的頭顱上掃射了一下，但也不見到有甚麼特異之處；祇在髮際，赫然的呈露了七個香疤，這顯然是和尙們受過了戒所留遺下來的一種戒疤。啊呀！照此說來，莫非這老者從前是出過了家的，現在卻又還了俗了？哭道人一想到這裏，不禁也脫口而出的，說道：「哦！你老莫非從前是出過了家的？但不知法諱是那三個字？一向卻少會得很！」

那老者不覺把頭點上幾點道：「不錯，不錯！這一猜可給你猜著了！不瞞你說，我就是湖南紅蓮寺的知圓和尙，從前我們大家確是沒有會過面；不過在不久的以前，我曾私下到過一次邛來山，卻在暗地裏把你認識了下來了。至於今天你會到這海島上來，那是我早就推算了出來，所以我預先在這裏恭候著大駕呢！」

紅蓮寺的知圓和尚，曾把湖南卜巡撫在寺中囚禁了起來，後來在無意中給陸小青識破機關，引得大隊官兵前來圍攻，紅蓮寺雖是燒得成爲灰燼，知圓和尚卻依然倖逃法網。這一樁事，差不多在江湖上已是傳說了一個遍；凡在江湖上走動走動的人，沒有一個不知道的了！所以，當哭道人一聽說那老者就是大名鼎鼎的知圓和尚，覺得很是出乎意外，立刻露出一種肅然起敬的樣子來道：「哦！你老就是從前的知圓大和尚！這眞是失敬之至了！但是，怎麼又會來到這裏的？」

知圓道：「這話說來頗長，且到舍間去再談。你不知道，我已在這個島上立下足來，並小小的有上一點規模的了！」說後，便同了哭道人一齊走去，到了一所渠渠大廈之中。祗見屋內一切陳設，都窮極奢華；更有豪僕如雲，供其役使，儼然是一個大富翁的排場了！

知圓把哭道人引到了一間極精美的客室中，相將坐下以後，又望著哭道人笑了一笑道：「你到了我這屋中以後，可有不有甚麼一種感想？可要說我太不安分一些，一不做了和尚，就如此的窮奢極欲起來了！」

哭道人忙把頭搖搖，笑著回答說：「決沒有這一個意思！」

知圓復又笑道：「那麼，我更有一句話告訴你：我不但在這裏過著極奢侈的生活，最近還要娶起老婆來了呢！」

不知知圓要娶老婆的這一句話，究竟是眞？是戲？且待第一五二回再說。

第一五二回　荒島上數言結同志　喜筵前一卮奉新人

話說：哭道人一聽知圓說出還要娶老婆的這句話來，尚疑他是一句戲言，並不是眞有這一回事；因爲知圓雖已是還了俗，自己不再承認是出家人，人家也不知道他就是從前的知圓和尙，娶老婆原是在所不禁。不過，瞧他的年紀，已在六十以上；這樣老的一個老頭子，怎樣又會娶起親來呢？因此，祇能瞪起一雙眼睛來望著他，不能有甚麼話可說。

知圓便又在一笑之中，滔滔汩汩的說出一番話來；方對於他從紅蓮寺中逃出以後的一番歷史，都是有上一個著落的了。

原來，他從紅蓮寺中逃了出來以後，也知案情犯得太重，天下各處都在繪影圖形的緝拿著他；他爲免得給人家窺破眞相起見，便躲在一個祕密所在，蓄起髮，還起俗來。等到第一步的工夫已是告成，他扮成了一個尋常俗家人的樣子，一點也不露甚麼破綻，人家已瞧不出他就是從前的知圓和尙；他方始放大了膽，從那躲藏的所在走了出來，到各處去雲遊。

無意中，忽到了這一個島上；這是一個無人的荒島，從前並沒有甚麼島名，後來方經他取名作「連雲島」。知圓此次的四下雲遊，目的原是欲覓得一塊好地方，作他經營祕密事業的根基地。一到了這個島上，四下仔細的一觀察，覺得這雖是孤懸海中的一個島嶼，然而，各種物產都頗爲豐富；倘能加意經營，就是有數千個人住到這島上去，也足能維持他們的生活，不必得到島外各地一些些的供給和幫助。

此外，還有一個極大的好處，便是：你在別個地方，經營祕密事業，常有敗露之虞；獨有這個地方，不爲一般人所注意，倘然你是高興的話，就在這荒島上稱起王來，也不見得會有甚麼人來干涉你的呢！

知圓在此觀察之下，當下對於這個島很爲滿意，便去各處招了不少的亡命之徒來，開始的把這島開闢著。好在，知圓在紅蓮寺中，積下了不少的資財，並已暗暗的藏放在外面的一個祕密所在；此次，他雖出亡在外，對於他的全部財產，卻一點兒也不受甚麼損失。現在，便拿出這筆錢來，做爲開闢荒島之資。有了錢，又何事不可做？再加上他自己十二分的努力，果然在不到數年之間，已把這個荆榛滿目的荒島，變成爲都市似的一個十分繁盛的區域。

細計之，島上的居民，已達二千多戶，人口也共有七八千之多的了。至是，知圓第一步的計畫已告完成。而他在平日，就素喜拿兵法來部署這一般島民的；因此，在八千人口之中，卻有三千壯丁可得。於是，他便又雄心勃勃的，想借著帆船的力量，去把沿海的州縣，佔奪上幾個來了。不過，他自己也覺得力量尚還單薄，非再招幾個有力分子來，合了夥經營著，不足以成大事！

在他暗暗物色之中，哭道人也爲他所注意的一個人物；因爲，哭道人的黨羽並不算少，能一加入他這邊來，就可把那些個黨羽也拉了過來了。並早已算知哭道人擺設的擂台定要失敗，本人在邛來山也是站足不住，要逃了出來的；所以，一到了相當的時候，就預先在海灘上等候著，並小小的使了一個法，把哭道人招到了連雲島上來了。

哭道人聽他說到這裏，心中不覺暗自歡喜道：「我雖是遭上了這們的一個大失敗，卻兀自有些兒不服氣，頗思捲土重來一下，生命是已置之度外的了；天幸一逃了出來，就能遇到了這們一個志同道合的人，倘能合了夥大家努力經營著，看來將來的希望倒很爲不小罷！」

當他正自暗喜著，知圓似早已猜知他是在想著那一種的心思，便又對他一笑，說道：「在你現在的心中，不是頗至憾於這一次的失敗太是出人意外，而思捲土重來一下麼？那你要把這個希望實現了出來，無過於和我合作的這一個方法了！」

哭道人聽了，便也毅然的說道：「我也不敢說甚麼和你合作的這一句話，祇是十分願意的投入你的麾下，做上一員戰將；並當把我的舊部召集起來，完全聽從你的指揮呢！」

於是，知圓也大爲歡喜，便說道：「如此很好！我們准以一言爲定，就大家合作起來了！

等到將來我們的基礎一穩固以後，你要想去找著甚麼人報仇，就可去找著甚麼人報仇，一點兒也不會感到困難！而且，不是我說句大話，一到了那個時候，便是要把皇帝老子的天下奪了過來，也是十分容易的事！甚麼崑崙派、崆峒派，簡直是小而又小的一個團體，那裏還值得把他們放在眼中的呢！」

至是，哭道人又想到了知圓所說將要娶老婆的這句話，不免又問道：「照此看來，你的志向眞是不小！所謂將要娶老婆的這句話，大概祇是一種戲言罷？」

知圓道：「不，不！我確是有上這個意思，並且含上有一點作用在這中間的。你要知道，我是寡人有疾，寡人好色；就是在當和尚的時代，仍是紅粉滿前，佳麗環侍，除不去那種綺障的；自問對於女色一方面，也是很有過一種享受的了，到了現在這個年紀，倒又覺得有些厭倦呢！決不會也像那一般還了俗的和尚，一旦做了俗家人，別的事都不要緊，急巴巴的先去娶一個老婆來，盡情盡意的玩上一下的！但是，我現在確是要娶老婆了，並所娶的還是一個外國女人。你聽得了，不是要覺得十分的奇怪麼？」知圓說完這話，自己也掌不住笑起來了。

果見哭道人很爲駭詫的，問道：「怎麼娶的還是一個外國女人？你倒眞是會玩，又從那裏去弄了來的？」

知圓又笑嘻嘻的往下說道：「那是一個東夷國的女子。你總該知道，東夷國的國土雖是不很大，他們的國王卻不是一個好東西，很具上有一種野心，常想侵佔我們中國的地方；他一聽到我在這個島上經營著祕密事業，便派了人來聯絡我，並說，要把一個他最喜愛的公主下嫁於我。也不知道眞是不是公主，但他旣說是公主，也就姑認他是公主便了！又互相約定，將來遇著有可乘的機會，便大家一同進兵，奪取大淸國的天下。

「我爲了他們東夷國的舟師頗精，可以做得我出兵時的一個好幫手；所以，對於他的各項條件，已是一一答允下來了。這也祗要我自己能把一切的計畫預先定好，將來眞是得到了天下以後，就不妨一腳把他踢了去。他到底是東夷國人，不大熟悉我們中國的情形，還怕他能把我怎樣子麼？但是爲了如此的一來，我可就要娶起外國老婆來了！」

哭道人道：「你這話一點兒也不錯！我在邛來山的時候，西藏的喇嘛也是在暗中和我有上一種聯絡的，時常拿巨額的金錢資助給我；他們的用意，無非要我在四川先作起亂來，他們便有機會可以稱兵內犯了！但我也是和你一般的意見，他們現在旣利用著我，我也就利用著他們，多少於我總有益而無害的；到了事情成功以後，我難道怕沒有方法可以對付他們麼？所不幸的，我在那邊的事業，已是完全失敗下來了！」

知圓笑道：「這一節事，你自己就是不說，我倒也早有所聞；否則，你對於建築你的洞府，和後來的擺設擂台，都是大事鋪張，不惜金錢，這一筆費用又是從那裏來的？你雖也把你能點石成金的這一番事實，在外面四下宣傳，用來解去人家的疑心；但是，祇要略略聰明一些的人，誰不知道這是一種假託之詞呢！」

這話一說，哭道人倒也笑起來了，便又問道：「那麼，你的娶親已成爲確定的一樁事實，吉期究竟定在那一天呢？」

知圓道：「也沒有幾天了。你就在這裏吃上一杯喜酒，等到我的婚期過後，大家再把這大事業進行起來罷。」於是，哭道人便在連雲島上住了下來。

不到幾天工夫，知圓的吉期已到。東夷國王果然把那位所謂公主也者，用了舟師保護著，送到這連雲島上來。爲了要得到知圓的歡心起見，妝奩很爲豐盛。而那位所謂公主，也頗有幾分姿色；所美中不足的，祇是身材太短了一些，又腰肢太肥了一些罷了！知圓本是一個色鬼，一見到了這個異國美人，眞教他心花怒放，魂靈兒都不在身上了！

不料，正當合巹的時候，忽聽得從屋梁上傳下了一個巨大的聲音來道：「哈哈，哈哈！這個年頭兒的事情，眞是越過越爲有趣，連得和尙都娶起老婆來了！」知圓一聽到這幾句話，臉色不禁略變；知道定有甚麼江湖上的朋友，熟悉他以前的一番歷史的，乘了他的這個吉期，特地前來向他搗蛋了！一壁忙想抬起頭來一瞧時，卻見梁上空空如也，並不有一個甚麼人在那裏。

不覺冷笑上一聲道：「哼！究竟是一個甚麼東西！既有這們大的膽量，敢到這裏來搗蛋得，爲甚麼又不把身形露了出來？難道你以爲你是會上一種隱身術的，人家就可聽你任意的搗蛋著，不能把你怎麼樣了麼？現在，我且喊著一、二、三的三聲口號，你須在這三聲口號喊完之後，就顯露出你的身形來；否則，哼哼！可就對你不住，要你當場出醜的了！」於是，知圓便把一、二、三的三個口號，接連了的喊著。

但是，當他把那個三字喊出了口，又隔上了一些時候，仍是不見一點動靜，並沒有甚麼人在梁上顯出了身形來。這可把知圓激惱了起來了，即大聲的罵道：「咳！好個不識抬舉的東西！定要把我惱了起來麼？這一下子，我可不再和你留甚麼情的了！」罵後，便又在口中念動一種甚麼咒語；然後，突然的戟指向著梁上一指，並大聲的喝上一聲：「咄！」即聽得有一個霹靂，在空中響了起來。

原來，他現在所使的這一個法，在從前最是靈驗無比的，祇要把這個霹靂打了去，不問這會隱身術的是有上怎樣一種的大本領，怕他敢不把身形顯露了出來；倘然再不顯露時，第二個霹靂就要跟蹤而至，那是把那人打死以後，仍要教他把身形顯露了出來呢！

不料，在這一次，卻是不靈，不靈，又不靈！當把第一個霹靂打了去，果然是一無效果；就是第二個霹靂再接踵著放了出來，依然是不見一點動靜。可是，也不聽得那個人，再繼續著在梁上說些甚麼，看來已是逃走的了！

知圓見兩個霹靂，連一接二的打了去，仍不能教那人顯出身形來，心中也暗暗的有些吃驚，那人的神通很是不小！不過，給這二個霹靂一嚇，居然嚇得那東西忙不迭的逃走，足見尚非自己的敵手；在另一方面說，自己也總算佔上了一點面子，可以下得台來的了！因此，露出了一種十分得意的神氣，笑微微的說道：「想不到這東西原來也是一個銀樣鑞槍頭，禁不起甚麼嚇的；祇給我如此的一嚇，就嚇得他屁滾尿流的逃走了！」

誰知他剛把這句話說完，便聽得那個人，又在梁上說起話來道：「咳！誰是銀樣鑞槍頭？誰又是嚇得屁滾尿流的逃走了，你幾曾見了來？不要這般的在人前吹說了！」

這一來，可眞把知圓窘得甚麼似的，當著這許多人的面前，眞有些下台不來了！但祇要教那人顯出身形來，尙是一點辦法都沒有，現在又能把他怎麼樣；結果，也祇有把自己的一張臉，漲得通紅通紅而已！

接著，又聽得那個人大聲的在笑道：「哈哈！其實，和尙娶老婆，還不算得怎樣希奇；而所娶的，又是外國老婆，這眞是奇而又奇的一樁事情，我又安得不到這裏來觀禮一下呢？」瞧他的樣子，顯然是也沒有其他的意思，祇是特地到這裏來搗一下蛋，並把自己的本領賣弄一番罷了！

好個知圓，不愧是個老江湖，倒是旣能屈又能伸的。一見對於那個人，用硬已是有所不能；不如變個方法，和他軟來罷？否則，聽他這般的胡鬧下去，胡鬧到甚麼時候方止？倒把他們的百年嘉禮阻擱下來了，這實在不是一件事情呢！

他這們的一想時，便也裝出十分和平的一種神氣來道：「噲！隱住了身形的朋友！我且問你：你究竟是爲了甚麼到這裏來的？倘然祇是要和我開上一個玩笑，並沒有甚麼和我過不去的意思，那是我最所希望的；就是眞要和我有甚麼過不去，也得光明磊落的走下地來，大家好好的較量上一番！像這們的隱住了身形，祇在暗地向我冷嘲熱罵著，恐怕也不是甚麼大丈夫的舉動罷！」

果然，這幾句話說得很是有力，便又聽得那個人顯出一種頗爲贊許的意思，打上了一個哈哈道：「你這幾句話，方說得有點漂亮了！像剛才這們的一出手就是二個厲害無比的霹靂，祇要本領略略小上一些的，就要不明不白的死在你的手中了！這未免太有點兒不夠朋友呢！那麼，我現在也就老老實實的對你說了罷，我不但沒有和你過不去的意思，而且自己覺得很是和你說得來；不但很是和你說得來，而且還是特地前來向你賀喜的；不但是特地前來向你賀喜的，而且還帶了一宗絕好的買賣來獻給於你呢！請問你：像我這們的一個朋友，你也表示不表示歡迎的？」

那個人如此的一說，知圓知道對於自己並沒有絲毫惡意，還是有上一點好意的；並且聽那人用不但而且的那種句法，一層進似一層的，一連串的說了下去，既表示出極願和他親近的一番意思來，更活顯出是如何有趣的一位朋友，倒急於想和那人會一會面的了！因此，他忙說道：「歡迎之至！請下來吃一杯酒罷。」

那人也立刻應聲道：「好！我就要下來了！不過，我是特地前來賀你新婚之喜的；在未吃你們的喜酒之前，應先向你們二位新人各敬一杯才是呢！」

這話剛剛說完，祇聞得鏘的鏘的，接連了的二聲響，便有二隻磁酒杯，放平了的從梁上擲了下來，恰恰一邊一隻的，分置在新郎和新娘的面前；就是由臧獲輩放置了起來，至多也祇放得這般的端正，而和原來置在那裏的杯子，適成爲一條直線。

最妙的：每一隻酒杯中，都斟滿了一杯的酒；當他從梁上擲放到桌上來，既沒有一點的酒從杯中傾潑了出來，也沒有把那磁杯打碎上一些些，眞不知他用的是一種甚麼工夫！倘然說，這是一種練就了的軟功；那麼，這軟功也就做到了無以復加的一個地步了！

當下，當然引得一堂的賀客，都掌不住的喝起采來。就在這一片采聲之中，那個人也不知在甚麼時候已是顯出了身形，並已端端正正的，立在筵前了。這在他們許多人，眞好同瞻仰甚麼英雄、甚麼美人一般的來得起勁，爭把視線向著他投了去。但是，祇瞧得一眼時，誰都覺得大大的失望了下來！

原來，在他們許多人的意中，以爲這個人既具有如此驚人的一種本領，定不知是如何神采飛揚的一尊人物；卻不料現在他們所見到的，竟是貌不驚人的一個中年漢子！而且，身上的衣服，又是非常的不整潔；背上還掛了一個很大的酒葫蘆，再一瞧到他臉上掛上有一副宿酒未醒的神氣，不論甚麼人都會猜到他是一個嗜酒如命的酒鬼的了！

那酒鬼卻並不向衆人看上一眼，祇又向著二位新人拱上一拱手道：「請啊，請啊！這是我十分誠意敬的酒，你們都須得把這一杯酒乾上了！」

新娘當然是十分怕羞不肯飲。知圓雖是今天做著新郎，卻是十分豪氣的一個人，並成心要和他結上一個朋友；所以，一聽到這話以後，便拿起這杯酒來，一飲而乾。但當他剛把酒杯放在桌上，卻又聽得那酒鬼在說道：「怎麼，你祇把這杯酒抿了一抿，連一口酒都沒有吃得呀？」

知圓忙一瞧時，果然仍是滿滿的一杯酒放在那裏，不免暗自疑惑道：「我今天這個人，精神爲何如此的恍惚？連這杯酒究竟吃了沒有，自己都沒有知道呢！」隨又拿起這杯酒來吃乾了。不料，那酒鬼仍在說道：「你怎麼仍沒有把這杯酒吃得呢？」

知圓這才知道都是那酒鬼弄的一種狡獪，便含笑說道：「朋友，你既是眞心要和我結交的，爲何又要這般的捉弄我呢？」

那酒鬼方也笑道：「好！那麼，你再乾了這一杯罷。」這一下子，知圓再把酒杯放在桌上時，果然祇是一隻空杯了。跟著，又千勸萬勸的，把新娘的一杯酒也勸入了肚去。

在這裏，知圓卻更把那酒鬼看作神人一般；一待賓客散後，也不就進洞房，和新娘去同圓好夢，卻把那酒鬼引到一間密室中，很誠懇的問道：「朋友，還沒有請教得高姓大名？並且瞧你此來，對我很是有點意思，究竟帶了甚麼一宗買賣來了呢？」

不知那酒鬼回答出怎麼一番話來？且待第一五三回再說。

第一五三回　巧計小施奸徒入網　妖風大肆賢父受迷

話說：那酒鬼聽知圓向他如此的問著，便笑嘻嘻的回答道：「我爲了貪杯的緣故，把我自己的姓名忘記去，已很是長久的了。江湖上的一般人們，卻都喚我作江南酒俠。其實，我也祇是酒醉糊塗的，成年價在江湖上流浪著，又那裏幹過一樁二樁俠義的事情，不過是這們的一個名號罷了！」

江湖上有上這們的一個江南酒俠，知圓以前倒也曾經聽人家說起過，卻想不到今天倒和這位酒俠會了面了，便露出一種十分高興的樣子來道：「哦！原來你就是江南酒俠！這倒是失敬之至了！」

江南酒俠忙也客氣了幾句，又接著說道：「至於我此次的來到這裏，確是爲了一宗絕大的買賣；這一宗大買賣，除了你，別個人也是接受不下的！你道是甚麼？原來我要把廈門的這塊好地方，雙手奉獻給你呢！」

誰都知道，廈門是沿海的一塊好地方；知圓對於他，也是垂涎得好久的了。大概他不起事則已；一旦起了事，這廈門是在所必取的。能把廈門歸入了掌握之中，同一廳屬的那十二個縣城，當然也一齊爲他所有，在兵事上便有上了一個根基地了！

如今，忽聽江南酒俠說，要把廈門這一塊好地方，雙手奉獻給他，恰恰是搔著了他心中的癢處；這那裏是不教他又驚又喜，同時又有些疑惑了起來呢？便出於不自覺的，把一雙眼睛灼灼然的望著江南酒俠；意思是在問著：眞有這一椿事情麼？不是甚麼戲言麼？

江南酒俠也懂得他的這個意思，即正色說道：「正經歸正經，兒戲歸兒戲；這是甚麼一椿事情，而也可以兒戲得的！你如不信時，我還有一張注得十分詳細的廈門地圖帶在身邊，難道我爲了要和你開玩笑，還一點不怕麻煩，巴巴的要費下這一番細膩的工夫麼？」說完此話，即把身畔的那張地圖取出，放在知圓的面前。

這一來，知圓不由得不相信了起來了，忙又向江南酒俠問道：「那麼，我們出兵去取廈門，是應該有上怎樣的一個計畫？難道你在那邊，已有上了甚麼內應麼？」

這話一說，喜得江南酒俠連連點著頭道：「不錯，不錯！這一猜，可就給你猜著了！我們已有上一個很可靠的內應在那裏，那是我的一個小徒，姓楊，現在那邊帶上了幾營兵。他很不願意老是當著這個撈什子的兵官，頗想幹上一番大事業；所以，教我到這裏來，和你談判一下。倘然你肯和他攜手合作的話，那你一把兵開到了廈門，他就一點不抵抗的，開了城門迎接了。這不是我在此來，把一個廈門雙手奉獻給你麼？」

於是，知圓大喜過望，隨又和江南酒俠議定了幾個條件，無非是取得廈門以後，大家利益均沾的一種意思。然後，知圓又笑嘻嘻的，在江南酒俠的肩上，拍了一下道：「這一次我們如眞能把廈門取得，在兵事上便有了一個十分可靠的根基地，你的功勞可眞是不小！將來如再能由此而取得了天下，便是不能取得天下，而能成一個割據稱雄的局面，少不得你就是一位護國大軍師呢！」心中也便得意到了萬分，以爲一個人好運來了，眞是山都擋他不住的！他在這最近的一個時期中，既獲到一個強有力的後援，又得到一個如花的美眷，已可說是喜上加喜；卻不料再從天外飛來一個好消息，竟有人肯現現成成的，把一個廈門拱手奉讓於他呢！

江南酒俠卻祇是喃喃的說道：「甚麼護國軍師不護國軍師，我是不大注意得的。將來事成以後，祇要每天能拿一罎美酒供養我，也就覺得心滿意足的了！」一壁說，一壁便把背上掛的那個大酒葫蘆，推到了前面來；兩手捧著了，口對著葫蘆，把葫蘆中的酒，一大口、一大口的吃了起來；好像既用以解一解他的饞吻，又預祝他們的成功似的！知圓瞧在眼中，倒也暗暗覺得有些好笑起來了；當下，自回洞房，領略柔鄉佳趣，不在話下。

數天以後，和圓也就把略取廈門的這一件事，積極的進行起來。除把原有的那三千壯丁，編成了三大隊之外，復由哭道人招來了不少亡命之徒，也編成爲一隊；又從東夷國借來大戰艦八艘，並有夷兵一千隨行，聲勢倒頗爲不小！

知圓自己見了，心中也十分歡喜，便笑對江南酒俠道：「我有這樣子的一點兵力，就是眞要把那廈門奪取了來，恐怕也不是一件甚麼難事；何況，還有令高足在那面，現現成成的充著內應呢！」江南酒俠免不得也要恭維上他幾句。到了選定的一個吉日，便把那許多兵，都裝在八艘大戰艦上，浩浩蕩蕩的，向著廈門進發。

那時候，廈門廳治設在如今的思明縣；他們的戰艦一在廈門灣泊下以後，便驅兵登陸，直向目的地開了去。那姓楊的早已得到了江南酒俠的密信，一切都籌得妥妥貼貼；一聽他們的兵已是開到，便殺死了廈門同知，開了城門迎接。

知圓這一喜，眞是非同小可，想不到竟是這般的順手，兵不血刃，就把這一個很大的城池奪了來了！同時，又分了兵去略取廈門附近各縣，果然也是一點反抗都沒有，一齊平了下來。知圓便想在廈門長駐著，暫時不回連雲島的了。中間，又把他那位東夷國的夫人也接了來同居著。

這一天，知圓爲誇示軍容起見，便舉行一個盛大的閱兵式。他自己站在正中的一個高台上，左顧右盼，好不得意，又好不威武！恰恰瞧見江南酒俠正站在他的身旁，不禁含笑說道：「我的得有今天的這一天，都是靠著你的功勞；這眞把我喜歡得甚麼似的，頗想在今天就把你封爲護國軍師呢！」

江南酒俠卻衹淡淡的說道：「你要封我為護國軍師麼？那也聽你的便！」他一說到這裏，忽又把聲音放得非常之高道：「但是，你且先瞧上一瞧，你自己現在究竟是在甚麼地方呢？」

這眞是奇怪之至，當江南酒俠剛把這話一說出，知圓突覺眼前一片漆黑；陽光也不有了，江南酒俠也不見了，那些個正在操演的兵士，更不知已到了甚麼地方去了！他自己又那裏站在甚麼閱兵的高台上，簡直是伏處在又黑暗又狹小，同牢獄似的一個所在！這一來，可眞把知圓愣住了，不知這究竟是怎樣一回事！

那麼，這時候的江南酒俠，又是怎樣的一個情形呢？他卻笑嘻嘻的站在當地，手中拿著了一隻玉杯，正把滿畫符籙的一張紙，向著杯口上封了去。封固以後，又對著那玉杯，高聲的說道：「哈哈！知圓大和尚，這一次你可上了我的一個大當了！對你直說了罷，那裏有甚麼姓楊的帶兵官？那裏有甚麼暗做內應的事？更那裏有眞的已給你把廈門取了來？這都衹是經我小小的使上一個法，像變戲法的這們變上一下罷了！」

知圓一聽他說到這裏，急得了滿身都是汗，忙在杯內問道：「那麼，你又把我囚禁在一個甚麼所在？這眞要教我悶都悶死了！」

江南酒俠笑道：「這是在一隻小小的玉杯之中；我衹用了一隻玉杯，便把你們這一干混帳東西，都囚禁在裏面了！」

知圓祇好哀聲懇求道：「你這又是甚麼意思？我自問平日和你無怨無仇，你何必如此的同我作對，並還帶累及這一班不相干的人！請你可憐著我們，不如就把我們釋放了罷！」

江南酒俠一聽知圓向他如此的求情著，不免把臉色一正，說道：「你雖然和我無怨無仇，但你試捫心想上一想：別的事且不論，你此後又有上如何的一種野心也不講；單是你在紅蓮寺中，不是已有不知多少個婦女，給你玷汙了他們的清白不算，結果還把他們的性命都送了去！那我現在就算是爲這一班含冤負辱而死的婦女報仇，難道可說是不應該麼？至於其他的那些個人，也都不是好東西，以前皆曾作惡多端；我現在如此的處置他們，覺得一點都不爲過呢！」

知圓再要說甚麼時，江南酒俠卻已不來理睬他，管自去掘了一個深坑，把那玉杯埋在坑中，再把泥土一層層的掩覆上去；又和先前未掘時一個樣子，一點都瞧不出甚麼來了。然後，又在土上，虛虛的畫上了一道符籙。原來，這道符一畫，就好像有甚麼重物鎮壓在上面的一般，不論那一個都不能來開掘這一片土了！

一壁又喃喃的說道：「這一下子，可教這班東西，至少要在地下幽閉上一百年；待過了百年之後，那玉杯或者方有重行出土的一個希望呢！所可惜的，沒有把那東夷國王也一併弄了來；否則，能把他活埋在這裏，倒也是一樁快事！如今，祇讓他犧牲去一個公主，一千個夷兵，外加戰艦八大艘，未免太是便宜了他了！」於是，知圓就這們的給江南酒俠幽閉在土中；

他的事跡，也就在此暫時告上一個結束。

但是，把他們一干人幽閉起來的那一隻玉杯，又是一件甚麼寶物呢？哈哈！那是在前幾集書中，早已把他提起過，便是周小茂家中祖傳下來的那隻玉杯啊！在這裏，我們倒又得把周小茂的事情，順便的帶敍上一筆了。

原來，周小茂自給笑道人從獄中救了出來以後，即一逕向著雲南進發，雖一路上受盡了風霜飢渴之苦，並有好幾次幾乎把性命送了去；然在九死一生之中，居然也到達了雲南，並得父子重逢了。

這時候做著雲南將軍的，是一個姓福的；雖是旗人，卻是一個好官。當周茂哉一發配到那裏，他一看祇是一個文弱老書生，並不像甚麼窩藏江洋大盜的人，心中便不免起了些兒疑惑。再一看文書中所敘的罪狀，又把周茂哉細細的盤問上一番，更知此中定有冤抑！不過礙著有一個馬天王在中間，不便就替他平反，祇能將來看有甚麼機會再說。一壁即把周茂哉安頓在自己的衙門中，派了他小小的一個職使，不和其他充配來的人犯一例的看待。

如今，周小茂以一個小小的童子，不辭萬里之遙，前來省視他的父親；這在不論甚麼人，都覺得實是不可多得的，也可稱得上一聲孝子的了！一給福將軍聞知了這件事，更是贊成得不得了；立刻把周小茂傳了進去，著實誇獎了他一番。

不過，待周小茂把代父戍邊的這個請求申述了出來，福將軍卻祇是把頭搖著道：「這是不必如此的辦法的。雲南雖說甚麼瘴癘之區，然住在省城中，又住在我的衙門內，也和住在內地各省沒有甚麼兩樣。你們父子倆倘然不忍相離的話，不妨連你也在這裏一起住下；等得我遇到了相當的機會，再替你父親把這充配的處分撤消了去，好讓你們一同回到故土。

「如果照你這種的說法，你父親是回到家中去了，卻把你留在雲南，不講這一條長路，他一個老年人能走得不能走得；就是眞能走得，你們父子倆這們兩地分離著，大家一定又要思念一個不已，這也不能算是甚麼好辦法呢！你道，我的這番話說得對不對？」

福將軍爲了周小茂是個孝子，竟密切得同家人父母一般，如此不厭周詳的，替他打算了起來了，這當然使得周小茂十分的感激！同時，又覺得這番話一點兒也不錯，便依照了福將軍的意思，暫在衙門中和他父親一起兒住下。

如是者，又過了幾個月。有一天，周茂哉爲了一椿事，偶然到街上去走走，周小茂卻沒有跟得去。不料，到得傍晚的時分，還沒有見周茂哉回來。周小茂心中不免有些著急道：「他老人家不要在街上迷了途麼？還是遇到了甚麼偶然的事情，弄出了岔子來呢？」

正自著急著，忽由一個東差遞送了一封信來，卻是周茂哉親筆所書，心中不覺略略的一寬。忙把那封信拆開一看時，方知他父親在無意之間，忽在街上遇到了一位舊識，堅邀到他家中去盤桓。誰知，一到了那邊，又是很殷勤的留他飲酒，竟是吃得一個酩酊大醉；現在雖已醒了過來，卻還覺得非常的頭痛。所以，要教小茂趕快去省視他一下，或者就陪伴了他歸來呢！

當下，周小茂一把此信看完，當然就急急的跟著了那專差走了去，心中卻不住的在疑惑著道：「他老人家素來是不大貪杯的，今天爲甚麼會吃得一個酩酊大醉？難道在路上所遇到的那個人，是他老人家的一個知己，如今忽在萬里之外相逢，大家都是喜出望外，所以不知不覺的狂飲起來了？」

正在忖想時，早由專差報告，已是到了那個地方了；卻是又華美、又寬廣的一個屋子，看來這份人家倒是有上幾個錢的。這時候，周小茂也不暇注意到這些，祇急於要和他父親照一照面，看是究竟醉到了如何的一個程度。

不料，當那專差把他引進了一間書房中，卻見他父親危坐著在那裏，臉上全無一點兒的醉容，倒不禁把他呆住了。兀自在想道：「這是甚麼意思？難道他老人家並沒有吃得甚麼酒，卻故意把酒醉了這些話，要把我騙到這裏來？倘然眞是如此，這又何必呢？」

周茂哉似已懂得他的意思，便含笑向他說道：「酒是我曾吃了一點的，至醉到怎樣怎樣，也祇是這們一句話罷了。現在，我的教你到這裏來，卻是有幾句非常要緊的話和你談一下。你且坐下來罷。」說時，又把笑容斂去，顯出一種十分正經的樣子。

周小茂依命坐下後，周茂哉便說道：「我有很重要的一件事，以前從沒有和你說起過，現在卻不能不和你一說了。那便是我在你很小的時候，已同你定下了一頭親事了。」

周小茂一聽這話，不免怔上一怔，暗想：這一件事，他老人家確是從沒有和我說起過；但是，這也不是甚麼要緊事，爲何在這個時候，忽又巴巴的向我提起，並說是不能不和我說的一件重要事情呢？

隨又聽他父親接續著說下去道：「我和你所定下的那個姑娘，是我很知己的一個朋友的女兒。我那朋友姓王，他是一向在外面遊宦的；先時還時常和我通著音問，後來不知怎樣一來，突然的斷了消息。雖經我千方百計的打聽著，都是打聽不出，也只索罷了。

「不料，我剛才在街上走著，忽然遇見了他家的老蒼頭。那老蒼頭是認得我的，一見了我的面，好像驚喜得甚麼似的，即硬把我拉到了這邊來。一問詳情之下，方知我那朋友，已是死去了好多年；卻有一份宦囊積下，這所屋子也是自己起建的。但他家的小姐，卻爲了我們的這頭親事，不肯再配給別個人家，正也在四處打探我家的消息呢！你想，人家的小姐多們的講義氣，守貞節，我們難道好不承認這頭親事麼？」

小茂一聽以下的一番話，更是呆了起來，想不到中間尚有如此的一個曲折；但是，不管他是怎樣，他老人家儘可回得衙門中去，再把這些事情向他說，何必巴巴的要把他叫到這裏來？

這又是一個甚麼意思呢？當下便回答道：「既然有上這們的一個情形，我們當然不能把這頭親事賴了去。但是，現在父親身上的事還沒有弄清楚，又處在這客地，似乎尚談不到這婚事上面去。何況，我的年紀還很小，也不是急於要討論甚麼婚姻問題的一個時候呢！」

周茂哉忙又正色說道：「不，那不能如此的講！我們雖遠在客地，我又在縲絏之中，加之你的年紀並還不怎樣的大；在各方面講，似乎這親事都可從緩得。但是，難得人家的小姐肯如此的爲你守貞節；又難得會在這萬里之外，大家無意的相逢著。爲要大家安心起見，那就得趕快了去這一件親事；否則，再一天天的躭延下去，萬一又有甚麼變卦發生，可就要辜負了人家的一番美意了！何況，我又是一個行將就木的人，總希望能早一點瞧見你成了家呢！」周小茂聽父親是如此的說，也衹好默然了下來。

周茂哉忽又大聲的說道：「依得我的意思，最好巴不得你們兩個人在今天就成了親呢！」這話一說，周小茂很覺得有些駭詫：父親爲何如此的急性子，說是今天就要我們成親？這未免太有點可笑罷！

他還沒有表示出反對的意思，早見有老蒼頭模樣的一個人，把一個頭從門外伸了進來道：「周老爺這句話說得最是痛快，我也是這個意思。好在，今天恰恰是黃道吉日，不如就讓他們二位成了親罷！」說後，竟不容分說，便教人送了一套簇新的袍褂來，好像老早已預備好在那裏似的。

接著，又走來二名傢僕，硬替周小茂把這身新袍褂換上，又簇擁著他到了廳上。即見由二位伴娘，扶了一個紅紗蓋面的女子出來，和他並立在紅氍毹前，當著燈燭輝煌之下，就拜起天地來了。像這樣的急逼成親，小茂心中雖很是不願意，並不解究竟是甚麼意思；但當著他父親在面前，又不便如何的反對，也祇能惘惘然的，任他們怎樣去擺佈罷了！

等到交拜既畢，送入洞房，伴娘照例要請新郎把蓋住新娘頭面的那塊紅紗揭了去。比及紅紗既揭，小茂不由得向著新娘望上一眼時，卻幾乎把他驚駭得要喊出了一聲啊呀來！

不知這是爲了一種甚麼緣故？且待第一五四回再說。

第一五四回　彼婦何妖奇香入骨　此姝洵美嬌態殢人

話說：當把新娘的那塊蓋面紅紗揭了去，周小茂衹向著新娘的臉上望得一眼時，即把他驚駭得甚麼似的，幾乎要喊出了一聲啊呀來！

哈哈！看官！難道新娘的面貌，竟是醜陋得不像模樣？還是生得猙獰可怕，好似一個妖怪不成？否則，爲甚麼要把周小茂驚駭得這們一個樣子呢？不，不！新娘也是好好的一個人類，並不是甚麼妖怪；新娘也長得十分的美麗，並非怎樣的醜陋，衹是在以前曾和小茂會過了面的，原來就是硬要逼著小茂和他成親，把小茂駭得逃跑了的那個王碧娥！

這時候，在周小茂的心中，覺得眞是無論如何都料想不到的，受了他父親的嚴命來向這位姑娘成親，並說是這頭親事在他幼小的時候就訂了下來的，卻不道這位姑娘，就是他私下發過了誓，今生今世不願再見到的那個王碧娥！

王碧娥一見到這個樣子，也知道把他驚駭得太過了分了，不禁噗哧一聲，笑了出來道：「這確是一樁料不到的事，無怪要把你驚駭到如此！現在，且請在床邊坐下來罷。我們不是已名正言順的成爲夫婦，沒有甚麼嫌疑可避了麼？」說時，伸出手來向他就拉。這一拉，倒把周小茂從驚駭中驅走了出來，一顆心反而覺得定定的。同時，更對於王碧娥，增加了不少厭惡的心思，便一聲兒也不響，向著房門邊就跑。

卻聽得王碧娥在笑道：「房門已是關上了，你又跑向那裏去？況且，現在在此洞房之中，祇有你和我一對兒，並沒有第三個人在旁邊，你也實在用不著如此的害羞呢！」

小茂仔細的一瞧望時，果然那二個伴娘，已不知在甚麼時候都走出了房去，房門也是關得密密的；這時候洞房之中，確是祇賸下了他們一雙新夫婦了。但是，房門已是關上了，關甚麼緊，難道不能再打開麼？倘然，再要教他和王碧娥多廝混上一會兒，眞有些鬧不下去了！小茂如此的一想時，便對於王碧娥的那番話，祇是給他一個不理，仍管自向著房門邊走去。

這一來，王碧娥可也大大的不高興了，即冷笑一聲道：「哼！我好好的向你說著話，你竟置之不理麼？然而，我並不是怎樣好說話的人，不能由你不理就不理，我定要使你理了我方成！哈哈！你還是走了回來罷！在此洞房花燭之下，大家都得和和氣氣，親親熱熱，沒有甚麼氣可使的！」說時，又伸出手來，向著小茂的背後招上幾招。

這眞奇怪，小茂原是頭也不回，逕向著房門邊走了去的；在他這一招手之下，竟會糊裏糊塗的，突然間轉上一個身，反向著床前走了回來。

這可使得王碧娥得意到了萬分，不禁嫣然的一笑道：「這才是對了！否則，洞房花燭，在人生是何等得意的一個時候，也是何等重要的一樁事情；我們卻在此時此際，反而鬧著一種不相干的閒氣，倘教別的人知道了，不要算是一樁大大的笑話麼？」

當他第二次招起手來，小茂已是一點主也不能作，又乖乖的，在床邊和他並肩坐下了。但在小茂的心中，卻仍是十分的明白，知道這定是那妖婦使的一種甚麼妖法，所以自己本是要向房外走了去的，禁不起他這們兩次的一招手，竟反而走了回來，並在床邊和他並肩坐下了！當下，雖不再立起身來，卻把一張臉板得緊緊的，神氣好不難看！

王碧娥見了，不免微微的歎上一聲道：「唉！這是甚麼意思！你這個人也太是古怪了！要論到以前的那一番事情，無非是我出自衷心的愛戀著你；過分或者是有之，可並沒有甚麼對不起你的地方。後來你以為沒有經過正式的手續，不肯接受我的那一片癡意，我也就不敢怎樣的勉強著你，只索罷了！但是，現在呢？現在我們不是已經過了一種很正式的手續，並有你父親在場主著婚，結成正式的夫婦了麼？那當然和從前的情形已大有不同。你怎可再是這般淡漠的對待著我？未免太是薄情了！」

小茂一見他竟以正理相責，更覺得有些不耐煩，便厲聲向他叱道：「咄！你這個淫婦！敢還這般的巧言如簧麼？也不知你使了如何的一個妖法，竟使我的父親都受了你的蠱惑了；但在我，卻是無論如何不承認這一頭親事的！」

王碧娥一聽這話，立刻也聲色俱厲的，向他詰問道：「哼！甚麼淫婦不淫婦！哼！這些個話眞是你說的麼？你說了沒有甚麼後悔麼？好！那我也沒有別的話可講，且把你們父子二人，拉到了將軍的衙門中，看將軍又是如何的一個發落！」

小茂卻仍是冷冷的說道：「爲甚麼要把我們拉到將軍衙門中？難道將軍還來管你這些事？」

王碧娥冷笑道：「將軍雖是不來管我的事，但你父親是一個配戍雲南的軍犯，你們二人又都住在將軍的衙門中，倘有人把你們二人告到他的台前，他就不能不管的了！我現在祇要拿『圖娶孤女，事成遺棄』八個字，做爲控告你們的一種罪狀，恐怕你們就要吃不了兜著走呢！」

王碧娥一壁如此的說著，一壁又偷偷的溜過眼去，瞧看小茂聽了是怎樣的一個神情。果見小茂呆著了在一旁，大概已給這幾句話駭著了，心中不覺暗暗得意，便又向下說道：「其實，這都是你自己的不老到，可不能怪得我的！因爲，你既是不中意我，就不該和我結甚麼親；既已結了親，便確定了一種夫婦的關係，就不能有甚麼話可說了！須知道，我們女子都守著從一而終的這句話，這件事那裏可以給你兒戲得的呢！」這更把小茂說得窘不可言！

然在窘迫得無路可走的時候，忽又給他想出了一句話來道：「但是，照我父親說來，你和我是從小就訂了親的；我想這句話，恐怕不見得是確實罷？倘然眞是確實的話，我現在就是不和你結甚麼親，你不是也要等候著我一輩子麼？」

眞是想不到，小茂竟會說出這些個話來！在王碧娥想來，還以爲經上了他這們的一陣恫嚇，小茂不得不改變了從前的意思，已是回心轉意向著他了。於是，他不禁得意忘形的，說道：「不錯！我們確是從小就訂了親的。你把我等候得好苦呀！」

不料，他剛把這句話說完，小茂即突然的從床上跳了起來，戟指指著了他，吼也似的一聲大喝道：「咄！好一個無恥的淫婦！在這裏，你可把破綻露了出來，並不知用了怎樣的一個妖術，竟使我父親都在你的指揮之下了！哼！我且問你：我們既是從小就訂了親的，你又是守貞不二的，在等候著我這個周小茂；那麼，我們第一次見面的時候，你爲何又不把這些個事情說了出來，並完全不是這樣的一個說法呢？」

這眞好似從青天打下了一個霹靂來，第一次把王碧娥震駭得甚麼似的；無論他是怎樣的能言舌辯，卻也是一句話都說不出！實在，這個破綻太是大了一點，已是補無可補的了！然在小茂這一方，一把這種神情瞧入了眼中，這一份的得意，也就可想而知的了！至是，王碧娥也知道自己的底蘊，已給對方瞧了一個穿，再不是口舌所能爲力；還不如把自己所最擅長的那一種媚術，施展了出來罷！

這在從前，他已是試不一試，祇消他把這媚術一施出，不論對方是怎樣鐵錚錚的一個漢子，都得百鍊剛化爲繞指柔，拜倒在他的石榴裙下的！王碧娥把這個主意一想定，即把窨不可言的一副神情收起，卻朝著小茂嫣然的笑了一笑；隨又摸出了一塊手絹來，在空氣中揚了幾揚。

小茂最初見到了他的那種媚笑，心上好生的不得勁，便又想拔起足來，向著房門邊跑去了。但當他剛祇走得一二步，忽有不論用甚麼字眼都形容不出的一股香氣，直向著他鼻子邊襲了來；一到了鼻子中，即分成了幾細縷，徐徐的，徐徐的，向著他的四肢百體間都輸送了去。而每到達一個部分，那個部分的肌肉，就覺得有些鬆弛下來；而且在意識到軟綿綿的之外，還有些瘆瘆的，痲痲的。

到得最後，全個身子都是軟綿無力，像要酥化下來的樣子。同時，在神智間，也逐漸的，逐漸的，有些兒模糊起來了。於是，那裏再能聽著理智的驅策，向著房門邊走了去；早又不自覺的回過身來，並柔馴得同綿羊一般的，傍著了王碧娥，重在床邊坐了下來！

王碧娥一見他已自動的在床邊坐下，知道那媚術的第一步，已是告了成功；便又回過臉去，向他凝望了一下，並笑迷迷的問著道：「你不覺得怎樣的辛苦麼？」這雖祇是很尋常的一個問句，然當他微啓朱唇之際，卻又有一股香氣，從他口中噴出，向著小茂的鼻中直鑽。這股香氣更是非常的特別，和尋常的口脂香，又是大有不同的。

這一來，可使小茂把理智完全失去了！一眼望去，祇覺得王碧娥眞是一個千嬌百媚的絕世美人兒，不論就他的五官，或是四肢，或是全體觀去，無一處不是合於美的標準，無一處不是美到了十分的！不免令他揚起一雙眼睛，瞧了又瞧，看了又看，幾乎要瞧看得垂涎起來了！

好個王碧娥，眞不愧爲風月慣家！一見小茂這種神情，知道他的媚術已是大行，那裏再肯放鬆一點，也就輕輕的把一個身體向著小茂的懷中傾了去。小茂便也出於本能的，把他緊緊的摟了起來了。

王碧娥便又勾著了小茂的頸項，放出了十分柔和的聲音，在他的耳畔，低低的問道：「眞的，我要問你一句話。翠娟那個賤蹄子，不知又在你的那邊說了我的甚麼壞話？所以使得你對我這般的淡漠了！」

又是一陣香氣，向著小茂的鼻中直鑽，這更使小茂心旌搖搖，有些不能自持的神氣。同時，並把翠娟對他的一片柔情忘了去，反覺得翠娟眞不是一個東西，確是說了碧娥一番壞話；其實，碧娥是一個冰清玉潔的好女子，決不至如他所說這般的淫賤！唉！自己是入了翠娟的讒言了！一壁便含笑說道：「他也沒有說你甚麼壞話；便是說，我也決不會相信他！我現在已是深深的知道，你實是一個冰清玉潔的好女子呢！」

於是，王碧娥更把全副工夫都施展了出來，祇見他在嫣然一笑間，便十分自然的，又十分技巧的，把一個舌尖，輕輕的送入了小茂的口中去。倘然說這是在作戰，那剛才的種種，還祗能都說是前哨的小接觸；現在在王碧娥一方，卻已是下了總攻擊令了！在這一個總攻擊之下，小茂竟是完全失去了抵抗力，不得不豎起降旛來！

王碧娥卻還像煞有介事的在說道：「我雖是把你愛戀得太厲害了一點，但在那一天，幸而大家尚能自持，並沒有甚麼茍且的行爲發生；否則，到了今天洞房花燭之夜，就不能如此風光的了！」可是，這時候的周小茂，已是完全支配在他的那種媚術之下，到了十分昏迷的一個境域中；三魂六魄，都可說已不在他的身上，那裏再能理會到王碧娥在說些甚麼，祇緊緊的勾著了王碧娥的纖腰，一起兒滾到床中去。

就在這間不容髮之際，忽聽得一個很大很響的聲音，像焦雷一般的，在小茂的耳畔震響了起來道：「小茂，小茂！你不要昏迷到了這般的地步！你們父子雖已得團聚，但你們的那個大仇人馬天王，還在作惡多端。你新娶的這個媳婦兒，我知道他很有本領；你何不叫他就去把馬天王的首級取了來，然後再同圓好夢，時候尚不爲遲呢！」

這可把小茂又從迷魂陣中拉了回來，神志間也是清楚了不少；即不自覺的把王碧娥向著旁邊一推，矍然的坐了起來道：「不，不！現在尚非我們可以歡娛之時！我父親的那個大仇人馬天王，至今尚在本鄉作惡多端，並沒有除了去；我一想到了，就按捺不住這般憤氣！你最好馬上就趕到他那邊，把他的首級取了來，那我們方可快快樂樂的同圓好夢呢！」

小茂已柔馴得同一頭小綿羊一般，正在聽人家如何的宰割，卻不料突然間又有上這們的一個變局；這在王碧娥瞧見了，似乎也很爲驚詫！但一壁又像已受了甚麼人的法術似的，在瞪起了一雙眼睛向著小茂望上了一眼後，也不詢問馬天王是甚麼人，又究竟住在甚麼地方，即嗷然的應上一聲道：「好！我就去取了他的首級來，決不至使你失望的！」說完此話，便從床上匆匆走起，祇在窗戶邊一閃動間，已是不見蹤影了。

也沒有多久的時候，又見一個黑影在窗戶邊一閃動，王碧娥已是提了血淋淋的一個人頭，向床邊走了來。即把那人頭在桌上一放道：「這就是馬天王的首級，我已把他斬了來了！你也要驗一下子麼？現在你總該不至再有甚麼話說，我們可以高高興興的一同睡覺了！」

這時候小茂神智已是大清，正要向他說甚麼。不料，忽又聽得有一個人在窗外叫道：「碧娥！你且把那首級提到這裏來，讓我驗一下子，究竟是不是馬天王的？」王碧娥雖顯得不大高興，然又有上莫可奈何的一種樣子，依舊提著人頭走了去。

一到窗下，那個人好像就把那首級驗上了一會，然後，又聽他說道：「不錯！這確是馬天王的首級！這一次，我本想自己去的；爲了要給你一個將功贖罪的機會，所以派你去代我勾當這樁事情了。如今功罪差可相抵，你還是回山去靜修罷！須知周小茂是個孝子，自有他的佳偶，決不是像你這一類的女子所能配匹他的；你徒戀戀於他，也是沒有甚麼用處的呢！」此下，便聽得王碧娥低低的在訴說，似乎請那個人可憐他，代他設法挽回的樣子。

卻祇招得那人大聲的呼叱道：「咄！你這個女子怎麼如此的不知進退！這是何等大事，豈可勉強得來的？不如趕快與我走了罷！不然，我可就要來驅逐你了！」當下，即聞得一派嚶嚶啜泣聲，漸次便又遠了去，而至於一些都聽不見。大概這王碧娥，已是莫可奈何的走了。

正在這個當兒，周小茂忽又聽得窗外的那個人，在叫著他自己的名字道：「周小茂！這個妖婦用著一種法術約束著你的父親，行上這一個瞞天過海之計，硬要和你成親，其情雖是可惡；然他後來究竟把你們仇人的首級取了來，功罪也差可相抵了，你也不必怎樣的惱恨他罷！至於你，自有你的良緣，也自有你的佳偶；如要立刻證實我的話，你不妨就向床頭瞧上一瞧呢！」

周小茂聽了那個人說話的聲音，早就覺得十分的稔熟，一時卻想不出他是誰。至是，忽的恍然大悟了過來：這不是江南酒俠的聲音麼？莫非他也在暗地跟蹤著我，到了雲南了？一壁又覺得江南酒俠末後所說的那一句話，很是有點奇怪；免不得依了他的話，向著床頭望上一望。

這一望，卻使小茂駭詫得甚麼似的，又歡喜得甚麼似的！原來，在他的床頭，卻和他身體傍著身體的，臥上了一個女子，正不知在甚麼時候走進房來，爬上床來的。而一張如花之靨，又在燈光之下很明顯的露了出來，不就是以前救他出險，和王碧娥涇渭不同流的那個王翠娟麼？卻已是睡熟了在那裏了。小茂也不暇叫醒了王翠娟，向他說上些甚麼話，卻想先向窗外問上一聲：是不是江南酒俠來了？

但江南酒俠似已猜知了他的這個意思的，早又向他說道：「不錯！我是江南酒俠。明兒再來向你賀喜罷！如今你還是早早的安寢，不要把這洞房花燭夜，輕輕的辜負了！須知我把這小妮子攝了來，也很是費上一番手腳的呢！」言後寂然，看來已是走的了。

小茂為了他末後的那幾句話，卻又兀自在疑惑著道：「這一下子，江南酒俠可真有些酒醉糊塗的了！剛才和我在堂前交拜的，乃是王碧娥，並不是王翠娟。如今我是和一個沒有交拜過的王翠娟睡在一起，怎麼又教我不要輕輕的辜負了這個洞房花燭夜呢？」這一個洞房花燭夜，小茂究竟辜負了沒有辜負了，在下卻不得而知。不過他們後來如何，成了夫婦沒有，那是不必在下再交代得，看官們定也可以想得到的了。

到了第二天，小茂一覺醒來，卻見和翠娟睡在一個曠地上，再一看，他父親也睡在那一邊。方知並沒有甚麼渠渠大廈，全是碧娥用法佈成了的！喚醒了周茂哉，父子一相商之下，祇好暫把翠娟安頓在逆旅中，父子二人仍回將軍衙門中來。不多時，江南酒俠果然同著陶順凡來了，上京獻杯的毛順桃、姚百剛也來了。

原來，剛剛走到半路之上，忽然聽得那位王爺已死，便不再上京，卻也折到往雲南的這一條路上來，又合在一起了。不久，又得到一個好消息，那是馬天王一旦暴死以後，所有受他荼毒的人，便把他的罪狀，一樁樁的揭發了出來。一時上達清廷，不禁勃然震怒，便下了一道追削馬天王官爵的上諭。福將軍是何等乖覺的，也就乘此機會，撤消了周茂哉充戍極邊的處分，送他們父子回里。從此，他們這一邊事，也就告上了一個總結束了。

而爲了這一次的禍變，全由那隻玉杯而起，周茂哉已換上了一種觀念：不但不再珍視那玉杯，頗想把他擊上一個碎，免得此後那玉杯輾轉落入他人之手，再有甚麼禍祟興起！江南酒俠知道了，便向周茂哉把這杯索了去。卻想不到一入他的手，後來倒大大的有上了一個用場呢！現在，我可又要騰出筆來，把別來已久的那個柳遲，提上一提了。

不知柳遲最近又有上怎樣的一番事跡？且待第一五五回再說。

第一五五回　客商遭劫一包銀子　俠少壓驚兩個人頭

話說：柳遲在家中待上了一會，覺得很是氣悶，便稟明了父母，走出家門，到各處去遊玩，藉此也可以增長一些閱歷。一路行來，不覺已是入了山東地界。

祇聞路上的人紛紛傳說著：這一帶地方，共有三個勢力雄厚的山寨：一白馬，二白象，三青牛。而青牛寨的寨主，名喚黎一姑，卻是一個十七八歲的好女子；更算得上一個巾幗丈夫，為一般人所畏懾而信服的！

柳遲聽在耳中，心上卻不禁一動道：「居然有上這般的一個女子，如果有機會的話，我倒很想和他會上一會呢！」但是，他還沒有和那黎一姑會到，卻又遇到了一樁奇怪的事情。原來，每逢他打尖落店，店中人都把他款待得很殷勤，並以盛餐相餉，臨走卻又不肯收受他的一個錢。連他自己都不知這是一個甚麼緣故，也祇好坦然處之。

這一天晚上，柳遲又歇在一個逆旅中；當剛入店門之際，忽見有許多人圍成了一個小圈兒，七張八嘴的在說著。柳遲一時高興，走近去一聽時，方知是有一個趕路的客商，在路上丟失了一包銀子；所以，在投店之際，便把這番事故，和店中人說了起來，並一口一聲說，定是青牛寨的強人所爲。

柳遲一聽到了這裏，不知怎樣一來，忽然漏出了這們的二句話來道：「我聽得說，青牛寨的黎一姑，是當今的一個巾幗英雄。照理，屬他一寨的人，不該在路上奪取孤客的銀子，或者是別寨之人所爲，也未可知；你倒還得好好的打聽上一下呢！」柳遲一說這話，一時間灼灼然的眼光，爭向著他投了去，似乎要向他問上一聲：他怎又會知道，不是青牛寨中人所幹的事？柳遲方悔失言，竟忘了江湖上「開口洋盤閉口相」這句話了！便逡巡引去。

到得晚餐時，掌櫃的又送了一桌很豐富的酒席來，說是欽仰他的人物英俊，故以盛筵相款。柳遲不覺暗暗好笑道：「老都快要老了，還稱得上甚麼英俊！這定是和前幾天的那些款待，同出一個主兒，也不知安著有甚麼一種用意在內？但既已送了來，料想也推辭不去；管他的，且再擾上他一頓再說！」便又坦然受下。

正在大嚼時，忽聽得有一個人在院子中大叫道：「好小子！也敢出來較量一下麼？」柳遲最初還以爲這幾句話，不是對著自己說，故也不去理睬他。後來，聽那人一直在叫罵著，方走了出去一看。卻是一個身子很高的大漢，正站在月光之中；一見柳遲出來，即把手一揚，似要將甚麼暗器放了來。但這暗器尚未出手，那大漢自己卻已栽倒在地了！柳遲不覺哈哈大笑，竟有這們的一個膿包！那大漢便也含愧遁去。

柳遲又走至月光中一瞧時，果見有一支鏢靜躺在地上，方始恍然大悟道：「這廝原是要乘我一個措手不及，把這鏢放了出來，不料，有甚麼人在暗中幫助我，反給了他一暗器；所以他的鏢尙未放出，反而向地上躺了下去了！」他一想到這裏，便抬起頭來，向四下望上一望，意思要把這理想中的人物找尋了出來。

就在這個當兒，忽聞到很輕微的一個笑聲；而便在這一個笑聲之中，倏的從屋瓦上跳下了一個人來。定睛瞧時，這個人年事甚少，面貌生得很俊美；雖穿上一身夜行人的衣服，卻掩不了那一種風流瀟灑的神情。

正想趨前道謝，早聽得那少年笑微微的說道：「我本不想走下來的，然而倘不下來，怎禁得你這一雙好厲害的眼睛，炯炯然地在搜尋！所以，縱是醜媳婦，也祇好見一見公婆之面了！」他說到這裏，不知怎樣的，臉上倏的紅了一紅；那種嬌媚的神情，眞同女孩兒有點差不多。

柳遲忙道：「好說，好說！」又向那少年道了謝，方請他同到屋中去坐地。

那少年先開口道：「你是一個何等有本領的人物，那蠢漢豈是對手，未免太不自量！這我在屋上祇一看時，早已瞧了出來了！」

柳遲不禁滿臉羞慚，說道：「這你在取笑我了！倘然不是你老兄在暗中相助，靜躺在院子中地上的那一支鏢，早到了我的身上來！還能這般談笑自若的，坐在這裏麼？」

那少年道：「這不是如此論的。凡是放鏢施暗器，都不是大丈夫的舉動；不論打中與否，和正當的藝術上都發生不出甚麼影響的呢！」

隔了一歇，那少年又笑著說道：「你是何許人？你是爲了甚麼事情到這裏來的？你雖不曾對我說，我早已完全知道的了！所以，我現在不要問關於你自己的事情，卻要問你一個人。不知道你和這個人，也認識不認識？」

柳遲忙問道：「甚麼人？你不妨說出來。」

少年道：「提起這個人來，倒也小小的有些聲名，便是青牛山上的黎一姑。」

柳遲道：「哦！你問的是他麼？他在青牛山山寨中，不是坐著第一把交椅的麼？那是久已聞得他的大名了！祇是沒有和他會見過，所以並不相識。」

少年又問道：「那麼，白馬山的李大牛和白象山的周雪門呢？大概也都沒有會見過罷？」

柳遲道：「不錯，也都沒有會見過。」

於是那少年向柳遲熟視了一下，似乎要瞧瞧他這句話是否出於眞誠，還是隨口回答？方又說道：「如此說來，你對於這一方的情形，也是不甚明瞭的。大概他們並不對你敘說明白罷？好！橫豎現在閒著沒有事，我就向你說上一說：這裏共有青牛、白馬、白象三座山，都是由象形而得名的。在這三座山上，便有上三個山寨，成了一個鼎足之勢。倘然能夠團結的話，那把三個山寨中的嘍囉聚合起來，也有好幾千人，未始不能小小的建上一番事業。「無奈綠林中人，大概多喜自居老大哥，不肯屈居人下的，那裏能合得攏來？因此上，時常爲了一點小小的事故，就鬧出爭端來了；所幸的，都是一鬧皆平，還不會有甚麼大事情鬧出來！但是，到了如今，可不然了。

「這因爲白馬山的李大牛，雖然他自家並沒有甚麼了不得的本領，卻存下了絕大的野心；最近十分祕密的，去邀請能人到他的山寨中來，想要把其他的二個山寨，一股腦兒併吞了去。然而這件事，在他縱是進行得十分祕密，卻早已給其他的二個山寨中探得了消息去了。你想，這二個山寨的寨主，也並不是怎樣不中用的人物；他們爲自衛起見，當然也要想出些對付的方法。這一來，不是就要鬧出許多花樣錦來了麼？」

柳遲聽到這裏，不覺連連把頭點著。在那少年看來，還以爲柳遲最初對於此事，是約略有點知道的；如今經他這們的一說，更覺十分明瞭，所以不知不覺的，把這顆頭連連點個不了呢！其實，說來可憐得很，在最初，柳遲那裏明白此中的內容，眞好似墮在五里霧中一般；直到如今，方始恍然大悟，因此把他歡喜得這個樣子。

一壁又在暗想道：「如此說來，這沿途盛設供張，表示出竭誠歡迎的意思的，乃是白馬山寨的寨主在招待一位能人。初不料那位眞正的主兒沒有招待得，倒把我這個西貝的能人招待了來！至於剛才要和自家交手的那個漢子，顯然是白象山差來試探這位能人的。而現在和自家交談的這個少年，也是和這個漢子懷著同而不同的一種目的；不言而喻的，是爲青牛山所差遣來的呢！」

當下，便又問道：「老兄對於這三個山寨中的情形，旣是如此熟悉，想來和此中人一定有些來往的；也能把他們三個山寨寨主的人品和能爲，細細的品評上一下麼？」

少年聽了這話，即溫文爾雅的說道：「小弟愧無衡人之鑑，不敢妄肆雌黃！不過，倘然就三個山寨中的紀律論起來，要算青牛山最爲嚴肅；他們衹對於一般貪官、汙吏、土豪、劣紳過不去，遇著安分良民，卻聽他安然過去，從不劫奪他們的財物的！」柳遲一聽他說到這裏，忍不住竟笑出了一聲來。

那少年似已懂得了他的意思，忙問道：「你爲甚麼發笑？莫非疑心我是在爲他們吹說著，不會有這等的事麼？」

柳遲很坦直的說道：「也不是。衹是我剛才進店來的時候，湊巧聽說有一個投店的孤身客商，在路上被劫去二包銀子，據他說，是青牛山寨的強人所爲。所以，我不由得不要笑起來了！」

柳遲說這句話不打緊，卻把那少年氣惱得甚麼似的，馬上跳了起來道：「竟有這等事麼？好！讓我去問問那投店的客商去。如果屬實的話，我倒要找著了黎一姑問問他看。」說完，便又跳出屋去了。

一會兒，柳遲聽得院子中人聲很是喧雜，忙也走去一看時，衹見那客商，當著那少年盛氣之下，戰戰兢兢的在陳說道：「當天色快暮的時候，我乘著馬在路上走著，忽有二騎馬夾屁股的趕了來。一把我的馬追上以後，他們即向左右一分，把我的馬夾在中間，儼然有上一種包圍的形勢了。

「我正自暗暗的吃驚著：他們不要是歹人麼？不料，當我一念未已，右首馬上的一個麻臉漢子，早已乘我一個措手不及，把我置在鞍上的一個包袱奪了去。天啊！我這一次賣貨所得的幾百兩銀子，都在這包袱之中；一旦給他奪了去，教我此後如何營生？教我一家老少如何度日？我那時安得不十分的發急呢！

「可是，剛要不顧性命的向他奪回那個包袱時，左首馬上的一個瘦長漢子，早已伸過一隻臂膀來，把我挾過馬去。我的那匹坐騎，因為上面沒有了人，便飛也似的向著前面衝去了。那時候，我雖也有上一番掙扎；然而，這瘦長漢子力大無窮，我那裏能脫去他的手？一會兒，這二個漢子都下了馬，把我綑縛停當，又把東西絮住了我的口，方委棄我在那個大松墳的後面；

拿了我的那個包袱，管自上馬走了。」

少年聽到這裏，忽截住他的話頭，問道：「你的身體既已被縛，口又被絮；那麼，你又如何能得脫身，會到這裏來的呢？」

那客商不禁長歎一聲道：「說來也是僥倖萬分！照理，這松墳後面，是不大有人到來的；我既然給他們委棄在那裏，一二日後給人發現說不定，三四日後被人發現說不定，或者竟是凍死餓死在那裏，也是說不定！我已自分必死的了！

「誰知，當這事情發生了不多久，忽有一個鄉民，在附近發現了我的馬；想要去捉時，那馬又逃逸起來，湊巧逃至那大松墳後面，因而又發現了我。方才經他將我身上的束縛解去，又取去了絮口的東西；隨後又把那馬捉得，方能到得此間。但是，我所有賣貨得來的銀兩，已悉被強人劫去了！我雖保得了這一條性命，將來又教我如何能養家活口呢？」

他說到這裏，悲憤到了萬分，似乎馬上要哭了起來。但是，這少年好像一點也不動心的樣子，祇向那客商瞪上了一眼，又厲聲說道：「如此說來，你這賣貨的銀兩，是幾個過路的強人搶了去的，你怎又說是青牛山上強人幹的事？難道你已得到了甚麼實在的憑證麼？」這一問，柳遲倒很有些替他躭心。

誰知，那客商倒夷然的說道：「這也是於無意中知道的。當我的四肢既已得了自由，正要走上馬去，忽於地上拾得了一件東西。就殘暉中一瞧時，原來是一方票布；大約是我和那強人在掙扎的時候，那強人遺失在地上的。這票布上，明明有上青牛山的三個字，所以我知道是這一夥強人所幹的事情呢！」說著，便從身上掏出了一方票布來。

這少年一見，便搶也似的把這方票布搶到了手中；衹一瞧之下，即向懷中一塞。一壁又目挾凶光的說道：「不錯！這是青牛山的票布！看來這二個強人，確是青牛山上的。不過，據我所知，青牛山寨的紀律，素來很是嚴明，不許搶劫過路商旅的，今兒怎麼會有這種事情幹出來？我倒要去問問他們的寨主黎一姑去！你們且等著在這裏，一定會有一個交代給你們！」一壁又向柳遲拱拱手道：「老兄且在這裏安慰著這個客商。我去問了黎一姑就回來，一定要叫他有上一個交代的！」說完，即向外如飛而去。

柳遲最初見了這種情狀，不免爲之一怔，繼而又憬悟過來：這少年一定是個很要面子的。他剛才正在我的面前，誇說青牛山寨如何的有紀律，如何的不犯行旅；不料就發生了這麼一件事情出來，教他臉上如何下得去！所以，他現在的一怒而去，倘然不是借此下台的話，倒一定要有一番事情幹出來呢！我不妨靜靜的瞧著罷！他這們一想時，當下著實向那個客商安慰上一番，並勸他到一間房中安歇下。

如是者又隔上些兒時候，約莫到了四更時分，柳遲還靜候著沒有睡。忽見簾子一掀，從房外走進一個人來，定睛瞧時，卻就是那個美少年。手中提著二個包袱，看去似乎有些分量的。即見他把這二個包袱向桌子上一放，笑微微的說道：「雖說是奔波了一番，總算沒有白辛苦，事情都已辦妥了！」

柳遲一聽得這句話，即十分有興趣的，問道：「你已見了黎一姑麼？他對於此事，究竟主張怎樣的處置？」

那少年還沒有回答，卻見夥計已捧了些酒菜來，放在桌上，一壁向少年說道：「爺剛才吩咐掌櫃的備酒菜，我們自應照辦，祇是夜已很深，備不出甚麼新鮮的來，僅能以熟菜充數的了！」

那少年微向桌上一睨，把頭點點道：「祇要酒是上好的，就這幾樣菜，也足供我們大嚼了！……噲！夥計！你且去把剛才在路上遇盜的那個客商也邀到這裏來。」

不一會，那客商果然到這邊房裏來了。少年即邀大家一齊就席，替大家都滿滿的斟上了一杯酒，然後笑著說道：「我有一個古怪的脾氣，凡是遇著較爲得意一些的事情，總得痛痛快快的飲上幾杯酒，然後再把這件事情講給人家聽。今天所做的這件事情，自謂也是十分得意的；這古怪的脾氣，不免又要發作了！……來，來，來！我們大家且先乾上三大杯罷！」說著，即把杯子舉了起來。

柳遲不是甚麼尋常人物，當然不反對這種豪邁的舉動，聽了這話，也很高興的把杯子舉起！祇有那個客商，一進門來，偶向桌上一瞥，兩個眼睛即呆呆的注定在較小一些的一個藍包袱的上面，露著一種又驚又喜的樣子；原來，這就是他所被劫去的那個包袱！很躭心著：這包袱中的銀兩，不知有無缺少？能否原璧歸趙？那裏有心情來飲酒！

少年見了這個呆頭呆腦的樣子，不免有些生氣起來，即大聲向他斥道：「你這個人眞太俗了！你不見，這就是你的包袱；我既已替你找回，當然要還你的，並一定不會缺少些甚麼，你又何必呆呆的躭著心事呢！……來，來，來！快來痛痛快快的陪我飲上三大杯！」

這一來，這客商倒有些震恐起來了，想：倘然觸惱了這少年，那倒不是當耍的！即誠惶誠恐的說道：「我實在量淺之至，不能奉陪！不如把我豁免了罷！」

少年不禁狂笑道：「哈哈！你眞是一個俗物！不管你能飲不能飲，難道我爲你奔波了這一趟，值不得慶賀上三大杯麼？」客商至此，不能再有所推卻，於是，大家都飲了三大杯。

柳遲方又催著那少年道：「如今你該把這件事講給我們聽了！」

少年道：「好！這當然要講的。我離開了你們以後，即在後槽上盜得了一騎馬，飛也似的向著青牛山寨行去。那時候，黎一姑已是上床睡了。幸仗著我和他是熟朋友，一寨的嘍囉，沒有一個不認識我的，忙去通報於他。他知道我在這個時分去見他，定有甚麼緊要的事情，忙也來不及的起身接見。我也不和他客氣，就一五一十的，把這件事報告給他聽了。

「他是最愛名譽的，又素是以最有紀律自詡於人的；聽了有這種不顧名譽、敗壞紀律的事情，發生他所在統屬的嘍囉中，當時即氣憤得了不得！但是還疑心是別個山寨中的嘍囉冒名的，因此，又向我索實在的證據；否則，如果祇憑一面之詞，說這是他那山寨中的嘍囉所幹的事，他是一點不負甚麼責任的！我也不說甚麼，祇從懷中取出那方票布來授給他。

「他一瞧之下，臉兒都氣得鐵青了！瑟的立起身來，向著外面就走，一壁匆匆的向我說道：『倘然這二個狗東西已回歸山寨中，那是最好的事；否則，我也必立刻遣人取回這二個東西來，決不放他們過門的！你且在這裏守候著罷。』不到多久時候，即又見他走了回來，說是已經把這二個東西結果了；一壁便把二個包袱遞給我，並說道：『這一個藍包袱，就是他們劫來的原贓，你拿去替我歸還原主罷。』」

那少年說到這裏，便拿起桌上的那個藍包袱，交還了那客商。那客商忙稱謝不置，又陡的從座位上立起，跪向地上，一個頭向著那少年磕了下去。

這一來，倒慌得那少年攙扶不迭道：「這是怎麼一回事，用得著向我行這般的大禮？也罷，你且就座，聽我再說下去，我的話還沒有完呢。黎一姑說明了這個藍包袱是甚麼，隨又指著那個紅布包袱，笑微微的說道：『我知道你是愛喝酒的，這一次回到那邊去，定又要開樽痛飲。我已替你預備了些下酒的東西在這裏，你停會兒瞧見了，一定很爲歡喜，而在我也總算酬報了你這片雅意了！』」

柳遲聽他說到這裏，便截住了他的話頭，問道：「那麼，這包袱中究竟是些甚麼東西？照我瞧來，像似很有些兒分量的；而他又說是可以下酒之物，莫不是甚麼熟雞、熟鵝之類？再不然，或者竟是一個蒸熟的豬頭麼？」

那少年笑道：「這倒有點像！但倘是豬頭的話，恐怕不止一個，而且還是兩個；我提在手中時，彷彿有些兒覺得呢！」他一壁說，一壁便把這包袱解了開來，卻見裏邊還裹著好幾重的油紙。

柳遲笑道：「這青牛山寨的寨主，畢竟是個女子，所以如此的細心！他生心油湯滲透出來，弄汙了你的衣服；因此，這們一重重的把油紙包裹起來。如此看來，我的猜測或者是不錯，一定是些鮮肥可口的肉類了！」

這時候，這少年已把一層層的油紙解了開來，差不多快到了圖窮而匕首見的當兒；那客商祗一眼瞥去，不禁驚駭得嘶聲喊叫起來，若不是強自支厲的話，早已要嚇得跌倒在地上了！便是柳遲，雖也是終年在江湖上闖蕩的人，那一件事情沒有見識過，一時間卻也給他呆怔著在那裏！原來，這包袱中重重疊疊把油紙包裹著的，那裏是甚麼蒸熟的豬頭，或是肥雞肥鵝之類，嘿！卻是二個十分可怕的人頭！這不言而喻的，便是那二個搶劫銀兩者的首級，黎一姑已把他們從嚴懲辦了！

祇有那少年，還從容不迫之至，好像算不得甚麼一回事的！向著柳遲斜睨上一眼，又微微的笑道：「黎一姑也很好玩兒，這確是很好的下酒之物！不過，在你老哥這方面說來，不免終有點兒失望；因爲，這至多祇能放在旁邊欣賞著，不能像豬頭一般的取來大嚼啊！」

柳遲知道這幾句是在打趣他，一時倒不知如何回答是好。而這客商對著這二個可怕的人頭，再也坐不下去了！照他想來，這二個嘍囉的性命，完全是送在他的手中的；倘然寃魂不散，向他索命起來，那可眞有些受不了呢！於是，他逃也似的立了起來，急急告辭回房。

這裏柳遲又把大拇指兒一翹，向著那少年說道：「這黎一姑眞不錯，確是一位巾幗英雄！像這般的紀律嚴明，在綠林中實是罕見的！我如今知道你老兄剛才批評青牛山寨的一番話，句句都是不虛的了！」不知爲了甚麼緣故，這少年聞了柳遲這幾句話，臉上忽又瑟的一紅；那種嬌羞的樣子，眞和女孩兒家差不多。柳遲瞧在眼中，不免覺得有點詫異。

卻又聽那少年回答道：「我和黎一姑是很好的朋友，不敢阿私所好，說得他眞是怎樣的好，怎樣的好。不過，你老哥剛才所說的那幾句話，雖也有過譽之處，但確有幾分道著他的；倘給他本人聞得了，不知要怎樣的感激你呢！哈，哈，哈！既是如此，你就到他山寨中，和他會上一面，好不好？」

柳遲沉吟了一會，方又說道：「這般的巾幗英雄，我當然是很願識荆的！祇不知他肯不肯和我這無名小卒會面？倘然我前去拜山，他竟拒而不見，不是面子上太無光彩麼？」

少年笑道：「這是那裏的話，他對於你會拒而不見的！你倘然是高興去的話，由我代爲先容便了。」

不知柳遲是怎樣的回答？且待第一五六回再說。

第一五六回　致密意殷勤招嘉賓　慕盛名虔誠拜虎寨

話說：柳遲瞧到了這回事情以後，知道青牛山寨的紀律，確是比旁的山寨來得好；而黎一姑也眞不愧是位巾幗英雄，倒很願和他見一見面。所以那少年問他要不要上青牛山去拜山，他即滿露贊成的意思，一口答允下來。

因此，那少年又自言願爲先容，並取下一個碧玉搬指授予他道：「這是一種信物，你去拜山的時候，倘把這搬指拿出來，黎一姑見了，沒有不立時接見的。否則，他們山寨中的門禁很嚴，陌生生的人，一時恐不易進去呢！」柳遲把那搬指接受在手，當然有一番的感謝。

當那少年別去的時候，又替他指點上青牛山的路徑，說此去共有二條道路，一條是大路，行走起來雖然較爲便利，然因青牛山適介於白馬、白象二山之間，要到青牛山去，須先打白馬山經過，屆時定爲他們扣留無疑；否則，定也要起上一番糾紛。所以，爲他打算，不如捨去這條大路，而抄小路走去；路雖然遠一些，還要渡過一個湖面，卻能人不知，鬼不覺的，就到了青牛山的後山了。柳遲也唯唯受教。

但當那少年剛要走出房去的時候，他忽又想得了一件甚麼事情似的，忙又把那少年喚住；少年也立刻回過步來，立停了，靜靜的望著他，似乎在向他問著：「你還有甚麼話要問我？」

柳遲囁嚅道：「眞的，我還忘記了一件事情！你老兄究竟是甚麼人，和黎一姑到底有上何等的關係，你也能告訴我麼？」

眞奇怪！這般一個英武不凡的美少年，竟和十七八歲的大閨女差不多，老是要把臉龐兒漲紅的！一聽這話，他的臉上不覺又瑟的一紅，微笑答道：「這個你可以不必問，將來自會知道。你大概不至疑心我是甚麼歹人，懷著甚麼歹意，要把你騙上青牛山去罷。」纔向柳遲祇含笑一點首，並不再有其他言語，管自揚長走了。

到了第二天，柳遲做出一種像煞有介事的樣子，似乎夜來的種種享受，的確是應屬之於他的；所以對於店帳，並不開銷分文，祇給了幾文賞錢給夥計，即大踏步走出店來，坐上了餵足食料，等候在店門外的那騎駿馬，逕自向大道上行去。那掌櫃的還兀自大唱其喏，在店門口恭送著呢。

馳行了一會兒，已到了一個歧路口，靠著左首的是條大路，還有一張「張大仙靈驗無比」的紙頭兒貼在那拐彎上；這大概是白馬寨中人所做的一種暗記號，使那能人前來不至迷途的。他昨天一路下就依著這暗記號而走了來的，現在頗使他注目。向右行，乃是一條小路，這大概就是那少年所說的。

這時候柳遲很迅速的向四周望了一望，見眼面前並沒有別的甚麼人，方一點不躊躇的，即向那條小路上折了過去。這條小路確是很狹很窄，祇能容一人一馬的前進；而且一路上荒涼之至，顯然是不大有甚麼人，在這裏來往著的。

柳遲卻在馬上暗自笑道：「在昨天第一次發現了那張黃紙兒以後，即依著他爲前進之目標，在不知不覺中，差不多已完全受上了他的支配了！如今捨去了那條大路，折入這條小路中來，方始脫離了他的勢力範圍，又有上一種新的生命了！祇是渴望著能人到來的那一方面，已把我這西貝式的能人迎接到半路上，一旦忽又丟失了，不知要怎樣的驚惶擾亂呢？」

旋又想道：「這黎一姑不知究竟是怎樣一個人物？倘然他的人格，眞像我所想像的這般的偉大，倒也是值得前去拜山的。」

當他在冥想的時候，路已行得不少；向前望去，路勢已逐漸寬展起來，不久，已到了這條小路的盡頭處。祇見白茫茫的一片，擋在他的面前，卻是很寬廣的一個湖面，但四望並沒有甚麼船隻往來。而在湖的對岸，卻矗立著一大片的房屋，這明明就是青牛山寨的水寨；寨外靜悄悄的不有一個生物，而臨水而建的二扇寨門，也緊緊的關閉著。這派氣象，眞是嚴肅極了！

柳遲見了，不覺暗暗稱歎。旋又一個轉念想到：這般寬廣的湖面，非用舟楫相渡不可；如今四望之下，連一隻小船都沒有，這可怎生是好？難道我能飛渡而過麼？懊悔當時沒有向那少年問上一個清楚，弄得現在沒有法想。

正在爲難之際，忽聞竹篙潑水之聲，隱隱傳入耳鼓，心頭不覺微微一喜。暗想：這一定是有甚麼船隻撐過來了，我祇要喚住了那撐船的，請他把我渡過對湖去，不是就可前去拜山了麼？當下，即抬起眼來，遠遠的向著湖面上一望。

果然，有一隻無篷的小擺渡船，從近處一個叢密的樹陰下撐了出來；起初大概是潛藏在樹陰深處，而那船又十分的小，所以竟不能望見一些呢。當下，即高聲喚道：「船老大！請把船搖過來。我有事要到對面的水寨中去，請你把我渡一下罷。」

那撐船的，是一個五十多歲的老叟；當柳遲一說這番話，他那邊卻早已聽得了，便向著柳遲的臉上，不住地打量上幾眼。然後一壁把那船向著岸搖來，一壁高聲問道：「客官！你是要過那邊水寨去的麼？」柳遲點頭應是。

老叟又笑著問道：「你是去幹甚麼的？在那邊的寨內，可有相識的人沒有？」柳遲據實相告，惟隱去了那少年介紹的一件事。

老叟又向他仔細的打量上幾眼，不覺把頭搖搖道：「客官，我勸你還是息了這條心；你此去拜山，也不見得會有甚麼道理弄出來的！」

柳遲倒不懂得他這句話的意思，便道：「你此話怎講？」

老叟笑道：「客官，你怎麼這般的不明白，還是故意和我裝糊塗？難道你的上山拜見他，不是和以前來到這裏拜山的那些少年們一般，含著一種不可說的隱衷麼？」

這一來，柳遲方始有些明白這老叟的意思了，不覺含著薄怒，說道：「誰有這種的存心，你不要來誣衊我！」

但這老叟一點也不以爲意，依舊笑嘻嘻的，說道：「並不是我要誣衊你。客官，實是這黎一姑長得太美麗了；你一旦見了他時，一定會說我這個猜測，不是憑空而起的！……哈！老實講一句罷，以前來的那些美貌少年，一個個都裝扮得像王孫公子一般，那一個不是要獻媚於黎一姑之前，希望把這文武雙全、才貌兼備的玉天仙，做爲自己的妻室呢？

「當他們來的時候，大都是乘坐我這渡船的；瞧他們那種興高采烈、歡樂萬分的樣子，連帶我也要替他們歡喜，似乎在這拜山的當兒，祇要幾句話合得下他的意，就立刻可把這美人兒擁爲己有了！然而等他們下山的時候，又大都仍是乘坐我這渡船的；祇一瞧他們那種嗒然若喪的神氣，就知他們已是失望而歸了！再和去拜山時那種神情做一對照，眞要使我替他們加倍可憐！

「原來，這黎一姑，眞是豔如桃李，冷若冰霜，世上的一般少年，沒有一個能給他看得中的呢！像你這位客官，不是我說句放肆的話，不但相貌不見得是怎樣的出衆，而且瞧年紀已快近中年，怎樣能邀得他的垂青？這一趟看來，十有八九是白跑的；所以，我勸你還不如乘早息了這個念頭呢！」

柳遲道：「你不要管我這些，你祇把我渡了過去就是了。船錢我就加倍的奉上也使得！」老叟也就不再說甚麼。祇是渡船太小了一些，只能渡人，不能渡馬。柳遲祇好把馬繫在岸上一棵樹上，自己一個人走下船去。

不多一會兒，已到了那水寨之前，幸由老叟代他叫開了水寨之門，並把來意說出。但柳遲要取錢謝那老叟時，那老叟卻再三的不肯受；詢問之下，才又知道這老叟，也是受傭於這青牛山寨的，專爲渡載拜山之客起見；黎一姑的禁令很嚴，不許接受賓客分文的賞錢，所以不敢違令呢！

一會兒，已進了水寨，並由一個嘍囉陪伴他到了掛號處，也有一個嘍囉專值著；瞧見柳遲到來，即欠了欠身，含笑相問：是來本寨投效的？還是來訪問朋友的？有不有甚麼熟人作介紹？如有，可將介紹的書信取出來。

柳遲最初聽了這番說話，倒就想把那少年所交給他的那件信物取了出來，好立刻就可會見這巾幗英雄的黎一姑，免去了一番麻煩。但是他還沒有將這件信物從身邊摸出，臨時忽又是一個轉念道：「且慢！我憑仗了這件東西作先容，就是會見了這巾幗英雄，也算不得甚麼希罕！

而況，他一見到了這件東西，就會連帶地知道我是甚麼人；倒要有上一個準備，見面時也不免有上一番矜持，倒瞧不到他本來的眞面目了！不如乘其不備的去拜見他，使他衹當我是一個很平常的人物，或者反可瞧出他究是怎樣的一個人呢！」

主意已定，即把他的眞姓名掛了號，並說明要拜見寨主黎一姑的。這時伴他至掛號處的嘍囉，已管自走回原來汛地；另由掛號處派了二個嘍囉，持了小小的一張單子，陪伴了他前往大寨。

這水寨，恰恰建在青牛山的後山之下，而大寨卻建立在前山之上；所以要到大寨中去，須攀越後山而上。而水寨中也駐紮有不少的嘍囉，一棚棚的分開著，擔任防守巡邏之責。當他們經過這一所所棚子的時候，衹見有幾個司值嘍囉，在棚外值著崗，其他的嘍囉，不見有一個在外面胡亂行走的；而且，棚內也不有一點點的聲息傳出來，眞是肅靜到了極點！

詢之陪伴他一起走的那二個嘍囉，方知寨內紀律極嚴，凡是散了値、散了操下來的兄弟們，也衹能在棚內靜靜的休息著，既不能在棚外胡亂行走，也不能喧聲談話；倘然犯了這個規條，輕則驅逐出寨，重則定要軍法從事的！

柳遲聽了，不覺暗暗點頭歎息道：「黎一姑果然名不虛傳，不愧是個巾幗英雄！像這般好的紀律，不但是別個山寨中所不會有的，就是求之一般軍營中，恐怕也不易多得罷！」這時候，早已攀山而上，到了山腰的地方，有牌樓也似的一所，兀立在那裏，上面寫著四個大字，是「北門鎖鑰」，牌樓下也有幾個值崗的嘍囉。向內望去，是一所規模宏大的大寨。

這兩個伴他上山的嘍囉到了這裏，便是到一個值崗者之前，並把那張單子遞上去，即向柳遲說道：「這已到了中寨。我們都各有各的分段的，恕不能再送你上去了！」說完，又行了一個禮，管自走下山去。隨由值崗者又招呼了兩個嘍囉來，持了那張單子，陪他上大寨去。

這一來，柳遲心中不禁更加歎服，原來他們的分配職司，是這般井井有條的，那豈是尋常的一般綠林所能企及的呢！

再前行了一會兒，忽發現了一片草地在眼前；在這草地之上，卻排列了許多很整齊的隊伍，正在那裏操練呢。柳遲不免駐足下來，遠遠的望了過去。祇見他們目下所在操練的，正是種種陣圖變化之法，倏而變爲一長排，好似一條長蛇；倏而幻成五小簇，又似一朵梅花；倏而變爲一個方陣；倏而圍成一個圓圈，眞是變幻迅速，神化無方。而默察各個人的姿勢，既是十分合法，舉動又十分敏捷，寓活潑於規矩之中；不是平日勤加操練，萬不能有上這個樣子！

再瞧那教師時，濃髯繞頰，已是一個五十多歲的老頭兒；然而精神抖擻，一點也不見老態，想他在少年時節，不知更是怎樣精壯的了！並且，在那時候，洋操尚未盛行，這種操練的方法，要算最是新式的了。柳遲立著看了一會，暗中不住的在讚歎；方又同了那二個嘍囉，到了大寨之前。也自有大寨中的值事人來招呼著，那二個嘍囉卻又走回中寨去了。

比及引入一間客廳中坐待著，卻有一個老者出來相見，笑問道：「閣下是來會見寨主的麼？還是有別的事情？但寨主刻下不在寨中，不知他到了那裏去，大概不久就要回來的。」當下柳遲也便把自己的來意說出，惟仍不說明那少年介紹他來此的一節事。

老者又略與寒暄上一番，即把他送至賓館中住下，說是：一待寨主到來，就立刻會來請你去會面的；說完自去。柳遲走了這半天，依舊見不到這寨主的面，這時候雖覺得有些兒不高興，但要他在未見這美人兒以前，就此決然負氣而去，卻又有些不情願！

心想：忍耐些罷，忍耐些罷！無論如何，我總得見上一見這個美人兒方走呢！大概他此刻的確不在寨中，不是向我搭甚麼架子罷！也罷，就算他是向我搭架子，我將來也會知道的，一定要向他報復的呢！

柳遲一想到這裏，即心平氣和的，在賓館中待了下來。不久，已是午餐的時候；又不久，已是晚餐的時候，統由小嘍囉送了很豐盛的酒菜來。不過，問到他們的寨主，總回說：尚沒有回來，大概在外面給甚麼事情絆留著，今天不見得能回來的了。柳遲已抱著「既來之，則安之」的宗旨，也就不去管他究在何時方能回來；進過晚餐以後，又盤桓上一些時候，也就上床睡了。

不料，當他正睡得甚酣之際，忽覺得蓋在上面的被頭微微的一動，似有甚麼人在掣動著的；立刻把他從好夢中驚醒，跳了起來一看時，卻見有一條黑影，向著房門外直躥了去。顯然是有甚麼歹人，乘著他在睡覺，走進房來窺視；現在，卻又驚得逃跑了。柳遲那敢怠慢，隨手取了一把短刀，也就追躡在後。不料，倏忽間已是蹤影全無，看來這歹人已上了屋了。

當下，即把身上略略結束一下，想就要跳上屋去。但他還未實行得這個主張，忽見從屋上跳下一個人來。這一來，倒把他怔上一怔，以為這個歹人眞是大膽，倒又反身來找著他了！忙把手中的短刀握定，準備著這歹人衝了過來。

但是，這屋上跳下來的這個人，似已在這皎皎然的月光之下，把他瞧得清清楚楚的了；祇聽得高聲的，向他招呼著道：「原來是你老兄！你是何時到這山寨中來的呢？」

柳遲覺得這一派的聲音好生稔熟，一壁仗著明月之光，也已把這人瞧得一清二楚；原來，不是別人，卻就是在客店中所不期而遇，而要把他介紹到這裏來和黎一姑相見的那個少年。因也歡然的回答道：「哦！原來是你老兄！那麼剛才上屋去的，也就是你麼？」

少年的臉上，不知不覺的又是瑟的一紅，答道：「不！這祇是一個不足道的毛賊！我因為不願和他計較甚麼，已放他逃走了。哈！你要知道，這青牛寨是一個甚麼所在，僅僅走來了一個毛賊，又能幹得出甚麼事情來呢！」邊說著，邊和柳遲走進了賓館中去。

到得房內，又問道：「你已見過寨主沒有？也把我給你的那件信物呈了進去麼？」

柳遲聽他問到此話，也不回答，即走至床頭，向高掛著的那件長衣中一摸，不禁輕輕的喊上了一聲：「啊呀！」

不知柳遲爲何要喊上一聲啊呀？且待第一五七回再說。

第一五七回　壁上留詩藏頭露尾　筵前較技鬥角勾心

話說：柳遲走至床頭，向著高高懸掛著的那件外衣中一探，不覺失聲叫了一句：「啊呀！」你道這是甚麼緣故？原來，少年給他做爲信物的那個碧玉搬指，竟已不翼而飛了！

祇是叫了一句啊呀之後，忽又似有上了一個轉念，臉色間倒又揚揚如常，向少年說道：「如今你老兄既已到來，介紹一層，是不生問題的了。失去搬指與不失去搬指，是沒有甚麼關係的。祇不知，這碧玉搬指值價也不值價？失去了有沒有甚麼關係？而我對於你交給我的東西，不知好好的保存，竟讓他丟失了去，這當然是十分抱歉的！」說完，又向那少年的臉上一望。

這倒是出他意料之外的，那少年的臉上，這時候滿露著一派不快樂的神氣呢！照他的心中想來：這少年是很有幾分的俠氣的，凡有俠氣的人，對於義氣爲重，珍寶財帛爲輕；這碧玉搬指不論是怎樣的值價，然既已丟失了，至多不過想上一個如何把他追回來的方法，萬不會也像一般平凡的人，把這不快樂的神氣，完全放在臉上啊！

正在暗詫之間，又聽那少年回答道：「介紹一層，當然不成問題。但這碧玉搬指，是先父唯一的遺物；一旦丟失了去，實在有點放置不下呢！而且，此中還另外有上一個關係，更不能聽他隨隨便便的失了去，而不一加追問的！」說到這裏，他的老毛病又發作，好同姑娘們怕羞一般，二個嫩頰之上，又瑟的暈紅起來了！

柳遲不免有點懷疑，正想追問一句：「所謂另外的一個關係，究竟又是怎樣的一件事？」卻已聽那少年接著說下去道：「唉！這個賊人眞可惡！別的東西一件也不偷，偏偏要把這個碧玉搬指偷了去！這顯然的不但存上有一種深意，並連這個搬指的歷史和另外的一個關係，也都知道得明明白白的；但我決不讓他有這般的便宜，不論遭到如何的困難，我定要把這原物追回來！也罷，我們如今且先去見了黎一姑再說，大概他也已回到寨中來了。」

正說時，一線曙光，已從窗外透射進來；而在這曙光之下，又使他們在壁上瞥見了一件東西。無疑的，便是這大膽的賊人留下來的，倒使他們更把驚駭之情擴大起來！原來，是一張小柬，上面是這樣的寫道：「人冒我名，我盜其寶；試一思之，眞堪絕倒！祇苦美人，毫不知道；欲返原珍，南山有堡。」他們兩人瞧了這一紙小柬後，倒不免各人都上起各人的心事來。

在柳遲的這方面，不覺暗叫一聲：「啊呀！原來這來盜碧玉搬指者，便是白馬山所延請的不知姓名的那一位能人；他連我的冒名頂替都知道了，祇不知他對於這節事的始末情形，已否完全知道？倘然他不知道我的冒名頂替，是出於將錯就錯，而疑心我是有意如此的，那可有些糟糕了！」

而在那少年一方面，也不覺暗喚一聲：「慚愧！甚麼美人不美人，眞是十二分的刺眼！大概對於我的事情，這個人已是完全知道的了！如今又左不盜，右不盜，偏偏把這碧玉搬指盜了去；這顯然是存有一種深意，更是不容易對付啊！」祇是各人對於對方所已懂得，而他自己倒尚未完全明瞭的部分，雖因小柬上的指點，也已有點瞧科出來；終究是有一些隔膜，一半兒明白，一半兒不明白，倒又使得他們都沉思起來了。

最後，還是那少年先打破了這沉寂的空氣，笑著說道：「這也是很平常的一種玩意兒，沒有甚麼道理的；讓我日後找著了他，和他好好的算帳就是了！如今讓我先去通知黎一姑一聲，立刻就來請你進去和他會面。」說完，逕自向外走去。

不一刻，來了二個嘍囉，說是奉了寨主的命，前來迎迓貴客的，柳遲便跟著他們走去。剛走至大寨之前，早見那個老者之外，還有一個打扮得十分齊整的姑娘，在迎候著他，這當然就是那位巾幗英雄黎一姑了。

可是，當柳遲剛向他瞧得一眼時，不覺怔獃了起來！原來，這黎一姑的面貌，竟有十分之九，是和那個少年相肖的呢！比及到得寨中，相將坐下，柳遲方又想到小柬上所提起的那美人二字，不禁恍然大悟：這黎一姑和那少年，定是一而二，二而一者的呢！

這時候，黎一姑似也知自己的行藏已被柳遲瞧破，便一笑說道：「這祇是一種遊戲的舉動，閣下想已完全明瞭，我們也不必再說的了。」於是，柳遲也祇能一笑相報，並說明了不要假冒人家而竟成了一個假冒者的那種原因。接著，大家談得十分投機，方知那老者喚黎三手，是黎一姑的一個族叔，正管理著寨中一切的瑣事。

而由黎三手的口中，又知道黎一姑的祖父喚黎平，是太平天國的一個同志，奉命隨著某王來經營山東；後來，他的一部分人馬，就長駐在登州、萊州一帶的地方。等到太平天國覆滅，山東也為滿清所收復，他就被清軍捉了去。這時太平天國的舊部，投順清軍者雖是數不勝數，他卻大義皎然，不為所屈；因此，便在省垣遇害了。

當臨刑的那一天，他偷偷的把一個碧玉搬指交給了獄卒，教他務要設法交到他獨生的兒子黎明手中，做為一種紀念品。並說：他一死尚在其次，太平天國如此的覆亡，實是十分痛心，他死也不得瞑目的！務望他的兒子不但須為他向滿清復仇，還得時時以恢復太平天國為念。這獄卒從前也是太平軍中的人物，總算有點兒義氣的；居然輾轉訪尋，不負所託，終竟把這碧玉搬指交到了黎明的手中。

不料，黎明未將大仇報成，已是死了。祇遺下了一個幼女黎一姑，便將祖父一番的遺命，轉告訴了黎一姑，教他繼續報仇。並說：「孤零零的一個女孩兒家，恐怕幹不成甚麼大事，最好選擇一個英雄人物而嫁之，那碧玉搬指，正不妨做爲訂婚時一種禮物呢！」因又把那碧玉搬指交給了他。

而黎一姑從小就從名師習藝，有上了一身絕高明的本領；聞得了這一番遺命，和睹及這一件祖父的遺物，不免慟哭一場。從此，就在這青牛寨中，繼續著他父親的事業。原來，黎明爲要有上一個根基地起見，早在這裏落草的了。到了近日，招兵買馬，悉心訓練，更是很有上一番新的氣象呢。

柳遲聽了這番說話以後，方知這碧玉搬指非尋常的珍寶所可比，萬萬遺失不得的；不覺脫口而出的，說道：「如此說來，我把這碧玉搬指丟失了去，更是罪該萬死了！但既是這般珍貴的一件東西，黎寨主爲甚麼隨隨便便的，交給在……」意思是要說：爲甚麼要交給在一個不相識的人的手中，而且也不鄭重的交代上一句？

黎三丰不等他把這句話說完，即儳言道：「柳兄是一個很通達的人，難道連寨主的這一點兒意思，也參透不來麼？」這句話不打緊，卻把這個巾幗英雄的黎一姑，也鬧得一個粉臉通紅，連連把眼睛瞪著他，似乎教他不要再說下去。便連柳遲也自悔一時失言，未免有些唐突美人，深深自疚之餘，倒也弄得有些侷促不安了！

但是這豐干饒舌的黎三丰，也不知是否依仗著自己是黎一姑的叔父，有意倚老賣老；還是立時要想把他們撮合攏來，故意這們子的說？他竟像毫不理會似的，又接著說下去道：「而且我剛才不是曾對你說過，代兄故世的時候，曾囑他須擇一英雄夫壻而嫁之；不過，一向來到這裏來拜山的，都是一些庸庸碌碌之人，那裏有上一個甚麼英雄？現在，可給我們遇到了！」他把這話一說，意思更是十分的明白，他已把柳遲目爲一個英雄，並急急的要替他們玉成了這頭親事呢！

現在，且把柳遲這一邊暫行擱下。再說：白馬山所要請去的那個能人，究竟是甚麼人呢？原來，那人姓陳名達，是楊贊化最小的一個徒弟，很具上有一種超群出衆的本領。因爲白馬山延請他去，具上有一種祕密的性質，生怕給其他山寨中的人所知道；所以，他並不和白馬山差去的使者一起同行，遲了幾天方動身。不料，恰恰已是後了一步，人家竟把柳遲誤認作了他；凡是受過白馬山囑託的幾個客店，對於柳遲，招待得十分殷勤，供張得也十分豐富，對他卻不怎樣的理睬。

他最初見了，不免有些生氣，想要把這一層誤會立時揭他一個穿；繼而一想：我們所以要如是做法者，不是爲求祕密起見麼？如今，既有一個冒名者充作我的前站，那是再好沒有！就是這種祕密，已給我們的敵人們所探知，沿途倘然要出甚麼花樣，也必指鹿爲馬的，把這冒名者當作我。那一切都由這冒名者承當了去，可以與我無干；我不是反可脫去敵人們的監視，安然到達白馬山了麼？他這們一想時，頗自以爲得計；因此，也不去戳穿柳遲冒名頂替的這一層關係，衹遠遠的跟隨在後面，暗窺他的一切行動。

等得到了住宿的那旅店中，店中人因爲已把那貴客接得，對於這衣服並不十分光鮮、相貌並不怎樣出衆的一個客人，當然不會如何的注意。他也不把自己說破，和尋常旅客一般的，在一間小房中住下來了；然而柳遲入店後的種種舉動，他都隨時在那裏窺著的。所以，那一晚在宴飲的時節，那鳥大漢在院子中叫喊，以及鏢未出手，自己先行栽倒的等等情節，都一一瞧在眼中；並連這鳥大漢是如何的一種來意，他都有些猜料到的。

不過，在那大漢中了暗器遁去以後，忽又從屋上跳躍下一個少年來，倒又使他暗中吃上一驚；但他所驚的，並不是在這少年的來得突兀，而在這少年的面貌，爲何生長得如此的俊美？經他細細的一注意，方瞧出是女子喬裝了的。後來，再一偷聽到那美少年所說的一番言語，並暗窺到那美少年種種的舉動，不禁恍然大悟道：「這不就是黎一姑所化裝的麼？我險些兒也給他矇過了！」

這一來，倒又把柳遲痛恨了起來；倘不是柳遲在前面冒充著他，這一番豔福，不是該歸他所享受的麼？比見黎一姑邀柳遲前去拜山，並以一個搬指交給柳遲做信物，顯然有委身於柳遲的一種意思，更使他怒火中燒，氣惱得甚麼似的！幾經他在心中盤算著，方決定了，當柳遲前去拜山的時候，自己仍跟隨了在一起走，並要當著黎一姑的面，想法把那搬指盜了來。自己能夠這們的一顯弄本領，那時候還怕美人兒不十分的傾心於他麼？他把這個主意想定，覺得很是快樂，便安然的睡了去。

到了第二天，柳遲抄著小路，前往青牛山拜山，他當然追躡在後；祇因十分留心，所以沒有給柳遲覺察到。祇有一樁：柳遲的前往拜山，很是光明正大；所以乘了那老者的一艘小船前往。他卻帶上鬼祟的性質，生怕給人瞧見，不敢公然喚渡；直待至黃昏人靜之際，方游過這條湖去，又偷偷的掩入了水寨中。

幸仗他的水陸二路工夫，都是十分了得；居然過了一關又一關，早已平安無事的，來到大寨之前。又給他捉著了二個巡更的小嘍囉，在小嘍囉口中，知道了這假冒者正住在那賓館之中。他便把這二個巡更者綑縛起來，並絮住了他們的口，擲在樹陰之下，方一個人前去行事。等到已是得了手，故意又把柳遲的被掣上一掣，讓他驚醒過來，然後自己方走，這又是一種顯弄本領的意思呢！

不料，這時黎一姑也恰恰打外面回來，倘然真的向他追了去，雖不見得便能把他擒捉住，然當場必有上一番廝殺。誰知黎一姑竟當他是一個小毛賊，不屑和他交得手，輕輕的放他走了去；於是，他一出得險地，也就向著白馬山而來了。

白馬山的李大牛，以前曾和他見過面的；見了他的到來，當然十分歡喜。一壁又帶著驚訝的神情，向他問道：「你是打那條路走的？據我所派出去的一般小嘍囉回來報告，說你昨日打從那家客店出來以後，好似失了蹤的一般，我們正在驚疑不定呢！」

他聽了，不覺哈哈大笑道：「他們這一般人始終沒有注意到我，怎知道我失蹤？他們所報告給你聽的，大概是別一個人的行蹤，恐怕是與我無關的罷？」

這一說，倒說得李大牛怔住了半晌，方又問道：「這是甚麼話？我教他們沿途留心著的，祇有你一個人，怎麼又會誤纏到別一個人的身上去？」

他又大笑道：「哈哈！老大哥！你眞好似睡在鼓中一般了！你不知道，像我這們一個無名小卒，還有人沿途冒著我的名兒呢！你想，他們都是不認識我的，怎又弄得清楚這一件雙包案呢？」

李大牛不免更是驚詫道：「怎麼還有冒名的人？我眞一點兒也不知道！」當下，他便把沿途一切的情形，約略說上一說。李大牛方始恍然大悟。

他便又把這碧玉搬指取了出來，說道：「這冒名的人，已往青牛山寨中去了；我也跟著他同去了一遭，這就是我在那裏得來的一件勝利品呢！」

李大牛一聽，凝目把這碧玉搬指望上一望，現著驚詫的神氣，向陳達問道：「這不是從黎一姑那裏得來的麼？我聽說黎一姑隨身佩帶著這們一件東西，是他父親的遺物，留給他做爲紀念品的；遇著可意的人兒，更不妨拿來做爲私訂終身的一種表記。難道黎一姑已看中了你這一表人才，把這寶物贈給你做爲表記麼？」

陳達又笑著點點頭道：「你這話雖不中，也不遠矣了！大概這件寶物既能歸我所有，這個美人兒也不久就能爲我所擁有罷！」

他這話一說，不免引得李人牛深深的向他瞧視一眼，暗地似乎就上了一種心事。他這種心事，倒也不難猜度而得的；原來，他所最最畏懼的，就是這青牛山寨的黎一姑，所以要千方百計的，把這陳達請了來，做上自己的一個幫手，也就是爲了這個緣故。

如今，這陳達倘然竟搭上了黎一姑，那他不助自己，而反助黎一姑，乃是顯而易見的事，不是反有揖盜入室之嫌麼？一壁卻又裝著滿臉笑容，趕緊的說道：「這倒是很可賀的一樁事。我想邀集了全寨的頭目，好好的爲你稱慶一番呢！」

等到筵席擺上，正在歡飲之際，忽有小嘍囉來報：有一個姓柳的前來拜山，並指名要見新到山寨的陳寨主。陳達就知定是柳遲來了，不禁笑道：「這廝原來姓柳！他倒已是把我打聽得一個清楚，夾屁股就趕了來了！好！就請他進寨來罷。」一壁便也起身相迎。

兩下見面之下，誰知竟是非常的客氣，一個趕著行禮，一個也趕著還禮。比及行禮已畢，大家仰起身來，方在陳達的身上，發現了柳遲的足印；而柳遲的襪上，也發現了陳達指頭的影痕。不覺默喻於心，相視一笑。

李大牛雖立在陳達的身旁，卻一點兒也沒有知道；祇顧把柳遲當作一位貴客，儘向著裏邊讓。一到廳上，他便又笑吟吟的說道：「不知柳兄遠來，未曾備得酒席。不嫌這是殘餚，就請坐上來飲啖一會，等晚上再專誠奉請罷。」

柳遲倒並不客氣，祇把頭微微一點，即在李大牛所向他指點的那個席位上坐下。但是屁股剛一坐下，祇聞得格列的一聲響，一具很堅厚的楠木的椅子，竟給他坐坍了！這在柳遲，明明是有上一種賣弄本領的意思，小小的用上一點功勁，就把這楠木椅子弄坍了！

可憐這李大牛，卻還是蒙在鼓裏，一點兒也不明白，反連聲的責罵著小嘍囉，說他們辨事怎麼竟如此的不留神，把破壞不堅的椅子，拿出來給客人們坐？倘然把客人跌上一大跤，這還了得麼？陳達卻祇是在旁邊冷笑著。

這時候，挨罵的小嘍囉們，早又另換了一把椅子來，雖也是楠木的，卻比先前的那一把，更堅厚得多了。但是奇怪，柳遲的屁股，剛和這椅子做上一個接觸，復聞得格列的一聲響，這椅子又是坍壞了！這一來，李大牛也明白過來，知道這是來客故意這般的做作，要在他們面前賣弄上一點本領的；倒又愣著在一旁，弄得沒有甚麼方法可想。

但陳達在這時候，再也不能在旁邊冷眼瞧著了；祇向廳外的庭中瞧得一眼，早已得了一個主意。即見他不慌不忙的，向庭中走了去，跟著就把一個很大的石鼓兒，一手托了進來。這石鼓兒看去怕不有二三百斤重，他托在手中，卻面也不紅，氣也不喘，好像沒有這回事一般！進得廳來，很隨意的一腳，即把那把已坍壞了的楠木椅子，踢至數丈之遠，爲牆壁所擋靠住了。但牆壁受不住這般大的一股激力，早有些個粉堊，紛紛從上面落下。

陳達卻就在這當兒，將身微僂，用手輕輕的一放，這石鼓兒，便端端正正的放在席面前了。一壁含著微笑，向柳遲說道：「剛才的那兩把椅子，委實太不堅牢了，竟禁不起閣下這重若泰山的身軀一坐！如今沒有方法可想，祇好端了這石鼓兒，委屈閣下坐一下；倘然再要坍壞的話，那兄弟也就沒法可想了！」這明明是含有譏誚的意味，以報復他的故意使刁。

柳遲那有不理會之理？也祇有謙謝的分兒，心中卻在那裏暗想：「這小子倒眞可以！我不堅過要在他們的面前獻上一點本領，做上一個示威的運動；不料他獻出來的本領，倒比我更高一步了！這我此後倒要步步小心，倘變成了鴻門宴上的沛公，弄成來得去不得，那才是大笑話呢！」於是，大家又相將入席。

酒過三巡之後，忽有一件東西，從梁上掉落下來，恰恰墜落在餚菜之中；細看，卻是一根小小的稻草兒。李大牛見了，不覺笑道：「好頑皮的燕子兒！竟把這樣的東西，來奉敬嘉賓了，未免太寒蠢一點罷！」細聽，果有燕子呢喃的聲音發自梁上，怕不是他們鬧的玩意兒？這時候，柳遲倒又忘記了自己警告自己小心一點兒的那句說話，癢癢然的，又想在他們的面前，獻弄上自己的一點絕技了！

原來，他的身子近年已練得同猴子一般的輕捷，躥高落下，不算得甚麼一回事的；祇見他仰起頭來，向著梁上一望，含笑說道：「果然是頭頑皮的燕子，在向著我們開玩笑！但我自問頑皮的本領，倒也不下於人，頗想捉著了他們問上一聲，究竟誰是比誰會玩一些呢！」

不知柳遲捉得了這頭燕子沒有？且待第一五八回再說。

第一五八回　燈火下合力衛奇珍　洞黑中單身獻絕藝

話說：這一句話剛說了，但見一段黑影，向著梁上一衝；這席位上早已不見了柳遲這個人，躥往梁上去了。轉眼間，又見他輕如落葉一般的飄然而下，回到了原來的席位上，手中卻已給他捉著了一隻燕子，笑微微的說道：「他請我們吃稻草，我卻把他捉住了。照此看來，究竟是誰頑皮得過誰？」於是合席的人，都有上一種佩服他的神氣。

祇有陳達，卻滿不當作一回事的，先是深深的注視上他一眼，又向他手中那隻燕子望上一望；然後把頭搖上幾搖，笑著說道：「閣下的本領，眞是可以，果然使人十分佩服！不過，太冤苦了這頭燕子，這其間未免也有點兒不公平罷！」

這話一說，不特大衆聽了，都覺得十分詫異；連柳遲也愣住了，祇呆呆的向他望著。半晌，方又問道：「你這句話怎樣講？爲何說是冤苦了這頭燕子？又爲何說是不公平的？」

陳達仍從容自若的問道：「你以爲擲下那枝稻草來的，就是這頭燕子麼？倘然不是他的話，你不是有點不公平，太把他冤苦了麼？」

這一來，柳遲更是詫異了，忙又問道：「難道當時你瞧得很是清楚，擲下那枝稻草來的，並不是這頭燕子麼？」

陳達又笑著應道：「我既說得這個話，當然當時是瞧得很爲清楚的。現在讓我來告訴你，這件事的罪魁禍首，還是靜靜的站在梁間，尾上有上一個白點的這一頭呢！你瞧，他倒是多麼的閒適啊！」

說著，伸出一個食指來，向著梁上一指。隨又接下去，說道：「這未免太便宜了他！我倒不能輕輕把他放過，一定要向他拷問一番！」話剛說到這裏，即見他展開手來，向著上面祇一抓，那頭靜站梁間的燕子，早撲的一聲，墮落到席上來了。

陳達便又很得意的一笑，說道：「如何？他果然已向我們自行投到了！現在再讓我來問問他，這件事究竟是他幹的，不是他幹的？」隨用手向這燕子的頭上一按，果然就聞得呢喃的叫上了幾聲。

陳達喜道：「他已吐了供了，這件事果然是他幹的！也罷，且看在他初犯的分上，就把他釋放了罷！」祇見陳達用手一揮，這燕子早又把羽毛展上一展，突的仍飛到梁上去了。這明明又是獻弄本領，抵制對方示威的一種舉動，早把柳遲瞧得呆了，一個不留神之下，把手展了開來；那頭燕子乘此千載一時的機會，也就沖的一來，仍回到了梁上去。

柳遲連連遭上了這二次的挫敗，祇呆呆的坐在席上，一點兒也不得勁兒。

不料，這個樸實的李大牛，倒又要弄出些花樣來了；原來，他暗自想道：「好小子！拜山就是拜山，爲甚麼要獻弄出這些本領來？幸虧我有這位陳兄在此，尙足對付一下；不然，不是要給你這小子佔盡上風了麼？但是，我自己忝爲一寨之主，倘然終席沒有一點表現，祇和衆人一樣，呆木木的瞧著他們迭相獻弄本領，豈不要被一般小嘍囉們所恥笑？那我倒也得想上一個好法子，把自己表現一下方好！」

他正在這們想時，忽見一個値席的小嘍囉，送了一大盤熱騰騰、香噴噴的豚肩上來。他眉頭一皺，立刻得了一個計較，暗想：「我的飛刀的本領，在綠林之中，不是也頗有名的麼？如今，何不就在這個上頭生出些花樣來，也可替我自己撐上一些門面！」

當下，就取過一把尖刀來，在豚肩上祇一切，即切下方方的一大塊肉來；隨又舉起刀尖，向著那塊肉上一戳，即連刀帶肉，平舉在手中。一壁將身站起，一壁笑微微的說道：「柳兄，請嘗嘗這豚肩的風味如何？這是我們山寨中最名貴的一味食品呢！」說時遲，那時快，即把這把刀，向著柳遲擲了過去，比流星還要來得迅急！

柳遲也是一個老行家，一見這種情形，那會不懂得他的意思？心想：這倒也怪不得他！我們二人，總算都把本領獻過，他倒也不得不來這們的一手呢！當下不慌不忙的，便把口一張，連刀帶肉都啣住了。隨又在齒間略略的一用力，那塊肉即從刀上落下，然後，又是一張口，並運了一股氣把刀一吹，那刀便向空中飛起；等到落下來時，早伸出一手接住。於是，又輕輕的把那刀向著桌中一擲，恰恰很爲湊巧，不偏不倚的，正插在那個豚肩上。

這一來，倒又博得合席的人都暗暗喝采不置。獨有那李大牛，見自己的本領，竟又爲他所蓋，更是覺著不得勁兒的了！

如是者，又坐上了一會兒，陳達忽含笑向柳遲問道：「柳兄此來，不是要向我取回那件東西麼？」

柳遲見他竟向自己這般的問起來，倒暗讚一聲：這小子好漂亮！不待我向他詰問得，他倒自己先說了出來了！也衹好老老實實的回答道：「不錯！是要向陳兄索回這件東西。想陳兄也是懂得江湖上的義氣的，大概總能立刻見還罷？」

好陳達，眞有工夫！他一見對方竟是這般的老實不客氣，不免又要小弄狡獪；衹見他先是哈哈一笑，然後方又說道：「照理呢，這東西本是從柳兄那裏取得來的；如今柳兄既然來向我索得，我當然須得立刻歸還。不過，要請柳兄想一想，柳兄從前恐怕也有些對不住我的地方；而我的所以斗膽敢在柳兄前幹上這件事，也是要以此事爲由，可使柳兄明白到我這層意思呢！」

他末後這幾句話，眞比刀鋒一般的犀利，卻把一個膽大包身的柳遲也呆著在那裏了！暗想：他所謂對不住他的事情，大概就是指冒名頂替這一層罷？但這眞冤枉之至！我也不過一時好奇心起，將錯就錯的幹了去，何嘗是眞要冒人家的名兒呢？但此事祇有自己心內知道，要在人面前剖白起來，越剖白得厲害，越是給人家笑話！

沒有法子可想，他祇好這般的說道：「這祇可說是彼此的誤會，或者也可說是我一時之錯。也罷，聽你如此說來，莫非在交出這件東西以前，還有甚麼條件要向我提出麼？」

陳達笑道：「你這人倒好聰明，也好漂亮！不錯！我在交出這件東西以前，還有上不大不小的一個條件。」

柳遲道：「那麼，就請你把這條件說了出來罷。天下的事，最怕是沒有條件；有了條件，事情就好辦得多了！」

陳達道：「我的條件，也是平常之至。這件東西，既是我由你那裏盜了來的；那如今你要收回原物，仍須從我這裏盜了回去。我們姑以三天或是五天爲限，你道好不好？」

柳遲聽說要教他在三天或是五天之內，把這東西盜了回去，倒又覺得很有興趣了；想上一想之後，便說道：「這樣的辦法，倒也很公平！我們就以三天爲期罷。」

陳達又說道：「可是我還有一句話，要向你附帶的聲明一下：倘然你在三天之內不能得手，此事便作已了論，此後不論如何，你不能再向我提起這個問題了！」

柳遲道：「這是當然的。不過還有一層，你須得明白：這東西並不是屬之於我的，我三天之內不能得手，果然不能再向你說甚麼話，祇是這東西的原主兒，倘然要和你辦起甚麼交涉來，我可不能負責！」

陳達道：「哦！那原主兒或者還要和我辦甚麼交涉麼？好！那不要緊！本來我既得了這件東西，他不來找著我，我還要去找著他，他肯來和我辦交涉，那是再好沒有的事情了！你放心，我決不會叫你擔負上甚麼責任的。」說完，又哈哈大笑不止。柳遲也不管他，即向他們作別了，逕自下山而去。

到了晚上，柳遲一切準備停當，又穿上了夜行衣，復向白馬山而去，要依照了他們口頭所訂的條約，實行盜取那個碧玉搬指了。好在，這山上的路徑，他在日間拜山的時間，早已瞧看得明明白白，所以在這時一點也不感到甚麼困難。

而且照樣子瞧去，這班小嘍囉們似已得到了李大牛或是陳達的命令，故意對於巡邏上，不似往昔這般的注意，好讓他容容易易的走上山去，得到一個盜取這碧玉搬指的機會。因此，一點不費甚麼手腳，就到了這大寨之前了。可是，當他伏在屋上，祇向簷前伸出一個頭來，向著下面一望時，卻把他駭上了一大跳！

原來，這聚義廳中，四處都是燦爛的燈光，照耀得如同白晝，好似有上了甚麼大聚會似的。隨又聽得一陣笑語聲，從廳中隨風度出；細聽，卻就是陳達的聲音，正在那裏說道：「我以爲這件事，我們應該做得漂亮一些，不但對於巡邏上應該鬆懈點，便是這件目的物，也坦而白之的放在這張桌上，可以一望即見。他如果眞有本領的，儘可跳了下來，把這東西攫之而去呢！」

接著，又聽得另一陣笑聲，這大概是那李大牛所發。一陣笑聲之後，並聽他在說道：「你自以爲這是一種很漂亮的舉動，其實照我看來，卻也不盡然。這件東西，這們坦而白之的放在桌上，雖說是可以使他一望即見，不必再費找尋的工夫；然我們這般人不見得全是死人，會眼睜睜的瞧著他把這東西攫了去，而不一加阻止。那麼，他要當著我們這許多人，施展這一點兒的手腳，倒也不是一件容易的事情呢！」他們似已知道柳遲來到了簷前，故意這們的說笑著，問答著，使他明白上一切的情形的。

當下，柳遲當然一句句都聽在耳中，不覺又暗想道：「誠然！要當著這許多人施展出這神出鬼沒的手段，並不是一件容易的事情！不過，我有上很輕捷的一副身手，要我像一頭猴子的這們急猱而上，又急猱而下，倒也並不甚難；所可慮的，燈火點得這般的輝煌，當我施展出這一個身手時，萬不能逃去他們的視線。如今祇要想個方法，能把這廳中的燈火一齊熄滅了去，爲時不必過久，二三分鐘已足；這件目的物，就不怕不攫到我的手中來了！」

他一想到這裏，倒又想起他的師父金羅漢來。金羅漢的本領眞是了得，百步吹燈，在人家已視作一樁絕技，他卻滿不在乎；祇要略略運上一股氣，將口一張時，不論有多少盞的燈火，一時間都要熄給他看呢！然而懊悔當時沒有向師父學習得這種本領，如今要用得著這一項本領時，卻是無法可想了！

不料，就在他這們沉思的時候，忽發現了一個奇蹟！這個奇蹟，便是這滿堂的燈火，他很想一口把來吹了去的；他自己雖沒有本領去實行，卻已有人代他幹了去了！

頓時，便聽得廳室中很有上一陣騷亂，都在那裏亂嚷亂叫道：「這是怎麼一回事？廳中所有的燈火，會一齊熄滅了去！這難道是給風所吹熄的麼？然而，那裏有這大的風，而且就是風，也不見得會這般的湊巧，熄得連一盞燈都不賸！」

當下，那幾個首領，如李大牛、陳達等一班人，似乎比大衆能鎮靜一些；不住的在那邊禁壓著他們，連說：「快靜靜兒的，別如此的喧鬧！」但這件事究竟太不平常了，把大衆驚駭得幾乎要發狂；一時間要禁壓他們，那裏會有效！祇有那柳遲，卻樂得不知所云，依著他的意思，很想乘著這個好機會，馬上跳了下去，摸索到了廳室中，憑著一點敏捷的手法，就把這碧玉搬指攫了來呢！

可是，他剛在這們的想，遲疑著還沒有向下跳的時候，忽又聽得廳中起了一片異乎尋常的喧叫；原來，剛才熄了去的燈火，現在又一盞盞的亮起來了，又恢復了先前的原狀了！這滿堂的燈火一齊熄了去，還可諉之於大風；現在，居然不必人家去點得，又會一齊亮了起來，未免太嫌不經！大衆雖欲不極口稱怪，也不可得了！

陳達是何等有經驗的一個人，知道此滿堂燈火之一熄一亮，其中大有蹊蹺！看來一定是敵方暗弄狡獪，供在桌中的那個碧玉搬指，無論如何是不保的了！果然，他剛一想到這裏，忙伸手向桌中供放搬指的地方，約莫著摸了去，竟是摸上一個空，不免連說：「完了，完了！」

正在這個當兒，這燈火卻又重復亮了起來；他不由自主的，又向桌中一望，方知這失敗已成爲確確鑿鑿的事實。原來，置放這碧玉搬指的所在，已是空空如也，那裏還見到這搬指的一點影子呢！不由自主的驚喊了一聲。

但就在這喊聲剛了的當兒，忽聞得一個蒼老的聲音，在甚麼地方說道：「眞是活見鬼！誰希罕你這碧玉搬指！你不妨自己瞧瞧，那搬指不是還好好的套在你的拇指上麼？」

這一來，不說陳達聽了這話，果見那搬指好好的套在自己的拇指上，應該如何的駭異；單說柳遲，這一喜可就大了，知道果然不出他的所料，他老人家已來到這裏！自己正苦著孤掌難鳴，要取回這搬指，很覺棘手，如今有他老人家到來，還怕有甚麼事辦不了呢！

正在想時，忽覺有人在他肩上輕輕拍了一下。忙仰起首來，就著星月之光一瞧看，祇見金羅漢，已慈眉善目的，站立在他的身旁。慌得他也忘記了是在敵人的屋上，即爬在屋瓦之上，向著他師父磕起頭來。

金羅漢忙一把將他攙扶起，很簡單的說道：「我們走罷，不要再待在這裏了。」柳遲對於師父的命令，當然不敢怎樣的違背，但頗顯露著一種躊躇的神氣，意思是在說：「那麼，這搬指怎樣的辦法呢？難道聽他放在那姓陳的手中，不去取他回來麼？」

金羅漢好像早已明白了他的心事，便一點不在意的，笑著說道：「這本來不是你的東西，自有原主會和他們來交涉，何必定要由你的手中取回來？」

說到這裏，略停一停，又接著說道：「而且有緣的終是有緣的，決不在這件東西的在不在你的手中。你放心罷，你和他見面的日子正長呢！不過，你的婚姻注定了晚成的，現在還不到那時候！」這一說，更說中了他的心病，倒很覺得有些不好意思起來，再也不能說甚麼了。

隨又聽金羅漢向著下面，高聲說道：「陳兄！這個搬指本來不是我們的，不妨由你暫時保存著，將來自有原主來和你辦這交涉。我們可要告辭了，你也不必多所驚動罷。」說後，側耳一聽，廳中仍是寂然，並不見有一個人出來答話。

看來這一班人，也都是銀樣鑞槍頭的膿包，見了這種神奇的事跡，嚇得他們都是疑神疑鬼的，不但沒有人敢出來探望上一下，竟連搭一句白的勇氣，也一點沒有呢！金羅漢見了這種情形，不免微微笑上一笑，即挈同了柳遲，離開了白馬山，來到一所破廟中，看去似已久不有人居住的。

金羅漢拉了柳遲一同在一個破舊的拜墊上坐下後，突然的向他問道：「我的來到白馬山上，你也覺得有點突如其來麼？你可知道，我究竟爲了甚麼緣故？」

柳遲道：「這事雖像有點突如其來，然出之於你老人家，也就不算甚麼一回事！照我想來，大概是你老人家算知我要上白馬山去辦這件交涉，生怕我一人有失，所以特地趕了來呢！」

金羅漢把頭搖搖道：「不是的。照你的本領而講，雖不算高到怎樣，然和那姓陳的一相比，也不見得就會輸在他的手中；倘然祇爲那個，那我是可以放下一百個心的！」

柳遲道：「你老人家既不爲這個，那爲甚麼要巴巴的趕到這裏來？我可有些算不出來！請你老人家就爽爽快快的告訴了我罷。」

不知金羅漢說出些個甚麼話來？且待第一五九回再說。

第一五九回　論前知羅漢受揶揄　著先鞭祖師遭戲弄

話說：柳遲這個問句一出，金羅漢不覺笑道：「哈哈！你的記性怎麼如此不濟？今年打趙家坪的日子又快要到了，你難道已是忘記了麼？」

柳遲不免暗叫一聲：「慚愧！」打趙家坪的這一件事，果然不論是在他們自家的崑崙一派中，或是在敵方的崆峒一派中，沒有一個人不當作天大地大的一樁大正經；一等打趙家坪的日子快要到來，雙方都在惶惶然的準備著，各求所以制敵取勝之道。直至大家打過之後，這一年的勝負已是判明，方把這一樁心事暫行放下，等待明年再來。差不多年年如是。

獨有他自己，對於這樁事情的觀念，素來要比較別人來得淡一些，也不自知其所以然。同時復又想到，這幾年來，這一年一度的械鬥，雖仍在照例舉行著，然並沒有怎樣的大打；仍是由平江、瀏陽二縣的農民爲主體，偶然有幾個崑崙派和崆峒派中人參加其間罷了。

今年卻不然：崑崙、崆峒二派，都想借著打趙家坪的這個題目，大家勾心鬥角的，作上一篇好文章，分上一個誰高誰下。因爲，在這幾年之間，雙方在暗地不免又起上了不少的糾紛，都是摩拳擦掌，有上一種躍躍欲試的神氣呢！

而在崆峒派一方，聽說還要把紅雲老祖請了來，這已是宣傳了好多年，而沒有實行得的。今年倘竟見之於事實，崑崙派自不甘示弱，也要有上一番相當的對付。那麼，在今年這一次的打趙家坪中，可不言而喻的，就要有上空前未有的一場大戰了！

柳遲一想到這裏，不免脫口而出的，問道：「聽說他們今年還要把紅雲老祖請了來，不知這個消息也確不確？你老人家大概總是知道的罷？」

金羅漢還沒有回答，不料，忽有一個很大的聲音，從神龕後面傳了出來道：「這個他老人家恐怕也不能有怎樣確實的回答。我卻有八個字可以回答你，這叫作：『確而不確，不確也確。』你祇要把這八個字細細的一參詳，也就可以知道一些個中的消息了！」

這一來，柳遲是不必說起，當然是給他怔驚得甚麼似的！金羅漢雖是閱歷既深，神通又廣，甚麼都是不怕，都是不在他心上的一個人；然見說這幾句話的那個人，在先既是匿在神龕的後面，偷聽他們的說話，現在又突如其來的，攔住了他們的話頭，說出這一番似帶禪機、非帶禪機的話來，顯然是一個不安本分之徒，而要在他們的面前賣弄上一下本領的！不免在略略一呆之下，又在暗地有了一點戒備。

在這時候，那個人也就在神龕後面走出來了；卻並不是怎樣驚人出衆的一個人物，而是衣衫襤褸，滿面酒容，背上了一個酒葫蘆，一望而知的嗜酒如命的一個酒徒！見了他們二人，即很客氣的拱上一拱手道：「多多有驚了！」

金羅漢卻祇微微的一點頭，即向他問道：「你剛才所說的那八個字，究竟是一種甚麼意思，倒要向你請教？」

那酒徒一聽到這二句話，好像把他樂得甚麼似的，立時哈哈大笑了起來道：「像你金羅漢，那是海內爭稱的一位有道之士；難道連我這個酒鬼江南酒俠所說的話，都不能了解得麼？」這酒徒眞是有趣，他不但認識得金羅漢，並把他自己是甚麼人，也都說了出來了。

江湖上有上這們的一尊人物，金羅漢在以前也曾聽人家說起過不少次；現在聽說他就是江南酒俠，不免向他打量上好幾眼。

卻又聽那江南酒俠接著說道：「你倘然眞是不懂的話，我不妨把那八個字再改得明顯一些，那便成爲『來而不來，不來也來』了。」把這兩句話如此的一改，果然再要明顯不有，中間祇含著有兩個意思：一個是：紅雲老祖現在還在來與不來之間，沒有怎樣的一種決定；另一個是：紅雲老祖的來與不來，沒有多大的關係，就是來了，也不見得會出手的！

至是，金羅漢再也忍耐不住了，便大聲向他問道：「照你這話說來，紅雲老祖便是來了，也是不會出手，仍和不來相等的，是不是？但是，這個我尚不能知道，你怎麼又會知道的？」

在這句話之下，顯然有上一種倚老賣老的意思，以爲：你是一個甚麼東西！難道我所不能前知的事情，倒會給你知道了去麼？

江南酒俠卻好像一點也不理會似的，衹淡淡的一笑道：「這或者是各人所修的道有不同，不！這句話也不對！照著一般的情形講，大凡道德高深之士，都能前知五百年，後知五百年；就現在的這樁事情而論，衹在幾天之後，就可見到一個分曉的，我們怎又會不知道呢？不過，照你這番的解釋，還不見得全對。痛快的說一句：他此番是不會出馬的了！」一壁說，一壁逕向著廟外走了去。

而就在這冷靜的態度之下，很平凡的幾句說話之中，已把金羅漢的一種驕矜之氣折了下來了！只落得他們師徒二人，眼瞪瞪的望著他漸行漸遠的一個背影，是猜料不出，究是他的前知的工夫確能高人一籌？還衹是醉漢口中所說的一種醉話？

誰知，當他剛一走到廟門口，又像想得了一樁甚麼事情似的，突然的轉身走了回來，笑嘻嘻的向著金羅漢問道：「眞的，我還有一句話忘記問得你。你們在這廟中待著，不是等候著笑道人到來麼？」這個問句，在柳遲聽得了，還不覺得應該怎樣的注意；以爲這也衹是隨口問上一句的，誰又不知道，笑道人和他們師徒是常在一起兒的呢！

而在金羅漢一聽聞之下，不免又是突然的一呆！不錯！他的所以到這破廟中來，確是和笑道人有上一個約會，而有幾句要緊話要彼此當面談一談。但這件事連在柳遲的面前都沒有提起得，怎麼又會給這酒鬼知道？難道這酒鬼的前知的工夫，確是高人一籌，甚麼事情都是瞞不了他麼？一壁祇好木木然的，反問上一句道：「你要問這句話，是一種甚麼意思？」

不料，江南酒俠又在極平淡的話語之中，給上金羅漢很驚人的一個答語道：「我一點也沒有甚麼別的意思，祇是偶然據我所知，笑道人已是到了平江，不再來這裏的了。所以，我也順帶的知照你們一聲，讓你們可以不必呆等下去呢。」他把這話一說完，好像已盡了他的一種義務似的，便又回過身去，向著廟外走去了。

但這一壁廂他雖是走了，那一壁廂卻使得金羅漢好生發起呆來，兀自在想道：「我原來和笑道人約好了在這廟中會面的，怎麼在未赴此約之前，笑道人就到了平江去？就算是為了要緊事，不得不就去平江，卻也得通知我一聲；怎麼我尚沒有知道，反會給這酒漢知道了去呢？」

金羅漢一想到這裏，不覺連連把頭搖著道：「不對，不對！這是決計不會有的事！照此看來，這酒鬼大概是崆峒派所遣派來的一個奸細；生怕我和笑道人見了面，議出了甚麼對付他們的好辦法來，所以用上這們的一個計策。不過，倘然真是如此的一個用意，他們未免太是笨極！我就算是在這廟中和笑道人會不到面，難道不能在別處會到面麼？難道他們在這次打趙家坪以前，又能用甚麼方法阻隔著我們，使我們連一次的面都會不到麼？」

正在想時，忽見有白耀耀的一道劍光，從天際飛了來，目的正在他們所坐的那個地方。不覺疑懷頓釋，笑指著向柳遲說道：「你瞧！這不是笑道人的那柄飛劍麼？大概有甚麼書信帶來給我了！即此而觀，那廝所說的話，倒是很有一點兒的意思呢！」說時，那飛劍早把傳來的那封書信，遞在金羅漢的手中，又管自飛了回去。

一瞧之下，始知笑道人果然已是到了平江，不再到這裏來，教他們快些兒也去呢。於是，金羅漢暗中對於江南酒俠，更是驚歎一個不置，知他確有上一種不可思議的前知工夫，並不是在那裏胡吹的！同時，他們師徒二人，也就借了一個遁，瞬刻間已是到了平江。

平江人爲了他們是幫打趙家坪而來，早已替他們備好了一個極大的寓所在那裏；他們一派中的人，也已到得很不少。

崆峒派的一方，卻是由瀏陽人做著東道主，盡著招待的義務；一切的情形，也和這邊差不多，祇是到的人還要比這邊來得多，那是還請來許多本派以外的人的緣故。

他們一到了平江人所預備着的那個大寓所中，笑道人即迎著金羅漢，向他說道：「了不得！這一次紅雲老祖果眞要出馬了！我一聞得了這個消息，生怕他馬上就要到來，攻我們的一個措手不及，所以就飛快的趕了來，也來不及到那廟中去繞上一個彎子了。」

金羅漢因爲已有了江南酒俠的先入之言，並在證實了笑道人果已到了平江的這一件事上，深信江南酒俠是不打甚麼誑語的，即一笑說道：「你這個消息是從那裏得了來的？我看不見得會確實！或者祇是崆峒派的一種宣傳，也未可知呢！」

笑道人道：「不！這是千眞萬確的一個消息，那裏是甚麼一種宣傳！你老人家請瞧，現有紅雲老祖討伐我們崑崙派的一道檄文在此；別的都可以假，難道這檄文也可以假得來的麼？」說時，便把那道檄文，遞在金羅漢的手中。

金羅漢一瞧之下，果然在那檄文之中，把崑崙派中的幾個重要人物，都罵得體無完膚。他紅雲老祖實在爲太瞧不入眼了的緣故，所以今番毅然決然的要出馬一下，和崆峒派合在一起，向他們崑崙派討伐起來了！就文詞寫得這般激情風發的上面瞧來，紅雲老祖這一次來是來定的了，出馬也是出馬定的了；若照江南酒俠所說，紅雲老祖來是來的，卻不見得會出馬，這又那裏會成事實的呢！於是，把一個金羅漢弄得疑疑惑惑的，也祇好默然了下來。

不料，正在這個當兒，卻聽得有一個人在著空中，說道：「這有甚麼可以疑惑得的？我既已說了他不見得會出馬，那他本人就是硬要出馬，在事實上也是有點做不到的！你難道還不能信任我麼？」聽他這一派很稔熟的聲音，明明說這話的，又是江南酒俠！

金羅漢不覺低低的說道：「了不得！了不得！那廝又出現了！瞧他現在的這種口氣，好像他的能耐大到了不得了，紅雲老祖一切的行動，都要聽上他的指揮呢！」一壁又把剛才的那番事情，約略的對著笑道人說上一說。

笑道人卻仍把江南酒俠日作一個妄人，並不怎樣的信服，即大聲回答道：「你這厮倒是好大的口氣！但是，紅雲老祖來也好，不來也好；出手也好，不出手也好，我們是一點沒有甚麼關係的！你還是把這個消息去報告給他們崆峒派知道罷！」

笑道人把這話一說，卻聽得江南酒俠哈哈大笑道：「不錯！這卻是我的多事了！現在，紅雲老祖已是到了半路上，我也就趕快的迎了去罷。不然，讓他平平安安的到這裏，出馬來和你們一交鋒，我此後不論說甚麼話，就要一個錢都不値的了！」言後寂然，看來果眞已是趕了去了。

那麼，江南酒俠究竟是趕了去，把紅雲老祖迎住了沒有呢？哈哈！且慢！讓我不是如此的寫，姑先從紅雲老祖這一邊寫了起來。

單說：紅雲老祖受上了崆峒派的邀請，要他去幫助他們，和崑崙派打趙家坪，已是不止一次了；卻總爲了臨時發生甚麼阻力，一次都沒有實行出得馬。在今年，他卻已是有了一個決心：無論如何，要幫著崆峒派，和崑崙派大大的打上一場的了！又爲了好久沒有出得洞來，頗想借著這個機會，在外面遊覽上一番。

所以，早幾日他就動身上了路；而且，既不騰甚麼雲，也不借甚麼遁，衹是騎了一匹白馬，緩緩的在道上走著。不認識他的人，又誰知道，這就是大名鼎鼎的紅雲老祖呢！

這一天，他仍是這們的在道上行走著，一路上賞玩風景，好不心曠神怡！不料，忽有一樣甚麼東西，在他這騎馬的屁股後面重重的撞上了一下；倘然不是他而換上了別人的話，一定是要給他撞下馬來了！紅雲老祖不免要從馬上回過頭去，向著後面望上一望。

卻見：他這騎馬的後面，緊緊的跟上了一頭驢子；那頭驢子高大得異乎尋常，竟是和馬有些差不多。在那驢子的上面，卻伏著了一個衣衫襤褸的漢子，好像對於騎驢子，完全是一個外行，所以這們很不像樣的伏著在上面。而剛才的那一下，大概也是因他騎得不合法，而誤撞在馬屁股上的。

當紅雲老祖一回過頭來望著，他似乎也知道是自己做錯了事情了；登時惶恐得甚麼似的，便左一個拱，右一個揖，口口聲聲的，衹是向著紅雲老祖陪著不是。紅雲老祖畢竟是修過了不少年的道的，要比尋常人多上些兒涵養工夫，豈屑和此等細人，計較這些個小事？便也一笑置之，策馬復行。

誰知，行不到多久時候，又是這們猛然的一撞，比先前那一下還要來得厲害，險些兒撞得他栽下馬背來！再回過頭去一望時，仍然是那頭高大的驢子緊跟在後面；仍然是那個衣衫襤褸的漢子，露上一臉子惶恐的神氣，仍然是那們的左打拱，右作揖，不住的陪著不是。

紅雲老祖見了，不免暗暗覺得又好氣又好笑，然仍不忍向他斥責著。一鞭揮處，這騎馬早如騰起雲，駕起霧來的一般，飛也似的向前跑去了。一壁也暗暗的在想道：「驢和馬，是不具有同等的脚力的；剛才祇爲了我的馬跑得太慢了一些，所以會讓那驢子緊緊的跟隨在後面，會讓那驢子的頭撞到馬屁股上來。如今我放足了轡頭，這們快快的一跑，無論那驢子是如何的會跑，恐怕也要望塵莫及，趕都趕不上的了！」

心中正自得意著，忽聞得一片「啊呀」、「啊呀」，直叫的聲音，又是起於他的馬後，看來又有甚麼亂子鬧出來了！在這個情形之下，他當然又要回過頭去望上一望。卻眞是出於他的意料之外的，最最打先射入他的眼簾中來的，仍是那頭高大的驢子，仍是那個衣衫襤褸的騎驢漢子；再經他仔細的一瞧時，更使他加倍的駭詫了起來！

原來，他這騎馬的一個尾巴，不知怎樣一來，恰恰是圓圓一圈的，把那驢子的頸項纏著了；因此，當這馬放開了四個足，飛快的向著前面跑，也就自然而然的，把那驢子帶著了在一起跑了去。但是，這還是一種偶然的情形，算不得甚麼希奇！所最奇的：照理驢子的脚力，是無論如何趕不上馬的；那麼，這馬旣是這們飛也似的跑著，後頭的驢子祇要一個趕不上，就要連人帶驢，傾跌在地了！

可是，試一瞧現在的情形：那漢子雖是「啊呀」、「啊呀」的連聲直叫著，卻依舊安然的伏在驢背上；那驢子更是把四蹄展開，沒有一點趕不上來的樣子！由此看來，這一人一驢，倒大概都是很有上一點來歷的呢！紅雲老祖究竟是何等樣子的一個人，甚麼事能瞞得了他？在如此的一個觀察之下，也就對於那騎驢的漢子的一種用意，有些瞧科出來了；便把手一拱，微微的一笑道：「朋友，我們各趕各的道，原是河水不犯井水的，閣下如何要向我開上如此的一個大玩笑？我現在算是認識了你閣下就是了！」

紅雲老祖雖是這般低頭服下的說著，那漢子好像滿是不賣這筆帳，又好像不懂得他這幾句話的意思的，仍在口中咕嚕著道：「這明明是你把我開上一個大玩笑，怎麼反說是我開你的玩笑呢？你瞧，是你的馬在前，我的驢在後；又是你那馬的尾巴，勾著了我這驢子的頸項，決不會是我的驢子把頸項去反湊著馬尾巴的，那麼，這事實不是再明顯也沒有了麼？不過，我是不愛和人家拌甚麼口舌的；就讓我自己認上一個大晦氣，走了開來罷！」他說完這話，輕輕的把那驢子的頭向後一拉，就從馬尾巴中脫了出來，不再相纏在一起了。

紅雲老祖也不愛和那漢子多說得甚麼話，便又揮起一鞭，讓自己這匹馬向著前面飛跑了去。不過，他這一次卻老到得多了，時時的把一顆頭向著馬後望了去，瞧瞧那頭驢子，究竟還跟在不跟在他的後面？果見在一轉瞬之間，已是相距得很遠很遠，最後連小小的一點黑影子，都是瞧不到的了；他方始深深的噓了一口氣，好似把身上的一種重負釋放了下來的！實在，在這一馬一驢追隨之間，那漢子和他歪纏得也太夠了！

不料，他偶向前面望上一眼時，忽又見一頭高大的驢子，平伏了一個人在上面，緩緩的在走著；那驢子、那驢子上的人，都和先前的那一人一驢，很有幾分的相像的，不由得不又使他怔上了一怔！

不知現在的這一人一驢，是否就是先前的那一人一驢？且待第一六〇回再說。

第一六〇回　悲劫運幻影凜晶球　斥黨爭讜言嚴斧鉞

話說：紅雲老祖好容易避去了那騎驢漢子的歪纏，不禁深深的噓上了一口氣，好像釋去了身上的一種重負似的！但當他偶向前面望上一眼時，不料又見有一頭高大的驢子，驢子上仍是這們平伏著一個人，緩緩的在道上行走著，而和先前的那一人一驢，看去又頗有幾分相似，這倒又把他怔住了！

一壁兀自想道：「奇怪！難道那廝倒又到了我的前面去了麼？但是，我剛才也曾屢屢的回頭向馬後望著，祇見把他那頭驢子拋得很遠很遠，漸漸的至於不能再瞧見；怎麼，在一轉眼之間，又趕到我這匹馬的前面去了呢？這恐怕是不會有的事情罷！也罷，且不管他是怎樣，更不管究竟是那廝不是那廝；好在，現在我是在後面，不是在前面了，祇要我不把這馬趕上去，總是保持著這們的一個距離，大概也就不會再有甚麼麻煩找到我的身上來了！」

可是，紅雲老祖雖是定下了這們一個很老到的主意，誰知這匹馬倒又不由得他作起主來，任他怎樣的把那繮繩緊緊的扣住，不讓他跑得太快，卻已是發了野性似的，一點兒也扣他不住，依舊飛快的向著前面跑了去！這一來，紅雲老祖不免在心中暗暗的叫著苦，並怪自己今天怎麼如此的不濟事，這一匹馬都駕馭不下來了！

而就在這扣不住繮兒的中間，早已到了那頭驢子的後面，猛然的把一個馬頭，撞下了驢子的屁股上面去。這一撞，眞不尋常！竟把伏在上面的那個人撞下了驢背來！幸而還好，那個人的一腳，還勾在驢背上，方始免去傾跌到地上來。當他重行爬上驢背之際，也就回過頭來望上一望。

紅雲老祖一瞧見他的面貌，倒不免暗吃一驚道：「果眞就是那廝麼？這倒眞有些兒奇怪了！他的那頭驢子，明明是抛落得很遠在我的後面的，怎麼在一轉眼間，就又會趕到了我的前面去了呢？難道他是抄上了甚麼一條小路嗎？」

那漢子似也已瞧到了紅雲老祖那種吃驚的樣子，便笑著向他問道：「這在前面走著的又是我，大概是你所萬萬料想不到的麼？這就叫作：人生何處不相逢了！不過，你這們的把我撞上一下，未免撞得太厲害了一點；不是我剛才也曾連一接二的把你撞上兩撞的，我眞要大大的和你辦上一個交涉呢！現在是一報還一報，還有甚麼話講啊！罷，罷，罷！仍再是大家走了開來罷！」他說完這番話後，又接上一陣哈哈大笑，即將兩腿緊緊的一夾，那驢子又飛也似的向前跑去了。

在這裏，紅雲老祖免不得要對那漢子大大的注意了起來，覺得那漢子今天這們一而再，再而三的向他歪纏著，決不是甚麼偶然的事！

而且，除了向他歪纏之外，還發現了許多奇異的事情：像那抛在後面的驢子，爲甚麼會超到了前面去？或者還可說那漢子是抄著一條小路麼，且不去說他；但自己的這匹馬，又爲甚麼會無端的拉都拉不住，向著前面狂奔了起來，竟撞在那頭驢子的屁股上面，等到這們的一撞以後，倒又安靜下來了？這中間很是有上一點蹊蹺，好像是那漢子在暗中使著一個甚麼法的一般，而他自己在事前卻一點沒有防備到！

照此看來，莫非那漢子是有意要找著他尋釁麼？祇爲了他的態度很是謙和，不曾怎樣的計較得，所以至今尙沒有甚麼事故鬧出；然那漢子既是有意的要向他尋釁，不把目的達到，恐怕不見得就肯罷手，看來正有不少的花樣錦在著下面呢！照理，他當然不會懼怕那漢子；然他是甚麼樣的一個人，何苦失去身分，和這種妄人去纏個不休？還不如想個法子，避去了那漢子，不要同在這一條道上行走罷！

紅雲老祖這們的一想時，也就從馬上走了下來。把這馬繫在樹上以後，即駕起一片雲來，向著天空中飛了去。心中卻覺得十分的得意道：「好小子！算你是有本領，竟這們一再的找著了我！但現在我已駕起雲來，不在道上行走著了，看你還有不有甚麼方法來找我！」

正在想時，忽聽得有一個大聲，起於他的耳畔道：「駕雲打甚麼緊！這當然仍是有方法的！」同時，又覺得有一個人，從他的身背後撞了來。至是，紅雲老祖心中倒也有些明白，知道：大概不是別人，定又是那厮找了來了！回過臉去一瞧時，果然不出所料，不是那漢子，又是甚麼人！

這時候，他也不把那漢子當作甚麼尋常的人物了，也不再顧到自己是如何的一個身分了，覺得：避既是避不了，怕當然是大可不必的；還不如爽爽快快的，和那漢子鬥上一鬥罷！祇要鬥得那漢子吃不住逃跑了，這事情不是就結了麼？於是，把眼一鼓，惡狠狠的望著那漢子，大有馬上就動手的一個意思。

那漢子卻祇是笑嘻嘻的道：「啊呀！原來是你閣下！想不到又在這裏見面了！剛才我說是：人生何處不相逢；現在我可要說一句：上窮碧落下黃泉！你道，這句詩說得對不對呀？」紅雲老祖聽了，卻更是顯出一派憎厭他的神氣道：「咄！不要多說這些個閒話了！我且問你：你這般的跟著了我，究竟是一個甚麼意思，不妨向我明說了出來！」

那漢子這才露出一副十分正經的面孔來道：「哦！這一句話可把我提醒了！我確是為了一樁很正經的事情，要找著了你談上一談呢！現在，請你跟著我走罷！」他說完這話，祇見他輕輕的向前一縱身，他足下所踏的那一片雲，早已越過了紅雲老祖的那一片雲，浮向前面去了。

這時候，紅雲老祖的心中，卻是好生的有氣，想：這東西不但是十分的混帳，那架子也未免太是大了一點了！我和他是素不相識的，就是到了如今，他也不知道我是誰，我也不知他是誰，那裏會有甚麼正經事要談？就是眞有甚麼正經事要談，也該向我說明一句，所要談的是一件甚麼事，又到那個地方去談，看我究竟願意不願意？怎樣他如今既不說明一切，也不求得我的同意，就好像上司命令下屬似的，教我跟著了他就走呢！照這般的一個情形，未免太使我難堪了一點罷？

紅雲老祖一想到了這裏，也就上了脾氣，不能像以前這們的有涵養工夫了；決計不跟著了那漢子一起走，也不願和那漢子談甚麼話，衹要那漢子眞是有本領的，儘管來找著他就是了！

可是，紅雲老祖的心中，雖已是有上了這樣的一個決定；但不知怎樣的，今日的一樁樁的事情，都不能由他作得一分半分的主！當他要把自己足下的那一片雲掉了過來，換上一個方向浮去時，卻總是把他掉不過頭來；並好像已和那漢子的一片雲，二片雲連成爲了一起似的，儘自跟著了前面的一片雲，一直的浮了去，再也沒有甚麼方法可想。

在這裏，紅雲老祖不免老大的著急了！知道：自己今天已落入了人家的掌握之中，人家的法術要比自己大得多了呢！因爲，講到了法術的這一件事，最是不可思議的。譬如：現有二個人都同是會上法術的，倘然這一個人的法術，竟是大過了那個人，把那個人的法術蓋過了；那麼，那個人祇能乖乖的聽著這個人的擺佈，不能有一點兒的反抗。如欲報上這一個仇，至少須待之十年八年之後，當他已學會了比這個人更大的一種法術；否則，是無能爲力的了！

紅雲老祖是懂得這個情形的，當下，落得裝出一種很漂亮的神氣，一點兒的反抗都不有，即跟在那漢子的後面，直向前方而進。

不一會，到了一所屋子之前，那漢子把雲降下，紅雲老祖也跟著把雲降下；隨又跟著了那漢子，走進了那所屋子中。瞧那樣子，一半果然是出於自動，一半也有些不得不然之勢。

相將就坐以後，那漢子笑著說道：「紅雲道友，你對於今天的這樁事，不覺得太是奇怪了一點麼？又我的舉動，不也嫌太是冒昧了一點麼？然而，你要知道，你紅雲老祖是具有何等廣大神通的一個人；我倘然不是如此的辦法，又怎能把你請到這所屋子中來？如今，居然能把你請到，我江南酒俠的這個面子，可眞是不小，實在是萬分榮幸的一樁事情啊！」

紅雲老祖至是，方知那漢子便是最近在江湖上活動得十分厲害的那個江南酒俠，以前卻是沒沒無聞的，不禁暗叫一聲：「晦氣！想不到像我這們威名赫赫的一個人，今天竟會跌入了這個酒醉鬼的手掌之中，並竟會一點兒也展佈不開呢！」

一壁卻仍裝出一種十分漂亮的神氣，也笑著說道：「我想，這些個話請你都可不必講了罷！你儘可老老實實的說，爲了甚麼事情，你把我弄了到這裏來的？其實，再要痛快一些，你連這話都不說也使得；因爲，你就是不說，誰又不知道，你是受上了崑崙派之託，來做上一個說客，要勸我退出局外，不去幫助崆峒派的呢！你道，我這話說得對不對？」

江南酒俠見紅雲老祖竟是這般從容不迫的說了起來，倒也暗暗的有些心折，覺得：這紅雲老祖果然是名下無虛，不愧爲一個頭兒尖兒的人物；在如此窘迫的一個境地之中，詞鋒還能如此的犀利呢！至於，他的話講得對得講不對，卻又是另外的一個問題了！

於是，他在哈哈一笑之後，方又說道：「你這番話然而不然。說我要勸你退出局外，那是對的；說我是受了崑崙派之託，來做甚麼說客，卻是不對！然而，這尚是次要的一個問題，不妨隨後再談。我的所以請你到這裏來，卻還有上一個主要的問題呢！現在，請瞧這裏罷！」說時，便伸出一個指頭，向著對面指去。

眞是奇怪，這時候紅雲老祖好像已是受了他的法術似的，便也不由自主的，跟著了他所指之處，把一雙眼睛望了過去。卻見：在對面的一張桌子上面，放上了很大很大的一個水晶球；球上卻有一個個的幻象，陸續的映現了出來。這些個幻象，不但是十分的顯明，還是十分的生動；倘然連續的看了起來，定要疑心到已是置身在眞實的情境之中，不會再當他們是甚麼幻象的了！

在這當兒，更使紅雲老祖吃上一驚的，恰恰在這球上，又赫然的現出了一個人來，一瞧之下，不是他的二徒弟方振藻，又是甚麼人呢？再一看，從那面又走來了一個人，卻正是他的小徒弟歐陽后成。師兄弟倆驟然一見面之下，好似不勝驚喜的樣子，即密密切切的談了起來。

但是談不上一會兒，大家都各向後面退上一步，並握拳透爪的，各把自己的一個拳頭舉起，向著對方揚上一揚，大有武力解決的一個意思，顯然的，是談到了一樁甚麼事，大家談得不大投機，已是翻了腔了。

至是，那圖上的幻象忽一閃而滅，又把另一幅的幻象換了上來。那是：二派的人馬在對壘，一派的首領正是方振藻，一派的首領也正是歐陽后成。他們在比武之外，還又在鬥著法，直廝殺得一個烏煙瘴氣。到後來，還不是兩敗俱傷，每一方都是死傷了不少人！再下去，又另換了一種情形，卻是：有不知多少國的夷兵殺了進來了，大砲轟處，排槍放處，正不知有幾千幾萬個百姓，給他犧牲了去！直至屍積如山，血流成河，傷心慘目，有非言語所能形容的了！

最後的一幅，卻是一個烈燄飛騰的大火坑；那些夷兵，都立在高山之上，一點沒有惻隱之心的，把一個個鮮活靈跳的人，遠遠的向著那火坑中擲了去。那最後的一個，面目特別的顯得清晰，卻就是紅雲老祖自己。

紅雲老祖瞧到了這裏，忽聽江南酒俠大聲問道：「在這球上所現出來一幅幅的東西，你都已瞧到了麼？這是空前未有的一個大劫，不久就要實現了，想來你也是早有所知的！不過，據我想來，你是這個事件中最有關係的一個人；憑著你的這種力量，倘能在事前努力上一下，或者能挽回這個劫運，而把一切都消滅於無形！你也有意幹這一件大功德麼？」

紅雲老祖聽了，連連把頭搖著道：「大難，大難！這是注定了的一個大劫，又豈是人力所能挽回的！就是我，也正是應劫而生的；一待在火中化去，算是轉了一劫，倒又可幹上一番事業了！」

江南酒俠把眉峰緊緊的一蹙道：「這個我也知道，如此一個大劫，那裏是人力所能挽回？不過，這一來，無辜的小民未免犧牲得太多了，豈眞是個個都在劫數之中的！我們總得在事前想上一個方法，能多救出一條性命，就多救出一條性命，也是好的！」

紅雲老祖道：「這件事我們或者還能辦得到。不過，歐陽后成已不是我的徒弟，現在轉入了銅腳道人的門下了，我還得和銅腳道人去商量一下。祇是有一句話可以預先奉告的：我們如有一分力量，就儘著這一分力量，切切實實的幹了去，不使你怎樣的失望就是了！」

江南酒俠聽他說得如此的懇切，不覺又露出了幾分喜色來，忙走了過來，和他握一握手道：「如此，我替數百萬生靈，在此向你請命，向你致謝的了！好！如今這一個主要問題，總算已得到了一個答案，我們再來討論那個次要問題。不過，要討論那個次要問題，就得把崑崙、崆峒二派的領袖，都請到這裏來了！」說著，在一聲口嘯之下，就有二隻仙鶴，翩然飛到庭中停下。

江南酒俠走向前去，向他們輕輕的吩咐了幾句話，這二隻鶴便又舉翮飛去；一轉眼間，已負了二個人來了。這兩個人，一個正是崑崙派的領袖金羅漢，一個正是崆峒派的領袖楊贊化。這時候，他們臉上都露上了一種錯愕的神氣，怎麼糊裏糊塗的一來，已是到了這個地方，並有紅雲老祖在座，似乎連他們自已都有些不明不白的！而金羅漢是認得江南酒俠的，一見又有他在這裏，更預料到這不是甚麼一樁好事情了！

江南酒俠請他們就坐後，便臉色一正，說道：「我的請你們到這裏來，並不爲別的事情；祇是請你們從今年起，永遠不要再打趙家坪了！須知道，平江、瀏陽二縣農民的年年打趙家坪，已是極無聊的一樁事；你們以極不相干的人，更從而助甲助乙，也年年的幫著他們打趙家坪，這更是大無聊而特無聊的了！你們祇要細細的一想時，大概也要啞然失笑罷！現在，請你們瞧看這裏！」他說時，一雙眼睛，即向著水晶球上望了去。這二派領袖同著紅雲老祖，也不由自主的，跟著他各把眼睛都向水晶球上望了去。

江南酒俠卻又在說道：「在每一年的打趙家坪中，平江、瀏陽二縣的農民，不知要死傷去多少人。打敗的，這一年的倒楣，可不必說起；就是打勝的，雖是在這一年之中，得佔這趙家坪爲己有，然終覺得是得不償失呢！」

這時候，水晶球上，也便現出一幅傷心慘目的寫眞來，在這些農村中，差不多家家戶戶，都有受傷的人躺著了在那裏。江南酒俠復說道：「便在你們二派之中，也何嘗不有死傷者？試想：修道是何等艱苦的一樁事，不料，經上了不少年苦苦的修練，卻爲了這們一件不相干的事，而受下了傷，甚而至於死了去，這又是何苦値得呢？」

這時候，水晶球上卻沒有甚麼幻象映現出來，祇有上觸目驚心的十二個大字，那是：「多年修練，毀於一旦，何苦何苦！」

江南酒俠卻依舊又說了下去道：「再講到你們的所以要幫著他們打趙家坪，無非爲了你們二派，私下也積下了不少的嫌隙；借此就可以見上一個高下，彼此都可洩上一下憤。然而，照我看來，這多少年來，你們積下仇怨的時候果然很多很多，攜手合作的時候也未嘗沒有。如今，祇把這一樁樁的小仇怨牢牢的記住，卻把攜手合作的舊歷史忘了去，這恐怕也是我們修道人所不該應有的一樁事情罷？」

這時候，在這水晶球上，卻又像翻著陳年帳簿似的，一幅幅的，把他們所有攜手合作的舊歷史，都映現了出來了。至是，江南酒俠卻又把他注在水晶球上的眼光收了回來，總結上一句道：「所以從各方面講來，你們幫著打趙家坪，都是不大該應的。現在，你們也肯接受下我的這個請求，永遠停止了這樁事情麼？」一壁說，一壁又把眼光向著他們掃了一下。

不料，金羅漢和著楊贊化，竟是不約而同的回答道：「這些個情形，我們那裏會不知道，何煩你來說得！而且，你又是甚麼人，配來干涉我們的事，配來說甚麼該應不該應？哼！這眞太豈有此理了！」紅雲老祖在旁雖沒有說甚麼，卻也很有點贊成他們這番話的意思。

於是，江南酒俠也冷笑上一聲道：「好！不干涉你們的事，就不干涉你們的事！不過，你們現在的第一樁事，就是要出得這所屋子；倘然是不能的話，便永遠軟禁著在這裏了，還說甚麼打趙家坪不打趙家坪呢？」

這幾句話一說，可把他們三人激怒起來了，也就老實不客氣的，立起身來，各自覓尋出路。可是，儘他們用盡了種種的法術，在無形中，總好像有一樣甚麼東西擋著在那裏，不能任他們自由出走！方知江南酒俠的法力，實是要高出他們數倍，也祇好廢然坐下了。

江南酒俠方又笑嘻嘻的問道：「現在如何？也肯接受下我的這個請求麼？」他們沒有方法可想，祇好把頭點點。

江南酒俠便又露出十分高興的樣子道：「如此，我不揣冒昧，就替你們把這打趙家坪的事件，結束上一下罷！在這個事件中，細一追究他爲甚麼會如此的擴大起來，那楊天池的暗放梅花針，和著常德慶的煽惑瀏陽人，都不能說是沒有幾分的關係的；所以，他們二人要算得是罪魁禍首！現在，依我的意思，且讓他們在趙家坪跪上三日三夜，以謝歷年來爲了這件事而受到犧牲的許多人罷！」說時，突然的伸出手來，向著水晶球一指。

果在球上，又赫然的映現出一幅寫眞來；卻是楊天池和著常德慶，直挺挺的跪在趙家坪的那塊坪地之上了！大概這時候趙家坪的坪地上，這二人果眞是這們的跪著罷！於是，他們三個人也默默然沒有甚麼話可說，實在是江南酒俠的法力，太是高過於他們了！

而打趙家坪，原是本書中最重要的一個關目；現在，這打趙家坪的事件，既已是有上了一個結束，那平江、瀏陽二縣的農民，就是再要一年一度的繼續的打著，但既沒有崑崙、崆峒二派的劍俠參加其間，便不會再有甚麼好看的花樣錦鬧出來！本書借此機會，也就結束了下來，不再枝枝節節的寫下去了。

（全書完）

附錄

平江不肖生簡譜與著作

西元紀年	年齡	該年相關大事與向氏行誼
一八九〇年	一歲	二月十六日，不肖生出生於湖南省平江縣。
一九〇四年	十四歲	不肖生考入長沙高等實業學堂。後因參加學潮而被開除，隨即準備赴日留學。
一九〇八年	十八歲	不肖生第一次東渡日本，就讀於華橋中學，其間認識了武術家王潤生。此年其祖父歿。
一九一二年	二十二歲	不肖生與王潤生於長沙共創國技會，不肖生寫成處女作《拳術講義》一書，不久，該書由《長沙日報》刊載。
一九一三年	二十三歲	不肖生任湖南討袁第一軍軍法官，討袁失敗後，再赴日本，求學

一九二二年　三十二歲　於法政大學。於此次留日期間，因憤慨一般亡命於日本的中國人之道德墮落，而撰寫了《留東外史》一書。

不肖生應包天笑之邀，為《星期》雜誌撰寫了《留東外史補》、《獵人偶記》兩篇小說。又經由包天笑的介紹，應當時「世界書局」老闆沈子方之邀，撰寫其第一部武俠小說《江湖奇俠傳》。

一九二三年　三十三歲　《江湖奇俠傳》於該年一月，初刊在《紅》雜誌第二十二期，「平江不肖生」因而名震南北，開啟了民國初年武俠小說風行的潮流。此年，不肖生除了《江湖奇俠傳》外，尚有一些著作問世：《近代俠義英雄傳》刊載於《偵探雜誌》、《江湖怪異傳》，由上海「世界書局」出版。

一九二四年　三十四歲　七月二日，《紅》雜誌更名為《紅玫瑰》，續從《江湖奇俠傳》第四十六回起登載。不肖生此年另有短篇小說〈神針〉刊載於十月十一日出版的《紅玫瑰》第一卷第十一期上，及〈黑貓與奇案〉刊載於十二月二十日出版的《紅玫瑰》第一卷第二十一期上。

一九二五年　三十五歲　不肖生所著《近代俠義英雄傳》一書，由上海「世界書局」分集出版。其亦著有《玉玦金環錄》載於上海《新聞報》，後交平襟亞以「襟霞閣主人」名義出版，由上海「中央書局」出版；及短篇小說〈無名之英雄〉載於三月五日出版的《紅玫瑰》第一卷第三十五期上。

一九三五年　四十五歲　不肖生為吳公藻的《吳家太極拳》一書上冊撰序，並另著《江湖異人傳》一書，由上海「世界書局」出版。

一九四五年　五十五歲　不肖生於大別山上金山寨，擔任建設「廖公祠」的工程任務，並撰寫《民國演義》一書。

一九四八年　五十八歲　此年不肖生於長沙撰寫了《革命野史》，發表於上海《明星日報》，後經某書店印出，但並未發行。另又撰寫了中篇小說《丹鳳朝陽》。

一九四九年　五十九歲　大陸政權易手，武俠小說被中共政權劃為「毒草」之列，不准刊印。此後，不肖生歷任了湖南省「中央文史館」館員、湖南省「政協」委員。

一九五二年　六十二歲　不肖生隱居於長沙妙高峰下的和尚廟中，也有人說他因看破紅塵而出家。

一九五七年　六十七歲　不肖生正計畫撰寫《中國武術史話》一書時，正值中共「反右鬥爭」的政治運動，向氏不幸因此得腦溢血之病而辭世。

參考資料來源：林建揚：〈平江不肖生之「江湖奇俠傳」、「近代俠義英雄傳」研究〉，中國文化大學中國文學研究所碩士論文，民八二年六月，頁二一三至二一八。

新書預告——繼《江湖奇俠傳》後，平江不肖生另一經典著作

《近代俠義英雄傳》全書八四回，陸續出版，敬請期待！

本書內容所述，時間大抵是以晚清光緒二十四年（西元一八九八年）「戊戌六君子」殉難之際為座標，上下各推十年左右，個別人物事跡則延伸至民國初年；無不實有其事、實有其人，既可說是「清末游俠列傳」，亦可視為「近代武俠傳記文學」，與其他武俠小說之出自向壁虛構、空中樓閣者不同，自然親切有味。

我國拳家派別至為紛歧，就是隸身武術界中的也不一定清楚；本書娓娓道來，如數家珍，足以長人見識。如霍元甲在上海擺擂台，轟動一時，在本書中有十分詳細的描寫，筆歌墨舞間令人如在其中。其中寫外國大力士之大言不慚，令人為之憤慨，及至寫霍元甲力制西人，大振國威，又令人為之稱快；如此絕妙的對照文字，實為難能可貴。

本書結構謹嚴，自始至終從容綿密、絲毫不亂，猶有舊日說部之遺風。作者文字波翻雲湧，酣暢淋漓，誠所謂「快如并州剪，爽若哀家梨」。雖為小說家言，卻以現實社會為對象，其描寫細微處，直如鑄鼎象物，千奇百怪，無所遁形。

100 台北市中正區重慶南路1段99號

世界書局股份有限公司 收

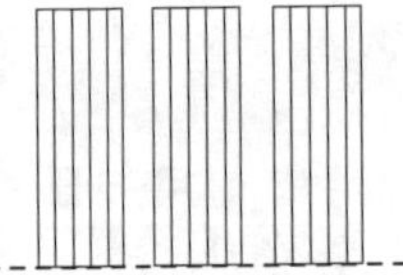

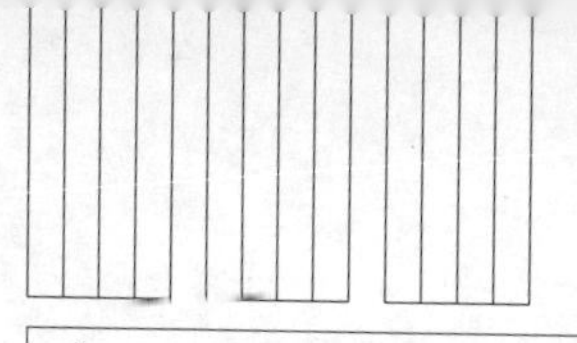

廣告回函
北區郵政管理局登記證
北台字6875號
免貼郵票

100

台北市
重慶南路一段九十九號六樓

世界書局股份有限公司　收

姓名：
地址：
電話：

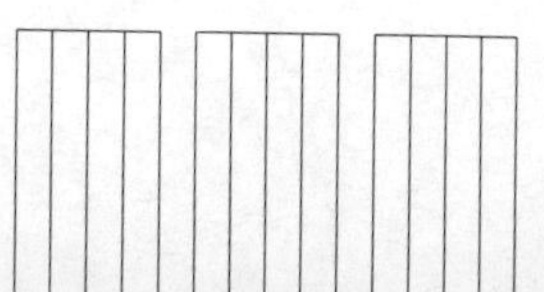

世界書局股份有限公司　§讀者意見卡§

為了解讀者對本公司出版品的意見，以提供更好的閱讀品質與讀者服務，請您詳填本卡，寄回世界書局（免貼郵票），我們將不定期提供最新出版訊息及各項優惠。

書名：＿＿＿＿＿＿購買地點：＿＿＿＿＿購買日期：＿＿＿＿＿

姓名：＿＿＿＿＿＿　性別：□男 □女

出生日期：西元＿＿年＿＿月＿＿日　身分證字號：＿＿＿＿＿＿

電話：(H)＿＿＿＿＿＿(O)＿＿＿＿＿＿傳眞：＿＿＿＿＿＿

行動電話：＿＿＿＿＿＿　E-mail：＿＿＿＿＿＿＿＿

聯絡地址：□□□＿＿＿＿＿＿＿＿＿＿＿＿＿＿＿

學歷：□國中 □高中職 □專科 □大學 □研究所以上

職業：□學生 □教師 □公務員 □軍警 □製造業 □金融業 □銷售業
□資訊業 □大衆傳播 □自由業 □服務業 □其他＿＿＿＿

閱讀偏好：□文學類 □史學類 □哲學類 □科學類 □藝術類 □傳記類
□語文類 □財經類 □政治類 □休閒類 □其他＿＿＿＿

您從何處得知本書：□逛書店 □報紙廣告 □報章雜誌介紹 □廣播
□電視節目 □DM、廣告信函 □親友介紹
□書訊＿＿＿＿ □其他＿＿＿＿＿＿

您對本書的意見：內容 □很好 □好 □普通 □不好
封面 □很好 □好 □普通 □不好
價格 □很好 □好 □普通 □不好

您是否曾買過世界書局出版品：□是，書名＿＿＿＿＿＿＿＿□否

您對本公司的建議、期望：

國家圖書館出版品預行編目資料

新版足本江湖奇俠傳　一六〇回／平江不肖生 撰.
--初版.--臺北市：
世界，2003[民 92]
冊；公分.--(俠義經典系列)
ISBN 957-06-0249-X(第 5 冊:平裝)

857.44　　92004507

俠義經典系列
新版足本
江湖奇俠傳 伍

717-2628

著　者／平江不肖生
發行人／閻　初
發行者／世界書局
登記證／行政院新聞局局版臺業字第〇九三一號
地　址／臺北市重慶南路一段九十九號
電　話／(〇二)二三一一〇一八三
傳　真／(〇二)二三三一七九六三
網　址／www.worldbook.com.tw
郵撥帳號／〇〇〇五八四三七　世界書局
出版日期／二〇〇三年五月初版一刷
定　價／三六〇元